टाइम मैनेजमेंट

(समय प्रबंधन)

AF797422

डॉ. रेखा व्यास

डायमंड बुक्स

ISBN : 978-81-288-2616-0

प्रकाशकः डायमंड पॉकेट बुक्स (प्रा.) लि.
X-30, ओखला इंडस्ट्रियल एरिया, फेज-II
नई दिल्ली-110020
फोन : 011-40712200
ई-मेल : sales@dpb.in
वेबसाइट : www.diamondbook.in

TIME MANAGEMENT
by : Dr. Rekha Vyas

समर्पण

मनोहर भाई समय प्रबंधन के क्षेत्र
में अद्‌भुत और बेमिसाल हैं। ऐसे समय
प्रबंधक. डॉ. प्रबंधक डॉ. मनोहर शर्मा
को समर्पित है यह पुस्तक

भूमिका

समय प्रबंधन के बारे में पुस्तक लिखने का प्रस्ताव प्रकाशक श्री नरेंद्र वर्मा जी ने दिया तो मन का पोर-पोर खिल उठा। यह पुस्तक लेखन मात्र शब्दानुसार न होकर मेरे तन-मन में रचा बसा जीवन-दर्शन और अनुशासन है। यह मुझे नेकी और पूछ-पूछ जैसा लगा। संस्कृत अध्ययन के कारण सतयुग, द्वापर, कलियुग जैसे समय प्रबंधन से अवगत थी तो जर्नलिज्म एवं मास कम्यूनिकेशन के अध्ययन के दौरान आधुनिक समय प्रबंधन से भी। इन दोनों ने बस पसंदीदा काम को तुरन्त गति देना आरम्भ किया।

छात्रावस्था से ही आकाशवाणी से जुड़ने का अवसर मिला। इसने काम को समय की सीमा में निबटाने की आदत डाली। प्रतिदिन घड़ी के अनुसार आलेख छांटकर उनका वाचन करना, आदि ऐसे कार्य थे जो समय-प्रबंधन का अभ्यास कराते रहते। छोटे शहरों में समय की कमी नहीं होती तथा बड़े शहरों में समय ही नहीं होता। ऐसे में मैं परस्पर भिन्न-भिन्न परिवेशों में समय के स्वरूप को उसके भीतर-बाहर आदि तमाम रूपों से अवगत हुई, धीरे-धीरे यह आदत बनकर रची बसी और व्यक्तित्व का अभिन्न हिस्सा बनी।

मैं अपने तमाम मित्रों, सखियों एवं रिश्तेदारों से क्षमा चाहती हूं जिन्हें कई बार किसी कारणवश उतना समय न दे सकी। उनके आयोजनों में कम समय के लिए गई या न जा सकी फिर भी उन्होंने अपना स्नेह सौजन्य बनाए रखा, बुरा न माना। उन्हें मालूम है, जब भी उन्हें मेरी व मेरे समय की वास्तविक आवश्यकता अनुभव हुई तब मैंने समय देने में कोई कोताही नहीं की।

जीवन में बहुत समय जाया किया या किये जाते हुए देखा, ऐसे में औरों का अनुभव भी आत्मसात् किया।

इस पुस्तक के द्वारा इधर-उधर बिखरी चीजों को समेटने-सहजने का भी अवसर मिला यह बहुत आनंददायक रहा। समय-सीमा में इसे पूरा करना भी चुनौती रहा।

यह पुस्तक मैं उदयपुर राजस्थान की निशीथा शर्मा को समर्पित कर रही हूं। वे न केवल वक्त और व्यक्ति वरन उसकी नजाकत नफ़ासत को भी भली-भांति जानती-पहचानती है। वे इन दिनों अपनी मां की आत्मकथा लिखते हुए समय से बहुत आगे का काम कर रही हैं। एक सीधी-सादी गृहस्थ मां की भी भावना है। ऐसे समयवेत्ता का अभिनंदन-अभिवंदन किया ही जाना चाहिए, जिसने मां की मूकता को वाणी देने का हर स्तर का खतरा मोल लिया है। उम्मीद है वे समय की इस कलिका को स्वीकारेंगी।

इसमें कई उदाहरण अपनों के हैं। प्रत्यक्ष-परोक्ष जो भी सहयोग दिया है उनके निहित साधुवाद। पिताजी ने हौसला अफजाई की कि पैसे साहित्य का जीवन में अभाव है। हिन्दी में अभाव है। जानता हर कोई है, पर उस ओर ध्यान नहीं देता। यह ध्यान दिया जाना ही समय प्रबंधन का सार है, ऊपर तैरता मक्खन है। बस करती हूं क्योंकि समय ज्यादा नहीं लगाना है बस....।

इत्यतम।

–डॉ. रेखा व्यास

अनुक्रमणिका

अध्याय

1

एके साधे सब सधे

समय प्रबंधन सर्वोत्कृष्ट प्रबंधन

जीवन कितना ही छोटा हो, समय की बर्बादी से वह और भी छोटा बना दिया जाता है।

–जॉनसन

समय जात नहि लागा ही बारा–
अर्थात् समय व्यतीत होते देर नहीं लगती।

–गोस्वामी तुलसीदास

बिना किसी विस्तार के या परिभाषाओं के समय प्रबंधन को समझने-समझाने वाला यह जुमला अपने आप में पूर्ण है। आपने समय को साध लिया तो क्रमशः या उत्तरोत्तर (एक के बाद एक) सबको साध लिया। कुछ लोग इस पंक्ति को यों भी समझते हैं कि खुद को साध लिया तो सबको साध लिया। जब तक समय या किसी भी साधन संसाधन का उचित प्रबंधन न हो तो खुद को भी नहीं साधा जा सकता। इसलिए समय का प्रबंधन अथवा स्वयं का प्रबंधन दोनों एक ही हैं। इसे **सेल्फ एण्ड टोटल क्वालिटी मैनेजमेंट** भी कहा गया है। इन्हीं पक्षों को सफलता के अचूक नुस्खे, जीने की कला, जीवन का रहस्य व तरकीब के रूप में भी जानते हैं। किसी काम में अपने को तथा समय को इस तरह लगाना कि उसका शत प्रतिशत मुख्य कार्य या लक्ष्य को मिल जाये ताकि हम निर्धारित या कम समय में अपना उद्देश्य पूरा कर सकें, यह समय-प्रबंधन है, उसकी आत्मा व उसका प्राण तत्त्व है।

कुछ लोग प्रबंधन/मैनेजमेंट को आधुनिकता एवं लक्ष्य हेतु आजमाया नुस्खा भर मानते हैं, इस रूप में वे इसे नकारात्मक समझते हैं। उन्हें लगता है यह सब

भौतिक विकास भर के लिए है। इसके जरिये खुद को घड़ी या छड़ी का गुलाम बना लेना है या फिर इस तरह अपने आपको मशीन के रूप में बदल लेना है। इस बात की सच्चाई तो यह प्रबंधन करके ही अनुभव की जा सकती है।

मैं इन सबको निवेदन करना चाहती हूं कि समय प्रबंधन उपयोगितावाद ही नहीं है। इसे हर स्तर पर आजमाया जा सकता है। यह एक आदत है। जीवन को सही ढंग से चलाए रखने का शाश्वत नुस्खा है। इसकी आदत हो जाने पर आध्यात्मिक तथा जीवन के हर क्षेत्र में इसका लाभ उठाया जा सकता है। इसे अपनाकर हम जीवन में कुछ खोते नहीं हैं।

एक घरेलू महिला सुबह से शाम तक घर की चक्की में पिसते रहने का अहसास कर सकती है। वह अचरज भी करती है कि नौकरी करने वाली महिला कैसे इतना सब कर लेती है। यदि ऐसी महिला जो दिन भर थकान और अवसाद का शिकार रहती है वह अपना सारा सब काम समय पर निबटाकर काफी समय अपने आनंद और आराम के लिए निकाल सकती है तो ऐसा समय और ज्यादा प्रोडक्टिव हो जाता है। इसमें आप तरोताजा अनुभव करते हैं। अपना मनपसन्द कार्य करते हैं। आप इस प्रक्रिया में बिना किसी विशेष उपक्रम के ही किसी बैटरी की तरह रिचार्ज हो जाते हैं। यही कारण है कि अच्छा समय प्रबंधक सूचना अथवा कल्पनाओं और विचारों को यथासंभव साकार करने में समर्थ हो जाता है।

समय प्रबंधन की बात कर लेने या जान लेने से समय प्रबंधन नहीं हो जाता। यह काफी अनुशासन पूर्ण आंतरिक व्यवस्था है। ऊपर से यह बाहरी व्यवस्था प्रतीत होती है। समय साधने में प्रतिकूल धाराओं को देखकर प्रतिक्रियात्मक रुख अपनाना समझदारी नहीं कही जा सकती। सर्वविध अनुकूलन सर्वाधिक उपयुक्त समाधान प्रतीत होता है। यही कारण है कि विश्व स्तर पर आज न केवल समय प्रबंधन अपितु **सम्पूर्ण प्रबंधन जीवन का हिस्सा** बनता जा रहा है। मन की सक्रियता, **स्वाभावत्मकता, प्रत्युत्पन्नमति** और सहज बोध की आवश्यकता हर तरह के प्रबंधन में सहायक सिद्ध हो रही है।

कोलम्बस दुनिया की खोज करने निकला। लोग कहते हैं वह साथ कुछ नहीं ले गया। दृढ़ संकल्प, मजबूत इरादों और हर तरह के समय को साधने की उसकी क्षमता उसके साथ थी। यदि उसने बाधाओं और सफलता की अनिश्चितता और मृत्यु आदि के बारे में विस्तार से सोचा होता तो वह घर से निकल ही नहीं पाता। इसलिए समय के प्रबंधन की क्षमता बड़े-बड़े लक्ष्यों को प्राप्त करा देती है। यदि वह खूब साधन लेकर चलता और आंतरिक क्षमता नहीं होती तो इतनी बड़ी सफलता नहीं पा सकता था।

साधे बिना की गयी शोशेबाजी—कई बड़े-बड़े शोज़ में मैं देखती हू, तकनीकी तैयारी खूब की जाती है पर कलाकार उतने मंजे हुए नहीं होते। ये साधन 10, 20 प्रतिशत तक ही मदद कर सकते हैं। 80 प्रतिशत सफलता का जिम्मा नहीं ले सकते। दुर्भाग्य से आज हम 10-20 प्रतिशत पर 80 प्रतिशत को थोपे बैठे हैं। इसलिए ऊंची दुकान फीके पकवान वाली हालत होती है।

प्रकृति तथा जीवों के प्रबंधन से अचरजकारी है। इसे देखकर हम आह्लादित होते हैं, चाव से चर्चा करते हैं, बस उसे अपनाने या अपने जीवन में धारने की कोशिश नहीं करते। हम सबके भीतर ऑटोमेटिक यानी बायलॉजिकल क्लॉक है। हमें उसका होना ही मालूम नहीं है। उस पर गौर करना तथा लाभ उठाना तो बहुत बाद की बात है। हमारे घर वालों तथा शिक्षकों की तमाम सीखें इसी बायलॉजिकल क्लॉक में चाबी भरने का काम करती हैं। हमें शुरू से ही सिखाया जाता है—

उठ जाग मुसाफिर भोर भई अब रैन कहां जो सोवत है।
जो सोवत है सो खोवत है जो जागत है सो पावत है॥

Wake up at five and eat at ten. Eat at five and sleep at ten you will make your life ten to ten.

वर्षों से जब से मैंने समय प्रबंधन की आदत डाली है तब से मुझे अपने मनोरंजन के लिए अतिरिक्त समय नहीं निकालना पड़ता। घरेलू काम के दौरान ही गाने या खबरें सुनने का शौक पूरा हो जाता है। काम व अभ्यास के कारण बहुत से काम हम आदतन सहज रूप से करते चलते हैं। मुझे कभी नहीं लगता कि मैं काम के साथ गाने सुन रही हूं या गाने सुनते हुए कोई काम कर रही हूं। खबर आदि से भी मेरे पूरे सरोकार रहते हैं। इस तरह यह काम अखबार पढ़ते समय भी मेरा समय बचा देते हैं। मैं प्रतिदिन कम से कम पांच-छह अखबार देखती हूं। एक अखबार देखती थी तब आधा घण्टा लगता था, अब एक-डेढ़ घण्टे में यानी उससे दुगुने-तिगुने समय में उससे पांच-छह गुना काम हो जाता है। बहुत-सी खबरों को सुनने या देख लेने के कारण पठनीय नहीं मानती थी, कोई खास तथ्य जानना हो तो पढ़-जान लेती हूं। सम्पादकीय या लेख में भी देख-देखकर उसके प्राणभूत अंश यानी मुख्य अंश को देखती हूं। बीच-बीच में दीर्घ श्वांस लेने तथा पोश्चर बदल-बदल कर बैठने से व्यायाम और प्राणायाम का भी सुख मिल जाता है। मुझे कभी भी अनुभव नहीं होता कि इन सबके लिए मैंने अलग से कोई समय निकाला है। यह समय मुझे मेडिटेशन जैसा सुखद लगता है क्योंकि पार्क में बैठकर यह किया जाता है। थकान होने की बजाय मैं

खूब ताजा दम अनुभव करती हूं। कुछ घटनाएं रंजीदा बनाती हैं, कुछ संजीदा। कुछ डायरी का हिस्सा बनती हैं। ऐसा नहीं है कि मैं लोगों से गप्पें नहीं लगाती या बाहरी गतिविधियों को समय नहीं देती, बल्कि मेरा तो मानना है कि समय प्रबंधन की आदत के बाद मेरे पास समय की काफी इफ़रात हो गयी है। कई बार इस बचे हुए समय को पूरा उपयोग में लाने के लिए मुझे सोचना पड़ता है।

पुख़्ता व्यवस्था

समय प्रबंधन आदत है। जीवन को ढंग से चलाने की व्यवस्था है। हर काम को उसका समय और हक तथा साधन-संसाधन मुहैया कराने का नाम है। किसी काम को पूरा समय देने का मतलब है। इस पद्धति से जीवन-यापन में जीवन के लिए नए सोच और मौलिक दृष्टिकोण की प्राप्ति होती है। हमें लगता है जैसे हमने अपने आपको खोज लिया है। कुछ ऐसा है जो हमें अपने आप से अब मिल सकता है। इसको पहले भी पाया जा सकता था।

समय साधना में परिवर्तन के अनुकूल होने के लिए किसी और पर नहीं बल्कि खुद पर ही निर्भर रहना है। यह आत्मज्ञान बता देता है कि यह **'मास्टर की'** है। तब कितने ही आंधी-तूफान आएं समय प्रबंधक को मालूम रहता है कि हवा और मौसम सक्षम दिशा निर्देशक के ही हक में रहते हैं।

समय प्रबंधन पश्चिम से आयातित नहीं

समय के साथ मैनेजमेंट या प्रबंधन शब्द जुड़ जाने से लोग इसे पश्चिम से आया हुआ समझते हैं। इसे बी.बी.ए. एम.बी.ए. और तमाम मैनेजमेंट के कोर्स की तरह समझते हैं। परन्तु सौ फीसदी नहीं माना जा सकता। यह फैक्ट्री या कार्यस्थल पर उत्पादन, बढ़ाने से जुड़ा होने के कारण और कुछ उधर ऐसे अध्ययन होने के कारण ऐसा समझा जाता है, पर मैं तो यह सोचती हूं समय प्रबंधन समूचे विश्व की अपनी सोच है, अपना तरीका है। यह सर्वव्यापी है क्योंकि सबकी जरूरत है। यह खाने-पीने, उठने-बैठने की तरह ही हमारे जीवन की हमसे कभी भी जुदा न हो सकने वाली अनिवार्य आवश्यकता है।

पश्चिम से आयातित मानने के कारण लोग इसे अपने लिए उतना आवश्यक या जरूरी नहीं मानते। कुछ पश्चिम की हर एक चीज से परहेज करने की ठानकर बैठे हुए हैं। कुछ पश्चिम के कारण इसे भौतिक जगत का तत्त्व समझ बैठे हैं।

समय प्रबंधन पूरे संसार की सम्पदा है। इसे हर युग में माना और अपनाया गया है। यदि पश्चिम इसके नए-नए तरीके खोज रहा है या इसके द्वारा सफलता

पा रहा है तो यह और अनुकरण की चीज है। पश्चिम की सकारात्मक उपलब्धियों की ओर ध्यान दिया जाए तो सबमें, समय प्रबंधन की ताकत व सक्रियता दिखेगी। वैज्ञानिक की, तपस्या साधना हमें हमारे ऋषि-मुनियों की तप या साधना से कमतर नहीं लगेगी।

मुझे एडीसन की ये पंक्ति समय प्रबंधन का दमदार उदाहरण लगती है। किसी प्रयोग के असफल होने पर वे निराश होने की बजाय कहते थे **हम** सफलता के निकट पहुंच रहे हैं। सौ बार में सफलता पानी है और यह नब्बेवां प्रयोग है तो समझो अब दस ही तो और शेष रहे हैं। इसके मायने यह हुए कि सफलता में असफल प्रयोग ने बता दिया कि यह उपयोगी नहीं अब इस पर समय देने की बजाय दूसरी ओर समय दिया जाना चाहिए। महान व्यक्तियों की असफलता भी बताती है कि सफलता का कितना बड़ा हिस्सा समय प्रबंधन पर निर्भर करता है। जो समय के हिसाब से नहीं चल पाते, समय उन्हें पीछे छोड़ देता है क्योंकि समय निरन्तर प्रवाहमान है।

प्रकृति की भांति समय भी अजस्र प्रवाही है। मैंने महिला पत्रिका में एक अजस्र कहानी पढ़ी, पठित हजारों कहानियों में से आज भी उसने स्मृतियों में स्थान बना रखा है। इस कहानी में एक व्यक्ति 45 साल के पत्नी साहचर्य के बाद विधुर हो जाता है। दिन-रात रोता रहता है अपनी जीवनसाथी को याद कर-करके। सब उसे समझा-समझा कर हार जाते हैं। आए दिन बीमार रहने लगता है। उसके तीनों बच्चे भी उसके पीछे घूम-घूमकर परेशान हो जाते हैं। हर समय तनाव, उदासी व चिंता घेरने लगती है। तब वे एक युक्ति खोजते हैं। मृत माताजी के जन्मदिवस को धूमधाम से मनाते हैं। तमाम रिश्तेदारों के साथ ही वे शहर की एकाकी महिलाओं को भी इस पार्टी में आमंत्रित करते हैं। इस दिन कई फोन नंबरों का आदान-प्रदान होता है। उनके पिताजी कईयों से बातचीत करना शुरू करते हैं। कोई किसी मौके पर बुलाता है तो बच्चे उन्हें जाने को भी प्रोत्साहित करते हैं। उन्हें बुलाने का भी अवसर जुटाते हैं। दो महीने के चार दिनों का समय उनकी तमाम चिंता हर लेता है और न जाने कितना समय बचा देता है। शौकीन व्यक्ति शौक से उबरता है। लिखने-पढ़ने, खाने-पीने में रुचि लेता है। अपनी पत्नी के अगले जन्मदिवस के पूर्व ही अपनी पुरानी पी.ए. जो कि अब विधवा हो चुकी है तथा दोनों बच्चों की शादी कर चुकी महिला से शादी करके जीवन में रंग भरता है। यदि यह न किया जाता तो भी जीवन तो चलता ही, पर कैसा चलता यह हम सबको विदित है। यदि हम उबरना चाहे तभी तो कोई हमें उबार सकता है।

हम लोग क्या कहेंगे क्या सोचेंगे- हमारे बच्चों पर इसका क्या प्रभाव पड़ेगा आदि तमाम पक्षों पर निर्णय न लेकर संशय की स्थिति में रहते हैं। **संशयात्मा विनश्यति**- यह संशय सर्वविध प्रबंधन बिगाड़ु है। इससे हमारा अपनी ही क्षमताओं से भरोसा उठ जाता है। जो क्षमता होती है वह भी जाती रहती है। एक शत्रु से घिरकर हम अनेक शत्रुओं को आमंत्रण देते हैं। वे हमें इतना घेर लेते हैं कि स्वयं पाश में बैठाकर चाहें तो भी नहीं निकल सकते।

यदि हम समय विषयक पंक्तियों और सूक्तियों का अध्ययन करेंगे तो पाएंगे कि दुनिया में इससे सम्बद्ध बातें कितनी समान हैं। कहने वाले कहीं के भी हों, उनका चिंतन कितना एक जैसा है। यह सोच पूर्व-पश्चिम विषयक हमारी धारणा को बिल्कुल बदलकर रख देगी।

समय जात नहिं लागहि बारा (समय व्यतीत होते हुए कुछ भी समय नहीं लगता।)

का वर्षा जब कृषि सुखाने
समय चूकि पुनि का पछताने

खेती सूखने पर आयी वर्षा का क्या लाभ। समय चूक जाने पर पछताने से क्या फायदा। पछतावा गये हुए समय को लौटाकर नहीं ला सकता।

हमारा समय प्रबंधन तंत्र हम भी बिगाड़ते हैं और दूसरे भी। आप दिन के लंबे-चौड़े किस्से सुन-सुन कर उन पर रायशुमारी करते हैं, एक-दूसरे से बहस और चर्चा से मुख्य मुद्दे पर कोई असर नहीं पड़ता, पर हमारे ऊपर बहुत पड़ता है। या तो हम ऐसे किसी सामाजिक आंदोलन से जुड़े हों या एक्टिविस्ट हों तो उसका औचित्य भी है, वरना लेना एक न देना दो और ख़ामख़्वाह ही उलझे रहते हैं। ऐसे में हम थोड़ा सोच-विचार करें तो ऐसी कई स्थितियां और लोग हमारी निगाह में आ सकते हैं।

प्रबंधन बिगाड़ु तंत्र से भी सावधानी

जीवन में सकारात्मकता की बात अच्छी है पर नकारात्मक तंत्र से सावधान होकर हम और अधिक सकारात्मक हो जाते हैं। नकारात्मक न सोचने का यह आशय कतई नहीं है कि हम उसकी बात ही न करें या उससे आगाह ही न रहें। जंगल से गुजर रहे हैं तो आगे बढ़ने की गति के साथ-साथ जंगली जीवों से सुरक्षा भी आवश्यक है। असली समय-साधना वही तो हुई।

आलस्य, हठ, बहसबाजी, स्वयं को श्रेष्ठ और सही मानने का आग्रह पूर्वाग्रह तथा ऐसी ही तमाम बातें दूर करना बहुत आवश्यक है। इनसे कुछ हासिल नहीं

होता। कोई वकील बनकर अदालत में अच्छी बहस करता है तो ये उसका गुण है पर वह बहस में ही इस कदर डूब जाता है कि वकील ही नहीं बन पाता तो इसे आप क्या कहेंगे?

नाड़ी, हृदय की धड़कन आदि का समय रैशो बिगड़ा नहीं कि पूरी देह और जीवन पर संकट खड़ा हो जाता है।

अपने काम के लिए केंद्रित लोगों को पागल, सनकी, जुनूनी करार देकर हम बचने या वैसा न होने की कोशिश-कवायद में लगे रहते हैं। इस कारण चाहकर भी बहुत कुछ नहीं सीख पाते हैं। सुनील गावस्कर ने सच्ची हितैषणा की भावना से भरकर सचिन तेन्दुलकर को खेल के शुरुआती दिनों में एक खत लिखा। जिनमें उनकी प्रशंसा के साथ-साथ खेल को और बेहतर बनाने की बातें भी शामिल थीं। हाल ही में यह खुलासा हुआ कि सचिन ने उस खत को अभी तक संभालकर रखा हुआ है। उससे उन्हें बहुत प्रेरणा व सीख मिलती है।

हम रोग, शोक और ऐसी ही तमाम स्थितियों में बहुत समय गुजारते हैं। जीवन को उसी रूप में लेते हैं। ऐसे में बहुत कुछ हमारे अधीन नहीं होता। पर अपने रोग, शोक को काफी हद तक हम समय पर ध्यान देकर काबू कर सकते हैं। जीवन रुकता नहीं है, हम ही रुक जाते हैं, काम ही रुक सकते हैं, मनः स्थिति ही ठहर सकती है। इनसे न उबरना न पलायन है न जीवन से भागना।

हमें अपना समय प्रबंधन बिगाड़ने वाले लोगों से भी सावधान और मुस्तैद रहना होगा या होना चाहिए।

कई सफल लोगों की जीवनशैली को मैंने बहुत भांपा है, झांका है। वे स्वयं अपना काम खूब अच्छी तरह करते हैं। फिर अपने आपको ताजा दम रखने व करने के लिए लोगों के पास समय गुजारते हैं। उन्हें दूसरे व्यक्तियों से उतना सरोकार नहीं होता या वे सोचते हैं कि यह उनके सोचने का हिस्सा नहीं है। इसके लिए वह व्यक्ति अपने आप सोचेगा। यू.एन. में निर्देशक रहे एक परिचित अपना दिन का टार्गेट तय करते हैं, उसे लंच तक अचीव कर लेते हैं फिर या तो वे कहीं निकलते हैं या फिर किसी को अपने यहां बुलाते हैं। इसी क्रम में कई बार मेरा भी उनसे सम्पर्क हुआ। जब मैंने अनुभव किया कि वे तो टार्गेट अचीव करने के बाद रिलैक्स होते हैं पर लंच तक उनसे मिलने वाले अपने टार्गेट तक पहुंच ही नहीं पाते। मैंने हिम्मत करके लंच तक अपना लक्ष्य भी निबटाना शुरू किया। फिर भी गुड़गांव की आवाजाही बहुत समय खा जाती। कभी देर-सबेर हो जाती तो वे समय पर खा-पीकर आराम करने चल चुके होते।

तब उनसे आने में असमर्थता जाहिर करनी आरंभ की। अब हम हमारे कॉमन कार्यक्रमों में या जब उन्हें स्वत: ही दिल्ली आना हो तब मिलते हैं। पहले के एक चौथाई से भी कम समय में हमारे सम्बन्ध मेंटेन हो जाते हैं। कुछ लोग इसे क्रूरता समझते हैं। वे न चाहते हुए भी दूसरों के हिसाब से चलने में गौरव, फख्र तथा व्यवहारकुशलता समझते हैं। घुटते-घुटते ऐसे व्यक्ति किसी दिन बम की तरह फटते हैं। अब तक का उनका सारा समय-निवेश धरा का धरा रह जाता है।

निरर्थक वार्तालाप या बेमतलब की बातें हमारा समय ज़ाया करती हैं। उनसे और आगे समय बिगाड़ने वाले कारक पैदा होते हैं। जैसे ईगो, अहम्, लड़ाई-झगड़ा, पूछताछ, लगाई-बुझाई आदि तमाम समस्याएं मुंह बाएं खड़ी होती हैं।

'काम से काम' का दर्शन अच्छा प्रबंधन है। इससे शत प्रतिशत ऊर्जा हम अपने लक्ष्य को देते हैं। कुछ लोग ऐसे लोगों को स्वार्थी तथा मतलबी क़रार देते हैं या मानते हैं। किसी को धक्का देकर आगे बढ़ना, दूसरों का लक्ष्य किसी तरह वर्जित करने का भाव न हो तो यह बहुत सकारात्मक वृत्ति है। दो विद्यार्थी अपनी पाठ्यक्रम की समस्याओं की चर्चा करते हैं। आई.आई.टी. की तैयारी कर रहे हैं। बातचीत के जरिये वे अपनी समस्याएं एक-दूसरे से शेयर करते हैं। यदि दोनों के पास उसका हल नहीं है तो वे मिलकर उसे हल करने में जुटते हैं। मैं कई ऐसे योग्य विद्यार्थियों को भी जानती हूं जिनकी चर्चा का उद्देश्य अपनी हांकना या ज्ञान बघारना है अथवा दूसरे को कमजोर-कमतर दिखाना है। एक साक्षात्कार में सचिन तेंदुलकर के एक मित्र ने कहा, "वे उन्हीं लोगों से बोलते हैं जिन्हें वे जानते हैं।" इसका मतलब हम उन्हें घमण्डी व अकड़ू समझ लें तो हमारी भूल है। दूसरों को सम्मान व समय देना और सिर्फ अपने उद्देश्य पर केन्द्रित रहने के कारण बातबाजी की आदत न होना भी तो इसका कारण हो सकता है।

कुछ आयोजन और अपने लक्ष्यों के बीच सामंजस्य भी बिठाया जा सकता है। मसलन मैं साहित्यिक या सामाजिक कार्यों में जाना पसन्द करती हूं। शादी-ब्याह, भजन-जगरातों के कार्यक्रमों में जाना लगभग बन्द-सा कर दिया है। जब तक बहुत नजदीकी रिश्ता न हो या जाना मेरे लिए अत्यन्त अनिवार्य न हो। पसंदीदा आयोजन मुझे अपडेट भी रखते हैं तथा मुझसे सम्बद्ध क्षेत्रों की तैयार सामग्री भी मुहैया करा देते हैं। सामाजिकता के निर्वाह का सुख भी देते हैं।

कुछ आदतें या जीवनशैली बदलकर समय का आसान प्रबंधन किया जा सकता है। सालों से मेरे लेखन की फाइलें और पुलिन्दे यूं ही पड़े थे। उन्हें खोलने की ही फुर्सत नहीं मिली। जब ये बोझा मुझ पर हावी हो गया तो मैंने जबरन

इस पर ध्यान केन्द्रित किया, तब तक मेरा बहुत-सा लेखन बेकार हो गया क्योंकि दस-बारह वर्ष में दुनिया बहुत बदल जाती है। लेखों की सामग्री, तथ्य तथा रवैया बिल्कुल बदल चुका था। मेरा कितना समय उस सोच-विचार में लगा होगा। उसमें से जो कुछ काम आने लायक था उसे छांट लिया। नए तथ्य डालकर लेख या जिस भी रूप में उपयोगी हुआ उसका उपयोग किया। इस क्रम में मैंने अनुभव किया। इसमें मौलिक लेखन से ज्यादा मेहनत, श्रम व लागत लगी। समय तो लगा ही। समय की तो बात ही मत पूछो, अब मेरे पास पछतावे और सुधार करने के अलावा कोई चारा नहीं है।

एक बार यह राह मिली तो मैंने अन्य क्षेत्रों में भी इसकी आज़माइश की और कदम बढ़ाया। तब देखा कि बहुत-सी चीज़ें ऐसी हैं जिन्हें मैं सालों-साल से धूप दिखाती हूं। फिर रखती हूं। तब उनके सदुपयोग की सोची। कुछ उसमें से उपहार हेतु निकाल लीं। मुझे उम्मीद भी न थी उससे मुझे इतनी राहत, सुकून व सुख मिलेगा। अब काफी जगह निकल गयी। पैसा बचा। कुछ पत्र-पत्रिकाएं तथा पुस्तकें कई संस्थाओं को दान की। उस अद्‍भुत सुख ने समय का खजाना खोल ही दिया। अब तो कुछ चीज़ इकट्‌ठी ही नहीं हो पाती। इस तरह हम सोचें तो बहुत-सी जंक खिटपिटी जिन्हें हम तन-मन के लिए जरूरी मान बैठे हैं या हमारे द्वारा ध्यान न दिये जाने के कारण हमसे चिपकी हुई हैं उनसे निजात पायी जा सकती है, तब लगता है जैसे समय का अकूत ख़जाना हाथ लग गया हो।

समय बिगाड़ुओं से सावधान

रंगा सियार के रूप में वे तमाम शक्तियां या व्यक्ति आदि होते हैं, जो जाने-अनजाने हमारा समय बिगाड़ते हैं। संभव है वे अपने समय का सदुपयोग कर रहे हों। यह भी हो सकता है कि सीधे उनका मकसद आपका समय बिगाड़ना न हो। कभी कोई इस ओर ध्यान दिलाए या हमारा ही ध्यान चला जाए तो हम तुरन्त आगाह हो सकते हैं। समय जाने-अनजाने जैसे भी जब कभी भी किसी भी रूप में बिगड़े, हमें उसका भयंकर ख़मियाजा भुगतना पड़ता है। समय की पूंजी को बटोरना जितना अपेक्षित तथा आवश्यक है, उतना ही आवश्यक है उसकी बर्बादी रोकना भी। समय प्रबंधन का यह भी एक महत्त्वपूर्ण चैलेन्ज है।

समय प्रबंधक हल्का-फुल्का तथा प्रसन्न रहता है। उस पर सफलता का नूर भी रहता है। उसके उज्ज्वल भविष्य की संभावना या सफल वर्तमान भी हर कोई देख पचा नहीं सकता। यदि ऐसे में उसके बारे में अफवाहें, छद्‌म, षडयन्त्र आदि किए जाते हैं तो अच्छा हो उस ओर ध्यान ही न दिया जाए। हां वह अपनी ओर

से उन अवगुणों को दूसरों के प्रति न पालें। ईर्ष्यालु व्यक्ति दूसरे से जलने-कुढ़ने उसकी बुराई करने तथा इमेज खराब करने जैसे कामों में बहुत समय बर्बाद करते हैं, प्रतिस्पर्द्धी व्यक्ति उतने ही समय का उपयोग उस व्यक्ति के गुणों को पहचानकर उनकी होड़ व बराबरी करने में करता है। वह आगे भी निकल सकता है और नहीं तो उन कईयों को जो उससे काफी आगे थे उन्हें तो पीछे छोड़ ही देता है।

हम इस मुग़ालते में भी बहुत समय गंवाते हैं, जैसे हमारे ही सिर पर आसमान टिका है। हम नहीं होंगे तो ये कैसे होगा? वो कैसे होगा? पता चलता है सब कुछ बढ़िया हुआ। हम ही अब तक सर्वसमर्थ लोगों के मुंह में कौर डाल-डाल कर अपना समय भी खोते रहे और उन्हें भी पंगु बनाते रहे।

'ऐसा पाल तानें कि आंधी ऊर्जा बने' के लेखक **पवन चौधरी** अपनी पुस्तक में कहते हैं– 'कभी जीवन में हिंसक ढंग से हमला करना पड़ता है तो कभी पहाड़ की तरह शांत भी खड़ा होना होता है... इंसान को सही समय का अहसास और उस पल के मुताबिक काम करने की काबिलियत होनी चाहिए। उसकी कोशिश होनी चाहिए कि वह वक्त के थपेड़ों में डूबने की बजाय उनकी लहरों पर सवारी करे।'

यानी इंसान इतना अधिक क्षमतावान और ऊर्जावान है कि हर बात को अपने अनुरूप ढाल सकता है तथा स्वयं भी उनके अनुकूल ढल सकता है। समय बिगाड़ुओं को तो एक लपेटे में समेट सकता है। कुछ को स्पष्ट संकेत कर देता है कि वह जान रहा है कि वे उसका समय बिगाड़ रहे हैं। कुछ से कटकर कुछ से उपेक्षापूर्वक तथा इसी तरह अनेक प्रकार से।

समय रहते समय को साधना

समय रहते समय प्रबंधन की आदत हमारे भीतर ऐसा अनुकूलन पैदा कर देती है जिससे हमें जब उसका प्रबंधन हमारे अधीन न भी हो तब भी उस स्थिति में कोई बाधा कोई परेशानी नहीं होती है। दो व्यक्ति जंगल से निकल रहे थे। सिंह गर्जना सुनी। उनमें से एक व्यक्ति दौड़ने वाले जूते पहनने लगा तो दूसरे व्यक्ति ने उसका मखौल उड़ाते हुए कहा– "अरे यार क्या ये जूते पहनकर तुम सिंह से तेज दौड़ लोगे?" वह व्यक्ति बोला "यह तो सही है पर तुमसे तो तेज दौड़ ही लूंगा।"

इस तरह समय प्रबंधन सीखकर हम अपने आपके प्रति भी बेहतर नेतृत्व कला सीखते हैं और अपने प्रति जिम्मेदार दृष्टिकोण अपनाते हैं। असफलताओं

असंतोष तथा ऐसे ही तमाम नकारात्मक पक्षों के लिए दूसरों को दोषी ठहराने की आदत से मुक्त होते जाते हैं।

समय-प्रबंधन की आदत हमें दूसरों के प्रति भी जिम्मेदार तथा संवेदनशील बनाती है। हम अनजाने में भी किसी का समय प्रबंधन डिगा या हटा रहे हैं तो उस बारे में सोचने लगते हैं। कुछ लोग अपने काम समय सीमा में करके दूसरों के प्रति वही भाव नहीं रखते। प्रोफेसर चम्पा अपनी कक्षा की तैयारी करके फारिग होती हैं। उस समय उन्हें किसी का 'हैलो' और सामान्य अभिवादन भी नहीं जंचता, वही स्थिति उनके साथ लोग करते हैं या सहज ही होती हो तो उन्हें लगता है लोग उनके प्रति ठीक से ध्यान नहीं दे रहे हैं। इस तरह वे पूर्णतः समय प्रबंधित नहीं है अन्यथा वे दूसरों के प्रबंधन को भी उतना ही मान-सम्मान देतीं।

जो हम कर रहे हैं या जैसे कर रहे हैं वही ठीक है यह भी हमारे समय प्रबंधन में पराधीन बनाने वाली राह है। दो बकरियां पुल से गुजर रही थीं। रास्ता इतना संकरा था कि एक बार में एक ही निकल सकती थी। नीचे दरिया बह रहा था और कोई विकल्प भी न था। दोनों को लग रहा था कि वापिस पीछे जाना पड़ेगा तो मैं जाऊं, वही चली जाए। चूंकि शक्ति-परीक्षण का भी समय न था, क्योंकि अपने को शक्तिमती समझकर दूसरी से भिड़ जाए तो मौत ही हाथ लगने की संभावना ज्यादा थी। दोनों अड़ी रहीं। समय खाती रहीं, कुढ़ती-खीजती रहीं। एक ने पहल की, वह झुक गयी बोली तू मेरे ऊपर से चली जा। अब दूसरी बकरी शर्मिन्दा थी। वह सोच रही थी-लो एक मिनट का काम है उसी ने कर लिया होता। वह भी झुकी हुई बकरी पर पैर रखने की बजाय उसे लांघकर गई। इस तरह दोनों ने ही पराधीन लगने वाली स्थितियों का अनुकूलन किया। इस सम्बन्ध में दूसरी बकरी की बजाय पहली बकरी का प्रबंधन तंत्र काबिले तारीफ है।

आप हममें से बहुत से लोग तो इस बात को ही भूल चुके होते हैं कि जिस काम को कर रहे हैं इसे किसी और तरीके से और भी बेहतर किया जा सकता है। मैंने देखा है बहुत से पशु निश्चित जगह पर ही भोजन खोजते हैं। उन्हें अक्सर भूखे रहना पड़ता है। वे दुबले-पतले और मायूस दिखते हैं। इसकी बजाय जो खाने-पीने की नई-नई जगह खोजते रहते हैं वे सुगठित-खुशमिजाज रहते हैं। जैसे हमारा पालतू बिल्ला बड़ा हुआ तो बाहर जाने की जबर्दस्त इच्छा रखने लगा। हमने उसे बाहर छोड़ना शुरू किया। वह घूम-टहलकर घर में आता, खाना खाता। निश्चित जगह ही नित्य-क्रिया करके फिर चला जाता। बहुत समय तक वह जान ही न पाया कि खाना-पीना और यही सुविधाएं बाहर भी होती है। उसके साथ कोई और खाने लगे तो वह खाता नहीं है रुक जाता है। पड़ोसियों ने बताया कि

वह बार-बार दिन में कई बार द्वार खट-खट करता है। तब हमने बाहर सामग्री रखनी शुरू की। इसकी बजाय इससे छोटे बिल्ले-बिल्लियां ज्यादा आत्म-निर्भर हैं। वे शिकार करती हैं। भूख सहते भी हैं। इनका रक्षा तंत्र पालतू बिल्ले से कई गुणा सशक्त है।

इसी रीति से हम आदतों, अभ्यासों तथा पूर्वाग्रहों से घिरे रहते हैं, तिस पर बदलने को मन तैयार हो भी तो उसे रोकते हैं। हमें लगता है जो कुछ हो रहा है चल रहा है कहीं उसी में गतिरोध न हो जाए। ज्यादा सफल लोग लोगों को अपने अनूकूल करने की बजाय खुद वक्त-परिस्थितियों यानी संसार के अनुकूल हो जाते हैं।

हमारे पिताजी के दर्जी की दो पत्नियां थीं। सबको बहुत अचरज होता था। हमारे पिताजी ने दोनों पत्नियों से बात की तो पता चल वे बड़े स्नेह से रहती हैं। पुरानी पत्नी ने कहा- "बच्चे तो मेरे आदमी के ही हैं। मेरे में कमी थी, फिर भी अपने आदमी के बच्चों की मां हो गई। सब बच्चे मुझे बड़ी मां-बड़ी मां कहते हैं और बहुत प्यार करते हैं।" दूसरी पत्नी ने कहा- "मैं गरीब मां-बाप की बेटी थी। कहीं शादी नहीं हो रही थी। बड़ी के भाग से मैं आई। इनके बच्चे होते तो मुझे कौन पूछता। मेरे पति तो पहले इनके ही हैं।" हमें इन दोनों पत्नियों का सांसारिक अनुकूलन अचरजकारी लगता है। बड़ी पत्नी कहती है कि "अगर इस स्थिति के लिए कानूनी छुटकारा भी पाना पड़ता या जो कुछ भी रास्ता होता हम मन से निकालते।"

यदि हम चाहते हैं कि समय प्रबंधन हमारे अधीन हो जाए हमें पराधीनता का अहसास न कराए तो हमें परिवर्तन का विरोध करने वाली अपनी ही मानसिकता से मुक्ति पानी होगी। यदि हममें परिवर्तन और नए तरीकों से भागने की आदत है तो उसे भी काबू करना होगा। जरूरी नहीं है कि परिवर्तन का दौर हमेशा हमारे पूर्व अनुभव की तरह ही हो। हर बार का अनुभव दुःखद ही नहीं होता।

हम अपने ग्रहित व्यक्तिव के प्रति बहुत अधिक मोहशील रहते हैं। हमारी समस्त योजना शक्ति इसी के लिए रहती हैं। इस मोह के वशीभूत होकर बहुत-सी क्षमताओं को जागृत करना तो दूर जान भी नहीं पाते हैं। यह दुराग्रह कि जो हमें प्राप्त है कहीं उससे भी वंचित न हो जाएं। जो पैर को जमाना जानते हैं वे जमा ही लेते हैं और कामयाबी कम समय में ही पाने के हकदार हो जाते हैं।

श्यामा चोना डी.पी.एस. की प्रिंसिपल हैं। वे **'तमन्ना'** स्कूल चलाती हैं। यह उनकी मानसिक विकलांग बेटी तमन्ना के नाम पर है। वही इस संस्था के स्कूल की पहली छात्रा थी। श्यामा चोना का एक बेटा इस बेटी से पहले था।

वह पूर्ण स्वस्थ था। उसके बाद यह बेटी हुई यदि श्रीमती चोना हार मान लेतीं तो जीवन घुटन के सिवाय कुछ न होता। उन्होंने विदेश के ऐसे ही स्कूल से प्रेरणा पाकर अपने जीवन की पराधीनता को दूर किया। यदि वह यह मान लेती कि जीवन का यह प्रबंधन मेरे अधीन नहीं है तो श्याम चोना मात्र एक प्रोफेसर या प्रिंसिपल ही होतीं। अपने जीवन की इन्हीं विपरीत स्थितियों और समय के प्रबंधन के कारण आज वह ऐसे कई ओहदेदारों से आगे हैं। गाइडिंग फोर्स हैं। प्रेरणा हैं। ख्याति प्राप्त नाम हैं।

मेरी मां की मृत्यु के बाद मुझे इतना सदमा लगा कि मेरा 13 किलो वजन कम हो गया। मैं आधी रात में उठ-उठ कर रोया करती थी। मकान मालकिन ने कहा-'आप घर खाली कर दीजिये। आपको कुछ हो जाएगा तो मेरी परेशानी बढ़ेगी।' उसी समय मुझे गुवाहाटी के प्रशिक्षण शिविर में जाने का अवसर मिला। मैंने मना करना चाहा। मेरी सहेली ने कहा- 'थोड़ा परिवर्तन हो जाएगा।' मैंने अपने पूर्वाग्रह बताए- 'लोग क्या सोचेंगे! मां की मृत्यु के इतने से दिनों में ही मैं घूमने चली गई।' वह बोली- 'घूमने नहीं तुम लोगों को प्रशिक्षण देने जा रही हो। चेन्ज इज़ ऑलवेज गुड....।' मैं गई वहां पूरे दिन पढ़ाती। कई प्रश्नावलियां दिमाग पर जोर डलवातीं..... रात-भर सोती... .... आधी रात में उठकर रोने की आदत छूटी। कई जगह घूमने भी गये। कामाख्या मन्दिर में नन्हें-नन्हें मेढ़े बकरों और पशुओं की बलि देखकर मैं गजब की विदीर्ण हुई। बहुत रोई। मुझे अपनी मां की प्रखर स्मृति आई। उनकी तमाम अच्छाइयां आंखों के आगे घूम गईं। मैं एक संकल्प और मिशन लेकर लौटी- मां तो जीवन देती है यूं जीवन ले नहीं सकती............। दिल की वह कमजोरी मजबूती बनी। तब से मैं बलि प्रदानी मंदिरों में नहीं जाती। यथासंभव अपने मिशन के प्रति अधिकाधिक समर्पित हुई। कमजोरी, अवसाद, निराशा से उबरकर किस तरह विपरीत स्थितियों का प्रबंधन करने में सफल हुई यह आज भी स्मृति की अमूल्य धरोहर लगती है।

इन्हीं स्थितियों के लिए सच्चे मित्र, सच्चे दोस्त, किताबें और तमाम अपने लोग होते हैं। हम अपने आसपास के लोगों के समय प्रबंधन पर गौर करने की आदत तो डालें। आपको अपने लिए उपयुक्त रोल मॉडल, आसपास ही मिल जाएंगे। वैसे आप खुद इसके रोल मॉडल हो सकते हैं। अपने प्रियजन को उनके प्रिय कार्य सन्तोष देते हैं, सुख देते हैं। यह बात बताती है कि दुःख कष्ट को भूलने और सुख को संजोने का बहुत शानदार तथा कामयाब तरीका है। लोग क्या कहेंगे की दीमक इसमें नहीं लग सकती।

क्रिकेट-सम्राट **सचिन तेन्दुलकर** के पिताजी रमेश तेन्दुलकर 1999 में गुजर गये। सचिन मात्र दो दिन के लिए घर गए। फिर खेलने के लिए लौट आए।

लोगों ने भांति-भांति की बातें कीं। सबको उनका जो जवाब था वह नि:संदेह समय को साधने वाला था, साथ-साथ ही खुद को भी साधने में बहुत मदद कारक था। उन्होंने सबसे कहा "मेरे पिताजी मेरे क्रिकेट खेल को देखकर बहुत खुश होते थे। मैं इसी रूप में उन्हें श्रद्धांजली देना चाहता हूं।" उन्होंने मैच में शतक बनाकर पिता को श्रद्धांजलि दी। वाकई में ऐसे साधक सच्चे साधक होते हैं। सोचने को कोई ये भी सोच सकता है लो जी पिताजी गुजर गए और ये है कि अपनी कामयाबी और रिकॉर्ड के पीछे पड़ा हुआ है। सबके मुंह बन्द करने के ऐसे तरीके हम भी तो निकाल सकते हैं। इसी तरह किसी ने उनसे आगे बढ़ने का राज पूछा तो बताया- "आलोचना- मैं इसे बहुत गंभीरता से लेता हूं। मैं भगवान नहीं हूं। पर हां मैं गलती का सुधार करने का माद्दा रखता हूं।"

हम कई साधकों को जानते हैं- बस ज़रा ध्यान दें

प्रख्यात धनुर्धर एकलव्य इसका सबसे शानदार उदाहरण है, गुरु द्रोणाचार्य द्वारा धनुर्विद्या सिखाने से मना किये जाने पर एकलव्य ने न केवल समय को बल्कि खुद को भी साधा। गुरु की प्रतिमा से ज्ञान और बल पाया, जो हाथ में धनुष-बाण देने उठकर नहीं आ सकती थी। बोलकर नहीं सिखा सकती थी।

अर्जुन ने केवल चिड़िया की आंख देखी। यही अर्जुन महाभारत के युद्ध के समय एक समय अपने को न साध सका। तब कृष्ण ने गीतोपदेश दिया। यदि सारी तैयारी करने के बाद मोर्चे पर पहुंचकर हम मूल बात से ही भटक जाएं तो अब तक का सारा समय, प्रयास तथा साधन-संसाधन ही व्यर्थ हो जाएंगे।

इसीलिए श्री कृष्ण ने अर्जुन को जो उपदेश दिया वह आज भी गीता के रूप में कर्म कौशल का चूड़ान्त निदर्शन बना हुआ है।

यहां तक कि आप खुद भी काफी हद तक वैसे हैं- जब आप अपना पसंदीदा कुछ कर रहे होते हैं तो दूसरा कोई भी कार्य करना नहीं चाहते। किसी को सुनना भी पसंद नहीं करते। यह तल्लीनता आत्मलीनता है समय-साधक। ■

> जो समय को बर्बाद करता है, समय उसे बर्बाद कर देता है।
>
> **-शेक्सपियर**

2

कैसे डालें टाइम मैनेजमेंट की आदत

जो कार्य समय पर नहीं किया जाता है, वह कितना भी श्रेष्ठ क्यों न हो, उसका कोई मूल्य नहीं होता है।

–रामचरितमानस

हमारी इच्छा और महत्त्वकांक्षाएं असीम हैं साथ ही विरोधाभासी भी। ऐसी स्थिति में समय प्रबंधन इन सबके बीच अच्छा तालमेल बिठा सकता है। कुछ लोग कुछ खास परिस्थितियों में ही टाइम मैनेजमेंट करते हैं। जीवन में सदैव इसका पालन नहीं करते, न ही इसकी आवश्यकता समझते हैं। टाइम मैनेजमेण्ट का असली लाभ तभी मिल पाता है जब वह आदत बन जाये। आदत के रूप में हमारे जीवन का हमसे अलग न हो सकने वाला हिस्सा हो जाये। ऐसा टाइम मैनेजमेंट ऑटोमेटिक या सहज लगता है। इस आदत के लिए पहले तैयारी, सेल्फ कम्यूनिकेशन और उसका रिपीटेशन परमावश्यक है।

किसी ने कहा है **"हमारी आदतें हमें गुलाम बनाती हैं।"** मैं इस बात से पूरी तरह सहमत नहीं हूं। आदतें हमें गुलाम नहीं बनाती, बल्कि हम उनके गुलाम बनते हैं। कुछ आदतें ऐसी हैं जिनका गुलाम हो जाना बहुत श्रेयस्कर होगा। जैसे सच बोलने की; सहायता करने की, समय प्रबंधन की। उन आदतों को जो हमें अपने पाश में बांध चुकी हैं उनमें तब तक सुधार अथवा बदलाव संभव नहीं होगा क्योंकि ये लगेगा कोई और है जिसने हमें अपनी गिरफ़्त में ले रखा है। उनके पाश में गिरफ्तार होने वाले भी हम ही थे और निकल भी हम खुद ही सकते हैं। आदतें शक्तिशाली होती हैं, इसलिए उनसे बाहर निकलने के लिए भी काफी शक्ति लगानी पड़ती है।

(1) कुछ आदतें हमें सुख पहुंचाती हैं जैसे आलस्य व तब हम सोचते हैं ऐसी आदत छोड़ देने से हमें सुख मिलना बंद हो जाएगा।

(2) आदतों से छुटकारा पाने या पालने से पूर्व उन्हें पूरी तरह जानना समझ लेना चाहिए। आदत से तात्पर्य है किसी क्रिया पर निर्भरता। लगता है ऐसे

में हमें वो काफी हद तक अपने ऊपर निर्भर और परतंत्र बना देती हैं। वह धीरे-धीरे व्यवहार तथा आचरण का ऐसा हिस्सा बन जाती हैं कि हमें अहसास ही नहीं होता। इस तरह आदत आंतरिक है उसे आंतरिकता से ही पाला व छोड़ा जा सकता है। इस तरह आदत के इस दर्शन को जान लेने के बाद वे काफी हद तक हमारे अधीन हो सकती हैं, कुछ काम हम अपनी आदतों की वजह से नहीं कर पाते तथा कुछ काम हम अपनी आदतों की वजह से ही करते चले जाते हैं।

(3) नकारात्मक आदतें-गुस्सा, शक, स्वार्थपरता, परनिर्भरता आदि से छुटकारा। ये आदतें हमारी काम की वरीयता क्रम को बहुत बाधा पहुंचाती हैं। अचानक अप्रत्याशित समय चाटू स्थितियां ला देती है। मनःस्थिति भी काम लायक नहीं छोड़ती।

(4) कामों को लटकाना छोड़कर हाथ के हाथ निबटाएं। हम अपने भीतर झांकें तो पाएंगे कि हम सैकड़ों कामों को लटकाने के व टालने के आदी हो चुके हैं। हमें कभी उनके इस रूप-स्वरूप का अहसास भी नहीं होता। यही कारण है कि इनसे जो चिंता, खीझ व तनाव होता है उसे हम जान नहीं पाते अनुभव नहीं कर पाते। कामों की टालमटोली सुबह से शाम आज से कल, कल से परसों होती-होती सालों-साल तक पहुंच जाती है। धीरे-धीरे हमारे प्रयास भी स्वतः चुक जाते हैं। कुछ लोगों को उन कामों को न करने की कसक रहती है। यही कसक हमारी ऊर्जा का अपव्यय कराती है। काम करके व्यक्ति उतना नहीं थकता, जितना उसके बारे में सोच-सोच कर थकता है। एकाग्रता कम होती है। ताजगी और उत्साह पर अवसाद का निरन्तर हमला होता है।

टाइम मैनेजमेण्ट करके हम ऐसे अनेक लम्बित कामों को निबटाकर अपना बोझ हल्का कर सकते हैं। आज हर कोई 'समय नहीं है', का राग अलापता है। यदि प्रतिदिन आधे घण्टे वो किसी काम को करना शुरू करें तो महीने भर में अवश्य ही वो पूरा हो सकता है।

समय प्रबंधन की आदत से शुरुआत में आपको अपने किसी प्रिय कार्य में कटौती करनी पड़ सकती है। श्रीमान 'क' प्रातः डेढ़ घण्टा घूमते हैं। दो साल के अखबार, पत्र-पत्रिकाओं ने उनके घर को कबाड़खाना बना दिया है। ऐसे में अक्सर घर में लड़ाई-झगड़े का माहौल रहता था। एक-दूसरे पर कामों की थोपना व आरोप- प्रत्यारोप की स्थिति रहती थी। पछताकर उन्होंने प्रातः भ्रमण को डेढ़ घण्टे से आधा घण्टा कर दिया। उन्हें लगा आधे घण्टे में इस घरेलू काम से भी

कुछ कैलोरी घटेगी। अपने को बच्चों की तरह समझाकर वे प्रवृत्त हुए तो समय प्रबंधन से वह काम बहुत योजनाबद्ध तरीके से निबट गया। नतीजा यह हुआ कि दृष्टिकोण और आदत पनपी तो उन्हें अपने आपको हल्का रखने का शौक हो गया, सालों-साल का मन के मन अखबार हटा दिया। घर में जगह ही जगह हो गयी। एक कमरा व स्टोर (किचन में तबदील करके) किराये पर दे दिया। तीन हजार रु. आमदनी हो गयी। उनको अब पैसों के लिए किसी पर निर्भर नहीं रहना पड़ता। एक समस्या ने हल होकर कई समस्याएं हल कर दीं। सुख-शांति और नई योजना का सुख और मिल रहा है।

समय प्रबंधन के लिए **आत्म-निरीक्षण** आवश्यक है। हालांकि अपनी आलोचना बहुत मुश्किल है पर इसको हम पर भाव से करें तो बहुत समय बचा सकते हैं। जैसे टी. वी. के आगे बैठकर शाम से रात सोने तक का समय गुजार देने पर- ऐसा लगता है जैसे बहुत व्यस्तता के साथ समय कट गया हो। घर के पुरुष अपना पूरा समय इस कार्य में लगाते हैं। इस बीच घर की महिलाएं घर का सारा काम भी निबटाती जाती हैं। टी. वी. देखने के एक घण्टे में से आधे घण्टे काम आसानी से किया जा सकता है। शुरू-शुरू में यह बहुत विकट लग सकता है या ध्यान और मन लगने में समय लग सकता है पर धीरे-धीरे आदत हो जाती है और हमें पता भी नहीं चलता।

हर काम में क्वालिटी समय लगाने की आवश्यकता नहीं है। होता यूं है कि हम मनोरंजन या ऐसे कामों में रात का सौ प्रतिशत क्वालिटी टाइम लगा देते हैं और जिन पर सौ प्रतिशत क्वालिटी टाइम खर्च करना चाहिए, उन्हें ऐसे ही सरसरी तौर पर निबटा देते हैं।

शोध प्रबंधक महोदय का घर कागज़ों से भरा है। उन्होंने पूर्व सामग्री जमा कर रखी है, पता नहीं कब कौन-सी चीज काम आ जाए। न कभी देखते हैं, न संभालते हैं। बस एक मुग़ालता पाला हुआ है कि हमारे पास दस साल की सामग्री है। घर-भर के दबाव से जब जबरन उन्हें काम हेतु तैयार किया तो पता चला सारे डाटा अब बदल गये। नाहक संजोया। किसी को दे ही दिया होता तो अच्छा था। ऐसा मोह भी खतरनाक होता है। टाइम बिगाड़ु नए-नए कामों को शुरू करने और क्रिएटिविटी में बाधा पैदा करता है।

(2) छात्र मनोज टी. वी. का शौकीन है। घर में यही लड़ाई का कारण है। वह टी. वी. जितने मनोयोग से देखता है उतने मनोयोग से पढ़ता नहीं हैं। दो घंटे लगातार टी. वी. देख लेते हैं पर पौन घंटा भी निरन्तर पढ़ते नहीं है। कितना ही समझाओ नहीं मानते। अच्छा दिमाग है फिर भी उसके साथ के छात्र

आई.आई.टी. मेडिकल में प्रवेश पा चुके तो उन्होंने गौर फरमाया। अपनी कमियां जानी। समय रहते जान लीं तो एक साल बिगड़ा पर जिन्दगी बन गयी। वरना वह कहता है पहले वाले रवैये से तो ग्रेजुएशन तक में एडमिशन नहीं मिलता इंजीनियरिंग की तो बात ही अलग है।

नीटू वैसे होशियार है पर हर बात का जवाब और बहाना उसके पास हाज़िर है। उसे लगता है वह जो करता है सब ठीक करता है। उसे टोकने वाला हर शख़्स गलत है। समय का सम्मान तो उसने सीखा ही नहीं। स्कूल में मस्ती करता है। ट्यूशन वाले सर को पूछता नहीं। वे कुछ कहते हैं तो कहता है "आपको पैसे मिल तो रहे हैं।" मां को कहता है, "ज्यादा कुछ कहा तो भाग जाऊंगा।" पिता को कहता है, "मैं डॉक्टर-इंजीनियर बनना ही नहीं चाहता। सिम्पल ग्रेजुएशन करूंगा। आई.ए.एस. बनूंगा और कुछ नहीं तो आपका बिजनेस कर लूंगा।" इस तरह सारा समय मौज-मस्ती में गुजार रहा है, शेष समय तर्क-वितर्क में। उसके हाथ आज लक्ष्यहीन जीवन ही है। बिजनेस को वह बाएं हाथ का खेल समझ रहा था। उसमें तो टाइम मैनेजमेंट और भी ज्यादा चाहिए था। कमिटमेंट समय पर पूरा न कर पाने से उनके सारे क्लाइंट हाथ से निकल गये। अब हाथ मलने के अलावा कोई चारा नहीं बचा। समय की प्रयोगशाला में भी काठ की हाण्डी बार-बार नहीं चढ़ती। इसलिए तो कहते हैं जिसने पैसा गंवाया उसने कुछ गंवाया, जिसने हुनर गंवाया उसने काफी कुछ गंवा दिया, पर जिसने समय गंवा दिया उसने तो सब कुछ गंवा दिया।

वाकई में ऐसा कुछ जो कभी लौट नहीं सकता फिर से मिल नहीं सकता। वह तो गंवाना ही हुआ।

ऐसे व्यक्ति जीवन में बहुत देरी से समय प्रबंधन सीखते हैं, या सीखना चाहते हैं। पुरानी आदतों से पीछा छुड़ाने और नई आदतों को सीखने में भी उतना ही समय लगता है। इसलिए टाइम मैनेजमेंट जितना जल्दी सीखें उतना ही फायदेमंद होगा।

नितिन ने मम्मी-पापा को आश्वस्त कर रखा है, वह जानता है उसे क्या चाहिए और उसे कब क्या करना है। वह इतने ऊंचे-ऊंचे लक्ष्य के बावजूद अपना हर काम खुद करता है। उसके अनुसार यह सब करते रहने से उसकी टाइम मैनेज करने की योग्यता दिन-दिन बढ़ती और निखरती है। साथ ही टाइम और स्पेस क्रिएट करना भी सीख लेता है। कौन-से काम को क्वालिटी टाइम देना है और किसको साधारणतया किया जाना है, इस पर विचार करने पर हम अपनी आवश्यकता और सुविधा के अनुसार इसका निर्धारण कर सकते हैं।

अपने टाइम मैनेजमेंट को जीवन का हिस्सा और सकारात्मक आदत बनाने के क्रम में हम आराम और फ्लैक्सी टाइम का कॉन्सेप्ट भी दिमाग में रखें। 'रिलैक्स टाइम' वो है जो हम काम की थकान के बाद उस थकान को उतारने में लगाते हैं। 'फ्लैक्सी टाइम' वो है जो एक काम से दूसरे काम के बीच का है। एक काम से दूसरे काम के बीच में हमें दस से पन्द्रह मिनट का जो समय लग सकता है वह फ्लैक्सी टाइम है। इस तरह का लचीलापन रखने में गुलामी या बंधन का अहसास नहीं होता। न ही टाइम मैनेजमेंट नीरस और बोरिंग या थकाने वाला ही लगता है।

शुरुआत में लचीला टाइम मैनेजमेंट रखें। "टाइम-टाइम पर मैंने काम व लक्ष्य के स्वभाव के अनुसार टाइम मैनेज किया। खास उद्देश्य के लिए इसकी आदत पाली जा सकती है। छोटी-छोटी बातों से यह प्रबंधन जीवन का हिस्सा बन सकता है। जैसे जो दूरी आप पैदल बीस मिनट में तय करते हैं, उसे पन्द्रह मिनट में करने की कोशिश कीजिये। संभव है कुछ ही दिनों में वही दूरी दस मिनट में ही तय हो जाए।"

कामों को सीमित करने पर समय प्रबंधन आसान हो जाता है। हम अपनी दिनचर्या पर गौर करें तो पाएंगे बहुत से काम हम यों ही करते हैं जिनके करने न करने से हमारा कोई खास ताल्लुक भी नहीं। जैसे अनावश्यक बहस, विवाद या फोन पर बेकार की गपशप, और बताओ और बताओ करते-करते लोग दस-पन्द्रह मिनट फोन पर बतिया लेते हैं।

- काम से ही रिलैक्स करके समय मुट्ठी में बांधा जा सकता है। मैं महीने में एकाध अवकाश दिवस के अलावा दिन में नहीं सोती। महत्त्वपूर्ण कार्य की थकान अन्य पसंदीदा कार्यों को करके उतारती हूं। जैसे घूम-फिरकर किये जाने वाले कार्य के बाद आरामदायक स्थिति में बैठकर पसंदीदा पुस्तक पढ़ना या लेखन के बिंदु बनाना या उन पर सोचना।
- सफल लोगों से या अच्छी पुस्तकों से सफल लोगों की जीवनशैली जानकर अपनी जीवनशैली की तुलना करना व अनुकरण की कोशिश करना।
- **लक्ष्य निर्धारण**- अपनी प्रगति के क्रमिक चरण तय करना। यथा प्रथम तिमाही तथा द्वितीय तिमाही में कब कितना काम हुआ।

रामपाल अधीर बहुत हैं। घर की पुताई हुई तो मजदूर कभी पानी मांगे कभी चाय। वे परेशान हो गये। तू-तड़ाक हुई तो मजदूर भाग गये। एक घंटे की बात थी दुबारा पुताई वाले (पेंटर) ढूंढ़ने में उन्हें दो दिन मशक्कत करनी पड़ी। तिस पर फिर सेवा जिम्मे पड़ी। इस तरह उन्होंने व्यावहारिक दृष्टिकोण अपनाया। अपना ही नहीं औरों का टाइम भी मैनेज करना सीखा।

हरिहर का हर काम हो जाता है। वे कहते हैं, "मैं टाइम के लिए पैसा खर्चता हूं। किसी को टाइम चाहिए किसी को पैसा। मैं एडजस्ट कर लेता हूं। इस तरह मैं लिखने-पढ़ने के दो घण्टे रोज निकाल लेता हूं। यदि मैं कामवाली को पचास रु. अतिरिक्त देकर बाज़ार का खाना खाने से बच सकता हूं तो घर के खाने के साथ ही बाहर खाने जाने का समय तो बचा। मैं इस तरह पचास रु. में 200 रु. का समय जुगाड़ लेता हूं।"

हम कैसे सीखते हैं, यह हमसे बेहतर कोई नहीं जान सकता। मेरे एक परिचित अपने घर की पुताई खुद करते हैं। कहते हैं, "मैं पहले पुताई के समय बीमार हो जाता था। अब मैं स्वयं यह कार्य आनंदपूर्वक करता हूं। मेरा समय व मेरा श्रम इससे मेरे लिए कई गुणा आनंददायक हो जाता है। मुझे अपना समय बचाने के लिए किसी के बारे में सोचने की कोई ज़रूरत नहीं है। कोई कंजूस कहता है, कोई मक्खीचूस, ख़ैर- मैं टाइम से सब कर लेता हूं, यह मेरा प्राप्य है।"

विनायक ने ईर्ष्या- होड़ में टाइम मैनेज करने की आदत सीखी। मेरे दोस्त के सब काम हो जाते। मैं रह जाता। बहुत जला-कुढ़ा। फिर उसकी नकल शुरू की। तब पता चला यह तो किसी तपस्वी जैसा समय साधता था।

वह नहा ले तो समझो सुबह के साढ़े छह बज गये। सात बजे स्टडी टेबल पर। जो कठिन लगे उसे सबसे पहले निबटाकर फिर आसान काम। बस मैं भी जब से उसकी तरह रहता हूं- समय की परिधि में रहता हूं।

समय तो लक्ष्मण रेखा है, इसका पालन न करने या उल्लंघन करने पर सीता हरण वत् लक्ष्य हरण हो सकता है। इसलिए भी हम अपने आपको इसके दायरे में ही रखें तो बेहतर है।

यदि आप एक चीज भी सही जगह नहीं रखते तो याद होने के बावजूद वहां से लाने ले जाने में ही पांच-दस मिनट करके समय का काफी बड़ा हिस्सा हाथ से निकल जाता है।

दक्षा नाम के अनुरूप है। उसने हर शेल्फ पर सूची चिपका रखी है। कहां क्या-क्या रखा है। इसी तरह कैरियर के लिए भी कम्यूनिकेशन इनफॉर्मेशन चिपका रखी है। घर के सदस्यों के बीच भी संदेश आदान-प्रदान का छोटा ब्लैक बोर्ड है। मिसकॉल या सेलफोन का कोई फालतू समय उनके पास नहीं है।

नेहा को इन्तजार पसन्द नहीं। वह किसी को इन्तज़ार नहीं कराती। वह कहती है, "अगर कोई मुझे पन्द्रह मिनट इन्तजार कराता है तो मैं उसे आधा घण्टा इंतजार कराती हूं। इसलिए मन हो चाहे न हो, मेरे साथ घर और बाहर वालों ने टाइम मैनेजमेंट की आदत सीख ली है। जो नहीं सीखता है वह भी मेरी टाइम की

पॉलिसी से दो-चार दिनों में सीख जाता है। दूसरों के घाटे से लोग नहीं सीखते पर अपना घाटा हो तो तुरन्त सीख लेते हैं। यही मेरा समय दर्शन है।"

(1) हाथ का काम हाथ में निबटाकर हम बहुत समय बचा सकते हैं। यह आदत किसी भी आयु वर्ग के लिए उपयोगी है। मसलन विद्यार्थी वर्ग का व्यक्ति इस आदत से कक्षा में पढ़ाया हुआ वहीं समझ-सीख सकता है। फिर समय पर थोड़ा ध्यान देते ही वह जानकारी पक्की व पुख्ता तौर पर याद आ जाती है।

(2) जो काम जिस समय के लिए है उसे उसी समय पर करना। मसलन सुबह के कामों का सुबह ही निबटान। एक बार उनकी फ्लेक्सिबिलिटि बढ़ाने-घटाने से वो घटती-बढ़ती जाती है। श्रीमती 'ग' रात को अखबार पढ़ती हैं। दिन-भर कभी टी. वी. खोलती हैं कभी रेडियो। उन्हें लगता है जैसे कुछ छूट-सा रहा है। इससे तो अच्छा है वे प्रातः दस-बीस मिनट अखबार ही देख लें।

रसोईघर में समाप्त होने वाली वस्तुओं को उसी समय रसोई डायरी में लिख लें तो बाद में सोचने और याद करने में समय बर्बाद नहीं करना पड़ता। इकट्ठी एक साथ वस्तुएं लाई जाएं तो भी न केवल समय अपितु पैसा भी बहुत बचता है। नाश्ते और व्यंजनों की सूची भी टांकी जा सकती है।

चीजों को व्यवस्थित रखना- लोग चीज़ें इधर-उधर रखकर घण्टों उन्हें ढूंढ़ने में लगा देते हैं। समय के अलावा झुंझलाहट और मानसिक तनाव तथा त्रास का शिकार भी होना पड़ता है। टेलीफोन, बिजली के बिल, बैंक के काग़ज़ात आदि प्राप्त होते ही सम्बद्ध फाइल में नत्थी कर दिये जाएं तो आप अंधेरे में भी उन्हें ढूंढ़ सकते हैं।

अनावश्यक वस्तुओं का निपटान आवश्यक है। ज्यादातर हम लोग इस आदत के चाहे-अनचाहे शिकार होते हैं या हो जाते हैं। बहुत-सी चीज़ें जिन्हें हम सहेजकर रखते हैं पर वो कब काम आएंगी यह भी तय नहीं है। यह प्रवृत्ति रसोई से लेकर कार्यालय के कागजों और विचारों तक सब पर लागू होती है।

टालमटोल से बचाव को अवसर हम अपना सुख या आरामतलबी समझते हैं। यह धीरे-धीरे हम पर हावी होती है। जैसे आप ई-मेल देख रहे हैं तो जवाब देने वाली मेल तुरन्त करने में आसानी है। न कम्प्यूटर के लिए दुबारा टाइम निकालने की जरूरत है न मूड बनाने की न ही कन्टेंट से ही पुनः अवगत होने की ही। निरर्थक कामों या विचारों के घेरे से मुक्ति भी समय बचाने में हमारी मदद करती है। इन पर हमारा काफी कीमती समय

चला जाता है। धीरे-धीरे निरर्थक चिन्तन, बहस आदि हमारी आदत का हिस्सा भी बनने लगते हैं।

करियर और काम से सम्बद्ध शौक या रुचि भी जागृत की जा सकती है। आजकल प्रोफेशनल युग में शौक से दक्षता हासिल की जा सकती है। मसलन लेखन, पठन-पाठन मेरा शौक है। इससे मैंने करियर में भी सफलता पाई। सामाजिक उत्सवों की अपेक्षा मैं तत्सम्बन्धी आयोजनों में ज्यादा रुचि लेती हूं। मेरा उधर लगने वाला समय इधर लग जाता है।

श्रीमान 'क' ने एक घंटे की मॉर्निंग वॉक को घटाकर आधा घण्टा कर दिया। खाने में कैलोरी की गणना शुरू की। पोषण पर पर्याप्त ध्यान दिया वे आधा समय बचाकर पहले से ज्यादा स्वस्थ हैं।

कुमारी 'क' का कहना है कि मैंने एक विशेषज्ञ के साथ संवाद परामर्श करके अपने शरीर की आवश्यकता के अनुकूल व्यायाम करना शुरू किया है, इस तरह से बचा एक घण्टा मैं संगीत सीखने में लगाती हूं। मेरे जीवन में मुझे पूर्णता का अहसास होना शुरू हो गया है।

एक ही साथ में कई काम करके समय बचाने का तो आनंद ही अलग है। कुमारी 'ख' दूध के भगोने को गैस पर रखकर पास खड़ी-खड़ी दूध गर्म करती हैं। इस बीच कई बार और काम रह जाते हैं। समय ईजाद करने की यह तकनीक थोड़ा ज्यादा ध्यान चाहती है। एक समय में कई काम करने पर आपको पर्याप्त ध्यान रखना होगा वरना समय और संसाधन बिगड़ेगा। मान लीजिये सार्वजनिक परिवहन में ऐसा करते हुए पढ़ने का शौक पूरा करते हैं, ऐसे में ये न हो कि आपका गन्तव्य निकल जाए, सामान छूट जाए या कोई जेबकतरा आपकी जेब ही साफ कर जाये। टी. वी. देखते हुए घर के काम, कामों व सामानों की सूची बनाने व्यायाम करने जैसे काम बेहद आसानी से किए जा सकते हैं। समाचार व गानों के लिए रेडियो की आदत भी आपको उत्फुल्ल बनाए रख सकती है।

- याददाश्त दुरुस्त रखना।
- नियमित डायरी लेखन।
- अपने काम की आवश्यकता के अनुसार संदर्भ पुस्तिका या संदर्भ डायरी। इसमें आप उपयोग में आने वाले रेफ्रेन्स व उनके मूल स्रोत लिख सकते हैं ताकि काम के वक्त सोचने तथा खोजने में समय न लगाना पड़े।
- साधनों के सफल प्रयोग- उपयोग से भी।
- सीधी-सादी जीवनशैली। जीवन में व्यर्थ लाग लपेट न रखना, न केवल हमारा बल्कि औरों का भी समय बचाता है।

- जीवन के अन्य प्रबंधन दुरुस्त रखने से काफी समय प्रबंधन अपने आप हो जाता है जैसे- अर्थ प्रबंधन, गृहप्रबंधन।
- आवाजाही सीमित करके। यह निर्धारण और निर्णय नितांत व्यक्तिगत सुविधा पर निर्भर है फिर भी हम इससे समय प्रबंधन में मदद ले सकते हैं। जैसे एक ही रूट के काम एक साथ निबटा लिए जाएं। बाहर निकलने पर बाहर के काम सम्पादित करते हुए लौटना। मैंने बहुत से आयोजन और अवसर ऐसे देखे जिनका मेरी रुचियों और जानकारी से कोई वास्ता न था और न ही रुचि, केवल लोगों का हुजूम देखना ही ऐसे अवसरों का प्राय है। सोचती हूं तो लगता है वही समय काउण्ट किया जाए तो महीनों हो जाएगा।

"स्वस्थ प्रतिस्पर्द्धा व होड़ या चुनौती देने का जो भी तरीका हम अपने आपके लिये अपना सकें। वह स्वस्थ भाव हमें अपने गोल (लक्ष्य) पर फोकस व केन्द्रित रखता है।

अनुशासन व मूल्यों में निष्ठा व विश्वास रखकर भी टाइम मैनेजमेंट को लक्ष्य बनाकर उसमें जुट जाना इस दिशा में सफलता दिलाता है।

इस विद्या को सिखाने वाले गुरु यत्र तत्र सर्वत्र हैं। प्रकृति, परिवेश, जड़, चेतन सब तो इस परिधि में बंधे हैं। एक हम ही हैं जो निर्बन्ध होते जाते हैं। जब सूरज देर से उगे, न दिखे तो शिकायत होने लगती है। हम देर से कहीं आएं जाएं तो लोगों को वही शिकायत हमसे हो तो हमें बुरा क्यों लगता है? मेटाबॉलिक क्लॉक हमारे भीतर भी है उसे चलाने के लिए कटिबद्ध तो हों।

■

> समय के चक्र के अनुसार ही संसार में उलट-फेर होता है।
>
> **–बोधायन**

3

समय व काम का रिश्ता : जानना जरूरी

समय प्रत्येक व्यक्ति को महान बनने का अवसर प्रदान करता है, यह व्यक्ति पर निर्भर करता है कि वह उसका लाभ कैसे उठाता है।

–लाल बहादुर शास्त्री

कर्म प्रधान विश्वरचि राखा सम्पूर्ण संसार कर्म प्रधान है। कर्म के बिना जीवन का कोई मतलब ही नहीं। जब वही नहीं तो तमाम सुख सौन्दर्य भी रूख्सत हो जाते हैं। जीवन में भले ही काम से हम कितना ही घबराते हो, डरते हो, पर जब काम कम हो जाता है तो जीवन उतना ही नीरस तथा उबाऊ हो जाता है। कुछ लोग रिटायर्ड हो जाते हैं या अपने को ऐसा मान लेते हैं तो बहुत जल्दी बूढ़े हो जाते हैं। कामचोर लोग तक काम के बिना नहीं रह पाते। कुल मिलाकर काम के बिना सृष्टि और जीवन की कल्पना असंभव है। **'जब तक जीना तब तक सीना'** जैसी बातें इसी की परिचायक हैं।

सारा समय प्रबंधन काम के इर्द-गिर्द है। काम और समय का रिश्ता अटूट है। हम इसके निर्वाहक हैं यानी समय और काम के बीच की योजना कड़ी। समय पूंजी है और काम खरीददारी। इस रीति से भी इन दोनों का आपसी सम्बन्ध जाना-समझा जा सकता है।

समस्त प्रकृति तक कर्मरत है। हम तो सबकुछ अपने व अपनों के लिए कर रहे हैं, पर प्रकृति किसके लिए कर्मरत है? हमारे लिए। **वृक्ष कबहु नहि फल भखै नदी न संचै नीर** अर्थात्- वृक्ष कभी अपने फल नहीं खाता, नदी अपने लिए जल संचित नहीं करती यानी स्वयं को यह लगने पर भी कि हमारा कोई काम नहीं है, तो दूसरों के लिए ही सही पर कर्मरत जरूर रहा जाए।

कर्म का दर्शन व मूल्यवत्ता उसे समय सापेक्ष बनाने के लिए बहुत जरूरी है। खुद कमाकर खाना मनुष्य प्रकृति है। छीनकर खाना विकृति है। खुद के साथ दूसरों को भी खिलाना संस्कृति है। यह हमारी उन तमाम शंकाओं का निराकरण भी है कि किसी के जीवन-मरण का प्रश्न हो और हम अपना समय-प्रबंधन व्यवस्थित किये जा रहे हैं क्या ऐसा प्रबंधन ठीक है? इसलिए वेदों में इन्सान को क्रतु (कर्मशील) कहा है पर उसके चिन्तन परक होने की बात कही है। भारतीय दर्शन कर्म को पूर्व, वर्तमान और भावी जीवन तक का हेतु मानता है।

समय और कर्म का गुणवत्ता परक रिश्ता है। समय काम को सम्पादित करता है उससे जीवन निर्मित होता है। अटूट गठबंधन है दोनों का। व्यक्ति समय प्रबंधन के फ्रेम में कर्म को देखे तो कर्म सहयोगी है। उसका सहयोग अच्छा है पर सारा काम उनके भरोसे करके विरत हो जाना ठीक नहीं। दो लोग शहर आ रहे थे। रास्ते में प्यास लगी। एक कुंआ मिला पर दोनों में पानी निकालने के नाम पर विवाद हो गया। एक बोला-"मैं पानी क्यों निकालूं मैं नवाबज़ादा हूं।" दूसरा बोला- मैं भी साहबज़ादा हूं।" इस बीच तीसरा व्यक्ति दिखा। दोनों ने उसे जल निकालने को कहा, वह हंसने लगा, बोला-तुम लोगों के क्या हाथ नहीं हैं? दोनों ने पूरी बात उसे बताई तो वो बोला मैं भी हरामज़ादा हूं इसलिए पानी नहीं निकाल सकता।

इसी तरह कोचवान गेहूं लदी बैलगाड़ी के बैल पर कोड़े बरसा रहा था, पर गाड़ी कीचड़ से नहीं निकली। कोचवान आने-जाने वालों को भी बुला रहा था, पर कोई उसकी बात सुन तक नहीं रहा था। उसे लोग कह रहे थे-'खुद उतर नहीं रहा, बेचारे बैल को मार रहा है। हम क्या इसके नौकर हैं?' ज्योंहि कोचवान उतरा उसने प्यार से एक हाथ बैल के पुट्ठे और दूसरा बैलगाड़ी पर रखकर खींचा। कई लोग उसकी मदद के लिए आ गए। इसलिए कहते हैं ईश्वर और भाग्य भी उसी की मदद करते हैं जो अपनी मदद स्वयं करते हैं।

जगह-जगह हमें भांति-भांति से समय व कर्म के सम्बन्ध मजबूत बनाने की शिक्षा दी गयी है। यह सूक्ति भी बहुत सुन्दर तथा कर्मप्रेरक है- **तन सबल, मन विमल और जीवन सरल होना चाहिए''** - यह कर्म व समय के मजबूत पुख्ता रिश्ते से ही संभव है।

आज जगह-जगह समय व कर्म के रिश्ते में कठिनाई आ रही है। हमें उन दोनों के तालमेल को जानने-समझने की आवश्यकता है। आज हम कर्म अच्छा हो जाए या उसका फल अच्छा मिले इसके लिए मुख्य कर्म पर ध्यान लगाने की बजाय इधर-उधर के कामों में बहुत समय और साधन बर्बाद कर रहे हैं

इससे तो अच्छा हो उतना ही समय मुख्य कार्य को दें। पिता ने पुत्री को प्रातः एक दीपक जलाकर माला मंत्र जाप की राय दी। वह नियम से करने लगी- पिता ने एक दिन जल मांगा वह चिढ़कर बोली- आपको पता नहीं मैं आपके ही लिए मंत्र जप रही हूं। पिता बोले- 'जल पिला नहीं सकते तो मंत्र जप व्यर्थ है।' इस तरह आज हमारे श्रम व कर्म की सार्थकता तथा संदर्भ दिन ब दिन बदलते जा रहे हैं। समय प्रबंधन का तो लोग अर्थ ही लगाते हैं कर्म फल की प्राप्ति कराने वाला समय। काम से गुणवत्ता और सार्थकता तथा मूल्यों का न होना वैसा ही है जैसा अग्नि में दाहकता तथा जल में शीतलता का न होना। यों तो करने को जेबकतरे, चोर, लुटेरे डाकू सभी काम करते हैं पर उनकी सार्थकता क्या है?

समय, काम और सार्थकता के बीच महीन धागा है- उसी से उसकी बुनावट मजबूत होती है। समय का दर्शन **'मा फलेषु कदाचन'** के गीता-दर्शन के खिलाफ नहीं है। गीता कर्मपरक विश्व का सर्वश्रेष्ठ ग्रंथ है तथा अर्जुन के कर्म-विरत होने पर ही कर्मरत किये जाने के मन्तव्य से लिखित है, अतः हमें अपने मन से भ्रांतियों का निराकण कर लेना चाहिए।

काम का स्वभाव फैलना है

काम के बारे में यह धारणा और विचार बेहद सटीक है। दरअसल इसके केन्द्र में यह भाव है कि हम ही हैं जो चाहें जितना काम को पसार दें या फैला दें। काम खुद तो ऐसा कोई गतिशील तत्त्व है नहीं जो अपने आप फैल जाए या बिखर जाए। जीवन में हर व्यक्ति का काम के इस स्वभाव से वास्ता पड़ता है। परीक्षा में तीन-चौथाई समय में तीन प्रश्न किये। एक चौथाई समय में शेष दो निबटाये जाते हैं (किये नहीं जाते)। इसी तरह शाम को घर पर किसी को आना है, दिन भर हम घर जमाने में लगे रहे फिर भी काम रह गया। लगता है पता नहीं जीवन में काम कभी खत्म होगा भी कि नहीं। हम यह भूल जाते हैं कि हर दो-तीन या साप्ताहिक रूप से किया जाने वाला काम हम महीनों में कर रहे हैं। बिल नत्थी करने का काम जो चंद सेकेण्डों का होता है यदि वो भी टालते रहा जाए तो घण्टों का हो जाता है।

काम कैसे फैलता है?

काम किसी तरल पदार्थ की तरह ऐसी तेजी से फैलता है कि हमें उसके फैलने का अहसास भी नहीं होता। कुछ क्षणों का काम भी समय पर न निबटाने या व्यवस्थित न करने पर बोझिल हो जाता है। फिर वो घण्टों में भी निबट जाए

तो क्या लाभ क्योंकि तब वह अपने साथ में कितने साइड इफेक्ट छोड़ जाता है। यदि वह फैलाव स्वयं अपने से हुआ है तो झुंझलाहट और कोफ़्त होती है। मूड भी खराब होता है। उसका असर दिनों, महीनों और आजीवन भी रह सकता है।

यदि वह औरों के कारण है तो घर में खूब बहस, कलह, एक-दूसरे पर आरोप-प्रत्यारोप का सिलसिला भी चलता है। उसमें हाथापाई, मारपीट या किसी भी स्थिति की नौबत आ जाती है।

यदि कागजों को निर्धारित जगह न रखा जाए तो वे काम पसार देते हैं। लगता है जैसे उनके हाथ-पैर हों और वे कहीं चले गए। कुछ लोग कागज या चीज़ें इधर-उधर घुसाकर रखते रहते हैं। उन्हें कभी निर्धारित समय पर निर्धारित वस्तु नहीं मिलती। उनकी वस्तुओं को छुपाकर या घुसाकर रखने का कोई एक अड्डा तो होता नहीं। सारे अड्डों को देखने-टटोलने में कितना समय बर्बाद होता है। ऐसे में अच्छा है हम गैस, बिजली, फोन बिल आदि से सम्बद्ध फाइल बना लें। चाहे कितनी ही इमरजेन्सी हो कागज़ को आते ही उसमें नत्थी किया जाए। सुबह को शाम और शाम को अगले दिन तक टाला नहीं कि समझिये

प्रारभ्यते न खलु विघ्न भयेन नीचैः
प्रारभ्य विघ्नविहता विरमन्ति मध्याः।
विघ्नैः पुनः पुनरपि प्रतिहन्यमाना
प्रारभ्य चोत्तमजना न परित्यजन्ति॥

हीन मानसिकता वाले लोग काम में विघ्न आने के डर से काम ही शुरू नहीं करते हैं। मध्यम पुरुष काम आरम्भ तो कर देते हैं परन्तु कोई विघ्न (बाधा अड़चन) आने पर उस काम को छोड़ देते हैं। उत्तम पुरुष बार-बार विघ्न आने और विघ्न जन्य चोटों को खाकर भी काम को बिना किये नहीं छोड़ते अर्थात्- पूरा करके ही मानते हैं।

यदि काम शुरू ही न करें तो जीवन ही क्या। शुरू करके छोड़ दें तो कितना समय व्यर्थ जाता है। विघ्न बाधा के कारण पूरा न करने पर जितना भी समय लगता है वह व्यर्थ ही जाता है।

कर्म में अनुशासन होता है तो वह फैल ही नहीं सकता, यदि काम एक दिन में नहीं हुआ तो दो दिन में होगा। दो दिन में नहीं हुआ तो तीसरे दिन होगा। जो काम होने की प्रक्रिया के सहज फैलाव से ही डर गया तो उस व्यक्ति का काम कभी भी नहीं होगा। किसान की फसल एकड़ों में फैली रहती है जब पक जाती है तो ट्रकों में खलिहानों में सिमट आती है। जब हम

घर जमा रहे होते हैं तो पहले सहज पसरा होता है फिर उतना ही सिमट जाता है। मनु ने कहा है-

यत्कर्म कुर्वतोश्यस्यम् परितोषोऽन्तरात्मनः।
तत्प्रयत्नेन कुर्वीत विपरीतं तु वर्जयेत्॥

जिससे अन्तरात्मा को परितोष (पूर्ण सन्तोष) मिले हमें वही काम करना चाहिए। जिसको करने से सन्तोष न मिले तो वह नहीं करना चाहिए।

जो काम थकाए निष्फलता की अनुभूति कराए उस काम में समय लगाना उसकी बर्बादी है। काम ने फैलने का स्वभाव ग्रहण कर लिया। इन घरेलू और ऐसी ही कार्यालय की व्यक्तिगत फाइलें आदि भी संभाल कर निश्चित जगह पर रखी जाएं अन्यथा उन्हें खोजने में भी खूब समय लगेगा। अच्छा यही रहेगा कि समस्वभाव या एक जैसी फाइलें एक साथ फाइल होल्डर में रखी जाएं। इस तरह दो-तीन फाइल होल्डर में हम घरेलू कार्यालय की, वित्तीय आदि समग्र फाइलें संभालकर रख सकते हैं।

हम काम को न फैलाने वाले व्यवस्थित लोगों को कंजूस मक्खीचूस कहते हैं; या समझते रहते हैं। यह उनके कंजूसी की नहीं व्यवस्थित होने की आदत है। ऐसे ही एक सज्जन से मैंने बात की तो कहने लगे- मैं इन छोटे-छोटे कामों को छोटे-छोटे बच्चों की तरह समझता हूं। इन्हें उन्हीं की तरह दुलारता हूं। समय पर ध्यान देता हूं अन्यथा वे बच्चों की तरह रूठकर खूब उत्पात मचाते हैं, ऊधम करते हैं। उनके कहने के शब्द कुछ भी हो, उनका भाव यही है कि हर छोटा काम ध्यान-अवधान और समय चाहता है। समय पर ही वो समय दे दिया जाए तो ठीक है, अन्यथा उसका कुछ भी महत्त्व नहीं है क्योंकि बाद में उसे नए सिरे से करना और सोचना पड़ता है। यह प्रक्रिया समय खोने की प्रक्रिया है।

ऐसे कामों के समय प्रबंधक देखने में हमें सख़्त प्रतीत होते हैं। दरअसल यह हमारी सोच व धारणा है। यह उनका अनुशासन है। यदि घर का मुखिया इस स्वभाव का है तो वह चाहेगा घर के अन्य सदस्यों को भी इस अच्छी आदत का लाभ मिले। इसके लिए उसे कहने से लेकर डांटने तक के सारे रास्ते अपनाने पड़ते हैं। ऐसे में उसके अच्छे गुणों का सिला बुराई के रूप में मिलता है। ये अलग बात है कि जब कभी किसी को किसी चीज़ की जरूरत होती है तब उसी का मुंह देखा जाता है।

घर की औरतें या मुखिया भी सब काम अपने पर ओढ़-ओढ़ कर काम को पसारते या फैलाते रहते हैं। अच्छा हो घर के अन्य सदस्य काम संभालने लायक

हो जाएं तो कुछ काम उन्हें भी सौंपें। मसलन श्रीमान 'क' परिवार के पैसे और बैंक के कागज़ अपने पास रखते थे। अब जबकि बेटे-बेटियों के बच्चे भी बड़े हो गए तो उनका काम भी अपने पर लेकर अपना जिम्मा बढ़ा लिया। घरवाले उन पर इतने निर्भर रहते थे कि जब तक परिपक्वता की याद न दिलाते वे लोग अपने काम की भी सुध न लेते। उम्र और जिम्मेदारियों ने उनकी याददाश्त भी कम की। 80 वर्ष की उम्र कम नहीं होती। ऐसे में वे भूलने लगे, जिससे काफी आर्थिक नुकसान होने लगा। ऐसे में एक दिन एक परिवार आयोजन में उन्होंने अपने बच्चों को अपने-अपने कागज थमाकर यह जिम्मा भी सौंप दिया। अब अनुभव हुआ कि श्रीमान 'क' पूरे कुनबे का कितना बड़ा काम अपने कंधों पर समेटे हुए थे। इतने कामों के लिए कम्पनी अच्छे-खासे वेतन पर एक नहीं कई व्यक्ति रखती है।

इस तरह के उदाहरण बताते हैं कि बिना व्यस्त या अस्त-व्यस्त हुए भी काम पसर सकता है फैल सकता है। अस्त-व्यस्त होने पर काम के फैलने का कहना ही क्या है। तब तो लगता है वह काम पूरा सुरसा के मुंह की तरह ही हो गया है।

जब जिस काम पर ध्यान देना चाहिए तब उस काम पर ध्यान न देने से भी उसका खूब पसारा होता है। इस फेर में कई काम अधूरे छूट जाते हैं, उन्हें खूब समय भी देना पड़ता है तथा बिल्कुल शुरू से काम करना पड़ता है। जैसे कोई छात्र कक्षा में ध्यान देकर पढ़े; घर आकर एकाध बार और पढ़ लें, हफ़्ते महीने बाद यथा समय उसका रिवीज़न कर लें तो उसे परीक्षा के समय रात-रात भर जागना नहीं पड़ेगा। बल्कि वह उन दिनों काफी रिलैक्स रहेगा। उसका अध्ययन व्यापक होगा। टॉपर और सफल छात्र-छात्रों में यह गुण पर्याप्त और प्रचुर मात्रा में देखा जा सकता है।

हमें लगता है काम के दौरान बातों का सुख एक पंथ दो काज हो जाएगा। पर हमेशा ऐसा नहीं हो पाता। यह काम की तासीर और गुणवत्ता पर निर्भर करता है। मान लीजिये एकाग्रता चाहने वाला काम ही हम इस रीति से करने लगें तो दोनों ही काम ठीक से नहीं हो पाएंगे। रिलैक्स होने की बजाय और थकावट ज्यादा होगी।

क्वालिटी या प्राइम समय में मुख्य और महत्त्वपूर्ण कामों की बजाय अवान्तर कामों को करना काम का खूब अनावश्यक फैलाव कर देता है। यह इस तरह का फैलाव होता है जिसके फैलने का अहसास भी नहीं होता। यदि हमें लगता है कि हम काम के बोझ से परेशान हैं तो हमें कुछ दिन जो भी समय मिले वह पूरा का पूरा ही मुख्य कार्य को दे देना चाहिए। **वर्क वाइल वर्क प्ले वाइल प्ले** जैसे विचार इन्हीं भावों के पोषक हैं।

दफ़्तरों में ओवर टाइम में आप देख सकते हैं। काम के प्राइम समय में कई लोग निजी या गौण काम निबटाते हैं। इस तरह वह काम की अधिकता व समय की कमी को बढ़ा देते हैं। मैंने अनुभव किया है कि कोई काम ऐसा नहीं है जो निर्धारित समय में न किया जा सके। लगातार एक डेढ़ घण्टे पूर्ण मनोयोग का परिणाम भी अद्भुत तथा चमत्कारी होता है।

काम को किश्तों में करने की आदत भी उसको फैला सकती है। छोड़े हुए काम को फिर से नए सिरे से उठाना पड़ता है।

काम को सीधा शुरू करने की बजाय उसके बारे में सोच-विचार करके उस ओर उन्मुख होना काम के खौफ को जबर्दस्त तरीके से कम करता है। लोग सीधे ही काम आरम्भ कर देते हैं। धीरे-धीरे ऐसा हर काम के साथ ही होने लगता है। इससे काम के साथ-साथ विचार और योजना का काम भी बढ़ जाता है। इकहरा काम दोहरा-तिहरा रूप-स्वरूप ओढ़ लेता है। गृहिणियां तक रसोई में जाकर सीधा काम शुरू करने की बजाय क्या बनाया जाना है, इसका निर्धारण करके काम आरंभ करती है। कुछ नाश्ते और सब्जियों की सूची तथा व्यंजनों की फेहरिस्त रसोई में मौजूद रखती हैं। यह समय और पसारे के बीच संयोजन है। कहने का तात्पर्य यह है कि रूटीन और प्रतिदिन के कार्य भी यह अपेक्षा रखते हैं तो और कामों में इसका कितना महत्त्व होगा यह जाना जा सकता है।

अच्छे लेखक कोई ख्याल या शीर्षक आते ही अपने साथ हर समय रखी जाने वाली डायरी में उसे नोट कर लेते हैं। जब वे लिखने के लिए बैठते हैं तो उन्हें तथ्य जुटाने या विषय खोजने में जुटना नहीं पड़ता। एक बार धारा तय हो जाने पर धाराप्रवाह लिखना भी मुमकिन हो जाता है। मैं भी नियमित डायरी न लिखने से पहले कई विषयों या सूत्रों को खो चुकी हूं। मुझे यह कहने और बताने में कोई परहेज या गुरेज नहीं कि मुझे उन्हें फिर से याद करने में घण्टों गंवाने पड़े हैं। दिमाग पर इतना बोझ पढ़ा कि कई बार अच्छा-भला मूड भी चौपट हुआ।

तिस पर भी कुछ विषय सदा के लिए हाथ से निकल गये, अब जब से डायरी रखती हूं, अच्छे संदर्भ नोट करती हूं, प्रतिदिन रात्रि को सोने से पूर्व प्रातः उठकर लिखे जाने वाले विषय या अध्याय तय करके मुख्य बिंदु बनाकर सोती हूं। मुझे लगता है मेरा काम आधा हो गया है। कितनी ही व्यस्तता क्यों न हो यह काम हर हालात में संभव हो जाता है। प्रातः का एक कालांश तीन कालांश के बराबर आउटपुट देता है।

अपने लक्ष्य, उद्देश्य, काम्य व प्राप्य के बारे में पूरा पता करना और उस पर केन्द्रित रहना उतना कठिन, उबाऊ या थकाने वाले नहीं है जितना सोचने में लगता है। हम कोई भी काम शुरू करने या उस ओर प्रवृत्त होने के पहले इस पर विचार कर लें कि हम उसे क्यों कर रहे हैं या क्या उसका किया जाना आवश्यक है? इससे हमारे काम सिमट जाएंगे या हमारे पास इतना समय होगा कि काम ज्यादा भी हों तो फैलाव अनुभव नहीं होगा। इस क्रम में आप हम जानेंगे कि आप हम कितने काम यूं ही और न चाहते हुए या गैर-जरूरी करते हैं। ये बिना विचारे करने का परिणाम है। श्रीमान 'ख' एक बार कोरियर कराने जाते हैं दूसरी बार मदर डेयरी तीसरी बार....... इस तरह एक साथ एक ही दिशा के काम इस तरह फैलाकर करते हैं। बार-बार बाज़ार जाना, चौराहों पर जाना, समय लिये बिना कहीं जाना जीवन का कोई लक्ष्य निर्धारित न करने से हम आध-अधूरे मन से किसी काम के लिए लगते हैं। काम को करने के लिए पूरा मनोयोग और मन:स्थिति चाहिए होती है। चाहे वह काम छोटा-सा या महत्त्वहीन-सा ही क्यों न हो। इस तरह अपने आपको समेटकर हम कामों को भी समेट सकते हैं। उनका पसारा व फैलाव अपने आप ही सिमट जाता है। मसलन साप्ताहिक बाज़ार जाने पर वहां लाइनों में लगकर दर्शन करने, घूमने जाने, शॉपिंग करने, मॉल को दर्शनीय मानकर अक्सर वहां जाने जैसी ऐसी गतिविधियां लोगों के रोजमर्रा के जीवन में शामिल होती जा रही हैं कि वे इसके एडिक्ट हो गये हैं।

हम सचमुच यह अवलोकन करें कि क्या वाकई में हमने जरूरत से ज्यादा काम तो नहीं ले रखा है। ऐसे में आवश्यक अपेक्षित काम भी फैलाव लगते हैं।

जीवन के प्रति सकारात्मक दृष्टिकोण काम का पसारा समेटते नहीं बल्कि रोक देते हैं। हम अपने आसपास देखेंगे तो पाएंगे कि बहुत से लोग औरों से ईर्ष्या करने, अनावश्यक होड़ करने, नीचा दिखाने, ताव-चुनौती देने जैसी नकारात्मक गतिविधियों में समय जाया करते हैं।

अपनी क्षमताएं असीम हैं पर उन्हें अनेक कामों में लगाने की बजाय कुछ कामों में लगाया जाए तो वे अच्छा परिणाम दे सकती हैं। हर व्यक्ति हर काम नहीं कर सकता। कर भी सकता हो तो भी समग्र ऊर्जा केन्द्रित या सीमित रखकर वह उसका बिखरना रोक सकता है। हमारे स्रोत व संसाधन देख-समझकर कर्म-प्रवृत्ति उसका फैलाव रोकती है। दस लाख का बजट हो और बीस लाख का मकान बनाने को प्रवृत्त होना ऐसा ही कहा जाएगा।

कितने ही फैले हुए या पसारे वाले काम समय देने व योजनाबद्ध तरीके से ऐसे आसान हो जाते हैं कि पूछो मत। मेरी एक परिचिता हैं, वे शादी-ब्याह की

तैयारी वेडिंग प्लानर से भी ज्यादा अच्छी करती हैं। पांच-छह महीने में वे अपने घरों के कामों को निबटाते-निबटाते कब इसकी माहिर प्रोफेशनल हो गईं, हम दंग हैं। घर की शादियों में गिफ्ट की पैकिंग तक वे खुद करती हैं। जब मैंने उनसे कहा तो उन्होंने कहा- "पहले मैं योजना का पूरा ख़ाका तैयार करती हूं। फिर छोटे-छोटे कई ख़ाके तैयार करते-करते उन्हें दिन में बांट देती हूं। एक डायरी में सम्बद्ध रिश्तेदार, उपयोगी दूकानदारों आदि की सूचना ले लेती हूं। डायरी की एक-दो फोटो कॉपी जरूर करा लेती हूं। मुझे कभी नहीं लगता कि मैं कोई भारी या बड़ा काम कर रही हूं। वे हंसकर बोलीं- "किस दिन क्या पहनना है वह भी आपको मेरी योजना के हिस्से में मिल जाएगा।"

कुछ धारणाओं में बदलाव लाकर भी काम का फैलाव रोक सकते हैं.. "मैं नहीं कर सकता/सकती" "क्या करना है"...... "मैं काम कब पूरा करूं, अरे छोड़ो इसमें क्या रखा है,"...... "इससे कुछ हासिल नहीं होगा"..... इस तरह कल के बाह्य प्रबंधन के साथ-साथ उसका आन्तरिक प्रबंधन भी आवश्यक है।

काम से ज्यादा काम का आभास देना उसका ऐसा निरर्थक विस्तार है जिसे समेटा जाना ही संभव नहीं। राजस्थानी भाषा में एक शब्द है आऊं.... दाऊं आऊं दाऊं......... यानी काम तो न करना पर करते रहने जैसा लगना। उससे न काम होता है न आराम। निरर्थक हलचल भी होती है और कुछ होता भी नहीं।

काम के दर्शन में विश्वास अपने को कर्ममय बनाए रखता है। कर्मशील के काम जब टाइम फ्रेम में बंधे हैं तो उससे बाहर निकलेंगे ही नहीं तो फैलेंगे कब?. .... गोस्वामी तुलसीदास जी ने कहा है-**कर्म प्रधान विश्व रचि राखा।**

■

> प्रत्येक व्यक्ति का कार्य करने और महानता अर्जित करने का एक निश्चित समय होता है, उसके पश्चात् अगली पीढ़ी उसी कार्य का उत्तरदायित्व ले लेती है।
>
> **-पंडित जवाहरलाल नेहरू**

4

कार्यों का मूल्यांकन

मैं तुम्हें यही शिक्षा दूंगा कि तुम केवल मिनटों को ध्यान में रखो, घंटे स्वयं अपना ध्यान रखेंगे।

–चेस्टर फील्ड

ऊपरी तौर पर लगता है जैसे यह विषय समय प्रबंधन से सम्बद्ध न हो या यह कैसे सम्बद्ध है परन्तु यह समय प्रबंधन का बहुत महत्त्वपूर्ण आंतरिक तत्त्व तथा पक्ष है। कार्यों का मूल्यांकन करने की आदत हमारे सामने करणीय-अकरणीय कार्यों की छंटनी कर देती है। यह छंटनी उपयुक्त-अनुपयुक्त, आवश्यक-अनावश्यक, जरूरी-गैर-जरूरी जैसी कई छलनियों से छन-छन कर हमारे सामने काम और समय के तालमेल का खाका खींच देती है। बहुत से उनमें से कट-छंट जाते हैं, जिससे हम आवश्यक और महत्त्वपूर्ण कामों में ही अपना समय व ऊर्जा लगाते हैं।

कार्यों का मूल्यांकन हमारा अपना मूल्यांकन है। हमने समय निरर्थक या अनावश्यक कामों में तो नहीं गंवाया इसका पुख़्ता आयाम है। पहले हम अतीत के कार्यों का मूल्यांकन शुरू करें तो हम पाएंगे कि हममें भविष्य के कार्यों के मूल्यांकन की दृष्टि विकसित हो गयी है। इस तरह कार्यों को करने से पहले ही मूल्यांकन की क्षमता आने लगती है। यह क्षमता हमें काम के प्रति प्रवृत्ति होनी है या नहीं इस पर केन्द्रित कर देती है।

थोड़ी बहुत मूल्यांकन क्षमता सबमें सहज रूप से है

हम आसपास बहुत से लोगों को यह कहते-सुनते-देखते हैं कि "अरे बाप रे मैंने जीवन में बहुत समय गंवाया"....... "इस काम की कोई जरूरत ही नहीं थी"..... "क्यों बेकार में ये काम किया"............ "इससे तो अच्छा था इस काम में लगते ही नहीं"..... इस तरह के हमारे पछतावे और दुःख इस बात के परिचायक है कि हमने कार्य की ठीक से पूर्व योजना नहीं बनाई। यदि पूर्व

योजना दुरुस्त भी बनाई तो उसके पश्च (बाद के) परिणाम के बारे में विचार नहीं किया। यह **'का वर्षा जब कृषि सुखाने'** वाला पक्ष है। फिर भी हम समय रहते विचार करने की आदत डालें तो बहुत-सा समय श्रम ऊर्जा एवं तनाव बचा सकते हैं। यह दैनंदिनी चिंतन हमारे हर कार्य में लाभदायक सिद्ध होता है। हम विषय तथा क्षेत्र से सम्बद्ध लोगों से समय रहते चर्चा भी करते हैं और तदनुकूल तब्दीली भी। इतनी गुंजाइश रखें कि कुछ कहा सीखा तथा जोड़ा जा सके।

इस मूल्यांकन में अच्छे परीक्षक बनें

अपने ही कार्यों का मूल्यांकन आसान नहीं। इसलिए आप किसी हितैषी की राय भी इस पर ले सकते हैं। ये गाइड लाइन आपको सोचने की सामग्री उपलब्ध कराती है। अपने कार्यों का अवलोकन तटस्थ रूप से करें। इस तरह करें जैसे ये कोई और कर रहा है और हमें केवल उसका मूल्यांकन करना है।

स्वार्थ आत्ममोह, आत्ममुग्धता के शिकंजे से निकलना आसान नहीं होता। हमें अपने कार्यों और क्रियाकलापों से अपने जैसा ही मोह ऐसी स्थिति से उबरने के लिए जरूरी है। इस ख़ोल से निकलें। सच्चाई ये है कि इससे आप इस स्थिति को खोएंगे नहीं बल्कि अच्छे परिणाम के बाद आपको अपने साथ अपने कार्यो से भी बेहद लगाव और प्यार हो जाएगा।

यह मूल्यांकन कई बार ऐसे विकल्प खड़े कर देता है जिनमें चयन मुश्किल है फिर भी चयन तो करना ही पड़ता है। इस स्थिति को आप इस उदाहरण से समझ सकते हैं जैसे परीक्षा में प्रश्नपत्र में दो प्रश्नों में अथवा है। यानी दो प्रश्नों में से कोई एक प्रश्न करो। आपको दोनों ही आते हैं, आप दोनों ही करना चाहते हैं। तमाम मोह-मुग्धता के बावजूद आप सीमित समय में किसे अच्छी तरह कर सकते हैं, इस विकल्प का चयन कर लेते हैं और एक प्रश्न कर लेते हैं। आप जानते हैं कि दोनों सही करने पर भी अंक एक में ही मिलेंगे इसलिए आप उसे अपनी इच्छा-अनिच्छा के बावजूद उपयुक्त समझकर करते हैं। इसी तरह जीवन के कार्यों की स्थिति है, या तो इसे कीजिये या न कीजिये। तभी तो यह कहा जाता है सबसे मुश्किल है अपने आपको जानना और उससे भी मुश्किल है अपना परीक्षक खुद बनना। पर हां इन दोनों समस्याओं से निबटकर और सारे काम बहुत आसान हो जाते हैं।

कार्यों के मूल्यांकन

(1) यह कार्य क्यों किया जाये?
(2) यह कार्य कितना समय, श्रम व संसाधन लेगा?
(3) इसका परिणाम क्या हो सकता है?
(4) यदि परिणाम अनुकूल न रहा तो इस काम से क्या प्राप्य है?
(5) यह कार्य लक्ष्य से कैसे किस तरह जुड़ा है?
(6) मुख्य उद्देश्य में बाधा तो नहीं करता?
(7) इसे कितने चरणों में कैसे करना है?
(8) इस पर कितना समय लगेगा?
(9) वह समय कैसे निकलेगा?
(10) काम को करने के बाद उसकी सार्थकता/निरर्थकता।
(11) इसमें रूप निर्भरता- परनिर्भरता का अनुपात कितना है?
(12) इसे और कम समय में कैसे बेहतर किया जा सकता है?

रोजमर्रा के कामों का मूल्यांकन

(1) आज के दिन की कार्य-वरीयता क्या है?
(2) इस काम को आज ही क्यों करना है? अब तक क्यों नहीं किया?
(3) यह और कामों पर दबाव तो नहीं बना रहा?
(4) यदि इसे न किया जाए तो क्या फर्क पड़ जायेगा?
(5) कितने समय-साधन संसाधन में इसे किया जा सकता है?
(6) यदि यह कार्य नहीं ही किया जाये तो क्या फर्क पड़ जायेगा?

इस तरह कार्य मूल्यांकन की आदत समय प्रबंधन का मूल्यांकन है। इससे बहुत से कामों की स्वत: छंटनी हो जाती है। छंटनी हुए कार्य निरर्थक या अनुपयोगी ही हो, ऐसा नहीं होता। संभव है उनमें से बहुत से बाद के लिए उपयोगी हों। फिलहाल उसकी उपादेयता नहीं है इसलिए उसे छोड़ा जा सकता है। यह फिलहाल सदा के लिए भी हो सकता है। यह सोच काम का अनावश्यक बोझ बढ़ने ही नहीं देती।

बहुत से काम बिना विचारे करते हैं

काम रूटीन का हिस्सा होते हैं, इसलिए इतने हावी हो जाते हैं कि उन्हें हम अपने आप करने लगते हैं। हमें पता ही नहीं होता कि उन्हें करना भी है या नहीं। श्रीमान 'म' हर आगंतुक को, बहुत दूर तक छोड़ने जाते हैं। बस न आए तब तक

प्रतीक्षा करते हैं। उन्हें हर समय, समय की कमी लगती है। एक बार एक अतिथि बच्ची ने कहा- "अंकल प्लीज़ हम चले जाएंगे आप अपना काम करते रहिये।" फिर भी वह नहीं माने। वह बच्ची स्टॉप पर उनसे बोली- "अंकल अब मैं यह बुक पढ़ना चाहती हूं।" वह पढ़ने लगी। उन्हें लगा लो एक तो मैं आया और यह अपना काम करने लगी। मैं अपना काम छोड़कर इसे मान दे रहा था, अब मैं भी अपने काम पर ध्यान दूंगा। उनका दुःख उन्हें केन्द्रित कर गया। कुछ दिन में उन्हें यह अहसास हो गया कि जिस परोपकार की भावना से परम पुलकित थे, वह काम इतना बाधक भी हो सकता है।

गप्पबाजी, डींगे हांकना इन सबके अलावा भी वे काम हैं, जो हमें काम और उसकी सार्थकता का अहसास देते हैं। जैसे- श्रीमती 'ग' तीन दिन प्रातः एक घण्टा बाल्टी से पेड़ों को पानी देती हैं। विचारित कार्य करके वह तीन-चार घंटे आराम से बचा लेती हैं। धीरे-धीरे स्वभाव का हिस्सा होकर यह आदत हमारा कार्य केन्द्रित एटीट्यूड विकसित करने लगती है।

कुछ गलतफ़हमियां अपने बारे में

(1) मैं एक ही तरह के काम नहीं कर सकता/सकती।
(2) जिन्दगी है ही नित नये कामों का मजा लेने का नाम।
(3) मैं एक ही काम में लगूं तो मर ही जाऊं।
(4) काम का आनंद ही नए-नए कामों में है।
(5) एक ही काम सारा मजा किरकिरा कर देता है....
(6) मेरे पास काम की कमी नहीं न ही काम करने वालों की....
(7) मैं जब चाहूं काम करा सकती हूं.....
(8) सारे काम मेरी मुट्ठी में हैं।
(9) मेरे काम मैं ही तय करता हूं/करती हूं।

काम तो आपके समय प्रबंधन और रुचियों का गुलाम है। आप उसे उस फ्रेम में तो जड़िये। एक ही काम भांति-भांति के लोग अपने-अपने हिसाब से करते हैं, परिणाम जो भी देता हो पर वह काम होता तो है ही।

कार्यों के मूल्यांकन में निरीक्षण से भी बहुत लाभ होता है। हम अपने ही तरीकों, शैलियों और साधनों को सर्वाधिक उपयुक्त न समझें। दूसरों पर भी गौर करें। छात्र जीवन में हमारी प्रतिस्पर्द्धा थी। मैं अपने प्रतिस्पर्द्धियों के पढ़ने के तरीकों पर गौर करती। मैंने पाया कि वे अपनी जिज्ञासाएं बहुत बेबाक तरीके से पूछते थे। प्राध्यापकों से इतनी जानकारी कक्षा में ही जुटा लेते थे कि कम से

कम उन्हें संदर्भ पुस्तकों के नाम जानने और वे कहां उपलब्ध हैं, जैसी सामान्य-सी बातों पर समय न लगाना पड़े। मैंने भी यह तरीका अपनाया।

अपने आपको घर के कक्ष में बंद करके प्रश्नपत्र हल करने का अभ्यास मात्र तीन बार तीन-तीन घण्टे करने पर ही मेरे हाथ सफलता की कुंजी लग गई। प्रथम तीन प्रश्नों में ही तीन-चौथाई परीक्षा समय गंवा देने की मेरी आदत सुधर गयी। पेशाब, पानी पीने जाने जैसी स्थितियां भी नियंत्रण में हुई। प्रश्नपत्र देखकर ही फोबिक हो जाने की आदत विदा हो गई। घर आकर पेपर का मूल्यांकन करती। परीक्षा में प्राप्त अंकों और इन अंकों में मामूली अंतर होता।

बी. ए. में मेरे एक पेपर में बहुत कम अंक आए। मुझे भरोसा ही नहीं हुआ। अपने कार्य का मूल्यांकन कर चुकी थी। फिर एक प्रोफेसर के समक्ष पेपर किया, वे भी मुझसे सहमत थे। मैंने पुनःमूल्यांकन कराया, मात्र एक ही पेपर में 28 अंक बढ़े और मेरा स्थान प्रथम हो गया। ऐसा लगातार दो-तीन वर्ष हुआ। लोग कहते थे आपकी लॉटरी लग गई। भाग्य खुल गया। मैं जानती थी कि इस क्षमता के लिए सालों-साल कितनी तपस्या और साधना की थी।

■

> यदि तुम्हें एक क्षण का भी अवकाश मिले तो तुम उसे शुभ कर्म में लगाओ क्योंकि कालचक्र अत्यंत क्रूर व उपद्रवी है।
>
> **—फ्रैंकलिन**

5

पूर्व योजना बनाम प्री प्लानिंग

जो समय के साथ नहीं बदलता है या तो वह मूर्ख है या फिर मुर्दा।

—हिन्दी कहावत

निर्धारित समय में सफलता पाने का अमोघ मंत्र है, कार्यों की पूर्व योजना बनाने की आदत। दिखने में भले ही यह अनिश्चित-सा लगता हो पर यह काम को सफलता के अंजाम तक पहुंचाने का कारगर नुस्खा है। इस शुरुआती कदम की पहुंच कार्य की पूर्णता तक ही नहीं उसके परिणाम तक भी है। इससे कार्यकुशलता के साथ-साथ ठीक समय पर कार्य को निबटाने की दक्षता आती है।

जो लोग सही अर्थों में अपने काम से लगाव रखते हैं, उन्हें सचमुच पूरा करना चाहते हैं, वे कोई भी कार्य बिना योजना के शुरू नहीं करते। अचानक कार्य करने में उन्हें बहुत हिचकिचाहट होती है।

काम को योजनाबद्ध तरीके से न करने वाले लोगों को अपने तर्क में बहुत दम लगता है। वे कहते हैं कि, "हम बेकार सोचने में या खालिस योजना में ही अपना समय क्यों बर्बाद करें। इससे तो अच्छा है इतना समय अपने मुख्य काम में लगायें।" ऐसे व्यक्तियों को काफी बाद में जाकर पता चलता है कि कार्यों की पूर्व योजना भी मुख्य कार्य का ही हिस्सा है, उसका महत्त्व मुख्य कार्य से किसी भी हालत में कमतर नहीं है। कार्यक्रमों की योजना और प्री प्लानिंग का तात्पर्य है।

(1) काम के प्रति केन्द्रित दृष्टिकोण
(2) काम की सृजनात्मक रचनाशील रूपरेखा
(3) काम के प्रति आदत उत्साह तथा रुझान
(4) कार्यों के निबटान का प्रभावशाली तरीका
(5) कार्यों को ठीक ट्रेक पर लाना
(6) कामों की गतिशीलता में वृद्धि
(7) कार्य की प्रवृत्ति के अनुसार अभ्यास/ रिहर्सल

पूर्व योजना के चरण

प्रथम चरण
1-से 7 तारीख कार्य के साधन जुटाना

द्वितीय चरण
9- से 15 तारीख मुख्य कार्य की शुरुआत

अंतिम चरण
17- से 21 तारीख कार्य का मूल्यांकन घटत-बढ़त या प्रभावशाली बनाने की तकनीक

कार्यों की योजना बना लेने से हमारी गति बढ़ जाती है। जब भी समय मिलता है दिमाग काम के बारे में हमें नया-नया क्रिएटिव आउटलुक देता रहता है। अपनी रेंज हम खुद ही बढ़ा लेते हैं अन्यथा मुख्य काम में ही दिमाग ऐन वक्त फंसा रहेगा तो हमें आखिरी समय की उसकी गतिशीलता और सृजनात्मकता का लाभ नहीं मिल पाएगा।

कामों की योजना आप अपने नॉन प्रोडक्टिव समय में भी बना सकते हैं। कहीं लंबी यात्रा पर जा रहे हैं या जाम में फंसे हैं। श्रीमान 'ग' कहते हैं, "मैं अपनी योजना जब भी टाइम मिले नोट कर लेता हूं। मैं काम कभी भी शुरू करूं मेरे काम का ख़ाका तैयार मिलता है। कई बार तो मुझे लगता है जैसे कोई और मुझे यह ख़ाका तैयार करके दे रहा है।" वाकई में यह हमें मालूम रहता है हम कब क्या कर सकते हैं। केवल अपनी पसंदीदा जगह या माहौल में ही काम करने के आदी लोग अपने बहुत-से उपयोगी समय को इस के कारण उपयोग में नहीं ला पाते।

काम में योजना का क्या महत्त्व है, इसको इन बातों से अच्छी तरह समझा जा सकता है। अक्सर हम सुनते हैं जब हमें अपना मनपसंद काम करना हो या व्यक्ति से मिलना हो तो हमारे दूसरे काम फटाफट हो जाते हैं। हम ज्यादा गतिशील होकर उन्हें पूरा करते हैं क्योंकि हमें लगता है कहीं ऐसा न करने से हमारा मुख्य पसंदीदा काम छूट न जाए। होमवर्क न करने वाले बच्चे होमवर्क निबटाकर तैयार मिलते हैं। सिनेमा के समय से पहले ही सिनेमा घर पहुंच जाते हैं, कहीं ऐसा न हो कि टिकट ही न मिले। ऐसे समय के लिए हम हर संभव तैयारी करते हैं और परेशानियों से बचने के लिए सुरक्षा-सावधानियां बरतते हैं।

क्या ऐसा हम हर काम या कई कामों के साथ करते हैं? इस प्रश्न का जवाब ही आपको पूर्व योजनान्मुखता के लिए तैयार कर सकता है।

गर्मियों में हिल स्टेशन जाना है। अभी ठण्ड है महीनों पड़े हैं, पर हमने योजना बना ली क्योंकि कहीं ऐसा न हो कि हमें टिकट न मिले या होटल में कमरा न मिले। हम कोई ऐसा काम आखिरी समय के लिए नहीं छोड़ते जिससे हमें दिक्कत हो। क्या ऐसी ही व्यापक चिंता हमने पढ़ाई, कोर्स या रिवीज़न के लिए की है?

जब हम कामों की बाह्य योजना ठीक-ठाक बना लेते हैं तो हमें अपने भीतर से भी बहुत सहयोग मिलता है। याद न होने वाली दुरुह चीज़ें भी याद रहने लगती हैं। तन-मन की शक्ति में अद्‌भुत गति का संचार हो जाता है। जिन बातों में घंटों लगते हैं वे मिनटों में हो जाती हैं। कई मौकों पर हमें ऐसी-ऐसी बातें याद आ जाती हैं जो हमें पता भी हैं यह भी हमें मालूम नहीं होता।

किसी मिशन या बड़े लक्ष्य को समर्पित व्यक्ति बहुत लम्बी उम्र तक सजग सक्रिय रहते हैं। मन के साथ तन का भी क्षरण रुक जाता है। लता मंगेशकर 28 सितम्बर 2009 को 80 वर्ष की हो गयीं। यदि मीडिया यह नहीं बताता तो आवाज़ से उनकी उम्र का अन्दाज़ा लगाना मुश्किल है। इसका कारण उनका संगीत के प्रति समर्पण है, उनके पूरे जीवन की योजना ही उस पर केन्द्रित है। नेपाल के एक शेरपा इस समय 79 वर्ष के हैं। 2010 से तीन वर्ष पूर्व 76 वर्ष की उम्र में उन्होंने एवरेस्ट पर सफल आरोहण किया।

हाल ही में मैं दरियागंज में एक महिला के घर गई। वे बानवें वर्ष की हैं। पतला सुता हुआ शरीर। प्रशंसा से बात की शुरुआत की। वे बोलीं- "सूर्यास्त पूर्व का भोजन और जितना हो सके अपना काम खुद करने की आदत से आज भी मुझे कोई तकलीफ नहीं। मेरी छह लड़कियां हैं, मैंने सबके जन्म पर लड्डुओं से खुशियां मनायी।" उनकी आखिरी बात का तात्पर्य था जीवन के प्रति सकारात्मक दृष्टिकोण।

इस तरह योजनाबद्धता हमारी आदत हो जाती है तो किसी भी काम से डर नहीं लगता। न ही कोई विषय कठिन लगता है। एक साथ कई चीजों को याद रखने या करने की आवश्यकता नहीं पड़ती, क्योंकि योजना का हिस्सा होकर बहुत कुछ क्रमिक चरणों का हिस्सा होकर बहुत व्यवस्थित हो जाता है। ये क्रमिक चरण भोजन में कब क्या आना चाहिए और होना चाहिए उसकी व्यवस्था कर देते हैं इसलिए सब कुछ बहुत आसान हो जाता है। यदि आसान न भी होता हो तो आसान लगने लगता है।

श्रीमती 'ग' ने बिटिया की सगाई होते ही योजना बना ली।

(1) शादी स्थल- हलवाई, जेवर, बारात ठहरने की जगह, अपने अतिथियों का ठहराव।

(2) आमंत्रितों को सूची, आमंत्रण का तरीका, पारिवारिक सदस्यों और मित्रों के जिम्मे कार्य।

(3) लेडीज संगीत व बारात के उपहारों की सूची।

(4) रीति-रिवाज का क्रम।

इस शादी की योजनाबद्धता का पता लड़के वालों को चला। पहले उन्हें हंसी आयी। उन्होंने कहा- 'बहुत कुछ हमारे अधीन नहीं होता। लड़की की मां ने कहा 'यह बात सही है फिर भी हमने कोशिश कर ली है।' अक्सर बारातें घंटे दो घंटे देरी से पहुंचती हैं, लेकिन इनकी बारात 8 : 30 तय समय पर आई, और 10:30 तक सब खाने से निबट गये। मनोरंजन और आनंद में भी कोई कमी न थी।

इस शादी में सबका कहना था हमने बहुत एन्जॉय किया। उसका बहुत बड़ा श्रेय दोनों पक्षों की योजना को जाता है। ऐसा नहीं है कि इसमें नाचा-कूदा नहीं या कोई रीत छूट गई, बल्कि ऐसी-ऐसी परम्पराएं और रिवाज देखे जो शादी का हिस्सा भी हैं हमें नहीं मालूम था। जैसे बारात रवानगी से पूर्व घोड़ी नचाई। चूंकि योजना बन चुकी थी इसलिए बैण्ड वाला भी साधारण घोड़ी लेकर नहीं आया, बाकायदा सजी-संवरी घोड़ी ने बैण्ड की धुन पर शानदार नृत्य किया। इसी तरह दूल्हे-दुल्हन के खेलों ने किसी बड़ी स्पर्धा का-सा रूप ले लिया जिसमें खूब हूटिंग, खूब कमेंट्री, गीत-वीत हुए। कई शादियों में समय का गणित गड़बड़ाने से लोगों को हड़बड़ी में काम निबटाते देखा। यहां हर काम तसल्ली और फुर्सत से हो रहा था। बाराती-घराती की खिंचाई भी न कर सके।

कामों की पूर्व योजना बेहद जरूरी पक्ष है। उसकी उपेक्षा करना शुद्ध समय की उपेक्षा है। उसका परिणाम भी उतना ही उपेक्षा-भरा होता है। काम की पूर्व विधिवत- तैयारी ही उसकी योजना है। कोई ऐसी नहीं जिसे हमें सीखना पड़े।

योजना; विचार से क्रियान्वयन:- कल्पना और सपने देखना अच्छा है पर देखने-भर से वे पूरे थोड़े हो जाते हैं। उन्हें हकीकत में ढालने के लिए वे सोच-विचार का हिस्सा बनते हैं। यह प्रक्रिया पुख्ता होकर विचार बन जाती है। विचार भी एकदम क्रियान्वित नहीं होता। पर इस दौलत को तुरन्त संभालना जरूरी है। अन्यथा इसकी आयु बहुत लम्बी नहीं होती, कोई-कोई मस्तिष्क ही लम्बी आयु तक इसे सहेजकर रख सकता है तथा अपने स्मृति कोष में सुरक्षित

रख सकता है अन्यथा कहीं गुम हो जाता है, लुप्त-विलुप्त हो जाता है। यह कार्य का दिमागी दृश्य रूप तथा छवि है। इसमें हम हर प्रकार का अनुमान कर सकते हैं। समय, शक्ति, पैसा, उपयोगिता आदि। विचार-चिंतन की महत्त्वपूर्ण कड़ी हैं, इसलिए इस स्तर पर योजना की कांट-छांट विस्तार हो सकता है। जो पक्ष ध्यान में नहीं होते हैं वे भी आ सकते हैं। औचित्य-अनौचित्य आदि तमाम पक्षों पर पुनर्विचार भी सम्भव है।

पूर्व योजना में विचार जितने पुख्ता होंगे कार्य का परिणाम उतना ही सुखद आएगा। बहुत लोग सोचते हैं सोच-विचार की कोई खास उपयोगिता नहीं है। जब समय कम लगाना है तो इसमें भी समय क्यों खर्च करें। जो भी स्थिति आएगी वैसा कर लेंगे। पर सोच-विचार में लगाया गया समय योजना के क्रियान्वयन में समय की बचत करता है। बाद में ज्यादा समय बर्बाद हो सकता है या लग सकता है। क्या हम कभी कहीं जाते हैं तो घर से निकलने के बाद तय करते हैं कि हमें कब कहां जाना है? विचार का योजना के पूर्व नियोजन में यही महत्त्व है। इसलिए विचार को हल्के स्तर पर नहीं लेना चाहिए, समय प्रबंधन में तत्पर लोग कभी विचार की पुनः-स्मृति में समय बर्बाद नहीं करते। वे अर्द्धरात्रि तक में उठकर उसे लिख लेते हैं। विस्तार से नहीं तो कम से कम ऐसे संकेत व बिन्दु के रूप में ही जिससे उसके आधार पर उन्हें याद आ सके। लोग डायरी भी इसलिये लिखते हैं।

परियोजना या प्रोजेक्ट भी कार्य की प्लानिंग व परिणति का पूर्व ख़ाका ही है। यह ख़ाका उसके औचित्य पर प्रकाश डालता है। समय हमें उसके करणीय-अकरणीय पक्ष भी बता देता है ताकि हम चाहें तो उस ओर प्रवृत्त हों चाहें तो नहीं। कई बार इतना आगे बढ़ जाने पर पीछे लौटना संभव नहीं होता। 25 नवम्बर 2009 को ऐश्वर्या राय का हिन्दी अखबार में साक्षात्कार पढ़ा। उसमें उन्होंने कहा "शूटिंग से पूर्व मैं पूर्वयोजना नहीं बनाती होमवर्क करती हूं।" यह पंक्ति बताती है कि पूर्वयोजना तो फ़िल्म साइन करने से पूर्व स्क्रिप्ट और रोल देखने के समय बनायी जा चुकी है। पूर्व योजना और काम के बीच का चरण है होमवर्क यानी मुख्य तैयारी। योजनानुरूप कार्य को व्यावहारिक रूप से गति देना।

पूर्व योजना में इतना दम होता है कि वह असफलता-सफलता का काफी हद तक निर्धारण कर सकती है। 60 प्रतिशत तक का निर्धारण कोई भी पुख्ता पूर्व योजना कर सकती है। यह बहुत बड़ा बूस्टअप है। आगे के 40 प्रतिशत हेतु हम पूरी जान लगा सकते हैं। दुनिया-भर में जितने कार्य हुए हैं या हो रहे हैं इनकी पूर्व योजना दिमागों में ही बनी है।

डेल कारनेगी का कथन भी पूर्व योजना के रूप- स्वरूप पर बहुत अच्छी तरह प्रकाश डालता है- "हो सके तो पर्वत की चोटी बनें, यदि न बन पाएं तो चोटी पर उगे देवदार बनिये, वह भी नहीं बन पाए तो घाटी या झरने में उगा कोई सुन्दर वृक्ष बनिए, वह भी न बन पाए तो झाड़ी बनिये, यदि वह भी न बन पाए तो घास ही बनिये, वह भी न बन पाए तो मार्ग बनिए, यदि वह भी न बन सके तो पगडंडी ही बनिए..........।"

इस कथ्य में तथ्य है। पूर्व योजना से हमें अपने आप पता लग जाता है कि हम क्या हैं? और क्या बन सकते हैं? हम चोटी से पगडंडी पर क्यों आए हम देवदार भी क्यों बने? चोटी पर जाने के लिए जो-जो अपेक्षित है वह-वह हम हर हाल में पाएंगे।

विचार से सफलता का एकदम सीधे निर्धारण भले ही न होता हो पर एक-एक चीज बारीकी से हमारे ध्यान में आ जाती है। हम उन्हें पर्याप्त अवधान (ध्यान) तथा समय दे सकते हैं। सफलता को आकार देने में समय के खांचे में लाने के लिए यह विचार व पूर्व योजना नींव के पत्थर के समान है और नींव के पत्थर की भूमिका से हम सभी परिचित हैं।

कुछ लोग काम के बीच मतिभ्रम या मरीचिका के शिकार हो जाते हैं। उन्होंने काम की पूर्वयोजना नहीं बनाई होती है वरना जो बात आज पता चली वे महीनों पहले पता चल जाती। समय को खोने की नौबत तो नहीं आती।

कार्य के जोखिम, खतरे व अनिश्चितता को भी पूर्व योजना बहुत हद तक कम कर देती है। हमारे बड़े कह गए हैं जिस जगह जाना नहीं उस जगह का रास्ता क्यों पूछना? हमारे एक्शन पूर्व विचारित हों तो इस तरह की नौबत नहीं आती है। पूर्व योजना में हमें इस क्षेत्र से सम्बद्ध लोगों के अनुभव, कार्यशैली आदि तमाम पक्षों के बारे में जानने का मौका मिलता है।

प्रख्यात अभिनेता अमिताभ बच्चन ने अपनी एक पुस्तक **अमिताभ का खज़ाना** में पूर्वयोजना का महत्त्व बहुत अच्छी तरह बताया है। काम करने के पहले सोचना **अक्लमन्दी** है। काम करने के समय सोचना **सतर्कता** है। काम करने के बाद सोचना **मूर्खता** है.....। हम अपना लक्ष्य निर्धारित नहीं करते उन्हें पूरा करने की तैयार करते हैं। जो कुछ भी हमारे सामने आता है उसे ही अपना भाग्य मान लेते हैं।........... चिड़िया की आंख वाली कथा का निरुपण करते हुए वे लिखते हैं- "जिसे लक्ष्य प्राप्ति की धुन होती है उसे बाधाएं नहीं केवल अपना लक्ष्य दिखायी पड़ता है।"

जीवन के कई मोर्चें पर जब असफल व्यक्तियों से-इस पुस्तक लेखन के दौरान चर्चा की तो ये बात प्रकाश में आई कि लोग काम के पूर्व स्वरूप को जिम्मेदारी में बढ़ोतरी मानते हैं। जिम्मेदारियां बोझिल नहीं होतीं। यदि कंधे पर उठाने का बोझ कोई हथेली पर उठाएगा तो बोझ लगेगा ही।

इस तरह पूर्व योजना सफलता का महत्त्वपूर्ण साधन है, यही हममें असीमित शक्ति का संचार कर सकती है क्योंकि हम लक्ष्य की रेंज इससे आसानी से देख सकते हैं।

योजना के मुख्य चरण फिर ध्यान में ले आएं–

(1) योजना की कल्पना,
(2) योजना का औचित्य,
(3) योजना का उद्देश्य,
(4) योजना के कार्य रूप देना,
(5) योजना को अमली जामा,
(6) योजना का होमवर्क,
(7) योजना की परिणति,
(8) आखिरी समय के परिवर्तन,
(9) योजना के समग्र स्वरूप पर पुनः विचार।

इन चरणों में योजना का न केवल पूर्व स्वरूप बल्कि परिणति भी बहुत मज़बूत होती है।

■

> जो समय की धारा को ही बदल दे, वही सही अर्थों में वीर पुरुष है।
>
> **–सूर्यकांत त्रिपाठी (निराला)**

6

समय ईजाद करना

किसी सत्कार्य को करने के लिए जो यह कहते हैं कि हमारे पास समय नहीं है वे वास्तव में आलसी हैं। समय हर मनुष्य के पास है पर उसका उपयोग करने के लिए हमें आलस्य त्यागना होगा।

–बर्नाड शॉ

सबके पास दिन के चौबीस घण्टे हैं, इसी में हमें अपने सब काम निबटाने हैं। वैसे जीवन की क्षणभंगुरता को देखते हुए यह कहना मुश्किल है कि किसके पास कितना समय है। यही कारण है कि हमारे पूर्वज हमें समय ईजाद करने की महत्त्वपूर्ण कुञ्जी और चाबी सौंप गये, वह है–

काल करे सो आज कर आज करे सो अब
पल में परले होएगी बहुरि करेगो कब

यह कल आने वाला कल है, बीता हुआ कल नहीं। आज का काम है, उसे अब यानी अभी अर्थात्–तुरन्त कर लो..... इसका सीधा अर्थ है काम के प्रति कोई टालमटोल न किया जाए। इसके लिए जरूरी है हम समय को ईजाद भी करें।

समय क्यों ईजाद किया जाए

हमारा तो समय नहीं कटता बल्कि यों कहें कि समय काटे नहीं कटता और आप हैं कि समय ईजाद करने की बात कर करके ऐसा टंटा खड़ा कर रही हैं कि हमारा समय और भी न कटे। आमतौर पर इस तरह की मानसिकता लापरवाही, खालीपन या निराशा के कारण भी होती है। चाहें कोई घरेलू महिला हो या नौकरीपेशा व्यक्ति, महानगर हो या गांव–देहात का, समय का सम्यक् प्रबन्धन जीवन के लिए सबसे महत्त्वपूर्ण निवेश है, इसलिए समय–समय पर या नियमित रूप से समय को ईजाद करते रहना चाहिए–

(1) जीवन के या रोजमर्रा के काम ठीक समय पर करने से हमें बहुत सुविधा तथा सहूलियत हो जाती है, जैसे बचत करने से हम जरूरत के समय पर साझे व हल्के होते हैं- वैसे ही मानसिक दृष्टि से यह काम राहत देता है।

(2) तन-मन चुस्त-दुरुस्त रहता है। माइन्ड एलर्ट रहने से भूलने और अस्त-व्यस्तता जैसी आदतों से स्वतः ही छुटकारा मिल जाता है।

(3) अपनी रुचि रुझान व पसंदीदा कार्यों के लिए समय मिल जाता है। यह प्रवृत्ति हमें तरोताज़गी एवं आनन्द देती है। नए-नए कामों के लिए प्रेरित करती है।

(4) समय ईजाद करने से मुक्तता का अहसास होता है। घर, ऑफिस या नौकरी की गुलामी जैसा आभास कहीं हो ही नहीं पाता। आमतौर पर लोगों को लगता है जैसे उनका जीवन उनका अपना न हो। कार्यालय में बॉस के हिसाब से चलना पड़ता है। घर में घरवालों के हिसाब से। जीवन में मस्ती आनंद कुछ भी नहीं है। यह भावना और अहसास व्यक्ति को चिड़चिड़ा बना देता है। निराशा भरता है। समय ईजाद कर सकने वालों के पास ये ऐसे विचार फटक भी नहीं पाते हैं।

(5) समय ईजाद करके हम अपने आपको भी ईजाद करते हैं। अपने आपको बेहतर तरीके से जानते-समझते हैं। जीवन में खुशी का अहसास होता है। आत्मसम्मान व आत्मगौरव तथा आत्मविश्वास में वृद्धि होती है। इससे हमारे लिए नित नये सफलता के द्वार खुलते जाते हैं।

(6) समय ईजाद करके हम अपने जीवन के हर तरह के अभावों तथा रिक्तता को पूर सकते हैं। सेवाभावी सेवा के लिए समय निकाल सकता है। पढ़ने का इच्छुक पढ़-लिख सकता है।

श्रीमान 'क' ने जब से दो घण्टे का समय ईजाद किया है। तब से वे बिना डॉक्टरी सहायता के ही डिप्रेशन से उबर गये। अब शाम को प्रतिदिन एक घण्टे का समय अपने मां-बाप के साथ गुजारते हैं। एक घंटा आवाजाही हेतु रखा हुआ है। पहले मां-बाप से फोन पर बात होती थी। वे फोन करते या ये...... वही सामान्य बातचीत- कैसे हो ठीक....... क्या खाया क्या चल रहा है...... इन रूटीन की बातों से किसी तरह के कनसर्न का अनुभव नहीं होता। मां-बाप आने के लिए कहते तो उनका जवाब होता था कब आऊं......... मां-बाप उनके घर आते तो उन्हें अहसास होता था कि किसके लिए आएं। जिसके लिए आते हैं उसके पास तो हमारे लिए दो

मिनट का भी समय नहीं है। श्रीमान 'क' को लगता था जैसे वे बेटे का फर्ज न निभा पा रहे हों। तब समय को ईजाद करने के लिए उन्होंने फोन की गप्पबाजी बंद की। बार-बार मेल चैक करने की आदत भी व्यवस्थित की। इसी तरह और भी छोटी-छोटी बातों से शुद्ध दो घण्टे का समय निकाल लिया। उनकी खुशी का पारावार नहीं रहा।

(7) समय ईजाद करने पर समय की कमी नहीं रहती और न ही टाइम पास वाला काम ही रहता।

हर कोई चाहता है समय ईजाद करना

आए दिन हमारे मन में यह कशमकश चलती रहती है कि हम टाइम कैसे निकालें.... अमुक काम कब कैसे करें...... तो समझ लीजिये हमारा अवचेतन समय इजाद करने के लिए आकुल-व्याकुल है। अगर इस बीच हमने जरा भी मन को समय दिया तो वह समय ईजाद करने और भांति-भांति से समय निकालने के नुस्खे तथा विकल्प हमारे सामने रख देगा। हमने अगर उसकी इस प्रवृत्ति की ओर ध्यान न दिया तो समझ लो दिमाग में घूमने वाली कई बातों की तरह यह बात भी आई-गई हो जाती है। समय के साथ ही फेड (धुंधली) भी हो जाती है। कभी लगता ही नहीं कि हमने समय ईजाद करने की कोई कोशिश अथवा चेष्टा भी की। समय ईजाद करने के लिए जरूरी है-

(1) हम अपने सम्पूर्ण समय प्रबंधन पर गौर करें। उसका मुआयना करें।

(2) अपने मन की सुनें अर्थात्- स्वयं के साथ सम्प्रेषण (कम्यूनिकेशन)।

(3) कार्यों की वरीयता तय करें। कार्यों का समयानुसार क्रम निर्धारण भी इसमें मददगार हो सकता है।

(4) एक ही तरह के कामों में बार-बार समय तो नहीं लगाते।

(5) कामों को बेहद आरामतलबी से करने की आदत पर विचार करें।

(6) समय को खर्च करने की हमारी आदत-शैली पर भी विचार करना आवश्यक है।

(7) औरों की कार्य-क्षमता व योगदान द्वारा भी काफी समय ईजाद हो जाता है तथा हो सकता है।

(8) घर-परिवार व कार्यालय में औरों को अपना कार्य करने के अवसर स्पेस तथा सुविधाएं देकर भी समय ईजाद किया जा सकता है।

(9) तकनीकी वैज्ञानिक साधन संसाधन भी समय ईजाद करने में बेहद मददगार साबित हो सकते हैं।

हमने भी किया समय ईजाद

छोटे शहर से महानगर में आने पर सबसे पहला अहसास हुआ जैसे मेरा समय कोई निगल गया हो। किसी ने पूरा ही उसे हथिया लिया हो, चुरा लिया हो। शुरू-शुरू में तो मुझे समझ ही नहीं आता था, कि मेरे साथ आखिर हो क्या रहा है। उदयपुर (राजस्थान) में थी तो प्रातः आठ कि.मी. साइकिल चलाकर विश्वविद्यालय जाती थी, सात बजे कक्षा आरंभ हो जाती थी। ग्यारह बजे कक्षा समाप्त होने के बाद 12.30 या 1 बजे तक घर आकर; अपने लिए निर्धारित काम निबटाकर, कुछ देर आराम करके शाम को तीन कि.मी. की यात्रा करके, आकाशवाणी युवावाणी कार्यक्रम प्रस्तुत करने जाती थीं। सायं सात बजे तक घर आकर घर वालों के साथ बातचीत, रुटीन चर्चा व पढ़-लिखकर दस बजे तक सो जाती। इस बीच पुस्तकालय में पढ़ना, अखबार देखना, अपनों से गपशप, सामाजिक उत्सवों में भाग लेना आदि भी हो जाता था।

दिल्ली आकर दूरियां ही इतनी थी कि आने-जाने व नौकरी करने में ही समय निकल जाता। कुछ पढ़े बिना ही महीनों बीत जाते। किसी से मिलना-जुलना तो बहुत दूर की बात थी। साप्ताहिक अवकाश में रुटीन के कामों में ही समय बीत जाता।

महानगरीय जीवनशैली से ग्रस्त मन अपने आप ही समय ईजाद करने के लिए छटपटाने लगा। बहुत समय तक मैं अपने इस भीतर के सम्प्रेषण का बाहरी स्तर पर अनुभव न कर सकी। जीवन बोझिल लगने लगा। निरर्थकता का अहसास अवसादकारी होने लगा। ऐसे में शायद शरीर के ऑटोमेटिक सिस्टम ने मदद की। मैंने निरीक्षण आरंभ किया। लोग बस में पढ़ते थे। चूंकि पहले साल में आठ दस बार ही बस में बैठने का मौका मिलता था अतः कोशिश करके भी पढ़ने में कामयाब नहीं हो पायी। तब मैंने बस के लम्बे सफर के एक डेढ़ घण्टे के समय को उपयोगी बनाया। मैं अपनी कविताओं की धुनें बनाने लगी। मन ही मन उन्हें दोहराती। इस तरह कविताएं याद करने और धुन बनाने में हफ्ते के तीन-चार घंटे मुफ़्त में या स्वतः ईजाद हो गए। पढ़ने में असमर्थता के बावजूद प्रयास जारी रखा। बस स्टॉप पर या जहां कहीं बस रुकती वहां कुछ पृष्ठ पढ़कर ही अजीब-सी तृप्ति का अहसास होने लगा। आसपास का शोर-शराबा बेहद बाधाकारी लगता था वह भी कम लगने लगा। कुछ दिनों में तो आलम ये हुआ कि बड़ी लाल बत्ती पर मैं चिट्ठी लिख लेती। दो बत्ती पर एक पोस्टकार्ड- तीसरी में पता इस तरह घर से कम्यूनिकेशन भी होने लगा।

उस समय फोन आदि की इतनी सुविधा भी नहीं थी। कुल मिलाकर तीन-चार महीने में ही मैं इतनी एडजस्ट हो गई कि नौकरी छोड़ने का ख्याल भी मूर्खता लगने लगा।

एक बार समय ईजाद करने का नुस्खा हाथ लगा तो नित नये प्रयोग होने लगे। मजे की बात तो यह हुई कि कई नए-नए समय ईजादकारों से भेंट भी हुई। आप भी इस तरह सोच-विचारकर अपनी आवश्यकता के हिसाब से समय ईजाद कर सकते हैं। यह काम स्वयं करना इसलिए भी सुविधाजनक रहता है क्योंकि हम अपने कार्यों की वरीयता, क्रम और अपेक्षाओं से परिचित होते हैं। हम प्रतिदिन साप्ताहिक, मासिक और वार्षिक सभी स्तरों पर टाइम ईजाद कर सकते हैं। यह आदत प्रतिदिन से शुरू करें तो स्वत: काम घटने लगता है। काम घटने का मतलब है समय का बढ़ना। श्रीमान 'क' पहले साप्ताहिक अखबारों को टटोलकर अपने काम की कटिंग देखते थे निकालते थे। बार-बार देखी सामग्री को भी फिर से देखने तथा खोजने के लिए काफी समय लगाना पड़ता था। अब उन्होंने प्रतिदिन रात्रि में सोने से पूर्व इस काम को अंजाम देना शुरू किया। उनका यह काम आधा हो गया। उन्हें यह भी लगने लगा कि बहुत-सी कटिंग वे बेकार ही रखते हैं। व्यवस्थित जीवनशैली से दिमाग भी व्यवस्थित रहता है, वह भी मौके पर मदद मुहैया कराता है। तथ्यों और डाटा को कुशल कम्प्यूटर की तरह स्टोर करता है।

श्रीमान 'ख' को बार-बार फोन डायरी खोलने की आवश्यकता नहीं। उनका कहना है कि मैं जब भी फोन मिलता हूं ध्यान रखता हूं। न चाहूं तब भी नंबर याद हो जाता है। कपड़ों को इकट्ठा धोना (मशीन में)। बाहर से आते समय घर की छोटी-छोटी वस्तुएं साथ ले आना।

अनावश्यक फोन बाजी या पब्लिक रिलेशन की आदत भले ही आकर्षक दिखे पर इससे कुछ हासिल नहीं होता। कई बार इनसे घर-दफ़्तर में अनावश्यक लोगों का हस्तक्षेप ही बढ़ता है।

दफ़्तरों में लोग बहुत समय बर्बाद करते हैं। कईयों को दफ़्तर समय ईजाद करने की जगह नहीं लगती। यह सब तो वे अपने लिए करते हैं। दफ़्तर में बहुत से लोग ज्यादा काम का रोना रोते दिखते हैं। कुछ लोग बहुत लाइट और हल्के दिखते हैं। लगता है जैसे वे कुछ करते ही न हों, क्योंकि वे अपने आप को अपडेट रखते हैं। डायरी मेंटेन करते हैं। मीटिंगों के मिनिट्स, तिथियां, फोन नंबर आदि सहेजकर रखते है। पर निर्भरता की आदत से मुक्त

होते हैं। गप्पबाजी या प्रपंच अथवा गॉसिप जैसी प्रवृत्तियां उनके व्यक्तित्व का हिस्सा नहीं होती।

कुमार 'क' ने आत्मानुशासन बना रखा था। वे किसी के भी कक्ष में निरर्थक नहीं जाते। उनका मिलना-जुलना मीटिंगों या कार्यालय के सार्वजनिक आयोजनों में ही होता था। लोग उन्हें घमण्डी और मग़रूर समझते थे। चूंकि वे कहीं नहीं जाते थे तो कोई उनके पास नहीं आता था। उनके पास हर काम के लिए समय तय था। इसने क्या कहा, उसने क्या कहा, इन सबसे उनका कोई वास्ता नहीं था। कई अधिकारी छुट्टी के दिन आते काम निबटाते। उन्हें औरों के कारण कई बार आना पड़ा, पर अपने किसी भी काम को निबटाने के लिए आने की आवश्यकता नहीं पड़ी।

कुमार 'ग' कहते हैं कि उन्होंने अपनी बहुत-सी आदतें स्वयं को दण्डित कर-करके ठीक कीं। जैसे ऑफिस से आते समय मैं कुछ काम निबटाते हुए आता था। यदि भूल जाता तो अपने प्रिय खाद्य से उस दिन अपने आपको वंचित रखता। उसका नतीजा ये हुआ कि अपने आप काम याद आने लगे। हालांकि ये बात बहुत बचकानी लगती है पर अपने आपमें किस तरह सुधार हो सकता है यह तो कोई व्यक्ति स्वयं ही बता सकता है, जान सकता है।

अपनी क्षमताओं को जानना-समझना भी समय ईजाद करना है। कोई और जांच-परख ले तो उसका भी स्वागत करने में कोई बुराई नहीं है। मेरी क्षमताओं को मुझसे ज्यादा लोगों ने पहचाना। नौकरी के आरंभिक दिनों में मुझे लगा शिफ्ट ड्यूटी के कारण मेरी पढ़ाई नहीं हो पाएगी। मां ने बहुत प्रेरित किया कि "पीएचडी जैसा कोर्स बीच में छोड़ना ठीक नहीं। शिफ्ट ड्यूटी इसके लिए वरदान है। यदि सुबह पांच बजे वाली ड्यूटी हो तो शाम तीन बजे तक तुम आराम से लाइब्रेरी जा सकती हो। अध्ययन के लिए समय निकाल सकती हो।"

लोगों के पास समय होता है पर उन्हें खुद पता नहीं होता है। लोग उनके लिए समय ईजाद करते हैं या उसका अहसास कराते हैं तो ऐसे लोग सामाजिक-राष्ट्रीय अपेक्षाओं पर भी खरे उतरते हैं। कल की घूंघट निकालने वाली महिलाएं आज गांवों का नेतृत्व कर रही हैं। अपनी समस्याएं हल कर रही हैं और एक अच्छा सामाजिक रोल मॉडल बनकर औरों के लिए भी द्वार खोल रही हैं। कल तक गप्प-गोष्ठी या घर-परिवार की चर्चा में जो समय जाता था या उसे ही समय का सदुपयोग समझा जाता था, उसी समय को राष्ट्र के लिए समाज के लिए ईजाद कर लिया गया। ऐसे अनेक उदाहरण आपको

अपने आसपास मिल जाएंगे। अहमदाबाद में सब्जी बेचने वालियों ने वीडियोग्राफी सीखकर अपनी समस्याएं हल करने के लिए प्रशासन को चेताया। शराबखोरी के विरुद्ध एकजुट होकर महिलाओं ने सरकार पर दबाव डाला कि वो क्षेत्र को मद्य निषिद्ध घोषित करें। शराबियों की धर-पकड़ करके भी उन्होंने समस्याएं हल कीं। इस तरह से भी महाउद्देश्यों के लिए आम सामान्य जन समय ईजाद करने में सफल और सक्षम हो सकता है।

लोगों ने एक व्यक्ति के गुणों पर मोहित होकर उससे समाज के लिए अच्छा-खासा समय ईजाद करा लिया। यह सच्ची घटना जब मैंने भी पढ़ी तो मुझे विश्वास नहीं हुआ। शीर्षक था- **'भिखारी बना विकास पुरुष।'** मुजफ्फरनगर जनपद में **'धर्मवीर'** नामक व्यक्ति पुश्तैनी भिखारी था। वह और उसकी पत्नी भी मांगकर अपने बच्चों को पढ़ाते। उन्होंने अपने भाई को भी सिविल इंजीनियर बनाया। यह व्यक्ति आसपास के लोगों को भी गुणों व नैतिकता की शिक्षा देता था। 2005 में विधानसभा के चुनाव हेतु इसका नाम प्रस्तावित हुआ तो इसका पेशा व योग्यता जानकर चुनाव अधिकारियों को भी विश्वास नहीं हुआ। यह व्यक्ति चुनाव जीता और गांव के विकास हेतु समर्पित हुआ। इसने सम्बद्ध अधिकारियों से गांव के विकास की भीख मांगी। वह उसे भरपूर मिली। मात्र तीन साल के समय में ही धर्मवीर ने 'खाई खेड़ी' गांव की तस्वीर बदल दी। इस गांव में आज आर.सी.सी. की सड़कें, 25 खंड, गरीबों के लिए 40 मकान, प्राथमिक स्कूल में नए कमरे, रसोई, चारदीवारी, 25 हैडपम्प तथा दो किलोमीटर गांव की पक्की सड़क है। रात्रि में गांव पच्चीस विद्युत लाइटों से रोशन है। गांव में पांच नाले व दो पुलिया भी निर्मित हुई हैं। अनुकरणीय बात यह भी है कि गरीबों के लिए निर्मित चालीस मकानों में से एक भी उसने अपने लिए नहीं रखा। वह अपने इंजीनियर भाई द्वारा निर्मित आवास में रहता है।

इस तरह के उदाहरण बताते हैं कि व्यक्ति अपने अभावों को अपनी पूंजी तथा शक्ति बनाकर भरपूर समय ईजाद कर सकता है। व्यक्ति से नैतिकता तथा श्रेष्ठता सम्पूर्ण समाज के लिए समय ईजाद करवा सकती है। इतना काम मुझे नहीं लगता है कि इतने कम समय में मंजे हुए राजनेता भी कर पाते। ये काम कम से कम चार गुणा समय और लेने पर होने वाले काम हैं।

इसी तरह महापुरुषों की सीखें, शिक्षा, उपदेश आदि कम समय में समाज का दिशानिर्देश करते हैं। जिन कामों में महीनों समय लगता है वह घण्टों या दिनों

में हो जाता है। जीवन की दिशा बदल जाती है ऐसा समय भी ईजाद किया जाता है। समय ईजाद करने के अनेक-असंख्य तरीके हैं। कोई एक निर्धारित फॉर्मूला नहीं है जिससे ही समय ईजाद किया जा सके। एक ग्रामीण महिला ने बताया- "उसने एक गुरु का नाम लिया है तब से घर में सुख-शांति है। मैं झिकझिक करके घण्टों जो बात नहीं मनवा पाती थी, उसे गुरुजी एक बार कहकर मनवा लेते हैं।"

आश्रमों, गुरुद्वारों और तमाम ऐसी जगहों में हम देखते हैं बिना किसी आदेश के काम स्वतः सम्पन्न होते हुए दीखते हैं। श्रद्धा, अनुशासन और कर्त्तव्य भाव हर काम के लिए समय ईजाद कर देता है। समय बर्बाद करने के लिए भीतर का फोर्स चाहिए, बाहरी सोर्स उतना कारगर नहीं होता। समय जाया न किया जाए, काम से काम रखा जाए, सब काम समय पर निबटाये जायें तो स्वतः बीतता समय भी इतना ज्यादा होता है कि वह ईजाद किया हुआ ही प्रतीत होता है। एक घण्टे के सफर में आप दस पृष्ठ किसी पुस्तक के पढ़ लेते हैं त्यों ही आप एक और घण्टा ईजाद करके चौबीस घण्टे के दिन को (और समय उस दिन ईजाद न कर सकें तो भी) पच्चीस घंटे का बना ही लेते हैं।

कब समय ईजाद न करना बेहतर

समय ईजाद करने की तमाम तकनीकों में ये बात गौरतलब है कि सकारात्मकतापूर्वक समय ईजाद किया जाए तो अच्छा है वरना ऐसा ईजाद समय खतरनाक समय में तबदील हो सकता है। उसकी भरपाई उससे कई गुणा अधिक समय खर्च करके भी की जानी मुश्किल है। उदाहरणार्थ- हम आठ घण्टे सोने के आदी है। समय ईजाद के फेर में एक घण्टा नींद की कटौती कर दी। अब दिन भर अनमने से रहते हैं तो वो एक घण्टा हमारे लिए तीन घण्टे की लागत लेने वाला साबित होगा। वो नींद दिन भर हम पर हावी रहेगी और अन्य कामों में हमारी गति घटा देगी। इसी तरह जिन्हें हम एसेन्शल, अनिवार्य या पसन्दीदा काम मानते हैं, उनकी कॉस्ट (लागत) पर समय ईजाद न करें तो बेहतर है।

एक के फेर में दो चले जाएं ऐसा समय तो कोई भी नहीं चाहेगा। समय ईजाद करने का मोटा आशय है वो समय जो हम बर्बाद करते हों। जिधर हमारा ध्यान न जाता हो। समय का वो अंश जो खाली पड़े प्लॉट की तरह उपेक्षित है, उसे उपादेय (उपयोगी) बना लेना समय ईजाद करना है। हमारी कार्य प्रणाली जो ज्यादा समय साध्य हो, उसे अच्छी तैयारी और योजना द्वारा कम समय में तबदील करना। मुख्य कार्य या मनोरंजन आदि तमाम क्षेत्रों में, समय का

असंतुलन हो उसे दूर करना। कामों का बहुत पसारा किया हुआ हो तो उसे समेटना, लक्ष्य से भटकना या इतर गौण कामों में समय ज्यादा लगाया जा रहा हो तो उसे फोकस करना। संचार, सम्प्रेषण तथा तकनीक प्रयोग से समय-बचत इत्यादि तमाम उपक्रमों द्वारा ईजाद किया गया समय सही तौर पर ईजाद किया गया समय कहा तथा माना जा सकता है। घूमने, व्यायाम या शौक तथा ऐसे ही कामों में लगाया जाने वाला समय लगाना बंद करके हम घुटन तथा कुण्ठा का शिकार हो सकते हैं। समय ईजाद करने की यही सीमा हमें असीम और व्यापक बना सकती है।

■

समय हाथ से निकल जाने पर केवल पश्चाताप ही हाथ लगता है।

–स्वेट मार्डेन

7

समय का सन्तुलित प्रबंधन

समय पर कार्य न करने से व्यक्ति लाभ और उन्नति से कोसों दूर हो जाता है।

–बाबा फरीद

समय प्रबंधन की बात करते हुए हम एकांगी समय प्रबंधन की ही बात नहीं कर सकते, क्योंकि इस प्रबंधन का ध्येय लक्ष्य अर्जन के साथ-साथ जीवन की आशा व सफलता से भी जुड़ा हुआ है। इसलिए हम संतुलित प्रबंधन की बात कर रहे हैं। यह समय प्रबंधन की रीढ़ है।

कुछ लोग एक क्षेत्र में बहुत सफल होते हैं तो दूसरे क्षेत्रों में उतने ही असफल। इसके लिए हमने कई बहाने बना रखे हैं ये तो सहज है। सफलता में तो ऐसा होता ही है। एक व्यक्ति कहां-कहां क्या-क्या करे, परन्तु यह बात सौ फीसदी सही है कि समय का संतुलित प्रबंधन न करने पर यह झमेला और बखेड़ा खड़ा होता है।

क्या आप ये चाहेंगे कि एक काम ठीक हो जाए दूसरा पिछड़ जाए, यदि किताब लिखना आवश्यक है तो अपने फाइनेंस को संभालना भी तो उतना ही आवश्यक है अन्यथा किताब लेखन से जो प्राप्त नहीं होगा उससे ज्यादा उसे गंवाकर हम दुःखी होंगे। लिहाजा जो काम हो रहा है वह भी ठप्प हो जाएगा। इसलिए समय के सन्तुलित प्रबंधन की आवश्यकता है। यह सन्तुलित प्रबंधन सबसे पहले सोच विचार में लाने की जरूरत है। कार्यों की वरीयता अपने व अपने से सम्बद्ध व्यक्तियों को केन्द्र में रखकर करनी चाहिए।

आजकल दम्पतियों में तलाक दर बढ़ रही है। मुख्य कारण है समय के सन्तुलित प्रबंधन का अभाव। कई स्त्रियां कहती सुनी जा सकती हैं कि यदि इन्हें दफ्तर इतना ही प्रिय है तो हमसे शादी की जरूरत ही क्या थी। हमारा जीवन क्यों बर्बाद किया। मलेशिया में इसी असंतुलित प्रबंधन को संतुलित करने के लिए सरकार ने 2009 में फ्री हनीमून पैकेज देना शुरू किया। मजे की बात ये

है कि जोड़ों की पारस्परिक शिकायत दूर हो गयी। हमारी अदालतें भी इसलिए तलाक के मामलों में दोनों पक्षों को पर्याप्त समय देती हैं। समय की कमी के कारण कोई गलतफहमी है या मनमुटाव है तो उसको समय रहते सुलझाया जा सके। लक्ष्य से असम्बद्ध पक्षों को हम छोड़-जोड़कर भी अपने समय प्रबंधन को संतुलित कर सकते हैं। हर वस्तु हर समय और काम के लिए उपयोगी नहीं होती। उनका बोझा ढोना हमें बोझिल बनाता है। गले में बंधे पत्थर की तरह।

ज्यादा से ज्यादा समय को कारगर बनाने के नुस्खे भी संतुलित प्रबंधन की धुरी हैं। ये नुस्खे खुद अपनी सुविधा रुचि तथा आदत के अनुसार रचे गये हों तो ज्यादा लाभकारी हो सकते हैं। दूसरों के उधार लिये गए नुस्खे शीघ्र ही अपना सकें तो बहुत अच्छा अन्यथा उनके कारण हो सकता है हमारी योजनाओं में और हमें स्वयं के अन्दर कारगर आमूल चूल परिवर्तन करना पड़ें जो हमें मंजूर न हों। यह हमारे लक्ष्य के लिए भी उतना फ़ायदेमंद न हो।

यदि हम देखें तो हमारे इस प्रबंधन में कितनों का योगदान है- अखबार वाला अखबार देता है। डेयरी से घर वाले सब्जी-भाजी, दूध ले आते हैं। कम्प्यूटर सारी जानकारी लिए हाजिर है। इसलिए आज सम्यक् संतुलित समय प्रबंधन मुश्किल नहीं। हर काम संभव हो रहे हैं घर बैठे और एक क्लिक पर। तकनीकी साधन हमारा समय बचाते हैं। फिर भी हमारे पास समय नहीं रहता। यह चादर से ज्यादा पैर फैलाने की आदत के तहत भी हो सकता है।

कामों की कांट-छांट भी पेड़-पौधों की कांट-छांट जैसी ही जरूरी है। जोड़-तोड़ या शॉर्टकट उपलब्धियां हमें कहीं का नहीं रखतीं।

संतुलित समय, प्रबंधन की नींव है। हम उसके अवान्तर और गौण पक्षों को भी मुख्य जितना ही महत्त्वपूर्ण समझें। कब किसकी आवश्यकता है उसे अमल में लाएं। हर चीज हर जगह संभव नहीं। चिंतन आवश्यक है पर यही चिंतन वाहन चालन के समय जानलेवा है।

कुमार राम ने एम.ए. के डिजर्टेशन (लघु शोध प्रबंधन) में सात महीने लगा दिये। परीक्षा तो समय पर ही होनी थी। चार महीनों में जैसे-तैसे करके सात पेपर की तैयारी की। समय के इस असंतुलित प्रबंधन से वे मात्र पास-भर हो पाए। उन्होंने इस पुस्तक चर्चा के दौरान यह अध्याय लिखने का ध्यान दिलाया। उन्होंने कहा– "मैंने इस कमी को कई अल्टरनेटिव उपलब्धियों से पूरा भी किया, फिर भी भीतर रह गए फांस के टुकड़े की तरह चुभन तो है ही।"

कुछ महिलाएं शादी समय पर न करके देरी से मातृत्व सुख प्राप्त करती है पर जीवन का प्रबंधन गड़बड़ाता अनुभव करती हैं। फिर उन्हें लगता है करियर

और केवल पैसा कमाकर क्या मिला। यही कारण है कि असंतुलित समय निवेशी अपनी क्षेत्र विशेष की चरम सफलता पर भी उतने प्रसन्न नहीं दिखते जितने सामान्य और संतुलित समय निवेशी दिखते हैं। आवश्यक नहीं कि संतुलित प्रबंधन बड़ी-बड़ी सफलताओं के लिए ही हो। वह हर काम का केन्द्रीय सूत्र है। केन्द्रीय पक्ष है। प्राणवान तत्त्व है। सारवान अंश है।

जिस दिन, दिन में अंधेरा छा जाता है तो आपको अच्छा नहीं लगता। सूरज के इस असंतुलित प्रबंधन से आपका समय प्रबंधन गड़बड़ाने लगता है। हम औरों से जो संतुलन चाहते हैं वह स्वयं से भी चाहें तो कितना अच्छा हो। केवल तनपोषी मन के आनंद के मोहताज हो जाते हैं केवल मनपोषी का तन ही इतना परेशान करता है कि मन का आनंद मिल ही नहीं पाता। हर क्षेत्र के संतुलन की तरह ही अपेक्षित है समय प्रबंधन का संतुलन और किसी भी अति की तरह वर्जित है इसकी भी अति।

जीवन में तमाम भ्रांतियां बनती हैं तथा हमें लगता है जो हम सोच रहे हैं वही सही है। असम्बद्ध-सी दिखने वाली चीज़ों में भी कोई सम्बन्ध है यह हम जान तथा मान ही नहीं पाते है। यही कारण है कि समय व उसके प्रबंधन का अच्छा या बुरा असर इतनी दूर तक भी हो सकता है यह हम मान ही नहीं सकते। इसी न मानने से हमारा प्रबंधन संतुलित प्रबंधन नहीं हो पाता। क्या आप सोचते हैं कि गणित और संगीत में कोई सीधा सम्बन्ध है? नहीं न। उल्टे आपको लगने लगा न कि संतुलित प्रबंधन की बात करते-करते ये कैसी बात की जा रही है, पर पैथागोरस ने ऐसा नहीं सोचा तभी वे इसकी जड़ तक हमें पहुंचा सके। उनका एक साथी अपनी वीणा के तार टूट जाने से बड़ा परेशान था। पैथागोरस ने यह काम शुरू किया। उन्होंने अलग-अलग लंबाई के तार मंगाये। उन्हें वीणा में जोड़कर उनके सुर सुनने लगे। अंत में मित्र के इस काम को करते हुए उन्होंने अपने काम की भी खोज की। वीणा के तार की लंबाई का अनुपात 6:4:3 हो तो उससे संगीत के पहले, पांचवें और मूल सुर मिलकर निकलते हैं। यह है संतुलित प्रबंधन। यह तजुर्बे के आधार पर निकाला गया पहला वैज्ञानिक नतीजा था। इससे वे तथा अन्य वैज्ञानिक विज्ञान को ठीक से समझ पाए, उन्होंने पाया ब्रह्माण्ड ही संगीतमय है। उसके भीतर संतुलन तथा व्यवस्था है। इनसे उन्हें और अन्य साथियों को अपनी वैज्ञानिक खोजों में बहुत मदद मिली, इसी संतुलित प्रबंधन के आधार पर उन्होंने गणित के कई फॉर्मूले ईजाद किए। आज से 2600 साल पहले वे यह स्थापित करने में सफल हो सके कि अनगिनत असंख्य आदि सभी को गिना जा सकता है। विज्ञान दर्शन,

गणित, संगीत और सृष्टि में संतुलित प्रबंधन है। परस्पर सम्बन्ध है। यह अचरज-भरा किंतु सच है।

संतुलित प्रबंधन के लिए तैयार करके हम उन तमाम असंतुलनों के बारे में अच्छी तरह जान सकते हैं जो हमारे समय के संतुलित प्रबंधन में बाधक हैं। आज तो हमें प्रबंधन और समय तथा इस तरह के तमाम मसलों पर किताबें मिल जाती हैं परन्तु आज से हजारों साल पहले लोगों ने यह सब जानने-बूझने के लिए कितनी मेहनत की होगी। हमें आज उसको कम से कम खोजना ईजाद तो नहीं करना पड़ रहा।

हिप्पोक्रेटस ने सदियों पहले यह ईजाद कर लिया था। एक दिन वे अपने घर में इलाज करने के साथ-साथ छात्रों को पढ़ा रहे थे तभी एक छात्र को चक्कर आ गया। सब छात्र घबराकर भागने लगे। उन्होंने उन छात्रों से कहा- "तुम लोग बेकार ही डॉक्टर बनने आ गये। डॉक्टर बनने की पहली शर्त है ये जानना कि कोई भी बीमारी किसी भगवान, शैतान या फिर भूत प्रेत के चलते नहीं होगी। बीमारी का कारण इंसान के रहन-सहन, आबोहवा और उसके माहौल में होता है। आज आपको यह बहुत छोटी तथा मामूली बात लगती है। इस तरह एक पुख्ता दृष्टिकोण विकसित कर लेने पर उसके आधार पर वैसा अवसर बनाने और जानने की तकनीक आ जाती है। इन्हीं हिप्पोक्रेट्स का एक छात्र अपने को बहुत होशियार समझता था पर संतुलित प्रबंधन नहीं जानता था। एक बार एक मरीज को देखकर वह बोला- "इसे तो वही बीमारी है जो उस दुबले बच्चे को है।" उसने उस बच्चे की दवा जितनी ही डोज लाकर दे दी। हिप्पोकेट्रस को यह अच्छा नहीं लगा। वे गुस्सा हुए और उन्होंने छात्र को समझाया किसी भी बीमारी का इलाज करने से पहले रोगी के पूरे शरीर की दशा देखना जरूरी है, अकेले किसी एक अंग का इलाज नहीं होता है।

इसी तरह हम समय प्रबंधन के सम्बन्ध में किसी एक प्रकार के संयम, नियम, अनुशासन या प्रबंधन से समय प्रबंधन नहीं सीख सकते न ही उसका लाभ ही उठा सकते हैं। ऐसा करना किसी एक अंग का ही इलाज करना है। इसलिए भी संतुलित प्रबंधन को ही समय प्रबंधन मानना चाहिए क्योंकि यह किसी भी प्रबंधन का मेरुदण्ड है। इसको साध लेने से कोई भी प्रबंधन किसी भी क्षेत्र का प्रबंधन हो वो संतुलित हो ही जाता है। इसे हम मुख्य प्रबंधन या प्रबंधक का नाम भी दे सकते हैं।

कई माता-पिता रोना रोते रहते हैं। दो घंटे से पीछे पड़े हुए हैं, पर बच्चा स्कूल का होमवर्क कर ही नहीं रहा। वे सीधे कॉपी पेन लेकर बैठने वाले बच्चे

को ही पढ़ने वाला समझते हैं। एक मां-बाप बच्चे को सिखा-सिखाकर थक गए वह गिनती सीख ही नहीं पा रहा था। बच्चे की दादीमां चने बीन रही थी, उन्होंने चने की ढेरी बना-बना कर वही काम दस मिनट में करा दिया। वह गिनती समझने लगा। उसकी मां फिर भी चीख रही थी कि इससे वह लिखना भी सीख जाएगा? दादी ने खड़िया चॉक दी और बताया एक के सामने एक ऐसे दो के सामने दो...... इस तरह मुसीबत लगने वाली बात संतुलित समय प्रबंधन के जरिये आसानी से समझायी जा सकी। यह बच्चे की आंतरिक और बाह्य दोनों प्रकार के संतुलन के समन्वय का उदाहरण है।

संतुलित समय प्रबंधन में तमाम कोशिशों के बावजूद लोग इसलिए मात खा जाते हैं कि वे एक-दूसरे की निर्भरता या परस्पर सम्बद्धता को नहीं समझ पाते हैं। जो समझ लेते हैं उन्हें खुल जा सिम-सिम की तरह खजाना मिल जाता है तथा समय रूपी अलादीन का चिराग उनके लिए सब कुछ रोशन व गुलजार कर देता है।

कई लोग संतुलित प्रबंधन सीखना चाहते हैं। इसे वे केवल काम के समय लागू करना चाहते हैं। यदि उनसे पूरा रुटीन ठीक करने के लिए कहा जाए तो न यह उन्हें समझ में आता है न वे इसे समझना चाहते हैं। यह उन्हें ख़ामख़्वाह का उपदेश लगता है। संतुलित समय प्रबंधन के लिए सुबह जल्दी उठना या घर के अन्य सदस्यों के साथ तालमेल बिठाना उतना ही आवश्यक है जितना रोटी के साथ सब्जी की संगत। दोनों अपने आप में अलग-अलग होकर भी आनंदप्रदायक होते हैं।

यदि आप खास काम सीखने के साथ-साथ कोई दृष्टिकोण भी विकसित कर लेते हैं तो वो एक ही समय या सीमा में कैद होने की बजाय बहुत-सी जगह मददगार साबित होता है। कुछ लोग काम करके सीखते हैं, कुछ गौर करके सीखते हैं, कुछ अनजाने में। अनजानों की अपेक्षा गौर करके सीखने वाले इसलिए ज्यादा सफल होते हैं क्योंकि वे उस अनुभव को सहेजकर बहुत-सा समय और शक्ति बचा लेते हैं। शादी-ब्याह तथा वार-त्यौहार में मेहन्दी लगाने वाले मुझे कमाल के लगे। कईयों के हाथ से मेहन्दी लगाने के बावजूद मैं इनकी योग्यता व प्रबंधन की कायल हुई। पसंदीदा डिजाइन के साथ इन्होंने 9-10 मिनिट में दोनों हाथों पर मेंहदी लगा दी। कारण पूछने पर बोले- "हम डिजाइनों का अलबम साथ लेकर चलते हैं। लोग समझते हैं कि हमने नया-नया काम सीखा है। पर हम इससे किसी पर कुछ थोपना नहीं चाहते और न ही मूड बिगाड़ना चाहते हैं। हमें भी डिजाइन सोचने में समय नहीं लगाना पड़ता। हम आए दिन पत्र-पत्रिकाओं को देख-देखकर डिजाइन

फोटो कॉपी करवाते थे। अब हम खाली समय में खुद भी नई-नई डिजाइनों का अभ्यास करते हैं।"

वे मेहन्दी के कीप, नींबू चीनी का पानी, सरसों का तेल भी छोटी-छोटी बोतलों में साथ लेकर आते थे। वैसे यह छोटी-सी बात लगती है पर महत्त्व बहुत रखती है। हमारे घर की औरतें कहती हैं "भाई उन्हीं लड़कों को बुलाना। हमें 15 की जगह 25 रु. हाथ के देने पड़ते हैं। पर कोई चिक-चिक नहीं। क्या पसंद का डिजाइन है और लगा क्या डिजाइन दी- हाथ भी धो रहे हैं तथा मूड भी चौपट हो रहा है।"

हम सिंगल ट्रैक वाले तो नहीं?

अक्सर लोग यह कहते सुने जाते हैं मैं तो एक समय में एक ही काम कर सकता हूं। उसे ही निपुणता के साथ करता हूं। यह अच्छी बात है पर ऐसा करते हुए भी हमें बहुत-सी बातों का ध्यान रखना पड़ता है। क्या हम चलते हैं तो सिर्फ चलते हैं दूसरे वाहन और अन्य प्रकार की सुरक्षा का ध्यान नहीं रखते? यही ध्यान समय प्रबंधन में भी संतुलन चाहता है। जो नहीं रखते उन्हें चालान व दुर्घटना से लेकर मौत तक का सामना करना पड़ता है। हर कोई अपने को सिंगल ट्रैक वाला माने भले ही पर वो वैसा होता नहीं है। न ही भगवान ने ही उसे वैसा बनाया होता है। **हम जो चाहते हैं वो मान लेते हैं।**

मल्टी ट्रैक माइण्ड से हम काम की परस्पर सम्बद्धता का आनंद भी पाते हैं। यदि आप एक कठिन और एक सरल विषय को साथ में पढ़ें तो आपकी सुविधा होगी। एक घंटे में दो विषय पढ़ लेते हैं। बनिस्बत दो घंटे गणित से ही माथापच्ची करते रहते। अपने प्रति लिबरल (उदार) रवैया आवश्यक है। वैसा ही सख्त रवैया। यहां सख्ती से आशय अनुशासन से है न कि भ्रांतियों से। कुछ लोग मान लेते हैं पढ़ाई में सख्ती न हो तो सीखा ही नहीं जा सकता। घुटन, कुढ़न परेशानी उसका हिस्सा है। खेल-खेल में इससे बेहतर सीखा जा सकता है। इसलिए दिन ब दिन पढ़ाई में ऐसे प्रयोग सफल हो रहे हैं।

जो सिंगल ट्रैक रहते हैं उनको परीक्षा में भी मुंह की खानी पड़ती है। दो प्रश्न आधा समय खा गये बाकी में तीन सही होने वाले भी गलत हो गये। पूरा काम करने के बाद भी देखने का समय नहीं मिला। नहीं तो इतनी-सी गलती तो पकड़ में आ सकती थी।

सिंगल ट्रैक या मल्टी ट्रैक का मतलब एक या बहुत से काम एक साथ करने से नहीं है। इसका आशय है एक ही समय में काम या लक्ष्य के बहुत से

पक्षों और आवश्यकताओं को ध्यान में रखना तदनुसार एक्शन करना। काम भी एक किया जा रहा है और मल्टी ट्रैक नहीं है तो वह काम नहीं हो पाएगा। हम सड़क पार कर रहे हैं पर केवल वही नहीं कर रहे हैं उसके साथ-साथ देख भी रहे हैं कि लालबत्ती हुई या नहीं। जो ऐसा नहीं कर पाते वे कुप्रबंधन के चलते दुर्घटना या मौत का शिकार हो जाते हैं। यदि ये ऐसा कर रहे हैं और अन्य कोई नहीं कर रहा है तो भी सही व्यक्ति पर गलत व्यक्ति गाज गिरा सकता है। इसलिए यह प्रबंधन व्यापकता पर निर्भर है।

हम अपनी क्षमता को ठीक से जानते-मानते तथा आंकते नहीं हैं और कमतर आंकने लगते हैं। मल्टी ट्रैक होते हुए भी इसलिए हमें उसका अहसास नहीं होता। यह सांस लेने की तरह स्वाभाविक और सहज रूप से घुला-मिला है। सिनेमा के चित्र अलग-अलग होकर भी निश्चित गति से निरन्तर दिखते हैं। वैसा ही निरन्तरता भरा होता है संतुलित प्रबंधन। बस उसे अनुभव करने की आदत डालनी है। सामान्य श्वांस भी प्राणायाम का हिस्सा होकर और अधिक ओजस्वी और उपयोगी हो जाते हैं, वैसी ही उपयोगी है यह आदत भी।

प्रकृति से सीख सकते हैं समय का संतुलित प्रबन्धन

प्रकृति समय का संतुलित प्रबन्धन सिखाने में सर्वाधिक सक्षम है। किसी व्यक्ति विशेष से भी सीख सकें तो अच्छा है, पर हर व्यक्ति को यह दृश्यमान रोल मॉडल मिल ही जाए यह आवश्यक नहीं। प्रकृति अदृश्य भी है और दृश्यमान भी। इसके क्रियाकलाप सबको ज्ञात ही हैं। बसंत के बाद पतझड़ पतझड़ के बाद बसंत आता है। बारह महीने सर्दी, गर्मी, वर्षा में विभक्त हैं। चांद-सूरज नित्य क्रम से आते हैं। इसी तरह के सैकड़ों उदाहरण हैं। सब्जी-फल अपने निश्चित मौसम में होते हैं व फूल अपने समय पर खिलते हैं। वही हाल सन्तुलित प्रबंधन का है। यह लक्ष्य प्राप्ति तथा सफलता का अपना मौसम है। इसलिए इसमें इसके फल स्वादु होने के साथ ज्यादा भी मिलते हैं। बच्चा नौ महीने पेट में रहकर पैदा होता है। समय कम-ज्यादा होते ही डॉक्टर तुरन्त सावधान हो जाते हैं क्योंकि यह काल अतिक्रम मां बच्चे दोनों के लिए जानलेवा हो सकता है।

प्रकृति के साथ खिलवाड़ होने से उसका संतुलन बिगड़ रहा है, इससे सृष्टि पर खतरा उत्पन्न हो रहा है। यही हाल हमारे समय के संतुलित प्रबंधन के बिगड़ने से हमारे जीवन का होता है। कभी सोना, कभी जगना, कभी खाना, कभी आना-जाना आदि काम ऐसे छोटे-छोटे पर महत्त्वपूर्ण उदाहरण

हैं जो हमें समय के सन्तुलन को बहुत पुख्ता तथा पुरजोर तरीके से सिखा सकते हैं। बशर्ते हम सीखना चाहें तो। **गैलीलियो** ने प्राकृतिक व्यवस्था से सीखकर दुनिया को बहुत कुछ दिया। इसके अलावा विज्ञान का मूल तथा आरंभिक रूप प्रकृति का यही समय-संतुलन है। इसे ही देखकर कई वैज्ञानिक विभिन्न खोजों के लिए उत्सुक व उन्मुख हुए।

लगभग 400 साल पहले गैलीलियो ने अनुभव किया कि चांद उसके साथ-साथ चढ़ता है उतरता है। यही उनके भीतर के विज्ञान को जगा गया। अब उन्होंने इसी वैज्ञानिकता से कई चीजें देखीं। झूलते हुए लालटेन से उन्हें लगा इसके आगे-पीछे झूलने में (आने-जाने में) बराबर समय लगता है। तब ही उन्होंने सोच लिया कि इस तकनीक का इस्तेमाल घड़ी के रूप में हो सकता है। उन्होंने पेण्डुलम बनाकर कई नए-नए प्रयोग किये। शीघ्र ही उन्होंने पेण्डुलम के नियम खोज लिये। वे खुलकर कहते थे कि जो भी चीज या घटना प्रयोग या तजुर्बे के दौरान माप तौल या गिनती के दायरे के बाहर हो वह विज्ञान नहीं है।

एकलव्य की तरह आप स्वयं भी सीख सकते हैं

हम यदि थोड़ा चिंतन-मनन करें तो अपने आप भी समय का संतुलित प्रबंधन सीख सकते है। हमारे भीतर इसकी पूरी व्यवस्था है। बायलॉजिकल क्लॉक इसके लिए हमारी पूरी मदद कर सकती है। इसीलिए हमारे पूर्वज कह गये हैं कि **ईश्वर भी उसी की मदद करते हैं जो खुद की मदद स्वयं करते हैं।** हिम्मत अपने आप से ही आती है। ऐसी अनेक बातें इस बात की परिचायक हैं कि हम अपने आपको संतुलित कर सकते हैं संभाल सकते हैं।

हमें भूख-प्यास, नींद की इच्छा आदि समय के अंतराल या समय पर लगती है। यह सब इसी क्लॉक की वजह से होता है। यदि हम यहां से अमरीका जाएं तो चाहे रात हो पर हमें नींद नहीं आती क्यों? क्योंकि उसका समय-संतुलन हमारी बायलॉजिकल क्लॉक से मैच नहीं करता। पांच-छह घण्टों का अंतर हमें अभ्यास से जीतना पड़ता है। यदि हम समय प्रबंधन संतुलित कर लेंगे तो हमारे सब काम समय पर होने लगेंगे। अभ्यास एवं आदत से उसमें भी ऑटोमेटाइजेशन की प्रक्रिया भी चालू हो जाती है।

ऐसे संतुलित समय प्रबंधकों का अपना तरीका है। आई.आई.टी. के एक छात्र ने बताया "मैं चाहते हुए भी ज्यादा मित्र नहीं रखता। हाय, हलो सबसे है। मैं

अपने हिसाब से लिखता-पढ़ता और आता-जाता हूं। न मैं किसी का समय बिगाड़ता हूं न अपना बिगाड़ने देता हूं।"

एक छात्रा ने भी कहा कि "मैं **सेल्फ मोटिवेशन तकनीक** अपनाती हूं। ज्यों ही मेरा मन विचलित होता है मैं सफलता के सुखद समय को याद करती हूं। फिर भी वह उतनी गति से प्रवृत्त न हो तो असफलता और दुःख के दौर को याद करती हूं। उसकी भयंकरता भी मेरे समय संतुलन की साधक हो जाती है।"

समय के संतुलित प्रबंधन में जीवन-जगत भी प्रकृति की तरह ही मददगार है। इस क्षेत्र से जुड़े हुए लोग जानते हैं कि जब तक कोई खास खतरा न महसूस हो, शेर तक अपने निश्चित समय पर शिकार करता, खाता-पीता और सोता है। आठ-दस वर्ष पहले हमारे घर रोज रात को एक सफेद बिल्ला आता था। मुझे उसका आधी रात को आना अजीब लगता। घड़ी देखना शुरू किया तो पता चला वो दो-ढाई बजे के बीच आता था। जब एकाध बार न आया तो मैं चिंतित हुई, क्योंकि मेरा उसके इस संतुलित समय प्रबंधन के प्रति विश्वास था। तब खोजने पर पता चला वह एक खाली घर में बंद हो गया फिर हमने उसे निकलवाया। जब तक वह जिया, उसने इस समय प्रबंधन का पालन किया।

प्रतिवर्ष लाखों विदेशी पक्षी प्रवास पर (साइबेरिया तथा अन्य देशों से) आते हैं। समय तंत्र के आधार पर ही। जैसे बिना घड़ी के ये अपना जीवन तंत्र विकसित करते हैं, गंध एवं अन्य क्षमताओं का उपयोग करते हैं वैसे ही हम भी कर सकते हैं। हम अपनी अपार भीतरी क्षमताओं को जानते ही नहीं और न ही उनका इस्तेमाल करते हैं।

समय संतुलन हर तरह का संतुलनदाता है। कुछ गृहिणियां हर समय चुस्त-दुरुस्त लगती हैं, कुछ एकदम हताश कुण्ठित। संतुलित समय प्रबंधन में जिनका विश्वास होता है वे हाथ का काम तुरंत करती हैं, अनावश्यक संग्रह नहीं करतीं, न ही संग्रह की जाने वाली चीज़ें थोड़ा-थोड़ा लाकर समय बर्बाद करती हैं। इसी तरह ऐसे लोग बार-बार या एक ही काम के लिए अलग-अलग नहीं दौड़ते। रास्ते के काम भी साथ लेकर चलते हैं।

जो सर्वाधिक संतुलित रहते हैं, उन्हें कोई दिक्कत नहीं आती। आयुर्वेद तो वात, कफ, पित्त के असंतुलन को समस्त रोगों की जड़ मानता है। इनका संतुलन गड़बड़ाने से जीवन समस्यापूर्ण व दूभर हो जाता है।

जब समस्त बाह्य व आंतरिक जगत संतुलन पर आधारित है तो हम ही असंतुलित क्यों हों। हम तो बुद्धियुक्त प्राणी हैं। हमारे पास तो समय साधक अनुकूलक सब कुछ है। प्रकृति जीवन तथा ऐसे ही अन्य घटक जब इसे साध

लेते हैं तो हमारे लिए तो इसे साधना और भी आसान है। वे साधनहीन होते हैं पर हमारे पास तो नित नवीन सुविधाएं उपलब्ध हैं।

सार रूप में कह सकते हैं कि समय के संतुलित प्रबंधन की आदत हर तरह के सन्तुलन की कारक है। यह एक होकर भी बहुमुखी है। इससे हम श्रम पैसे और तमाम साधनों-संसाधनों के संतुलन में दक्ष तथा कुशल हो जाते हैं। यह कुशलता आजीवन काम आने वाली है। पीढ़ी दर पीढ़ी हमें इसका लाभ मिल सकता है। जो मां-बाप, दादा-दादी एवं गुरु ऐसा करते हैं उनके निकट सम्पर्की सहज अनायास ही इन आदतों को ग्रहण कर लेते हैं। उन्हें खास रूप से इसे जानने समझने व सीखने में भी वक्त बर्बाद नहीं करना पड़ता। ऐसे व्यक्तियों की असंतुलित लोगों के साथ कम ही बनती है, उन्हें सहज रूप में इस प्रबंधन की ओर ध्यान देने को उन्मुख होना पड़ता है।

■

कालो न यातो वयमेव याता।
काल (समय नहीं बीतता हम ही बीतते हैं)।

–भर्तृहरि

8

मुख्य समय (प्राइम टाइम)

काल किसी की प्रतीक्षा नहीं करता है।

–यूनानी कहावत

वैसे तो हर कोई अपनी सुविधा और काम की वरीयता के आधार पर मुख्य समय का निर्धारण करता है। यही इसकी परिभाषा भी है। फिर भी हम समय प्रबंधन के क्रम में, इसको इस रूप में समझ सकते हैं जो समय हमारे लिए मन–मस्तिष्क, मनोदशा आदि के हिसाब से काम के लिए सर्वाधिक अनुकूल है। ऐसा न हो कि यह समय हमें ऐसे समय मिलता हो जब हमें काम के लिए ऊर्जा ही अनुभव न होती हो। मुख्य समय हमारे हाथ और नियन्त्रण में होता है इसलिए इसमें लक्ष्य के लिए पर्याप्त समय देना संभव होता है। यह वह समय है जब हमें काम करने में आनंद आता है। काम करने के बावजूद हम थकते नहीं। बोर होने या ऊबने का तो प्रश्न ही नहीं उठता। इस उचित समय का उचित उपयोग करने के बाद हमें लगता है जैसे हमने बहुत कुछ कर लिया हो। इस तरह प्रधान समय में उचित समय का उचित उपयोग संभव होता है। यह एकाग्रता ऊर्जावाहक समय है। यदि यह हाथ से निकल गया तो आपको लगता है जैसे आपने कुछ खो दिया। कई बार हम उदास अनुभव करते हैं। बेवजह परेशान से हो जाते हैं। हमें अपने परेशान होने का कोई कारण भी पता नहीं लगता। अधिकांश स्थितियों में यह **प्राइम टाइम को खो देने की स्थिति** होती है।

जैसे आप प्रातः अपना अध्याय स्मरण करते हैं। घर में मेहमान आए हुए हैं। इस क्रम में आपको स्थान उपलब्ध नहीं हुआ। आपका मन अब किसी काम में नहीं लग रहा है। आप किताब खोलकर बैठे भी थे। आप जो चाहते थे कर नहीं पाए। आपकी समय सारणी से कुछ छिटका। दिन भर आप उदास रहे। कई लोगों ने इसका कारण भी जानना चाहा पर आप कह न सके। कई बार ख़्याल आया कितना अच्छा होता यदि घर के पास वाले पार्क में जाकर ही पढ़ लेता। कपड़े

धोने के काम को ही सुबह निबटा लेता। यदि उस समय ठंडे और शांत मन से स्थिति का जायज़ा लिया जाता तो जो बात देर से ध्यान में आई वह जल्दी व समय पर ध्यान में आ जाती।

प्राइम समय लम्बा-छोटा, कम-ज्यादा किसी भी प्रकार का हो सकता है। मैंने प्रातः दो-तीन मुख्य समय निर्धारित किए हुए हैं। लंबे और ज्यादा समय के चक्कर में मैं प्रातः का समय मुख्य कार्य में लगा नहीं पाती थी। तब मैंने सोचा आधे-पौने घण्टे के समय को भी मुख्य समय की किश्त बना लेना अच्छा रहेगा। यह निश्चय लम्बी बैठक से कम लाभदायक नहीं रहा। एक-एक बिंदु पर लेखन के बाद फिर काम निबटाकर मन उसके लिए और उत्सुक व तरोताज़ा हो जाता है। फिर बहुत लम्बा प्राइम टाइम उबाऊ भी हो सकता है और स्वास्थ्य के लिए हानिकारक भी। कम्प्यूटर आदि पर लम्बे समय बैठ कर काम करने वाले लोग साइटिका स्पॉन्डिलाइटिस के शिकार हो जाते हैं। यही काम यदि प्राइम समय में किया जाए तो व्यायाम का काम भी कर सकता है। मजे की बात यह है जो काम करना पसंद न हो वे भी इस समय में हमारी सम्पूर्ण ऊर्जा और क्षमता का केन्द्र हो जाता है। जो बच्चा कमजोर हो सबसे ज्यादा ध्यान मां उसकी ओर देती है। यही भाव यहां भी हितकारी है।

कभी-कभी मुख्य टाइम के निर्धारण में हमारी धारणाएं या रुटीन, सोच व परम्परागत जीवन शैली भी बाधक बनती है। कुमार 'क' प्रातः ही कम्प्यूटर पर बैठकर अपने काम का ब्यौरा बना लेते हैं। घरवालों की निरंतर टोका-टाकी चलती रहती। ये क्या सुबह ही सुबह यह ढीबरा लेकर बैठ गये। ये समय नहाने-धोने, पूजा आदि का समय है। सुनते-सुनते उन्हें भी यही लगने लगा उन्होंने बाकी काम शुरू किए। दफ़्तर जाकर वह काम पहले हो ही नहीं पाता था। तब उन्होंने मध्यम मार्ग अपनाया। कुछ उन्होंने जल्दी उठना शुरू किया, कुछ घरवालों को भी समझाया– मेरा काम ही पूजा है। खैर किसी तरह हाथ से जाते हुए मुख्य समय को वे मैनेज करने में सफल रहे।

मुख्य समय में करणीय कार्य की भी रूपरेखा या बिंदु पहले बना लिये जायें तो एक घंटे के मुख्य समय से ढाई घंटे जितना लाभ उठाया जा सकता है। जैसे विद्यार्थी यह तय कर लें कि उन्हें उस समय अमुक विषय और अमुक अध्याय पढ़ना है। संभव हो तो कठिन बिंदु छांट लें और उन्हीं से शुरुआत करें। इस समय दिमाग तरोताज़ा होता है इसलिए कुछ भी कठिन नहीं लगता। **प्राइम टाइम क्वालिटी टाइम है**। इसलिए इसमें मुख्य समस्याओं को भी आसानी से **हल किया जा सकता है।**

प्राइम टाइम की प्रकृति इतनी आकर्षक होती है कि इसकी पकड़ से छूट जाने पर सामान्य काम भी भारी लगने लगते हैं। उन्हें करने को मन नहीं करता। जबकि प्राइम टाइम में हम कठिन से कठिन काम भी बड़े मजे से कर लेते हैं। इसलिए उनका बीड़ा उठाया जा सकता है।

कुछ लोग हर समय काम के लिए सान्नद्ध (तैयार) रहते हैं। ऐसा लगता है वे एकदम तरोताजा हैं और यही उनका पहला काम है। **इसका रहस्य यही प्राइम समय की कीमत पहचानना है।** काम के प्रति ही नहीं समय के प्रति भी उनका पूरा समर्पण है। समय के चक्र में से उन्होंने प्राइम टाइम को पहचानना सीख लिया है। उसे निकालने का तरीका भी ईजाद कर लिया है। उन्हें इसका पुरस्कार भी कम नहीं मिलता। ऐसा व्यक्ति स्टेनो, पी.ए. या पी.एस. है तो हर कोई उसे अपने पास रखने को उतावला रहेगा। मैंने ऐसे दक्ष व्यक्ति देखे हैं, जिनके बॉस कहते हैं मैं फलां पी.ए. के बिना काम ही नहीं कर सकता। श्रीमान 'ख' को रिटायरमेंट वाले दिन खूब कमेंटस मिले। सबने कहा- "ये रिटायरमेंट जैसे नहीं लगते हैं। हर समय फ्रेश लगते हैं।" पता चला वे हर काम के लिए उत्सुक व तैयार रहते हैं। खाली तो कभी बैठते ही नहीं हैं। साहब से आगे बढ़-बढ़ कर काम मांगने वाले हैं।

उनके बॉस ने अपने वक्तव्य में कहा कि "मैं आज इनके जाने के बाद बहुत लाचार अनुभव कर रहा हूं। इन्होंने मुझे प्राइम टाइम का महत्त्व समझाया। मुझे दफ्तर के बाद देर तक रुकने की आदत थी। मेरा पारिवारिक जीवन भी चौपट हो रहा था। इन्होंने पहले दिन ही कहा- 'साहब दुनिया का कोई भी काम ऐसा नहीं जो दफ़्तर के 7-8 घंटों में न हो सके। कभी-कभार मीटिंग आदि हो तो रुकने की बात अलग है। कम से कम यह रुटीन न हो। मैं उतने ही समय में आपको पूरा आउट-पुट दूंगा। मुझे लग रहा था वे फन्ने खां बन रहे हैं तो बनने दो, पर तीन दिन में ही मैं उनकी योग्यता का कायल हो गया। मैंने अपने आपको उनके हवाले कर दिया। उन्हें छूट दी कि वे मुझे भी मैनेज कर लें। उन्होंने निवेदन किया कि 'सर आपका प्राइम टाइम तो आपके गपशपी यार-दोस्त खा लेते हैं। बाकी बचा समय सेलफोन। फिर बचता ही क्या है? व्यर्थ की थकान और निरर्थक-सा लगने वाला समय'। मैंने इनकी सलाह पर अमल किया। मेरा कार्यालय ही नहीं बल्कि घरेलू जीवन भी ट्रैक पर आ गया। मेरे जीवन में प्राइम टाइम का कोई मतलब ही नहीं था। मेरा बॉस जब चाहता मैं उसे नहीं मिलता। ऐसे ही जब मेरे घरवालों को मेरी जरूरत होती मैं उनको समय नहीं दे पाता। तब मैंने इन सबकी आवश्यकताओं को ध्यान में रखते हुए

प्राइम टाइम का कॉन्सेप्ट (अवधारणा) जीवन में ग्रहण किया। मैं पहले से ज्यादा सफल आजाद और प्रसन्न हूं।"

प्राइम टाइम के शत्रुओं से सावधान रहें। खासतौर पर समय बिगाड़ने वालों से। संभव है वे अपने प्राइम टाइम का इस्तेमाल करने के बाद अपने को तरोताजा रखने के लिए आपके प्राइम टाइम से अनजाने ही खिलवाड़ कर रहे हों।

केवल अपने हिसाब से ही प्राइम टाइम निकालना तनाव भरा भी हो सकता है। परिस्थिति समय और अन्य लोग जिनके लिए हम प्रतिबद्ध हैं, के हिसाब से इसे निकाला जाए तो वह खुद ब खुद प्रतिबंधित हो जाता है। आपसी तालमेल से निकाला गया प्राइम टाइम जीवन के किसी संचित कोष सरीखा लगता है। मुझे लगता है हमें ही नहीं प्रकृति, जीव-जंतु आदि सभी प्राइम टाइम का महत्त्व समझते हैं।

मेरी पालतू बिल्ली एक निश्चित समय पर घर से बाहर निकलने को व्याकुल हो जाती। मैं कई बार सोचती आखिर इसी समय बाहर ऐसा क्या है। दरअसल यह उसका प्राइम टाइम था जिसमें वह बाहर जाकर व्यायाम करती। पेड़ों पर चढ़ती। प्रकृति निहारती...। शिकार खोजती या दौड़-भाग का आनंद लेती। शाम होते ही उसका प्राइम टाइम फिर होता। वह भोजन के बाद लंबी-लंबी दौड़ लगाती। यदि कभी वह मनपसंद काम न कर पाती तो उदास हो जाती। जब से हमने उसके समय चक्र को जाना, हमने उसे उसका प्राइम टाइम मुहैया (उपलब्ध) कराया। आप अचरज करेंगे कि चकी नामक यह बिल्ली मेरे प्राइम टाइम को भी समझ चुकी है। तदनुसार समायोजित भी हो चुकी है। यदि मैं मनोयोग से लिख पढ़ रही हूं तो यह जरा भी तंग नहीं करती, बाधा पहुंचाना तो बहुत दूर की बात है। इसके बच्चे ऐसा करें तो उन पर भी गुर्राती है। ज्यों ही मेरा प्राइम टाइम खत्म हुआ यानी मैंने लेखन समेटना शुरू किया नहीं कि इसकी परिंग (कुर्र-कुर्र की आवाज़) शुरू हो जाती है। यानी यह जान गई कि मेरा प्राइम टाइम समाप्त हुआ। फिर यह गोद में चढ़ती है, बैठती है, कूदती है, करतब दिखाती है। फिर प्राइम टाइम शुरू होते ही वैसी ही हो जाती है।

न केवल दिन या रुटीन में बल्कि जीवन में भी प्राइम टाइम होते ही वैसी ही संगत हो जाती है। समय पर नौकरी बच्चे व उनका जीवन भी सेट कर लेते हैं। कुल मिलाकर सुखी तथा आनंदमय जीवन उनके पास होता है।

प्राइम समय में विज्ञापन की दर सबसे ज्यादा होती है प्राइम टाइम की इस खरीद के लिए मारामारी रहती है। क्यों? क्योंकि प्राइम टाइम लक्ष्य हासिल कराने वाला होता है। टार्गेट को फ्रेम में खड़ा किया जा सकता है। बेशक थोड़ा महंगा है तो क्या हुआ।

प्राइम टाइम से समय प्रबंधन कोई सीखे तो एक हफ़्ते में ही वह उसमें पारंगत हो सकता है। प्रयत्न साध्य, अधिक मेहनत या कठिन मसले इस समय में खुद ब खुद हल होने के लिए तैयार हो जाते हैं।

दिन में कई बार प्राइम टाइम

प्रातः या सांय के समय को ही हम प्राइम टाइम मानकर हम अपनी व समय दोनों की सीमा कम करते हैं। दिन में कई-कई बार प्राइम टाइम का लाभ लिया जा सकता है। **प्री लंच प्राइम टाइम; पोस्ट लंच प्राइम टाइम; नाइट प्राइम टाइम** आदि शब्द यदि आकर्षक शब्दों में ही लिपटा न हो बल्कि यथार्थ में हो तो ज्यादा कारगर हो सकता है।

प्राइम टाइम ऊर्जादायी है। फिर भी उसे और अधिक सफल, ताकतवर तथा लाभदायी बनाने के भी बहुत से नुस्खे हैं। मसलन कार्य की पूर्व तैयारी किया जाना ज्यादा जरूरी है, किस काम को समय ज्यादा चाहिए। लेटेंट लर्निंग प्राइम टाइम के लिए जादुई चिराग का काम कर सकती है।

कुछ रोचक उदाहरण लेटेंट लर्निंग के

लेटेंट लर्निंग के मामले में **ब्रूसली** का जवाब नहीं। उन्होंने इसके लिए अपने आपको ही पत्र लिखा- **'द सीक्रेट लैटर टु माइ सेल्फ।'** 9 जनवरी 1970 को लिखे अपने इस पत्र में उन्होंने लिखा कि 1980 तक वे दुनिया के सबसे बड़े अभिनेता बन जायेंगे। मजे की बात है कि 1975 में ही 'एंटर द डैमन' फ़िल्म के रिलीज़ होते ही वे सबसे ज्यादा पारिश्रमिक पाने वाले नायकों की सूची में आ गये। हॉलीवुड में आज भी संभालकर रखा गया यह पत्र लेटेंट लर्निंग के महत्त्व को दर्शाता है।

श्रीमद् भगवतगीता ने भी इसके महत्त्व को समझा और कहा **विश्वास ही व्यक्ति की असली पहचान है।** अर्जुन ने अचानक युद्ध स्थल को देखकर भाग जाना चाहा। बाइबिल ने भी कहा- As a man think in his heart so is he!

अक्टूबर 1966 में डॉक्टरों ने **लांस आर्मस्ट्रांग** को बताया कि वे रेस्टीकल तथा फेफड़ों के कैंसर से ग्रस्त हैं और कुछ ही दिनों के मेहमान हैं। लांस पर इसका कुछ भी असर नहीं हुआ। शीघ्र ही वे स्वस्थ हो गये। उन्होंने वर्ल्ड रिकॉर्ड की कठिन प्रतियोगिता भी 'टू पार्ट द फ्रांस' जीती और कीर्तिमान भी बनाया। हमारे पूर्व राष्ट्रपति **श्री अब्दुल कलाम** ने भी कहा- **'बड़े सपने देखो।'**

कुछ लोगों पर सपनों का साकार करने की पाबंदी होती है। वे और ज्यादा लक्ष्य के प्रति कटिबद्ध व प्रतिबद्ध हो जाते हैं क्यों? क्योंकि वे लेटेंट लर्निंग जो करते रहते हैं।

सपने पे जितना पहरा है
होता वो इतना गहरा है (रेखा व्यास)

दो बच्चे खेल रहे हैं। उनमें से एक बच्चा चॉकलेट खाने लगता है। दूसरा बच्चा उससे चॉकलेट मांगता है पर वह नहीं देता। चॉकलेट न मिलने पर वे अपने साथी की मुंह चलाने लगता है मानो वह भी चॉकलेट खा रहा हो। उसके मुंह से लार टपकने लगती है। क्योंकि उसे भी चॉकलेट का स्वाद अनुभव होने लगा, क्योंकि उसने वैसा ही सोचना और महसूस करना शुरू कर दिया था। इस तरह इस लर्निंग से हम अपने सपनों का साथ निभाते हैं। उन्हें पूरा करने का अपने आप से वादा करते हैं। फिर अपने कार्यों द्वारा उसे साकार करते हैं। बच्चे खेल-खेल में बहुत कुछ सीखते हैं और संकल्पबद्ध होती हैं। सहचर्य की कला और टुगेदरनेस लेटेंट लर्निंग के सहजक्रम है।

लेटेंट लर्निंग कैसे काम करती है- दरअसल जब हम काल्पनिक चित्र तैयार कर रहे होते हैं तो उस समय हम अपने लक्ष्य का मानसिक चित्रण कर रहे होते हैं। यह हमारे दिमाग में उस तैयारी को पुख्ता बना देते हैं। शुरुआती तैयारी में बहुत-सी चीजों पर हमारा ध्यान नहीं जाता पर बार-बार सोच-विचार करने से वे भी हमारी सोच में आ जाती हैं। कहते हैं-

करत-करत अभ्यास के जड़मति होत सुजान
रसरी आवत जात ते सिल पर पड़त निशान

लेटेंट लर्निंग अभ्यास द्वारा जड़मति का सुजान होना निश्चित है। लेटेंट लर्निंग से हमारा तन व मन कार्य के अनुसार सह समायोजित यानी एक साथ एडजस्ट हो जाते हैं। कुछ काल्पनिक अभ्यास कर लें तो वहां समायोजित होने में लगने वाला समय बच सकता है। एकदम शुरु से ही आपका प्राइम टाइम शुरू हो जाएगा।

हाथ-पैर फूलना भांति-भांति के फोबिया भी लेटेंट लर्निंग से दूर किए जा सकते हैं। जब हम हकीकत का सामना कर रहे होते हैं और उसे सोच के मुताबिक पाते हैं, तब हमें उससे डर नहीं लगता बल्कि हम उसे अपने ही हिस्से जैसा मानने लगते हैं। कई सफल लोग ऐन वक्त पर वास्तविक सफलता से चूक जाते हैं क्योंकि लेटेंट लर्निंग द्वारा उन्होंने अपने को हर परिस्थिति के लिए तैयार नहीं क़िया होता है। इस अभ्यास में हम अपना ही आकलन करते हैं। इस अभ्यास

द्वारा हम दूसरों की क्षमता को भी जानकर अपनी क्षमता बढ़ाने का अभ्यास करते हैं। यह लर्निंग हमें पूरी तरह केन्द्रित करती है।

एक बार हम भाषण प्रतियोगिता में गये। टीचर ने भाषण रटवाया। हमने रट लिया। शब्दों को समझे बिना। ऐन भाषण देते वक्त मैंने एक ही वाक्य तीन बार दोहराया जबकि उसके आगे आने वाला भाषण का अंश मैं भूली नहीं थी। मैंने बाद में विचार किया तो पाया कि वह पंक्ति थी- गांधीजी की टोपी उतारकर खूब पिटाई की गयी। मैं बहुत छोटी थी वहां भाषण देते समय फुल फोकस हो गयी। उन शब्दों का मुझ पर असर हुआ। मैं मंच पर ही दुःखी व सदमाग्रस्त हो गयी। हमारे राष्ट्रपिता की यूं पिटाई.... यदि यही मैंने पूर्व में शब्दों को समझकर लेटेंट लर्निंग की होती तो तन-मन का समायोजन पहले ही हो जाता।

लेटेंट लर्निंग में दिया गया समय व्यर्थ नहीं जाता। यह टारगेट के करीब पहुंचने में लगने वाले समय को कम करके और भी ज्यादा मददगार साबित होता है। हमारा दिमाग त्वरित रूप से सिग्नल रिसेप्टर (संकेत लेने वाला) हो जाता है। स्वामी विवेकानंद और कई साधकों ने परमानंद तथा अनंत शक्ति से जुड़ने की बात कही है वह भी इसकी द्योतक है। जो कमजोर होते हैं व उससे भागते हैं। उसे प्राइम टाइम तो छोड़िये, कुछ भी समय देने के लिए तैयार नहीं होते। ऐसा व्यक्ति मानसिकता से कमजोर और कमजोर होता जाता है फिर एक समय ऐसा भी आता है जब पहले की अपेक्षा वही कमजोरी दूर होने में दुगुना-तिगुना समय लेती है। समय के अलावा खीज, तनाव, अक्षमता तथा ऐसी ही न जाने कितनी ही नकारात्मक स्थितियां भी हमें अपना शिकार बना लेती हैं। हममें से बहुत लोग ऐसा सोचते हैं कि प्राइम टाइम में कठिन काम करने में ज्यादा समय लगेगा। इसकी बजाय हम सरल चीज निबटा लें। मैं कहती हूं आप स्वयं को समय दें और आराम के मूड में कठिन चीज को निबटाएं। दोनों चीज़ें याद कर लेना आपको बहुत सुखद लगेगा व इतना ऊर्जा व क्षमतावर्द्धक होगा कि आप विश्वास भी नहीं कर पाएंगे।

1954 में ऐसी वैज्ञानिक मान्यता थी कि चाहे कोई कितना ही बड़ा धावक हो एक मील की दूरी चार मिनट से कम समय में तय करने में असमर्थ है, क्योंकि मानवीय शरीर की बनावट ही ऐसी है। इस वैज्ञानिक तथ्य पर लाखों-करोड़ों लोगों ने एतबार कर लिया और अपनी क्षमता वैसी मान ली पर इसी सन में **रोजर बेरिएटर** ने वही दूरी एक सेकेण्ड के प्राइम टाइम से जीत ली। कितना प्राइम और अनमोल है वह एक सेकेण्ड, जिसने इस धारणा को ध्वस्त किया और उससे आगे की बात की। मजे की बात यह है कि इसी वर्ष

के अंत तक कई लोग ऐसा करने में कामयाब हुए। अगले तीन सालों में दुनिया के कई लोगों को इसमें कामयाबी मिली। क्यों! क्योंकि उन्हें भरोसा हो गया कि **असंभव को संभव बनाया जा सकता है।**

बहुत मददगार है लेटेंट लर्निंग:- आखिर यह है क्या? हम जिस किसी भी उद्देश्य को पाना चाहते हैं; उसे बार-बार अपनी कल्पना में दोहराते हैं, यही दोहराना लेटेंट लर्निंग है। इस तरह **यह सपनों को साकार करने का वैज्ञानिक अभ्यास** है। मैंने अपने जीवन में इसका बहुत सकारात्मक प्रयास किया है तथा सफलता पायी है। भाई साहब ने मुझे स्कूटर सिखाने में बहुत थप्पड़ मारे पर मैं न सीख पायी। उन्होंने मैथड (तरीका) और गियर जो नहीं समझाये। मुझे लगता था कि साइकिल अपने आप सीखी तो यह क्यों नहीं सीख रही हूं। हमारे एक किराएदार ने मुझे गियर सिस्टम समझा दिया था। मैं कहीं भी बैठी होती आंख मींचकर स्कूटर स्टार्ट करने से चलाने तक का काल्पनिक अभ्यास करती। तीन दिन में ही मैंने म्यूज़िक कम्पोज़र श्री चांद नारायण को उन्हीं के लेम्ब्रेटा स्कूटर पर बिठाकर घुमाया। वे कहने लगे 'मुझे आपकी बात पर विश्वास नहीं हो रहा है कि आपने इसे पहले नहीं चलाया।'

किसी ने रोजर बेरिस्टर से भी असंभव को संभव कर दिखाने का राज पूछा तो वे बोले- "मैं कई बार एक मील की दूरी चार मिनट से भी कम समय में नापते रहने की कल्पना करता था और कल्पना में ही मेरा अभ्यास भी जारी रहता था। क्रिकेटर सचिन तेंदुलकर से भी उनकी सफलता का राज पूछने पर उन्होंने कहा था कि मैं प्रत्येक मैच के पहले उसे अपने **माइण्ड में विजुअलाइज़** करता हूं कि मैं शतक बना रहा हूं। **यह मेरी तैयारी का नियमित हिस्सा** है। इसे मैं प्रत्येक मैच के पहले करता हूं। इस तरह यह प्राइम टाइम को पूरी तरह सार्थक बनाने वाली तकनीक है।"

■

9

समय प्रबंधन हमारे अधीन न हो

समय वह अदृश्य शक्ति है, जिसमें उत्थान और पतन छिपा हुआ है।

–जयशंकर प्रसाद

अक्सर हम और कई लोग यह मानकर चलते हैं कि समय प्रबंधन जैसी चीज़ें बड़े लोगों के लिए हैं। जिन्हें बड़े काम करने हैं, जीवन में कुछ करना है, कुछ बनना है। हम हैं ही क्या? हमारे पास अपना समय ही कितना है जो हम इसका प्रबंधन करें। वास्तविकता यह नहीं है समय प्रबंधन हर एक के लिए है। चाहे वो छोटा हो या बड़ा। ओहदेदार हो या मजदूर हो। साधारण गृहिणी से लेकर कामकाजी महिला क्यों न हो।

जो भी फ्री या केवल अपना समय है जिस पर एकत्र अपना नियन्त्रण है उस समय को बिल्कुल हम अपने हिसाब से प्रबंधित कर सकते हैं। जब हम घर, बाहर या कहीं भी काम कर रहे होते हैं तो यह स्थिति बदल जाती है। हमें घर-परिवार में घरवालों के हिसाब से समय का हिसाब-किताब रखना पड़ता है। कभी हमने सोचा कुछ और होता है और हो कुछ जाता है। ऐसी स्थिति में भी हमारा प्रबंधन हमारी मुट्ठी से निकल जाता है। हम कहीं काम करते हैं तो बॉस जो भी हो उसके तरीके से समय का प्रबंधन करना पड़ता है। अक्सर लोगों को यह अच्छा नहीं लगता। उन्हें लगता है कोई है जिसने उन पर नियन्त्रण कर लिया या इतनी होशियारी के बाद उन्हें अंगुली पकड़कर चलना सिखा रहा है। ऐसी स्थितियां हमारी सोच तथा पूर्वाग्रहों के कारण तनावमयी हो जाती हैं। हमें नियन्त्रण से बाहर लगती हैं। कई बार स्थितियां इतनी सकारात्मक और सीखने योग्य होती हैं कि हमें लगता है मुफ्त में ही हमने ट्रेनिंग प्राप्त कर ली।

एक ही काम को कई लोगों को करते देखकर यह अंतर भली-भांति जाना-पहचाना जा सकता है। आमतौर पर लोग जब अपने निजी ध्येय के लिए

काम करते हैं तो उनकी गति-मति सब बहुत चुस्त-दुरुस्त रहती है। वे ही व्यक्ति जब औरों के लिए ये काम करते हैं तो उनका रवैया दृष्टिकोण सब बदल जाता है। होना तो यह चाहिए कि हमारे प्रबंधन का लाभ भी संस्थान को मिले। होता इसके विपरीत है ढीले-ढाले रवैये से हमारी आदतें हमारे अपने कामों के लिए भी वैसी ही होने लगती हैं। अच्छा समय प्रबंधक हर व्यक्ति की ताकत, क्षमता, कार्य की शैली आदि को जानकर ही उनसे काम लेता है। यदि न ले तो औरों का काम भी करने का जिम्मा उस पर पड़ता है। **टीमवर्क का कॉन्सेप्ट** इसलिए दिन-ब-दिन जोर पकड़ रहा है। यह समय और सफलता का सही प्रबंधन है।

यदि अच्छे बॉस के साथ काम करने से सकारात्मक परिवर्तन आ सकते हैं तो अच्छे अधीनस्थ के साथ भी ऐसा हो सकता है। कई लोग कोई भी काम पेन्डिंग नहीं रखते। वे चाहते हैं कि उनके बॉस भी ऐसा न करें। वे उन्हें भी बार-बार समय पर काम निबटाने की याद दिलाते रहते हैं। नेताओं, अभिनेताओं का समय प्रबंधन रहता ही इन लोगों के हाथ में है। एक पी.ए. ने साहब को कहा "उन्हें ओवरटाइम की कोई जरूरत नहीं है। जब तक बहुत ज़रूरी नहीं होगा वे दफ्तर के समय के बाद नहीं रुकेंगे। दफ़्तर के कार्य समय में कहीं भी नहीं जाएंगे।" पहले उन्हें यह उसकी मुंहजोरी लगी पर उन्होंने कुछ कहा नहीं। बाद में बहुत जल्दी वे दोस्ताना हो गये तो कहने लगे- साहब आठ घण्टे सोने के, आठ घण्टे दफ़्तर के, बचे आठ घण्टे। समय कैसा भी हो कितना भी हो कोई बाधा नहीं हो सकती। यह सूक्ति इस भाव को बहुत अच्छी तरह रूपायित करती है- **हवा किसी भी दिशा से चले परन्तु कैसे पाल को लगाया गया है वही आपकी दिशा निर्धारित करेगी। यह समय रूपी पाल सब बाधाओं की ढाल है।**

पारस्परिक स्नेह, सद्भाव, सौजन्य और ऐसे ही गुणों से दूसरों से ऐसा अच्छा तालमेल हो जाता है कि उसे **पर्फेक्ट ट्यूनिंग** कहा जाने लगता है। मुझे कई प्रोड्यूसरों और डायरेक्टरों का पता है जो सीधा और साफ कहते हैं कि मुझे अमुक सिनेमेटोग्राफर या एडिटर ही चाहिए, क्योंकि मुझे क्या चाहिए इसे वो मुझसे बेहतर जानते हैं और समझते हैं। यकीनन साथ काम करते-करते इतनी स्नेह और आत्मीयता हो जाती है कि जैसे परिवार का हिस्सा हों। नब्बे के दशक में प्रोडक्शन टीम के साथ उज्जयिनी, कालिदास समारोह को कवर करने जाने का मौका मिला। टीम का निर्धारण भी मैंने ही किया, पर मैं नई थी बाकी सब साथी पुराने थे। वे इतने प्रोफेशनल थे कि वह यात्रा अभी तक दिल दिमाग में

बसी है। हमें अपने-अपने कमरे में खाना-पानी मंगाने की सुविधा थी फिर भी हम साथ ही खाते थे। वहीं प्रोडक्शन के बारे में चर्चा भी कर लेते थे। इस तरह खाने के आधे घण्टे में हम औपचारिक मीटिंग के एक-डेढ़ घंटे का काम भी निबटा लेते। यदि मेरी बात कोई अव्यावहारिक लगती तो वे बता देते। इस तरह हमने रिकॉर्डिंग की कि हमें पोस्ट प्रोडक्शन में कोई वक्त जाया नहीं करना पड़ा। कहीं कैमरामैन ने कोई ऐसा शॉट-सीक्वेन्स मिस नहीं किया जिसका अफसोस हो। इस प्रोडक्शन पर हमें देश की कई जगहों से फीड बैक मिला। बहुत यादगार टीम वर्क था यह।

जब हम टीम का हिस्सा होकर समय प्रबंधन कर रहे होते हैं तब भी **समय के प्रति रचनात्मक दृष्टिकोण** अपेक्षित है। इसका श्रेय किसी और को मिलेगा या इससे टीम लीडर की वाहवाही होगी मेरा क्या। ऐसा सोचने वाले न केवल समय प्रबंधन में ही वरन जीवन के हर क्षेत्र में ही पीछे रह जाते हैं। जिसे क्रेडिट की इतनी चाह है, वह स्वयं अपनी काबलियत बढ़ाएं और खुद लीडर बनें।

वन्दना के इन स्वरों में एक स्वर मेरा भी है। सभी जानते हैं मकान भले ही श्रीमान क ख ग घ.... का है पर इसे बनाने में मजदूर, प्लम्बर, फिटर तक तमाम लोगों ने अपना सहयोग दिया है। वे चाहे सिविल इंजीनियर ही क्यों न हो एक ईट भी खुद नहीं लगाते।

अच्छा टीम लीडर अपना यश सबके साथ शेयर करते हैं। इससे हमें तो संतुष्टि रहती है कि हमने अपना काम ठीक से किया। किसी के काम में निरर्थक बाधा रोक या रुकावट नहीं डाली। इसलिए भी टीम वर्क में टीम में होकर भी अपने काम पर केन्द्रित रहना हैं।

अपने तरीके से काम अच्छा है, पर जिसके जिम्मे कार्य का दायित्व हो उसके तरीके से भी कर लेने में कोई कठिनाई नहीं होनी चाहिए। यदि हम काम को और बेहतर तरीके से करने के बारे में जानते हैं तो सुझाव दे सकते हैं। अच्छे समय प्रबंधक और टीम लीडर सुनने के अभ्यस्त होते हैं। वे सुनी गई कई बातों में काम की बात नीर क्षीर विवेकी हंस की भांति ग्रहण कर लेते हैं। एक अफसर के कई अधीनस्थ कर्मचारी होते हैं। उसकी कितनी ही चमचागिरी करने वाले हों पर समय पर कौन बेहतर काम कर सकते हैं, इसका उन्हें पता होता है इसलिए ऐसे कई लोग उनके स्नेहभाजन हो जाते हैं। एक बॉस ने बताया- "मेरा चपरासी हर समस्या का समाधान है। उसकी नॉलेज अच्छे-अच्छे अधिकारियों से ज्यादा है। उसने अपने काम से यह साबित कर दिया कि मैं उसके बारे में सोचूं, पता करूं। जब मैंने कई

बार न चाहते हुए और टालते हुए भी इसके बारे में पता किया तो ज्ञात हुआ कि उसके पिताजी के असामयिक निधन के कारण उसे अनुकम्पा के आधार पर नौकरी करनी पड़ी। वह बी. कॉम है। पढ़ने-लिखने में भी होशियार है। यदि कम्प्यूटर ऑपरेटर न हो तो वह उसका काम भी कर लेता है। इसके अलावा उसमें कम समय में काम को बेहतरीन तरीके से निबटाने का कौशल भी है। टीम में कोई छोटा बड़ा नहीं होता। पूरे भवन में हर ईंट महत्त्वपूर्ण होती है।

एक बार मैं परेशान था। सम्बद्ध अनुभाग ने सारी सामग्री हमें सौंप दी थी, परन्तु हमें अलमारियां नहीं मिली। सामान को बाहर छोड़ा नहीं जा सकता था। अन्य कर्मचारी अलमारी वाले सेक्शन को कोस रहे थे। उन पर भड़ास निकाल रहे थे। हमारा वही चपरासी शांत भाव से बोला- "सर आप मुझे फिलहाल जितनी अलमारियां हैं, उनकी चाबियां दे दीजिये।" सब कर्मचारियों के शोर का मुझ पर काफी असर था। मैंने कहा- "ख़ामख़्वाह तुम समय और मूड दोनों बिगाड़ रहे हो।" वह झिड़कने के बाद भी नहीं माना। उसने फटाफट छह अलमारियां देखकर खाली जगह का उपयोग करके दो अलमारियां खाली कर दीं। जो सामान जहां रखा गया वहां उसकी सूची लगा दी। मैं दंग रह गया। शोर मचाने वाले कर्मचारी भी चुप हो गये। एक घंटे में मेरा चार घंटे का तनाव गायब था। ऐसे ढेरों उदाहरण हैं जहां यह शेर कहा जा सकता है-

जिंदगी है तो ख्वाब है
ख्वाब हैं तो मंजिलें हैं
मंजिलें हैं तो फासले हैं
फासले हैं तो रास्ते हैं
रास्ते हैं तो मुश्किलें हैं
मुश्किलें हैं तो हौसला है
हौसला है तो विश्वास है
विश्वास है तो जीत है।

उसने अपनी योग्यता और समय प्रबंधन के गुण से अपने व्यक्तित्व को करिश्माई बना दिया। उसने मुझ जैसे अक्खड़ और सिर्फ काम मतलब रखने वाले शख्स का दिल ऐसा और इतना जीत लिया कि मैं उसकी भविष्य की बेहतरी की कोशिशों के लिए खुद ब खुद तैयार हो गया। उसने मुझे जीवन में एक महत्त्वपूर्ण मिशन से जोड़ा। मैं प्रतिभाशाली गरीब वर्ग के बच्चों की खोज और सहयोग का शौकीन हो गया।"

आज हमारा कोई टीम लीडर है तो क्या हुआ, कल हम स्वयं भी तो टीम लीडर हो सकते हैं। आज जो अपेक्षा हमसे की जा रही है कल वही अपेक्षा हम लोगों से करेंगे।

समय प्रबंधन का गुण योग्यता, ओहदे आदि सबके सिर पर चढ़कर बोलने वाला है। एक ही कार्यालय में अच्छी व बराबर के योग्यता वाले होते हैं फिर भी उनमें उपर्युक्त गुण वालों को चयन में वरीयता दी जाती है तथा महत्त्वपूर्ण काम सौंपा जाता है।

आज सरकारी कार्यालयों की स्थिति घाटे में जा रही है। सरकारी संस्थानों पर कर्मचारी बोझ बनते जा रहे हैं। ओवरटाइम ऑनरेरियम आदि तमाम प्रोत्साहनकारी योजनाओं का पैसा भी गड़गप्प कर जाने के बाद भी काम नहीं हो रहा है। कारण लोगों के निजी स्वार्थ व समय प्रबंधन का अभाव। कर्मचारियों की निरर्थक फौज इनकी परवरिश में ही संस्थान की ऊर्जा व्यय हो जाती है। यही विभाग जब निजीकरण या औरों के हाथ में चले जाते हैं तो इसमें सुधार कर के वे लाभदायक बना दिये जाते हैं क्योंकि निठल्ले लोगों की मौज की सोच चल नहीं पाती। **नो वर्क नो पे वाला** सिद्धान्त उन्हें तमाम तरह के प्रबंधनों में स्वतः ही पारंगत कर देता है।

कामों के प्रथम, द्वितीय, तृतीय (फर्स्ट, सेकेण्ड, थर्ड प्रायोरिटी) के आधार पर कार्य किया जाए तो भी काम बन सकता है। जो काम पहले करना है उसे हमारा मन हो चाहे न हो, पहले ही करना चाहिए। कभी-कभी संसदीय प्रश्न या ऐसा ही त्वरित कार्य आ जाता है तो किया जाता हुआ काम भी छोड़ना पड़ता है। यह स्थिति किसी आपातकाल की तरह हमें गढ़ती और दक्ष करती है। हमें तमाम व्यस्तता और हबड़-तबड़ के बावजूद आत्मगौरव के क्षण देती है। हमें अपनी जिस ऊर्जा और क्षमता के बारे में पता नहीं होता उसका अहसास कराती है समय प्रबंधन की ये घड़ियां। जीवन की ऐसी घड़ियां बहुत प्रेरक घड़ियां हैं।

औरों के हिसाब से समय प्रबंधन में मूड की गुलामी या मन नहीं है जैसी स्थितियों से बाहर निकलना बेहतर प्रतीत होता है। इनसे बाहर न निकलने का मतलब है अपने ऊपर अवगुणों को इतना हावी होने देना कि गुण अपनी क्षमता ही न दिखा पाएं।

संगच्छध्वम् संवदध्वम् की भावना ऋग्वेद से यही उद्‌देश्य पूरने को व्यक्त की गई है। टीम में रहकर **गंगा गये गंगादास जमना गये जमनादास** जैसी स्थिति होगी तो हम भी समय प्रबंधन से मुंह मोड़ेंगे और समय प्रबंधन भी हमसे।

अकेले कुछ नहीं होता या अकेला व्यक्ति भी कुछ करता भी है तो प्रत्यक्ष-अप्रत्यक्ष लोगों का सहयोग रहता ही है इसलिए सम्पूर्ण समय प्रबंधन के नियन्त्रण

या नियामक हम ही नहीं होते। यदि आपने सब कुछ अपने हिसाब से अकेले करके कोई किताब भी तैयार की है तो पाण्डुलिपि से किताब तैयार होने में प्रकाशक, वितरक, बाइण्डर आदि अनेक लोगों की भूमिका इसमें होती है। इसलिए समय प्रबंधन हर इकाई और स्तर पर अपेक्षित है। केवल मुख्य कार्य मुख्य लोगों तक ही सीमित समझना या उपयोगी मानना हमारी भूल है। यह हर स्तर पर महत्त्वपूर्ण है। **क्षण-क्षण के वृहद् काल बनने की भांति।**

बच्चे मां-बाप के, शिष्य गुरु के अधीन काम नहीं करते, इसके मूल में समय प्रबंधन का गड़बड़ाना ही नहीं जीवन प्रबंधन का गड़बड़ाना है।

बच्चा कहानी सुनना चाहता है पर आप चाहते हैं आधे घण्टे में उसे गणित ही पढ़ा दी जाए। न वह मानता है न आप। लिहाज़ा न कहानी न गणित... समय चुक जाता है। सिरदर्द और हुआ।

बॉस चाहता है आप पेंडिंग काम पूरा करके नया काम शुरू करें। आपको लगता है पुराना काम तो मामूली-सा ही बाकी है, आप कभी भी एकाध सीटिंग देकर पूरा कर लेंगे। दोनों के बीच तनातनी हो गयी। न पुराना काम पूरा हुआ, न नया काम ही शुरू हो पाया।

कई लोग काम की संभावना से वो गली वो राह छोड़ देते हैं। कुछ पति इसलिए बाहर अपना समय गंवा रहे होते हैं कि इस समय घर जाने से घर के कामों में हाथ बंटाना पड़ सकता है। कुछ कर्मचारी बात-बेबात छुट्टी या बहाने से गोल हो जाते है कि काम बढ़ सकता है। ऐसे कामचोर या पलायनवादी मानसिकता वाले लोग निजी कामों में कितने ही मुस्तैद हों बड़े अनुष्ठान में सफल नहीं हो पाते। यदि आज हम समय अपने लिए खर्च कर रहे हैं तो कल हमारे लिए क्यों कोई अपना समय खर्चेगा। हमें किसी के अधीन काम करना नहीं रुचता तो हमारे अधीन काम करने वालों की भी तो यही स्थिति हो सकती है। अक्सर अपने मां-बाप को पर्याप्त समय न देने वाले लोगों के बच्चे अपने मां-बाप को पर्याप्त समय और ध्यान नहीं देते है। वे जैसा देखते हैं वैसा करते हैं।

दूसरों के हिसाब से समय प्रबंधन में कुछ भगोड़े और कामचोरों का काम भी हम को कराना पड़ सकता है। ऐसे अवसर पर ऐसे लोगों की शिकायतें भी होती हैं क्योंकि लाभ के समय वे बराबर के भागीदार होकर उपस्थित रहते हैं। बॉस ऐसे लोगों को दण्डित नहीं करते तो हमें बहुत क्रोध आता है। यह वाजिब भी है पर ऐसी स्थिति में जिसके कंधों पर काम को पूरा करने का दायित्व होता है उन पर समय, बर्बाद न करने का दबाव भी हावी रहता है, इसलिए चाहकर

भी वे हमारे सुर में सुर नहीं मिला पाते। इसका तात्पर्य यह कतई नहीं है कि वे हमसे इत्तफाक नहीं रखते या उन लोगों से उन्हें कोई गिला-शिकवा नहीं है।

समय प्रबंधन कभी-कभी गौण कारणों से भी बिगड़ जाता है। 7:30 पर आपको पहुंचना है लेकिन जाम के कारण आप रास्ते में ही रुक गए। कुछ लोग रास्ते के बारे में पहले ही सोच लेते हैं या ट्रैफिक बुलेटिन सुन लेते हैं। इन छोटी-छोटी बातों की ओर ध्यान न देकर भी लोग परेशानी मोल लेते हैं। मोबाइल पर इतनी निर्भरता हो गयी है कि यदि पहले किसी को रास्ता समझाया जाए तो हां-हू करते हैं। समझते नहीं। ऐन वक्त पर मोबाइल से पूछने के विकल्प का इस्तेमाल करते हैं। अगर तब मोबाइल व्यस्त मिले या नेटवर्क न हो तो इतनी कोफ़्त होगी कि पूछो मत। अपने साथ-साथ औरों का भी समय बिगाड़ा जाएगा।

दुनिया में सब कुछ हमारी मर्जी से नहीं होता। हमने काम की योजना और शिड्यूल बना लिया कि बच्चा बीमार हो गया, वो ठीक भी न हुआ कि दादी चल बसीं। अभी मन दुःख से उबरा भी नहीं कि दफ़्तर से काम का प्रेशर आ गया। ऐसी स्थितियां न हमारे अधीन हैं न इन पर हमारा वश ही है, इसलिए अच्छा है कि इसे ही जीवन और उसकी यथार्थमयी हकीकत जानकर समायोजन किया जाए। हमारे पूर्वजों ने संसार में समायोजन की रीति भांति-भांति से समझायी। कभी धर्मग्रंथों के माध्यम से तो कभी परा-अपरा विद्या के द्वारा।

कभी कोई हमें अपसेट कर देता है, कोई लड़ाई-झगड़े के लिए उकसाता है, कोई ऐन वक्त पर सारा किया धरा चौपट कर देता है, ऐसी स्थितियां भी हमारी समझ बिगाड़ने में सक्षम होती हैं। हर चीज को दिल से न लगाना चाहे तो मानवीय संवेदना से रहित या एकदम मशीनी तो नहीं हुआ जा सकता। हमारा भांजा बहुत छोटा था हम उसे चिढ़ाते थे-

'सोनू के पापा आएंगे, सोनू को मार पड़ाएंगे।'

वह उदास हो जाता। किसी तरह खराब मूड को ठीक करने के लिए कहता- 'सोनू के पापा आएंगे, सोनू को मार नहीं पड़ाएंगे।'

फिर कहता था-

'सोनू के पापा आएंगे, दूध मलाई लाएंगे।'

फिर बोलता था-

'आपके पापा आएंगे आपको मार पड़ाएंगे।'

इस तरह दस-बीस दिन में ही वह हमारा मुकाबला करना सीख गया। साथ ही अपने आपको मैनेज करना भी। एक-दो महीने बाद ही कहने लगा- 'किसी के भी पापा आते हैं तो मार नहीं पड़ाते हैं, गन्दी बात होती है।' इस तरह हम

बच्चों से भावात्मक प्रबंधन खूब अच्छी तरह सीख सकते हैं। चार वर्ष के सौम्य ने प्यार से मुझे कहा- 'मेले पापा कार लाए।'

मैंने कहा- 'हमें भी बिठाओगे?'

'नहीं।'

'हम जबर्दस्ती बैठ जाएंगे।'

'मैं बैठने ही नहीं दूंगा।'

'हम मम्मी से कह देंगे।'

'मम्मी आप इन्हें नहीं बिठाओगे।'

'नहीं बेटा, गंदी बात।'

'मम्मी मैं चाबी लेकर भाग जाऊंगा।'

'हम तुमसे चाबी छीन लेंगे।'

'तब मैं लोऊंगा ऊं-ऊं करके।'

एक सज्जन कहते हैं 'जब भी मैं उदास होता हूं तो डायरी लिखने लगता हूं, मेरा ज्वार शांत हो जाता है।' वैसे मूड और आंतरिक कारणों से समय की सबसे ज्यादा क्षति होती है। इनके लिए प्रिकॉशन (पूर्व सावधानी) लेना ही बेहतर होगा।

कई दंपती या लोगों का समय प्रबंधन ही नहीं होता। कब कौन चला जाए या निकाल दिया जाए, ऐसे जीवन की सार्थकता पर ही प्रश्नचिह्न लगता है। समय प्रबंधन की परिधि में तो उनका आना ही मुश्किल है। ऐसी स्थितियां जीवन के प्रबंधन की दरकार वाली हैं। समय प्रबंधन बेहतर तथा शानदार, आनंदमय, खुशहाल जीवन के लिए है। इससे जीवन में दुःख या परेशानी बढ़ती नहीं, बल्कि घटती ही है।

■

> काल का थप्पड़ हर किसी के गाल पर पड़ता है।
>
> **–अज्ञात**

10

गया हुआ समय नहीं लौटता

कालचक्र निरन्तर चलायमान है

–अज्ञात

एक चित्रकार ने समय का चित्र बनाया। उसने समय के सिर में बहुत बाल रखे। पीछे से उसे बिल्कुल गंजा बनाया। लोग उसके इस चित्र पर बहुत हंसे। कईयों ने कहा भी कि कलाकार तो आधे पागल होते हैं, इसे यह भी नहीं मालूम कि गंजे व्यक्ति के सिर के अगले भाग पर इतने बाल हो ही नहीं सकते। एक पत्रकार ने उस से पूछ ही लिया तो चित्रकार ने कहा– "मैंने यह समय का चित्र बनाया है। इस चित्र में मैंने बाल प्रतीकात्मक रूप से दिखाए हैं कि आते हुए समय को तो पकड़ा जा सकता है, पर गये हुए समय को कभी भी किसी भी कीमत पर नहीं पकड़ा जा सकता।"

कहते हैं **अवसर सभी के पास जाता है। कुछ लोग उसे पहचान लेते हैं, कुछ लोग और अच्छे समय की प्रतीक्षा में रहते हैं और कुछ पहचानकर भी नहीं पहचानते।**

जो अवसर खो देते हैं।
वे जीवन भर रोते हैं॥ (रेखा व्यास)

Time and Tide Wait for none.

अक्सर आलसी लोग दूसरे अवसर की प्रतीक्षा करते हैं, सौभाग्य से अवसर आ भी जाए तो फिर दूसरे अवसर की प्रतीक्षा रहती है।

हमारे पूर्वजों ने भी अवसर के इस समय प्रबंधन का महत्त्व खूब समझाया। इसलिए उन्होंने कहा– **बहती गंगा में हाथ धोना–और घर आई गंगा....** यानी जो समय पर अवसर को पहचानकर उसका उपयोग करना जानते हैं, उन्हें अपने कामों के लिए निरर्थक भटकना नहीं पड़ता।

अवसर आगे बढ़कर ही हमारे पास आएगा यह आवश्यक नहीं, हम उसके पास जाएं उसे पहचानें तो वह हमें पूरा पोषण देगा। इस उदाहरण से अवसर को

समझा जा सकता है, प्रकृति ने हमारे आस-पास जो उगाया, उससे हमें भूख मिटाने का मौका दिया। पक्षी यदि उड़कर उस दाने तक न जाएं तो दाना तो उसके पास आने से रहा। अवसर हर समय आते हैं हम उनका स्वागत करना तो जानें। **युचिरो मियुश** ने 26/5/2003 को सत्तर वर्ष की अवस्था में एवरेस्ट फतह की। कई लोगों को लगा जैसे अखबारों ने उसकी आयु गलत छाप दी हो, क्योंकि इस आयु में लोग अपने को बूढ़ा समझकर हारी-बीमारी के दौर से गुजरते हैं। अचरज होना स्वाभाविक है। इन्होंने जीवन में कई अवसरों का उपयोग किया इस मोड़ पर भी अवसर का स्वागत किया। इसलिये यह मानना कि अवसर किसी खास उम्र या मौके पर आते हैं पूरी तरह ठीक नहीं। अवसर हर जगह हाज़िर हैं। उन्हें पहचानना और परखना आना चाहिए।

तार्किक सोच और योग्यता के मूल्यांकन से हम अवसरों को आसानी से पहचान सकते हैं। ईमानदार दृष्टिकोण, गलतफहमियों और भ्रांत धारणाओं से मुक्ति और हमारे बीच जो जाला या पर्दा है उसे हटाने में मदद करती है। जब भी कभी तलाक का कोई केस दर्ज होता है तो दंपती को सोच-विचार का पर्याप्त समय दिया जाता है। एक-दूसरे द्वारा माने जाने वाले मुद्‌दों तथा एक-दूसरे पर लगाये गये आरोपों पर बहस होती है ताकि वे जान जाएं कि जो वे सोच रहे हैं वही सही नहीं है। उस बात का दूसरा पक्ष भी है। फिर भी कुछ समय साथ रहने को विचारने को कहा जाता है। उन्हें खोने (बच्चे, धन, सुरक्षा) का भय भी दिखाता जाता है। ऐसे कई जोड़े देखें हैं जो अब बहुत स्नेह-समर्पण और प्यार से रह रहे हैं, क्योंकि उन्होंने जाते-जाते अवसर को भी अपनी ओर मोड़ लिया। अवसर का महत्त्व व उपयोगिता समझ ली।

अच्छे अवसरवादी भिन्न मत मतांतरां यानी डिफरेंस ऑफ ओपिनियन का स्वागत करते हैं। **सुनो सबकी करो मन की** यानी किसी कार्य को शुरू करने के पहले उसके सारे पक्षों को जान-समझ लिया जाए तो कार्य या अवसर का प्रबंधन अच्छा किया जा सकता है। मत-मतांतर, झगड़े या अपनी चलाने के लिए नहीं हैं, वे तो सोच को विस्तृत व्यापक धरातल प्रदान करते हैं। राजा हो या रंक उनसे प्रयास के साथ कर्मठता तो अपेक्षित है ही।

नहि सुप्तस्य सिंहस्य मुखे प्रविशन्ति मृगाः सोये हुए सिंह के मुख में मृग या शिकार अपने आप प्रवेश नहीं करता।

अवसरों का आदर न करने वाले अपनी कमियों को छुपाने और असफलता को छुपाने के लिए भाग्य का सहारा ले लेते हैं। अक्सर कहते हैं **भाग्य फलति सर्व न च विद्या न च पौरुषम्।**

वैसे लोग भाग्य को मानते ही हैं तो उन्हें भाग्य बनाम संयोग को अवसर ही मानना चाहिए।

जिसका कर्मठ हाथ होता है। भाग्य उसके साथ होता है।

सही समय पर सही काम करना अवसर का स्वागत करना है वरना अब पछताये होत का जब चिड़िया चुग गयी खेत......... सांप चला गया लकीर पीटते रहिये।

अवसर कैसे पहचानें

जब हम समय प्रबंधन को अपना लेते हैं। सफलता और काम के रिश्ते को समझ लेते हैं तो अवसरों को पहचाने का कौशल अपने-आप ही आ जाता है। कुछ बच्चे करियर के प्रति सजग होते हैं। वे शुरू से ही समय प्रबंधन सीख लेते हैं। नहीं भी सीखा हो तो दसवीं तक आकर उसे हर संभव तरीके से अपना लेते हैं। उन्हें मालूम है कि ये ही सही अवसर है यदि इन दो-तीन सालों में उन्होंने अवसर गंवा दिया तो कुछ भी उनके मन के मुताबिक नहीं हो पाएगा। ऐसे लोग तमाम प्रतिस्पर्धा की जद्दोजहद के बाद भी अवसर का लाभ ले ही लेते हैं।

मौके का फायदा उठाना जैसी कहावत को लोग नकारात्मक या फायदा उठाने की नीति मानते हैं। परन्तु ऐसा वे ही लोग सोचते या मानते हैं जो स्वयं अवसरों को अपने वशीभूत नहीं कर पाए। अवसरवादी असफलता को भी सफलता के बराबर शक्तिमान समझते हैं। इसलिए तो अवसर चूक जाने पर वे अपनी कमियों पर गौर करके दूर करने का प्रयास करते हैं। ऐसी स्थिति में उन्हें छोटे-मोटे या मामूली अवसर की बजाय अच्छा-खासा अवसर हाथ लगता है। मेरे भांजे का दो बार मेडिकल में प्रवेश नहीं हुआ। कोटा से कोचिंग ली। उसके पिता डॉक्टर हैं। उसके पास खूब सुख-सुविधा थीं उसके बावजूद दूसरे अवसर में चयन नहीं हुआ। यदि अन्य उम्मीदवारों का कहीं और चयन हो जाता तो उसको अवसर मिल सकता था। उसने इसके लिए फीस जमा नहीं करायी। हमें यह उसकी सबसे बड़ी भूल लगी। बाद में उससे नीची रैंक वाले लड़के चयनित हो गये। हमें चिंता रहती कि कहीं कुछ ग़लत न घट जाए। मैंने उससे कहा "यदि तीसरे अवसर में भी न हुआ तो?" वह कहने लगा "इस बार तो जो थोड़ा बहुत छूट गया वह भी कवर हो जाएगा।" सचमुच **यह तीसरा अवसर ही उसके लिए सही अवसर था।** एयर फोर्स मेडिकल कॉलेज में उसे पढ़ने का सौभाग्य मिला, वह भी प्रसन्न था।

इसी तरह एक परिचित आई. ए.एस हैं। प्रधानमंत्री कार्यालय में भी रहे। उन्होंने दिल्ली से आई. आई.टी. से इंजनियरिंग की। प्रथम बार आई.आर. एस.

(रेलवे) में आए। कुछ दिन नौकरी की, फिर उसे छोड़कर फिर आई.ए.एस. की तैयारी की। सज्जन भारतीय प्रशासनिक सेवा के प्रथम दस में चयनित हुए। इस तरह असफलता को सफल अवसर के लिए फायदेमंद बना लेना समय प्रबंधन की नाड़ी का पकड़ में आ जाना है। जो हमें दूसरों के लिए अवसर प्रतीत होता हो, वही सही या ठीक अवसर है यह आवश्यक नहीं।

अच्छा अवसर ज्ञाता समय प्रबंधन के इस सार को पकड़ना और ठहराना जानता है। फिर आजकल तो इसके लिए करियर कन्सल्टेन्सी जैसी तमाम मददगार एजेंसियां हमें विधिवत् रूप से इन्हें जानना-पहचानना समझा और बता रही हैं। उनके इस जानने और बताने का काम भी हमारे जानने और बताने पर निर्भर है। इसलिए ऐसा नहीं है कि हम स्वयं अपने आप इन्हें जान नहीं सकते या पहचान नहीं सकते।

कभी-कभी ठीक अवसर पर न किया गया श्रम भी हमारा निरर्थक समय जाया करता है। हमें लगता है हम अवसर न पकड़ पाए। मसलन- कोई किसान सर्दी में बोई जाने वाली फसल को गर्मी में बोकर उस पर खून-पसीना बहाता रहे तो उसे उपयुक्त जगह व अवसर पर निवेशित श्रम निवेश का लाभ नहीं मिल सकता।

हम सफलता की गारण्टी होने पर ही किसी अवसर का उपयोग करते हैं। यह कईयों की मनःस्थिति का सहज स्वरूप है, पर कोई भी अवसर इसके लिए सही अवसर हो सकता है। हमें अवसर की सफलता के लिए सुख शक्तियों के जागरण की प्रतीक्षा नहीं रहती अथवा आपातकाल में ही अपनी सम्पूर्ण कार्यक्षमता का उपयोग करना जानते हैं। वैसे हम मामूली तौर पर भी दौड़ न पाते हैं पर कभी कोई जान बचाने की स्थिति आ जाए तो सबको पीछे छोड़ देते हैं। अपनी शक्तियों के जागरण की हेतु अचानक अप्रत्याशित घटना का होना हेतु बनता है। वैसे ही प्रत्येक अवसर को वैसा मानकर हेतु बनाया जा सकता है। सालों-साल से एक महिला लकवे का शिकार होकर बिस्तर में पड़ी थी। एक दिन पता चला कि घर में आग लग गयी है और उसके तीनों बच्चे ऊपर सो रहे हैं। वह भूल गयी कि वह हिलडुल भी नहीं सकती। चलना तो दूर की बात है। वह भागकर ऊपर गयी और तीनों बच्चों को सही-सलामत लेकर बाहर आ गयी। डॉक्टर और वह स्वयं भी दंग थी, उस दिन से वह पूरी तरह स्वस्थ हो गई।

सुधा चंद्रन नृत्यांगना है। उसने एक दुर्घटना में अपना पैर गंवा दिया पर मन से उसने कभी खुद को अपंग नहीं समझा। वह लकड़ी के पैर से भी फर्राटे से नाचती रही। उसके लिए अतीत दुःखद अवसर हो सकता था, पर उसने होने नहीं दिया। उसने गये हुए समय को फिर मुट्ठी में बांध लिया।

अमरीकी राष्ट्रपति ओबामा का जादू दुनिया पर **'यस वी केन'** के बलबूते चला। असल में इसमें निहित स्वर को सुना जाए तो ध्वनि आती है कि हम हर अवसर को सही अवसर बनाकर सफलता पा सकते हैं। उसके लिए किसी खास अवसर की बाट जोहने या प्रतीक्षा की जरूरत नहीं।

गये हुए समय के फिर से न लौट पाने का गणित कुछ लोगों को जल्दी और कुछ लोगों को देर से समझ में आता है। अच्छा यही है कि जितना जल्दी हो सके हम इसे समझ लें। फिर भी कभी नहीं से बेहतर है जब कभी या जब भी। एक बार समय का यह गणित समझ में आ जाता है तो व्यक्ति को अब तक गंवाये या न लौट सकने वाले समय को खो देने का बहुत अफसोस होता है। ऐसे में वह पिछली क्षतिपूर्ति का भी प्रयास करता है। इसलिए भी देर आए दुरुस्त आए वाली बात दिखाई पड़ती है।

अब्राहम लिंकन के समय ग्रांट ने अमरीकी फौज की कमान हाथ में ली। गृहयुद्ध के समय तक ग्रांट आम व्यक्ति थे। चालीस वर्ष तक की आयु वे मात्र असफल ही रहे। सामान्य सिपाही के रूप में भर्ती हुए फिर तो सेना के जनरल तक बने।

मुझे लगता है अवसर बहुरूपिया है। उसे चाहने वाले बहुत हैं। वह इस बात से भलीभांति वाकिफ है। इसलिए भांति-भांति के भेष बदलकर रूप धरकर लोगों के पास जाता है जो उसे पहचान लेते हैं उन पर वह भी मेहरबान हो जाता है।

जो व्यक्ति श्रेष्ठ समय या शुभ अवसर की प्रतीक्षा में रहते हैं, वह चट्ट से अतीत-व्यतीत हो जाते हैं।

शुभ मुहूर्त और शुभ घड़ी का
मत करना इंतजार,
जो करना अभी करो
जीवन के दिन चार।

अच्छे अवसर हमारे लक्ष्य की 'मास्टर की' (मुख्य चाबी) हैं। उनसे हमें क्या कुछ हासिल नहीं हो सकता।

■

जो समय पर कार्य नहीं करता है, उसके हाथ पछतावे के अलावा कुछ नहीं लगता है।

—अज्ञात

11

समय आने पर

समयोचित कार्य करने से सिद्धि प्राप्त होती है।

–अज्ञात

समय के मामले में यह जुमला अक्सर सुनने को मिलता है। **जो कुछ होना है समय आने पर ही होगा।** ठीक है पर इसका मतलब यह तो नहीं कि केवल समय आने की प्रतीक्षा की जाए, कुछ और किया ही न जाए। मेरे हिसाब से इस पंक्ति का आशय है कि किसी भी उपलब्धि के लिए या सफल काम के लिए धैर्य की आवश्यकता है। एकदम मूल काम शुरू नहीं हो सकता। उसके पूर्व एवं पश्चात् पर्याप्त तैयारी भी होनी चाहिए। मसलन परीक्षा देते ही तुरन्त परिणाम नहीं आ जाता। उससे पूर्व तैयारी करनी पड़ती है। फिर धैर्य रखना पड़ता है।

कभी-कभी जीवन में ऐसे अवसर, संयोग या उपलब्धियां आती हैं, वे भी हमारी धारणा को प्रकट करती हैं, आप भी अपने जीवन से ऐसे उदाहरण खोज सकते हैं। मैंने अपना पासपोर्ट नवीनीकरण हेतु दिया। मूलरूप से वह जयपुर से बना हुआ था, अतः वहीं से आना था। अपनी लापरवाही के चलते मैंने दो वर्ष तक ध्यान नहीं दिया। एक दिन वैसे ही उधर से आ रही थी कि मुझे ध्यान आया। पता किया, एक कर्मचारी बोला- "अरे अभी-अभी आपका पासपोर्ट जयपुर से आया। आपको कैसे पता चला......", यह मात्र संयोग है। इस पर सदैव निर्भर नहीं रहा जा सकता। न इससे मेरी लापरवाही कम मानी जाएगी। इसे मैं समय आने पर अपने आप हुआ काम मानूं तो मेरे जैसा मूर्ख नहीं।

यह पंक्तियां व्यक्ति की इच्छा, उत्कण्ठा, उत्सुकता और व्यावहारिकता के बीच तालमेल बनाने वाली हैं। यह समय कब आता है, कैसे आता है, क्यों आता है तथा कब आना चाहिए, समय प्रबन्धक को इसका पूरा पता होता है। समय

की तासीर को पढ़ने और पकड़ने की आदत भी अच्छे समय प्रबंधन का हिस्सा है। अच्छे किसान मौसम और उसके मिजाज को पढ़ लेते हैं। शेयर निवेशक भी तदनुसार लाभकारी सौदा देख लेते हैं; इसका तात्पर्य यह नहीं हुआ कि उन्होंने समय के साथ कोई जुआ खेला, बल्कि नियमित अध्ययन और निरीक्षण ने उनमें यह क्षमता उपजाई व दक्षता पैदा की।

'वेट एण्ड वाच' (ठहरो और प्रतीक्षा करो) भी इसलिए कहा जाता है। केवल समय पर काम शुरू करने पर ही निर्भर नहीं रहा जा सकता। उसके अन्य पक्ष भी उतने ही महत्त्वपूर्ण होते हैं। परीक्षा में कुछ लोग पहला प्रश्न पढ़ते ही काम शुरू कर देते हैं। कुछ पूरा प्रश्नपत्र पढ़ने के बाद शुरुआत करते हैं। यह थोड़ा समय लगने वाला काम है पर बेहतर है। संभव है सात में से पांच प्रश्न ही करने हों। बाद में पता चले कि आपने न आने वाला प्रश्न भी गलत-सलत करके नंबर व समय दोनों खो दिये।

आजकल लोग शुभ मुहूर्त, वास्तु पत्री आदि को अच्छा समयकारक मानकर काफी समय गंवा देते हैं। इस फेर में सचमुच का अच्छा समय गंवा देते हैं। उदाहरणार्थ- शादी के मुहूर्त में एक दिन आठ-आठ, दस-दस हजार शादियां होती हैं। न विवाह स्थल उपलब्ध हो पाते हैं न बैण्ड-बाजे ही। निर्धारित दिन सही जगह पहुंचना भी समस्या बन जाता है। कुछ लोग सुविधानुसार समय देखकर अपने को समायोजित करते हैं। कम पैसों व समय में उपलब्धिमूलक काम हो जाता है।

बहुत ज्यादा व्यवस्थित और मैथोडिक व्यक्ति भी ऐसा कहते हैं। मेरे बॉस रणजीत चटर्जी ने अपने पुत्र की शादी के बारे में सूचना दी। मैंने कहा "कोई काम हो तो बताइएगा।" वे कहने लगे, "समय आने पर सब हो जाएगा...." मुझे बड़ा अजीब लगा। मैंने कहा, 'ऐसे कैसे हो जाएगा। तब वे बोले, 'दिसंबर 2009 में शादी है। मार्च 2009 में ही जगह, केटरिंग, बैण्ड आदि बुक किये जा चुके हैं। हम खुद भी उसमें मेहमान की तरह जाएंगे। आप सच मानिये लड़की वाले भी बाहर से आकर दिल्ली में शादी रचा रहे हैं, उनका भी सारा प्रबंध हमने ही किया है। इस समय वधू के कपड़े, जेवर आदि का काम चल रहा है।' यह सब सुनने के बाद मुझे लगा यह कथन उनकी विनम्रता है। वचन-वाणी की शैली है। इसका मतलब यह नहीं है कि उन्होंने कुछ किया ही नहीं है।

ऐसे ही कई लोग आयकर सम्पत्ति कर बिल आदि सारे काम समय पर निबटा देते हैं। उसके लिए वे आखिरी समय आने की प्रतीक्षा नहीं करते। ऐसे

लोग काफी शांतचित रहते भी हैं और दिखते भी हैं। उनके पास सदा कुछ न कुछ नया सोचने और करने के लिए रहता है। उन्हें लोग सीधा-सादा कोई झगड़ा न पालने वाला व्यक्ति कहते हैं।

इस तरह समय आने का तात्पर्य है भ्रूण के गर्भ में आने से लेकर बाहर आने तक.... एफ. डी. कराकर परिपक्वता की तिथि... प्रवेश लेकर स्कूल-कॉलेज पास करना... फसल बोने से फल आने का समय.... व्यक्ति का अच्छे प्रबंधन का श्रेय खर्च लेने की बजाय परमशक्ति के प्रति कृतज्ञता ज्ञापित करने का भाव....।

समय आने पर ही की रट लगाने वाले मौके पर वंचित-ठगित भी अनुभव करते हैं। जैसे श्रीमान 'क' सोचते थे मेरी अंटी में ज़ोर है समधियों के कपड़े कभी भी खरीद लूंगा। आखिरी समय तक उनका समय नहीं आया। जब आया तो हड़ताल और दुकानें बंद। मन मारकर ज्यादा पैसे देकर ही काम चलाया। हमेशा के लिए उलाहना रह गया। यार पैसे तो हमारे पास भी हैं। एक मौका आया था तुम्हारी पसंद के कपड़े पहनने का वो भी तुमने न दिया।

सब कुछ हमारे अनुसार या मनमर्जी से नहीं होता। जैसे समय आने पर प्रकृति रंग बिखेरती है, फल पकते हैं, फूल खिलते हैं, वैसे ही हमारी मेहनत और परिश्रम भी स्वादु होते चलते हैं। मौसमी रसाल वस्तुओं की तरह ही वे बेहद स्वादिष्ट हो जाते हैं।

बेमौसम कोई चीज़ मिल जाती है पर वो आम का स्वाद नहीं होता, मार्च के महीने के आम का स्वाद जून के महीने के आम जैसा नहीं होगा। कोल्ड स्टोरेज का आम कृत्रिम स्वाद लिए हुए ही होगा।

समय आने पर जैसे वाक्य हम ठीक से न समझ पाएं तो हमारी योजनाओं में बाधक होंगे। भाग्यवादी बनकर हम केन्द्र से दूर हो सकते हैं। उपलब्धियों से डिग सकते हैं। निराशा का दामन थामे लोग भी ऐसी बातें करते सुने जाते हैं, "जी ये तो होना ही था, अभी समय का फेरा ही ऐसा है सही समय आने पर सब ठीक हो जाएगा।" ऐसी ही धारणा वाली एक परिचित आठ बार अठमासे बच्चे खो चुकी। भांति-भांति के वृत-उपवास करती। मनौतियां मानती। उसे लगा उसी से कोई त्रुटि हो जाती है इसलिए उस पर भगवान की कृपा नहीं हो रही। कभी उसे लगता कि किसी ने कोई टोना-टोटका कर दिया है। टेस्ट भी सारे सही थे। मनोचिकित्सक की मदद से उसने समय आने पर (उसके अनुसार) स्वस्थ बच्चे जने। यह समय आना था- प्री केअर, पोस्ट केअर- खान-पान का ध्यान और तमाम दुश्चिन्ताओं से मुक्ति। ठीक है जो आठ बार हुआ, वो नवीं बार भी भुगत लूंगी। मुझे कुछ भी बुरा नहीं सोचना

है। अपना फर्ज करना है- बस ठीक समय उसने पकड़ लिया उसकी नैया पार लगनी ही थी। अब वही महिला कहती है मैं पहले ही इतनी चिंता-फिक्र न करती तो जीवन के इतने साल और स्वास्थ्य न खोती।

यदि आपका विश्वास समय आने पर ही में है तो आप इसके स्वागत की पूरी तैयारी कीजिये। अपने आपको हर दिन उसके अनुरूप बनाइये। समय के आरम्भिक, मध्य और अन्तिम समय के प्रबंधन को बारीकी से कीजिये। बार-बार मेहनत का सार्थक मूल्यांक न कीजिये। प्रतिस्पर्धियों की स्ट्रेटजी पर भी विचार कर सकते हैं। सफलता के आमूल-चूल स्वरूप पर निरन्तर चिंतन व सक्रियता उसकी पूरी चूल आपके हाथ में थमा देगी।

■

> मनुष्य को संसार का शाश्वत बोध समय से ही होता है।
>
> **—रुसो**

12

टाइम ही नहीं है

एक क्षण भी व्यर्थ न गंवाओ, जीवन रेत की तरह सरक रहा है, समय अमूल्य धन है।

–न्यूटन

यह वाक्य बहुत कॉमन हो गया है। पढ़े-लिखे वर्ग से लेकर मज़दूर वर्ग तक यह वाक्य बोलता दिखाई देता है। समय तो पूरी दुनिया के पास चौबीस घण्टे का ही है। इसी में अमरीका का राष्ट्रपति भी काम करता है और सुदूर गांव की किसी झोंपड़ी का कोई मजदूर भी।

हमारे पास दिनों-दिन वैज्ञानिक उन्नति के कारण सुविधा के साधन बहुत बढ़े। अब तो हमारे पास समय की कमी नहीं होनी चाहिए। फिर यह कमी क्यों है? जो भी इस पर विचार करता है उसके पास कमी भी समय की कभी नहीं रहती।

दरअसल यह हमारी जीवनशैली इलास्टिक की तरह है जितना बढ़ाओ बढ़ती है। समय का स्वभाव ऐसा लचीला नहीं वह तो जब जितना है उतना ही रहता है। चौबीस घण्टों में कोई घटत-बढ़त नहीं। हमारे काम ही घटते-बढ़ते या फैलते-सिकुड़ते हैं। वे तो जल के पात्रानुसार आकार में दिखने की भांति काम करने वाले की शैली और स्वभाव में ढल जाते हैं।

जीवन में समय प्रबंधन को जानने वालों को काम की कमी लग सकती है टाइम की नहीं। अच्छे समय प्रबंधक के पास तो समय जैसे गुलाम की तरह हाजिर रहता है, जैसे वह कहता है बताइये क्या सेवा की जाए। जितना चाहो मेरा उपयोग कर लो। मैं आपके हुक्म का गुलाम हूं। मुझे व्यर्थ बैठा मत रहने दो। बैठे-बैठे भी मैं बीत रहा हूं। मुट्ठी में दिखता हूं पर मुट्ठी से फिसल रहा हूं।

मीडिया कार्यरत रमेश अग्रवाल ने इसी पुस्तक की चर्चा के दौरान बताया कि कृषि वैज्ञानिक स्वामीनाथन गजब के समय प्रबंधक हैं। उन्हें सुबह-सवेरे विदेश जाना था। देर रात तक काम करते रहे। दस बजे घर पर कार्यालय के काम

से निबटकर समय उन्होंने अपने सहकर्मी से कहा- "अब वे चलें, क्योंकि उन्हें प्रात: विदेश यात्रा की तैयारी करनी है।" उनके सहकर्मी दंग थे। न हड़बड़ी, न तनाव, न चिंता। रमेश जी कहते हैं, "कोई और व्यक्ति होता तो कितनी हड़बड़ी होती। पूरा घर उसकी विदेश यात्रा की तैयारी में लगा हुआ होता। कुछ फोन झमझमा रहे होते, कुछ लोग छोड़ने लेने आ रहे होते।" बात की चर्चा ज्यादा समय प्रबंधन बिगाड़ती है। हर एक व्यक्ति पूछता है। दस बात करता है। वह हमारे साथ-साथ अपना भी समय बिगाड़ता है।

टाइम न होने की बात अस्त-व्यस्त, निठल्ले कर्महीन या काम का आभास देने वाले लोग ज्यादा करते हैं। अक्सर लोगों को मालूम ही नहीं होता कि उन्हें करना क्या है या जो करना है वो कब शुरू किया जाना है। ऐसे व्यक्ति अपनी तमाम उलझनें समय न होने की बात कहकर सुलझा लेते हैं। जब हम इस तरह के सोच-विचार के दौर से गुजरते हैं तो निरर्थक चिंता तनाव के कारण दिमाग हर समय भरा-भरा सा रहता है। कुछ करें तो तब जब मन भी करने को हो।

अपने ऊपर कामों का बोझ बढ़ाते जाना भी समय को बर्बाद करने वाला साबित होता है। बतोड़े लोग 'मैं कर लूंगा... जैसी बातें करते रहते हैं। कुछ करते भी हैं, पर हर बार संभव नहीं हो पाता। लिहाज में अपने काम छूट जाते हैं। कई भारतीय गृहणियों के नाजुक कंधों पर पूरे परिवार का काम का बोझ डाल दिया जाता है।

अनियोजित तरीके से काम करने से सारा समय बार-बार की भागा-दौड़ी में चला जाता है। यह स्थिति वैसी ही है जैसे कई घरों में दाल चूल्हे पर चढ़ा दी और नमक-प्याज लाने के लिए बच्चे दौड़ाए गए। रोटी बनाने की सामग्री लेकर आप बैठी ही थी कि पता चला आटा भी पूरा नहीं पड़ेगा....।

समय और लक्ष्य के बीच गठबंधन ठीक-ठाक भी हो तो समय कभी कम नहीं पड़ता। अच्छे समय प्रबंधक घर-परिवार दफ्तर को समय देने के बाद अपने शौक के लिए भी समय निकाल लेते हैं। वे जब जो किया जाना है उस कला से वाकिफ होते हैं। काम का क्रम निर्धारित करते हैं। छोटे काम को भी ध्यान और तवज्जो देते हैं।

जिसका काम उसको साजे ये पंक्ति भी हमें बताती है बिना जाने हर काम में हाथ डालना ठीक नहीं है। जो जिस काम को जानता हो, उसे वह काम करने दिया जाए। यदि हम ही सब काम करने लग जाएं तो कुछ भी काम न कर पाएंगे।

टाइम नहीं है, बताता है कि सिर्फ बात या काम के बारे में बात करना काम का हो जाना नहीं है। इससे काम बोझ ही ज्यादा बनता है। बातें कम काम ज्यादा वाला फॉर्मूला लगातार दिमाग में रखना पड़ता है।

टाइम नहीं है ये वाक्य कितना मजाकिया और हास्यास्पद है इसका उदाहरण इससे बेहतर नहीं हो सकता। हमारे पड़ोसी का $2^{1/2}$ -3 साल का नाती है। वह वार-त्योहार पर नाना के घर आता है। वह सबसे मिलता है। थोड़ी-सी बात करने के बाद कंघा करने की अदा में सिर पर हाथ फेरता है। दूसरा हाथ जेब से निकालकर बॉय करने की अदा में ऊपर करके कहता है- "अच्छा चलूं यार टाइम नहीं है..." जैसे वह समय प्रबंधन का ब्रांड एम्बेसेडर हो। जो कोई भी देखता है गजब का अचरज व्यक्त करता है। हंसता है और यह अवश्य सोचता है कि यह बात इसने कब किससे सीखी। वह इतने सहज क्रम व ढंग से यह सब करता है कि हर कोई यह देखकर टाइम कॉन्शस हो जाता है।

अधिकतर हम में से लोगों का कहना भी इस नन्हें गोलू के कहने जैसा ही है। हम यह कह सुनकर स्वाभाविक एक्टिंग कर रहे हैं। लोगों का मनोरंजन कर रहे हैं। वास्तविक समय का उपयोग ही नहीं कर पा रहे हैं।

हमारे पास समय नहीं है क्योंकि हमने बहुत से अनशिड्यूल (अव्यवस्थित) काम किए जैसे हमें कहीं मिलने जाना था पर हम मॉल में चले गए और आधा दिन हमने वहीं खो दिया। अब इतने थक-चूक गए हैं कि हममें किसी भी काम की क्षमता तथा ऊर्जा नहीं बची है।

हमारे पास समय नहीं है क्योंकि कई दिन से हम जिस काम की टालमटोली कर रहे थे, वह आज सुबह शुरू करना था पर हम उठे ही आठ बजे, अब आगे के काम अनिवार्य हैं। प्रतिदिन के कार्यों के अलावा हमारे पास किसी के लिए समय नहीं बचा। हम अपने शौक और मौजमस्ती के समय में कोई कटौती नहीं कर सकते वरना कोई तूफान आ जाएगा। मन खुश नहीं रहेगा तो कुछ भी काम नहीं हो पाएगा।

यह जानकर कि हमें ये बाबा खुशी, ऐश और आराम में रहकर फालतू आदेश देते हैं हम घंटों इनके उपदेश सुनने में गंवा देते हैं। एक घंटे के काम को तीन घंटे में करते हैं। काम के बीच नया काम छेड़ देते हैं। सब्जी लेने गये कि चार काम याद आ गये, इस बीच मुख्य कार्य का आधा घंटा-डेढ़ घंटा खा गया। अब कितना ही चिल्लाओ कोई फर्क नहीं पड़ता। कुछ लोग सूची बनाकर काम तय करते हैं। उनके काम उनके समय पर हावी नहीं होते। शरीर में ऊर्जा के भण्डारण की क्षमता है उसे बढ़ाकर भी हम टाइम की बढ़ोतरी कर सकते हैं। प्रकृति ने यह क्षमता हर देहधारी को दी है। हममें से अधिकांश को इसके बारे में मालूम ही नहीं है। घटाव-बढ़ाव की बात तो बाद की है। इस भण्डारण की क्षमता को हम आनंददायी और मन लगने वाले कामों से बढ़ा सकते हैं। नीरस, बोझिल, द्वन्द्वात्मक जैसी स्थितियों की बजाय सकारात्मक रुख अपना सकते हैं।

कुछ लोग अवैध रिश्ते, घाटे व घपले और ऐसी ही स्थितियों से अपने जीवन को इतना खतरनाक बना देते हैं कि उस उलझन को सुलझाने में ही रह जाते हैं, कुछ सार्थक करना तो बहुत दूर की बात है। दिल-दिमाग पर बोझ डालने वाले काम की तुरन्त छंटनी कर देनी चाहिए।

मैं अपने जीवन के बारे में सोचती हूं तो पाती हूं मैंने कुछ काम बढ़ा लिये, पर वे मुझे इतनी प्यारे हैं कि मैं उनके लिए कोई भी गतिविधि छोड़ सकती हूं। तब मैंने अपनी ऊर्जा भण्डारण क्षमता बढ़ायी। अब मैं शुद्ध आराम करने की बजाय काम के द्वारा ही आराम करती हूं। दो वर्ष में जब उनका आउटपुट सामने आने लगा तो मुझे लगने लगा जैसे अभी मैंने जवान होना शुरू किया है। मान लीजिये, लेखन का अध्याय लिखा थकने लगी तो गज़ल की धुन बना ली। लेटे-लेटे गुनगुना ली। पालतू जीवों को लाड़ करते-करते दोहरा ली। फिर मुख्य काम में लग गयी। एकाध बिंदु लिखा फिर क्षमता घटने लगी तो घर के काम करने लगी। फिर थोड़ी व्यक्तिगत देखभाल कर ली। कोई काम हड़बड़ी, तनाव और दबाव में नहीं करते, वे भी अच्छी ऊर्जा भंडारण कर लेते हैं। यह भंडारण गति-मति सबकी क्षमता बढ़ाऊ है।

अपने आप पर विश्वास भी ऊर्जा का लेवल बढ़ाता है। ये मुझसे नहीं हो पाएगा, यह सोचना तो अपने आपके प्रति दुश्मनी है। जरा सोचिये डॉक्टर पेट चीर ले और सोचे ये ऑपरेशन तो मैं नहीं कर सकता। तब क्या हाल होगा। अगर मैंने यह काम शुरू किया है तो मैं इसे पार जरूर करूंगा। ऐसा नहीं था तो मैंने इसे शुरू ही क्यों किया? जब मेरे हवाले से भी यह नहीं हो रहा तो किसी और को करना ही होता, तब उस पर मेरा वश ही कितना था।

आशावादी, ऊर्जस्वी और ऊर्जाबोध कराने वाले लोग भी हमारी भण्डारण क्षमता को बढ़ाने में योगदान करते हैं। मैं बच्चों और बूढ़ों के ज्यादा सम्पर्क में रहती हूं। बच्चों का उत्साह और ऊर्जास्विता मुझे बहुत उत्साहित करती है। बूढ़े लोग अपने लक्ष्य के प्रति सही राय और मार्गदर्शन देते हैं। सितंबर 2009 में रूसी सांस्कृतिक केन्द्र में मुझे एक वृद्ध सज्जन मिले। मैं एक बार कोई चीज देख लूं तो भूलती नहीं। इन सज्जन को देखकर मैंने कहा, 'मैंने हिंदुस्तान टाइम्स में आपका इण्टरव्यू पढ़ा'। उन्होंने अत्यंत खुशी से मेरी ओर झांककर कहा "सच बताओ क्या लिखा था", मैंने बताया। उनकी खुशी का पारावार नहीं था। वे बोले, "बत्तीसी तुड़वाने और सिर पर झण्डे के टैटुओं के कारण मेरा लिम्का बुक में नाम है।" जब उन्हें पता चला कि मैं लेखिका हूं तो वे तुरन्त बोले- "अगर मैं इतना हुनरमंद होता तो ये सब तोड़ने-तुड़ाने वाले शोशे नहीं करता। यह मेरे लिए

काफी सारगर्भित टिप्पणी है। आप सबसे छोटे साइज़ की व्यंग्य पुस्तक लिखकर अपना भी नाम इस पुस्तक में; दर्ज करा सकती हैं .... मेरी सलाह के दस हजार रु.," वे हंसकर कहते हैं।

संस्कृत पढ़ने के कारण कई लोगों ने मेरा मजाक भी उड़ाया। वे कहते थे, 'भला टॉपर भी ये सब विषय पढ़ते हैं? फिर साइंस कौन पढ़ेगा?' मेरे दादाजी जब सगर्व कहते, "हमारी विद्या परम्परा इस पोती ने निभायी। बेटे और पोते जो नहीं कर सके वो इसने किया।" यह उत्साह मेरे लिए बहुत ऊर्जा संचारी था। लोग आज भी मुझे उनका सच्चा प्रतिनिधि मानते हैं। मुझे मेरी सखी अफसोस से कहती थी– अब आर्ट्स पढ़ने के कारण तुम कभी भी डॉक्टर नहीं बन पाओगी तो मेरा जवाब होता था– मैं पी.एच.डी. करके हो जाऊंगी। आज भी प्रकृति के नियमों पर चलकर स्वस्थ रहने की बात करती हूं तो वे कहती हैं आप असली डॉक्टर हो।

एक ज्योतिषी ने मेरी मां को कहा "आपकी यह लड़की कभी पढ़ नहीं पाएगी इसके विद्या की रेखा ही नहीं है।" वे काफी जाने-माने ज्योतिषी थे अत: मां चिंतित हो गयी। मैंने उन्हें कहा, "रेखा हो चाहे न हो मैंने जितनी पढ़ाई करनी है वह जरूर करूंगी। उससे कह दो रेखा नहीं है तो बन जाएगी।" जब बहुत बाद में वे मिले तो बोले– "भाग्य भी पुरुषार्थ का सम्मान करता है। उसी के आगे झुकता है। रेखाएं हमारे सोचने से बनती-बिगड़ती है। फिर तुम तो खुद ही रेखा हो।" इस तरह हम असीम ऊर्जाधारी हैं। सफल लोग कम से कम बारह-तेरह घंटे काम करते हैं फिर भी तरोताजा रहते हैं। मनोयोग व मनपसंद कार्य से वे अपना ऊर्जा स्तर मेंटेन किये रहते हैं। उम्र भी इस ऊर्जा पर हावी और भारी नहीं हो पाती। दादा पोते की बनती है क्यों? क्योंकि दादाजी को नन्हें बच्चे का ऊर्जस्वी रूप खूब भाता है। उसके पीछे दौड़ने, समझने-समझाने में उनका ऊर्जा लेवल बढ़ जाता है। अपने जीवन के बहुत से पक्षों को वे उस समय नहीं समझ पाये थे, अब उन्हें समझकर उनका भरपूर आनंद लेना व देना चाहते हैं।

एक बार मैं अपनी बहन के यहां राजस्थान के सलूम्बर गांव गयी, उसके पति के साथ। उसकी छोटी बिटिया साथ थी। वह ढ़ाई या तीन साल की थी अभी तक चलती नहीं थी पर बातें खूब करती थी। वह सबके मना करने के बावजूद साथ आई। पूरे रास्ते बैठी-बैठी बातें करती रही। 'आप कब आए, क्यों आए, हमारे घर कब तक रहोगे.... वापिस नहीं जाओगे न..... मम्मी के और बाबू (बच्चा) होने वाला है....'

मुझे डर था कहीं उसका गला न बैठ जाए पर वह इतनी उत्साहित थी कि मैं भी उत्साहित हो गयी। मैं उसी दिन समझ गयी यह थोड़े दिन बाद चलेगी।

इसकी सारी ऊर्जा इसके दिमाग में लग रही है। चूंकि वह अकेला बच्चा थी, मां-बाप दोनों नौकरी करते थे, अतः यह अवसर उसके लिए आनंद और उत्साह का अवसर था जिससे उसका ऊर्जा स्तर इतना बढ़ गया। उसका वो उत्साह आज भी अविस्मरणीय है। अब वह कॉलेज में है। बहुत कम बोलती है। उसे जब भी मैं ये सारी बातें बताती हूं वह विश्वास नहीं करती।

इसलिए कहते हैं- **"चलने वाले का भाग्य भी चलता रहता है, बैठने वाले का भाग्य भी बैठ जाता है।"** इसकी मूल भावना ही यह है कि गतिशीलता अपने आप में ऊर्जा सर्जक है।

यदि काम द्रौपदी के चीर हैं तो समय और ऊर्जा उस चीर को बढ़ाने वाले कृष्ण के साथ सम है। टाइम का न होना इस मिथक के अनुसार आसुरी है।

एक घण्टे से गप्प लगायी जा रही है और कहा जा रहा है क्या करें टाइम ही नहीं है। दो घंटे में बीमारी की जांच करवाकर आया जा सकता है और वे जनाब कहते हैं दो साल से चेकिंग का टाइम नहीं मिला। वे सज्जन टाइम पर काम करने की बात कहते हैं पर ज्यों ही उन्हें कोई काम बता दिया जाए तो उनका महावाक्य होता है टाइम ही नहीं है।

कामों और जिम्मेदारियों से बचने का बहाना भी है ये वाक्य। कहीं आप भी इसके शिकार होकर अपने आपके साथ कोई मजाक या खिलवाड़ तो नहीं कर रहे हैं?

अरे हां, जब आप अपना कोई काम करवाने जाते हैं, सरकारी बाबू कभी सीधे और कभी अप्रत्यक्ष तौर पर कहता है उसके पास कई काम हैं। उसे टाइम ही नहीं मिला तो आपको कोफ़्त क्यों होती हैं? उस पर गुस्सा क्यों आता है? आप उसे बहानेबाज़ कहकर झिड़कते क्यों हैं? कैसे आपने उसे बिना जाने-परखे ही जान लिया कि वह झूठ बोल रहा है? शायद इसलिए कि आप टाइम के स्वभाव से परिचित हैं और इनसान के स्वभाव से भी। समय तो बहुत सीधा-सादा और भोला-भाला है। वह तो हमारे हिसाब से ढल जाता है और यथासंभव ढालने की कोशिश करता है। कभी-कभी सही मित्र व सच्चे दोस्त की भूमिका भी अदा करता है। हम ही उसकी बात नहीं सुनते या सुनकर भी अनुसनी कर देते हैं।

एक कम्पनी कर्मचारी इस जुमले का शिकार था। घर पर, दफ़्तर में टाइम न होने की बात कहता रहता था। उनसे कई बार कहा गया कि वे इन दोनों चीजों को अलग-अलग एंगल से देखने की आदत डालें, वे ऐसा न कर पाए। संभवतः टाइम न होने की बात कहकर वे अपने को व्यस्त और योग्य कर्मी साबित करना चाहते थे। परन्तु जो सचमुच ऐसा होता है वो कहने में भी इतना समय बर्बाद नहीं

करता। जब कम्पनी को कर्मचारियों की छंटनी करनी पड़ी तो सबसे पहले जनाब व्यस्त कुमार का नंबर आया। उन्हें कह दिया गया- आपके पास अब टाइम ही टाइम होगा...।' यह छोटा सम्प्रेषण सब कुछ था। वे कुछ नहीं बोल सके। उन्हें अपने आपको साबित करने का दुबारा अवसर नहीं मिला।

टाइम नहीं है तो टाइम को अपने जीवन के दर्शन के साथ खड़ा करके तो देखिये। जरा-सा आप बदलेंगे कि आपको लगेगा वही बदल गया। मिनट-भर भी बहुत कारगर होता है। मैंने अपने कार्यालय में और इधर-उधर आते-जाते, लिफ़्ट की प्रतीक्षा करते हजारों बार निरर्थक जलती लाइटें बंद की हैं। ऐसी सरकारी व सामाजिक अपेक्षाओं की ओर सम्बद्ध प्रशासन का ध्यान भी दिलाया।

ठीक है आपके पास टाइम ही नहीं है फिर भी आप

(1) एक टोल फ्री नंबर द्वारा दो मिनट में अपने सालों-साल का बकाया रिफण्ड ले सकते हैं। 5 कि. मी. की बस यात्रा में पूरी पत्रिका पढ़ सकते हैं।

(2) 100, 101, 102 पुलिस अग्निशमन एम्बुलेंस हेतु फोन करके किसी का जीवन बचा सकते हैं।

(3) प्रातः दो मिनट खर्च करके दिन के कामों की सूची बनाकर शाम को इतने ही समय में उसका मूल्यांकन भी कर सकते हैं।

(4) दफ्तर से आते समय घर की खरीदारी करते हुए आ सकते हैं। पत्नी को राहत दे सकते हैं। घर की सुख-शांति में सहयोग कर सकते हैं।

(5) कागज संभालकर आर्थिक या ऐसे ही नुकसान का जायजा ले सकते हैं।

(6) डायरी लिखने में 5-10 मिनट का समय देकर अनुशासन और हिसाब-किताब तथा ऐसे कई काम कर सकते हैं।

(7) सोने के पहले के 5 मिनट आप दिन कैसा रहा और अच्छा कैसे हो सकता है इस पर विचार कर सकते हैं। कल की अग्रिम भूमिका बना सकते हैं।

(8) आपके पास टाइम नहीं है फिर भी आप इतना कुछ कर सकते हैं।

■

> समय का दुरुपयोग मनुष्य की अवनति का कारण बनता है
>
> **–अज्ञात**

13

समय काटे नहीं कटता

हर किसी का समय एक जैसा नहीं रहता है।

–पंचतंत्र

अपवाद के तौर पर ही सही पर यह भी पर्याप्त सुनाई देने वाला वाक्य है। ऐसे लोगों की समय बहुलता बहुतों के लिए ईर्ष्याकारी है। अक्सर यह धारणा है कि जिन लोगों की कोई हॉबी/रुचि नहीं होती, वे लोग यह सब सोचते हैं पर सदैव ऐसा नहीं होता।

जो लोग बहुत व्यवस्थित हों, हाथ का काम हाथ में निबटाते हों, जिन्हें कुछ भी पेंडिंग (बचाकर) रखने की आदत न हो, उनके पास भी समय की बहुतायत रहती है।

समय के साथ सिंक्रोनाइज लोग न निरर्थक संग्रह करते हैं, न कोई काम टालते हैं, ऐसे लोग समय का बहुत बड़ा भाग बचा लेते हैं। इसलिए समय काटने की समस्या आलसी-प्रभावी या कर्महीन लोगों के लिए ही हो, ऐसी बात नहीं है।

समय काटे न कटने वाली स्थिति जीवन में सबके साथ आती है। कभी प्रिय व्यक्ति से बिछुड़न या अलगाव हो जाए। हम सदा के लिए उन्हें खो दें, अपने पालतू जीवों को खो दें, अपनी कोई चीज खो जाए, जीवन में किसी भी कारण से अवसाद के शिकार हो जाएं, जीवन में सब कुछ पाने के अहसास से आंतरिक रिक्तता के शिकार हो जायें..... वाकई में जीवन के इस कष्ट काल में समय प्रबंधन की बात करना भी बेमानी है पर इस समय का प्रबंधन ठीक से न हो पाए, तो जीवन भर के लिए समस्या हो सकती है। कोई स्थायी अवसादकारी मनोरोग घेर सकता है.... हमारा जीवन के प्रति रवैया बदल सकता है।

हमारे ऋषि मुनि जीवन चिंतक थे। उन्होंने ऐसे-ऐसे रीति-रिवाज और परम्पराएं बनाईं कि बहुत समय तक उनके बहाने ही इन्सान अपने आपको व्यस्त रख सके। अपना ध्यान बांट सके। जीवन में कुछ समय औरों के लिए भी देकर सुख-संतोष पा सके। इस जीवन को अगले जीवन का पड़ाव मात्र समझे।

कुछ व्यस्त लोगों को भी लगता है जैसे शाम का समय काटे नहीं कटता या फिर सुबह का समय काटे नहीं कटता है। जीवन में इस वक्त अकेलापन या रिक्तता का अहसास होता ही है। हमारे यहां अकेलेपन को किसी अभिशाप की तरह देखा और समझा जाता है जबकि यह बहुत बड़ी नेमत है। दिन भर लोगों से घिरे लोग एकांत के लिए कितने तरसते हैं, यह कोई उनके दिल से पूछे।

हम ऐसी स्थिति में अपने समय का सदुपयोग घर समाज के लिए कर सकते हैं। संसाधनों का दुरुपयोग रोकना व सदुपयोग करना प्रबंधन का प्राण है। श्रीमती 'घ' वृद्ध हैं। उनके पास पर्याप्त समय है। उन्होंने समय का सदुपयोग शाम को बच्चों को कहानी सुनाने में करना शुरू किया। पन्द्रह बच्चे आते हैं। दिन उनकी तैयारी में कट जाता है। समय न काटने का सिंड्रोम उनके जीवन से गायब हो चुका है।

इसी तरह हमारे पड़ोस में एक बुजुर्ग प्रतिदिन सम्पादक के नाम 8-10 चिट्ठियां लिखते हैं। इस तरह वे समाज की समस्याएं भी उठाते हैं और उनके समाधान की चेष्टा भी करते हैं। मोहल्ले में उनका सम्मान भी बहुत है। कुछ कर गुजरने के अहसास ने इस उम्र में ही सही वक्त काटे न कटने की बीमारी का इलाज कर दिया। वे प्रातः परम-पुलकित होकर अखबार की दुकानों से अखबार खरीदते और कटिंग काटकर स्क्रेप बुक में चिपकाते हुए अक्सर देखे जा सकते हैं। वे बहुत प्रसन्नता से कहते हैं मैं ऐसा पत्रकार हूं जिसे कुछ लिखने और छपवाने के लिए सम्पादक से पूछना नहीं पड़ता।

तमाम स्थितियों के बावजूद समय न कटे तो अवश्य ही हमारे चिंतन में, जीवनशैली में रिक्तता है, इसे शीघ्र ही भरे जाने की आवश्यकता है ताकि वह हम पर हावी होकर हमें अपना शिकार न बना ले।

समय न कटने का राग अलापने वाले लोग चाहे कितना ही व्यवस्थित और कम काम का हवाला दें यह तो सच है कि उनका अपने साथ गहरी दोस्ती का अभाव होता है। काम के प्रति लगाव भी उतना नहीं होता। नौकरों की सुविधा भी जबरन ठाला-निठल्ला बनाए रखती है।

जीवन के साथ सुसमायोजित व्यक्ति को बहुत विपरीत स्थितियों के अलावा समय काटने की कभी भी कोई दिक्कत नहीं होती। आठ घंटे सोने में, तीन-चार घंटे आवश्यक कामों में लग जाते हैं। इस तरह आधे दिन का प्रबंधन तो जैसे स्वतः ही हो जाने वाला है। कारीगरी और कुशलता तो शेष समय के प्रबंधन में ही है।

वैसे बहुत से काम जिनमें हमारी रुचि नहीं है या हमें लगता है इसे हम नहीं कर पाएंगे। ऐसे कामों में हाथ डालने से हर कोई डरता है पर यह चुनौती ले ली जाए तो उसमें रस व आनंद आता है।

एक प्रख्यात साहित्यकार की यह बात सबको अजीब लगती थी कि "मैं अपने घर की सफाई स्वयं करता हूं। इसमें मुझे बेहद आनंद आता है। मुझे असीम शांति और स्वच्छता का अहसास होता है।" उनकी पत्नी हाइपर थायराइड का शिकार थी। लोग उनके इस दृष्टिकोण को नाटक कहते थे। पर आजकल हर घर में काम वाली आती है वे भी रख सकते थे। उनके बच्चे बड़े हो गये, ऊंचे-ऊंचे ओहदों पर पहुंच गये, तब भी ये काम उन्होंने नहीं छोड़ा। उनकी पत्नी कहती थी– "वे कह-कह हार गयीं पर वे नहीं मानते। जब वह स्वस्थ हो गयी तब भी वे उन्हें यह काम नहीं करने देते थे।" वाकई में श्रमजीवी लोग काम के आनंद को जानते हैं। यह आनंद प्रबंधन का प्राण है। काम से लगाव बहुत ऊर्जा देता है। लगता है इन्टरेस्ट ऊर्जाकारी किसी मशीन ने शरीर में काम करना शुरू कर दिया हो।

कभी-कभी हम शतुरमुर्ग की तरह अपने ही खोल में ऐसे लिपटे होते हैं कि हमें लगता है जो हम कर रहे हैं वही सर्वश्रेष्ठ है। मेरी एक सखी अखबार तक नहीं पढ़ती। कहती है, "क्या करना है ये थोड़ी साथ जाएगा। मैं तो जब भी समय मिलता है भगवान का ध्यान करती हूं।" यह उनका दृष्टिकोण है पर इस निजी चिंतन को अभी भी व्यापक और सामाजिक बनाने के हम लोगों के प्रयास जारी हैं।

एक परिचिता कहती है, "समय कटे तो कटे, न कटे तो न कटे जब कुछ पढ़ा हुआ याद ही नहीं रहता तो बेकार समय और पैसा क्यों गवाऊं?" उन्हें किसी हितैषी ने नन्हें बच्चों को अंग्रेज़ी पढ़ाने का काम दिलाया उनके पास समय ही नहीं बचता।

हर काम अपना समय चाहता है। कुछ लोग हर काम को बहुत धीरे-धीरे व शांति से करते हैं यह उनका अपना सुविधाजनक प्रबंधन है।

समय काटे न कटने का अनुभव भावी डिप्रेशन की आहट भी हो सकती है। संसार की एक ऐसी कृति है कि इसकी विविधता हमें हर संभव अपने मोहपाश में बांधने की ताकत रखती है। हम पूरा जीवन लगाकर या आराम से इसे पूरा नहीं देख सकते, इसलिए समय के इस कुसमायोजन की कैद से हमें जितना जल्दी हो अपने आपको छुड़ाना है।

■

समय का उलटफेर, युगों की धारणाओं, प्रथाओं और सत्ताओं में परिवर्तन कर देता है।

–जयशंकर प्रसाद

14

बुरा या खराब समय

जो समय बर्बाद करता है, समय उसे बर्बाद कर देता है।

–शेक्सपियर

यह वाक्य भी सर्वसाधारण के बीच आम हो चुका है कि इस समय हमारा समय इतना खराब चल रहा है कि हम जो कुछ भी करते हैं वह सब बेकार या खराब हो जाता है। इस समय तो सोने में हाथ डालेंगें तो भी कंक हो जाएगा। मुझे लगता है समय प्रबंधन के प्रति ऐसे तमाम जुमले बहुत ही बाधक हैं।

समय कभी खराब या बुरा नहीं होता हम ही हैं जो अपने दोष या अदक्षता को उसके ऊपर डाल देते हैं। बुरा या खराब समय उन्हीं को लगता है जिन्होंने समय पर कामों की योजना नहीं बनाई होती है। समय के हिसाब से अपने आपको तैयार तथा मुस्तैद नहीं किया है। समय पर हल नहीं जोता, फसल नहीं बोई और अब सोच रहे हैं औरों को तो इतनी अच्छी फसल मिली हमें नहीं।

इस समय दुनिया में मंदी का दौर चला हुआ है। जिन्होंने इस स्थिति को जानकर तैयारी की, उन्हें कोई दिक्कत नहीं हुई। जो समय के हिसाब से अपने को ढाल नहीं पाये, उन्हें ऐसे ही वाक्यों को अपनी ढाल बनाना पड़ा।

हम केन्द्रित होकर समय का इस्तेमाल नहीं करते अपनी योग्यता वाले क्षेत्रों में काम पाने की चेष्टा नहीं करते.... आज यहां कल वहां की निरर्थक भागादौड़ी करते हैं तो ऐसे में बेचारा समय भी क्या करेगा।

राम को चौदह वर्ष का वनवास मिला। चौदह वर्ष की अवधि अच्छा-खासा समय होती है। उन्होंने कभी खराब समय का रोना नहीं रोया। बल्कि आसुरी तत्त्वों का विनाश, राष्ट्ररक्षण जैसे सार्थक दायित्वों से जुड़कर सीताहरण के दुःखद व बुरे समय को भी अपने अनुकूल बना लिया।

किसी की नौकरी नहीं लग रही, शादी नहीं हो रही तो लोग ऐसी ही भांति-भांति की कामना लेकर ज्योतिषियों के पास जाते हैं। उन्हें लगता है कि कोई

रेखा, रत्न या पत्री उनका समय ठीक कर देगी। मुझे लगता है जब तक वे कार्य के साथ पूरे प्रयासपूर्वक न्याय नहीं करते, कोई उनके खराब समय को अच्छा नहीं कर सकता। यदि ऐसा ही होने लग जाए तो न सेना की जरूरत है, न और अन्य प्रयासों की हम अपनी पूरी समस्याएं ज्योतिषियों से ही हल न करवा लेंगे?

दरअसल इस तरह की नकारात्मक सोच हमारे नाकारापन या ऐसी ही तमाम चीज़ों का अच्छा खोल-आवरण है। इनके बीच हम अपने आपको सुरक्षित अनुभव करते हैं। अपना बोझा जैसे किसी और के कंधे पर डालकर हम हल्के हो गये हों। लोग ऐसे खराब समय को अपने अनुकूल करने में बहुत माहिर होते हैं। गांधीजी की आत्मकथा पढ़ने पर ऐसे अंशों की भरमार है। उस समय सात समुद्र पार जाना ही खराब माना जाता था पर वे विलायत गये। अपनी कमजोरियों और तथाकथित खराब समय को अपने अनुकूल बनाया। यदि फर्स्ट क्लास का टिकिट होने पर भी उन्हें फर्स्ट क्लास में न बैठकर थर्ड क्लास में बैठना पड़ा तो उन्होंने खराब समय का रोना नहीं रोया, बल्कि नस्लवाद, रंगभेद, वर्गभेद की समस्या की जड़ तक पहुंचे और विपरीत समय में भी अपना लक्ष्य प्राणवान बनाकर और अधिक जनमत जुटाया।

निराशा, अवसाद, डिप्रेशन की स्थिति में भी अच्छा-खासा समय लोगों को खराब लगने लगता है। लोग बॉस के हिसाब से काम नहीं करते; कहा क्या जाता है समझा क्या जाता है। यह समझने की चेष्टा भी नहीं की जाती, क्योंकि इससे काम को समय देना पड़ता है। ऐसी तमाम स्थितियों में तो अच्छा-खासा समय भी खराब हो जाता है।

केवल उपलब्धिकाल ही पूर्णता भरा नहीं होता। संघर्ष-समय भी उतना ही महत्त्वपूर्ण होता है। जो प्रसवकाल का समय सुखद मातृत्व आनंदमय समय मानती हैं वे उसे आसानी से पार कर जाती हैं, जो कष्टकाल मानती हैं वे उसे जीवन का सबसे खराब व कष्टमय काल कहती हैं। सबसे आसान है समय, लोग और काम आदि को खराब बताकर अपना पल्ला पूरी तरह झाड़ लेना।

बुरा समय और ऐसे ही तमाम शब्द उचारें-झांके तो इन स्थितियों के जिम्मेदार खुद होते हैं। पहले वे टाइम निकालते हैं फिर टाइम उन्हें निकालता है। इस तरह तो खराब समय आना ही है। समय के परिप्रेक्ष्य में यह गाना उसके दर्शन को कितना मर्म से व्याख्यायित करता है-

कुछ पाकर खोना है कुछ खोकर पाना है
जीवन का मतलब तो आना और जाना है

समय यदि बुरा है तो अच्छा भी है वह आता-जाता रहता है। चूंकि सतत प्रवाहमान है तो ठहरता नहीं। इसलिए अपने पूर्वाग्रह या धारणा में भी आप रहें तो भी उसे केवल बुरा माने या कहे जाने का कोई मतलब नहीं है।

हम जब कभी आत्मकथा या उपलब्धि कथा पढ़ते हैं तो उस व्यक्ति के संघर्ष को ज्यादा तवज्जोह देते हैं यदि उसे सीधे-सीधे उपलब्धि मिल गई हो तो हम उसमें ज्यादा रुचि नहीं लेते। संघर्षवान जीवन में ज्यादा उत्तेजना जीवनन्तता है। यकीनन जब वर्तमान अतीत हो जाएगा तो आप कष्टकाल को ज्यादा शिद्दत से याद करेंगे। जिस चीज़ को छुपाते थे उसे मुखर हो-होकर बताएंगे। आज समृद्ध डॉक्टर दम्पती कहते हैं- "हम एक कमरे में किराये पर रहते थे। हमारे पास कूलर नहीं था। हम चादर गीली करके ओढ़ते थे। क्या शानदार दिन थे।"

फ़ाक़ामस्ती के दिन अमूल्य पूंजी होते हैं। भुलाए नहीं भूलने वाले। कोई उस बुरे समय का रोना नहीं रोता। बल्कि अभावों भरे उस आनंद को कितना सहेजते हैं। एडिसन शुरुआती दौर में रेलगाड़ी में सामान बेचते थे, बाद में उनके आविष्कारों का उपलब्धिकाल राष्ट्रीय स्तर पर मनाया गया तो निक्सन ने खुशी-खुशी उस दिन भी रेलगाड़ी में सामान बेचने का रोल स्वीकारा और प्यार से निभाया।

समय हम बुरा बनाते हैं वह खुद बुरा नहीं होता। लोग स्ट्रीट लाइट में पढ़कर महान बने हैं। लालबहादुर शास्त्री रोज गंगा तैरकर पढ़ने जाते थे। संघर्ष कष्टदायक नहीं होता। दुःख या बुरा समय नहीं होता। उसका महत्त्व जो समझ लेते हैं, वे उसे प्यार से अंगीकार करके खुद को निखार लेते हैं। वह पारस है जिसे परसकर हर कोई सोना बन सकता है।

एक बार मैंने प्यार में आत्महत्या को उद्यत परिचिता को किसी तरह उसके धोखेबाज़ प्रेमी के प्रति बदले की भावना जागृत करके उसे बचाया। अब वह कहती हैं- "मैं एक धूर्त लम्पट के चक्कर में थी। मैंने अपना समय खुद खराब किया। मुझे अब बदला लेने में भी (ऐसे व्यक्ति के लिए) समय नहीं गंवाना है।" इस तरह हम समझ सकते हैं कि बुरे या खराब समय की धारणा। बिल्ली को आते देखकर कबूतर का आंख मींच लेना है। समय समय है उसे अच्छा या बुरा करार हम देते हैं। एक जगह खेती हेतु वर्षा की जरूरत हो तो वहां वर्षा आ जाती है, किसान कहते हैं, बहुत अच्छा समय है। वही वर्षा जहां आवश्यकता नहीं है वहां आ जाती है तो कहा जाता है 'बहुत बुरा समय है।'

मुट्ठी से फिसलने न दें

हम समय को न सहेजें उसे अपनी मुट्ठी से फिसल जाने दें तो अच्छा-खासा समय भी बुरा समय हो सकता है। अक्सर हम पूंजी को तो सहेजते हैं पर समय को नहीं। यह भूल जाते हैं कि समय सबसे बड़ी पूंजी है कई बार सत्तासीन पार्टी अगले चुनावों में बड़ी बुरी तरह हार जाती है। तब उस दल के

नेता बहुत सामाजिक कार्यों में हिस्सा लेते हैं। कभी पुस्तक लिखते हैं उसका कई भाषाओं में अनुवाद कराते हैं; कहीं पेड़-पौधे लगाते हैं, कहीं घायलों से मिलने जाते हैं मानवीय संवेग बढ़ जाते हैं। लोग कहते हैं, 'क्या करें बेचारों का बुरा/खराब समय चल रहा है।' यदि यह खराब समय है तो अच्छा समय कौन-सा है? कैसा है? अच्छा है यही समय चलता रहे जनता का भला तो हो रहा है। चूंकि नेता की अपनी उपलब्धि इस समय शून्य है, इसलिए उसे बुरा या खराब समय कह/मान लिया जाता है।

युद्ध में दो सेनाओं में से एक जीतती है दूसरी हारती है। जीतने वाले के लिए समय अच्छा है। हारने वाले के लिए समय बुरा है। जबकि सही बात है कि समय तो एक ही है एक जैसा ही है। उतने ही घड़ी पल छिन वाला। **यथा दृष्टि तथा सृष्टि** समय को अच्छा बुरा मानने-समझने को इस जुमले द्वारा भी समझा जा सकता है। आंख पर जिस रंग का चश्मा लगा लिया जाए दुनिया वैसे ही रंग की दिखती है। समय भी दुनिया के साथ ऐसा ही है। वह जैसा है वैसा ही रहता है। उसे ही दुनिया भांति-भांति के रंग के चश्मे से देखकर उसे उसी रंग का मान-समझ बैठती है।

बुरे समय को किस तरह अच्छे समय में बदला जा सकता है। यह नुस्खा कोई नेपोलियन बोनापार्ट से सीखे। 30 मई 1796 के दिन जीत के साथ सेना सहित इटली के मिलान शहर में प्रवेश करने पर अपनी सेना को सम्बोधित करते हुए कहा- **"सिपाहियों, आल्पस के शिखर से आगे बढ़ते हुए तुम लोगों को प्रचंड वेग की तरह आगे बढ़ना है। तुमने आगे बढ़ते हुए रास्तों की अड़चनों को तोड़ा है.... मिलान अब आपका है..... जिस सेना ने तुम्हें अपने शक्ति प्रदर्शन से डराया था, अब तुम्हारी बहादुरी के सामने टिक नहीं पायी। पो. टेनिस और अद्दा एक दिन के लिए भी विलम्ब नहीं कर सके। इतनी अधिक महिमामंडित इटली की सड़कें भी सामान्य सिद्ध हुई हैं, क्योंकि तुमने उनको उतनी ही तेजी से पार किया है.....।**

हां सिपाहियों! तुमने महान कार्य किया है लेकिन क्या इसका अर्थ यह है अब हमें और कुछ नहीं करना है?..... गौरव का एक दिन भी यदि व्यर्थ जाता है तो इसका अर्थ है कि तुमने आनंद का एक दिन खो दिया. ... जब आप अपने घरों को लौटेंगे तो आपके साथी आपके सम्मान में कहेंगे, 'यह आदमी इटली की सेना में था।"

इस तरह जब हम अपने प्रयास कार्य व समय की गति के तालमेल आदि तमाम गुणों से हार को जीत में बदल देते हैं तो बुरा समय या खराब समय अच्छा समय हो जाता है।

नेल्सन मंडेला 1962 में बंदी बनाए गए, 1990 में छूटे। जीवन का शानदार समय जेल में बिता दिया। आपके और हमारे हिसाब से तो यह उनके जीवन का सबसे खराब समय था। सच तो यह है कि काल कोठरी का यही समय सशक्त और शक्तिशाली समय था जिसने नेल्सन मंडेला को असली आकार दिया। 1991 में वे देश के राष्ट्रपति निर्वाचित हुए। 1993 में उन्हें नोबल शांति पुरस्कार से नवाजा गया। अभी भी वे दुनिया में बेहतरी के लिए सक्रिय हैं।

निर्माण काल

सही बात तो यह है कि जिसे हम बुरा या खराब समय कहते हैं या उसके नाम से जानते हैं वह तैयारी और निर्माण का काल होता है। जिसके बारे में ये पंक्तियां कही गयी है-

जितने कष्ट कंटकों में, जिसका जीवन सुमन खिला।
गौरव गंध उसे उतना ही, यत्र तत्र सर्वत्र मिला।।

यदि हम अपने बुरे कहे जाने वाले समय की अमरीका के दो बार राष्ट्रपति रहे अब्राहम लिंकन के बुरे समय से तुलना करें तो हमें अपने जीवन में बुरा कुछ भी नहीं लगेगा। उनके पास न रहने का घर था, न पढ़ाई-लिखाई के साधन। लिंकन लोगों से पुस्तकें मांग-मांग कर चूल्हे की आग की रोशनी में पढ़ते थे। नाव पर माल लदाने से लेकर, स्टोर में क्लर्की और डाकखाना कर्मी तक सभी काम उन्होंने किए। घनघोर संघर्ष के बावजूद वकालत पास की। घोड़े पर घूम-घूम कर लोगों के झगड़े निबटाते थे। क्या हमने कभी ऐसा और इतना बुरा समय देखा है? इतना कष्ट सहा है?

दरअसल दु:ख, कष्ट, शोक, अनुपलब्धि, संघर्ष, चिंता आदि को हम खराब समय का सेतु मानते हैं। कोई सुख उपलब्धि या हम लोगों के हिसाब से अच्छा समय इस बुरे समय के बिना आ नहीं सकता। बच्चा जब होने वाला होता है तो स्त्रियां दुनिया का सबसे बड़ा कष्ट सहती हैं पर कोई औरत यह नहीं कहती कि यह बुरा समय था। आप कहेंगे उसे बच्चा मिला तो क्यों कहती। यानी सफलता की गारंटी मिले तो हम किसी समय भी बुरा नहीं समझें और गारंटी न मिले तो अच्छा समय भी बुरा ही है। दरअसल आप देखें तो पाएंगे बुरे समय के कारण अच्छे समय का महत्त्व है। रात न हो तो दिन को कौन पूछे। क्या हम केवल धूप पसंद करेंगे। जब कभी दिन में सोने की इच्छा हो तो कमरे में जरा-सा भी उजाला नहीं सुहाता। जब तक अंधेरा न हो गहरी नींद नहीं आती। यह अंधेरा या खराब समय नींद जितना ही जरूरी और ऊर्जस्वी बनाने वाला है।

कैंसर रोग शुरुआती दौर में दर्दरहित होता है। हम लोग मजे में जीवन गुजारते रहते हैं कि अचानक पता लगता है अमुक को थर्ड-फोर्थ स्टेज का कैंसर है। तब स्थिति काफी कुछ हाथ से निकल चुकी होती है। यदि दर्द भरा या खराब समय थोड़ा पहले पता लग जाता तो इस व्यक्ति के जीवन को थोड़ा अच्छा समय मिल जाता।

डॉक्टर एक महिला मरीज को चैक कर रहा था। महिला के स्तन में गांठ की बात से वह भी चिन्तित था, ज्योंही गांठ को दबाया वह महिला दर्द से चीखी। डॉक्टर की आंखों में चमक आ गई। वह बोला- "आप चिंता न करें। थोड़े टेस्ट जरूरी हैं। थोड़ी दवाइयां और इलाज के बाद आप एकदम स्वस्थ हो जाएंगी। हर गांठ कैंसर की नहीं होती।" डॉक्टर कहता है यदि वह गांठ दर्दरहित होती तो उसके मेलिंगनेन्ट होने की संभावना थी। बाद में वह दूध की गांठ पायी गई।

मैं अपने जीवन के उस समय को याद करती हूं जिसे कभी मैंने भी बुरा या खराब समय करार दिया था, आज जब मैं सोचती हूं तो मुझे हंसी आती है। बचपन में एक बार मैं रेडियो पर हिन्दी बोलकर आई। सहपाठी शांता मोची ने मुझे थप्पड़ मारा और कहा- "मटक-मटक कर हिन्दी बोल रही थी, क्या राजस्थानी बोलते हुए शर्म आती है?" हमारे बचपन में घर- स्कूल में मातृभाषा का वर्चस्व था। शिक्षक भी कई दुरूह चीज़ें मातृभाषा में समझाते थे जिन्हें समझना आसान था। यह मुझे घोर अपमान लगा। मैंने पिता से फरियाद की कि वे उस लड़की के घर चलकर शिकायत करें और मेरे अपमान का बदला लें। पिताजी ने साफ मना कर दिया। बाद में वे साथ चले और उस लड़की को लाड़ किया और उसके भाषा प्रेम को सराहा। हम दोनों में फिर दोस्ती कराकर ही वे लौटे। खराब समय खटाक से अच्छा हो गया। आज समृद्ध भाषा और बोलियों की विदाई और हालत देखती हूं तो बहुत दुःख होता है। उस लड़की की भावना याद आती है।

एक बार पास वाले मोहल्ले में होली पर आयोजन था। मैं भी गई। आयोजक ने प्रतियोगिता में भाग लेने की स्वीकृति दे दी। जब पहले ही प्रथम इनाम मैंने जीत लिया तो वह व्यक्ति नाराज़ हो गया। कहने लगा- "तुम्हारे कारण बुरा समय आ जाएगा, सारे इनाम तुम ले गईं, अब चंदा देने वालों को क्या मुंह दिखा पाऊंगा? हमारे इनाम वापिस दे दो।" मुझे लगा एक पल में जीवन का सुनहरा उपलब्धि काल पलट गया। लोगों के हस्तक्षेप से मुझे मेरे सारे इनाम फिर मिल गए तो लगा फिर अच्छा समय आ गया।

इसी तरह जीवन में सामाजिक बहिष्कार की शिकार भी हुई। समझूं तो वह जीवन का सबसे खराब काल मान लूं। हमारी कक्षा में तारा व आशाबंधु नामक दो हरिजन लड़कियां पढ़ती थीं। उनके कारण पूरे स्कूल को भंगियों का स्कूल कहा जाता था। उनसे बोलने के कारण मुझसे अन्य लड़कियां नहीं बोलती थीं। शाम को साथ खेलने वाले बच्चे भी मेरे साथ खेलने के लिए मना करते थे। एक बार जोरशोर से मेरा जन्मदिन मनाया गया तो रिश्तेदारों ने भी आने से मना किया। यह समय मुझे घोर कष्टदायी और दुःखद काल लगा। मैंने हिम्मत बटोरी और दादाजी से परामर्श करके ऐलान कर दिया- "जिसको आना हो आए, न आना हो न आए, हम उन्हें जरूर बुलाएंगे।" सब आए, आयोजन अच्छा हुआ। तब मुझे हठी व जिद्दी समझने वाले लोग अब गर्व करते हैं। मैं भी उस समय की सोच और अपने मजबूत इरादे पर पुलकित होती हूं।

दरअसल बुरा या खराब समय हमें अच्छे समय की कीमत समझाता है ताकि हम अच्छे समय को बरकरार रख सकें। हमारी सोच हमारा रवैया न बदले तो समय बुरा ही चलेगा यह तय है। हमारी बड़ी दीदी अस्पताल के नाम से ही डरती थी। शिशु विशेषज्ञ से उनकी शादी हुई, फिर भी उनकी सोच में बदलाव नहीं आया। उनके बच्चा होने की स्थिति में वे घर पर ही डिलीवरी कराने के लिए अड़ गईं। सबने लाख समझाया न मानीं। लिहाजा पहली संतान पैदा होने पर रोई नहीं और हाथ से चली गई। दूसरी बार वे अस्पताल ले जाई गईं तब से वे कहती हैं- "पहला दुःख और खराब समय मैंने इशारा करके खुद ही बुलाया था। अस्पताल में डर वाली कोई बात नहीं है। वहां जितनी देख-रेख कहीं हो ही नहीं सकती।"

जब तक हम समय को अच्छे-बुरे के दायरे में देखेंगे तब तक हम कुएं के मेढ़क ही बने रहेंगे। हमें लगता रहेगा समय बस इसी दायरे में रहता है। महर्षि वेदव्यास के ये वचन कितने सामयिक हैं:-

उत्थातव्यं जागृतव्यं योक्तव्यं भूतिकर्मसु।
भविष्यतीत्येव मनः कृत्वा सततम व्यथैः।।

उठो जागो कर्म में निरत हो जाओ। यह कार्य अवश्य होगा मन में यह संकल्प रखकर निरन्तर प्रयत्नशील रहो।

इसी तरह गीता की पंक्तियां भी यही कहती हैं जिन्हें हम समय के संदर्भ में ज्यादा उपयोगी पाते हैं-

यं यथा मां प्रपद्ययन्ते तांस्तथैव भजाम्यहम्

जो जिस प्रकार मेरी ओर आता है मैं उसे उसी प्रकार प्राप्त होता हूं।

डॉक्टर आर. के. अग्रवाल उदयपुर राजस्थान के जाने-माने डॉक्टर हैं। उनके

बच्चे नहीं थे। उन्होंने एक बच्चा गोद ले लिया। वह विकलांग निकला। दूसरा बच्चा लिया वह भी वैसा ही निकला। सब लोगों ने समझ लिया कि बेचारे डॉक्टर अग्रवाल के जीवन में औलाद का सही सुख है ही नहीं। उनके जीवन का यह पक्ष खराब है। मणिराम नामक यह दूसरा बच्चा हाथों पर ठूंठ और घुटने के नीचे पैर न होने के बावजूद इतनी फर्राटे से साइकिल चलाता और पेंटिंग करता था कि हम सब दंग थे। मैंने **"कर बिन कर्म करे विधि नाना"** शीर्षक से उसका साक्षात्कार लिखा तो मैं उसकी बहुत-सी योग्यताओं को जान पायी। डॉक्टर तो शहर में कई हैं पर जो नाम, धाम, स्थान डॉक्टर अग्रवाल का है वह दुर्लभ है। यदि वे भी बुरा या खराब समझ मानकर हार मान लेते तो कैसे चलता।

जिम्मेदार कौन?

बुरे या खराब समय का जिम्मेदार कौन है? क्या हम हमारे भाग्यविधाता स्वयं नहीं बन सकते? बीमार हैं बड़ा खराब समय है। तबियत ठीक हो जाती है, समय अच्छा हो जाता है। आप पहले से और ज्यादा अच्छा अनुभव कर रहे हैं। आपको लग रहा है बीमार होने पर आपके शरीर ने भीतर स्थित गंदगी को बाहर निकालकर आपको स्वस्थ बना दिया, अच्छा ही हुआ।

हमारी योजना न हो या ठीक हो हमारा समय-निवेश अविचारित हो तो अच्छा-खासा समय भी बुरा हो सकता है। परीक्षा के ऐन दो-चार दिनों में ही जो पढ़ता हो उसका समय अच्छा कैसे हो सकता है क्योंकि इन दिनों कोई घर आ जाए तो बाधा.... लाइट चली जाए तो दिक्कत, तबियत खराब हो जाए तो पूरा ही मरण। इसकी बजाय जिसकी तैयारी पूरी है उस पर कोई बोझ नहीं पड़ता। घंटा भर बत्ती गुल भी हो गई तो वह उस समय को ऊर्जा संचय में लगा देता है।

जो समय के अनुकूलन का तंत्र विकसित नहीं करते, वे ज्यादातर बुरे समय की भ्रांति का शिकार होते हैं। समय बुरा है तो समझे सब कुछ ही बुरा है फिर अच्छा क्या है? यह घटना या सच्ची कथा आपने भी पढ़ी सुनी होगी- एक व्यक्ति बहुत दुःखी था उसके पास जूते नहीं थे। एक दिन उसने एक ऐसा व्यक्ति देखा जिसके पैर ही नहीं थे। उस व्यक्ति का सारा दुःख पल भर में ही समाप्त हो गया। उससे पहले उस व्यक्ति ने अपने जीवन को बुरे या खराब समय के कारण कितना कोसा होगा। प्रख्यात कथा-उपन्यासकार कमलेश्वर जी की **चप्पल** कहानी में भी इस संवेदना का गजब का इज़हार है। एक बच्चे के जीवन को बचाने के लिए उसकी टांग काटनी पड़ी थी।

यह कहानी और ऐसी ही तमाम स्थितियां बुरे समय को अच्छे समय में तबदील करने में समर्थ हैं।

मैं और डाक्टर अनुराधा गुप्ता अमरकंटक भ्रमण पर गये। लौटते समय हम बस अड्डे पहुंचे तो पता चला निश्चित समय पर रेल से जोड़ने वाली बस निकल गई। हम किसी निजी वाहन के लिए इन्तजार कर रहे थे। दो घंटों का यह समय बहुत खराब और भारी लग रहा था। इसी बीच हम प्रतीक्षा कक्ष में गए। एक गरीब बच्चा काफी जला हुआ लेटा था। उन्हें भी इलाज हेतु जाना था। वह बच्चा इतने सब्र से लेटा था कि आज भी मैं अपने दु:ख के समय में उसके कष्ट को याद करती हूं। उसकी मां पास बैठी थी चिन्तित। हमने अपनी अटैची से दो सूती साड़ी निकालकर बहुत लिहाज से उसकी मां को दी। उसने उसी क्षण उसे उससे ढंक दिया। इतने से उसे विश्वास हो गया कि उसे आगे भी अच्छी मदद मिलेगी। अनुराधा जी आयुर्वेदिक डॉक्टर हैं, उन्होंने कई दवाईयां और इलाज भी उस बच्चे की मां को लिखकर दिये। वे कह रही थीं– यह बच्चा बच जाएगा। हम अपनी देरी-जल्दी भूल गए। क्या हमें उनसे भी ज्यादा जल्दी थी? क्या उससे भी ज्यादा खराब समय हमारा था?

दंपती 'ख' का बच्चा शैतान था। मां-बाप भी उस पर पूरा ध्यान नहीं देते। वह आए दिन इधर-उधर शैतानी करता। मां-बाप को उलाहने मिलते रहते हैं। उन्हें लगता है जब से वे इस मोहल्ले में आए हैं उनका समय ही खराब हो गया। अब यहां से जाएंगे तभी ठीक समय आएगा।

लोग घर में समायोजन नहीं कर पाते। सोचते हैं- समय खराब है। कोई चीज या वास्तु उनका समय ठीक कर देगी। यदि आपने परीक्षा की तैयारी नहीं की तो कोई पंडित आपको पास नहीं करा सकता। कोई ग्रह आपकी मदद नहीं कर सकता। अगर यों समय अच्छा हो जाता तो देश में कोई समस्या ही नहीं रहती। बुरा या खराब समय तो केवल आप ही उपयुक्त समय प्रबंधन से ठीक कर सकते हैं।

> जीवन कितना ही छोटा हो, समय की बर्बादी से वह और भी छोटा बना दिया जाता है।
>
> **–शेक्सपियर**

15

अनावश्यक व्यस्तता

समय की मार ज्ञानी, गुणी, अज्ञानी सभी झेलते हैं।

–संत कबीर

जनाब आधे घंटे से बैठे हैं और पेन की कट-कट किये जा रहे हैं... वे घंटे भर से दो खबरें भी जान या सुन नहीं पाए, उनका चैनल बदलो अभियान जारी है। वे विकलांग हैं, उन्हें यात्रा का सरकारी पास मिला हुआ है। उनका काम है जिस किसी को जहां जरूरत पड़े उनको फ्री अपने साथ यात्रा कराना। इसी चक्कर में पढ़ने में होशियार होने के बावजूद वे कोई मुकाम हासिल नहीं कर पाए। वे थकते हैं, व्यस्त भी दिखते हैं, पर कितने व्यस्त हैं आप जान सकते हैं। वे विदाउट वर्क बिजी होने की बात कहते हैं तो झाड़ खाते हैं....। बिजी क्या अपने ही लिये रहा जाता है? रास्ते में पढ़ो.... जहां जा रहे हो वहां पढ़ो.... अरे काम न करने वालों के पास सैकड़ों बहाने हैं।

विदाउट वर्क बिज़ी

जब भी इस तरह के व्यस्त व्यक्ति से मैं समय के बारे में बात करती हूं तो मुझे बहुत अचरज होता है। निरर्थक व्यस्तता को तो वे बहुत सार्थक व्यस्तता मानते हैं पर जो आवश्यक व्यस्तता है वह उन्हें निरर्थक लगती है। वे कहते हैं खाने-पीने में ज्यादा ही समय बिगाड़ता हूं। असलियत यह है कि हम शरीर को पर्याप्त समय देकर भी समय प्रबंधन को बहुत आसानी से बनाए रख सकते हैं। जिन कामों को समय दिया जाना चाहिए उन्हें पर्याप्त समय न देने पर वे हमारा पूरा प्रबंधन चौपट कर सकते हैं। लोग आत्मा की बातें करते हैं पर यह नहीं भूलना है देह उसकी धारक है। मन-मस्तिष्क सबको बराबर समय चाहिए।

निरर्थक व्यस्त लोगों को कितनी भी निराशा और पतन के गर्त में ले जाने वाली हो लोगों को वह बड़ी सार्थक और चिंतनकाल जैसी लगती है। उन्हें सभी उपयोगी बातें निरर्थक उपदेश लगती हैं।

श्रीमान राघवन कहते हैं, "मेरे जीवन में नौकरी के सिलसिले में 12 बार स्थानांतरण हुए। किसी भी शहर में इतनी जल्दी नाई मोची ढूंढ़ना मेरे लिए मुश्किल काम था। मैं अपने बाल खुद ही काटता और जूते गांठता व पॉलिश करता। मेरी पत्नी बच्चों के बाल खुद ही काटती है क्योंकि दुकान से लाने ले जाने व आने तक बहुत समय बिगड़ता है और बच्चा भी रोता व अनजान व्यक्ति से डरता है। घर पर यही काम मामूली समय में हो जाता है। वे हंसकर कहते हैं मुझे गंजे होने का अफसोस नहीं हुआ न ही अपने दोस्तों की तरह मैंने इस पर मातम मनाया। मैंने मान लिया अब बाल काटने में और कम समय लगेगा।"

यदि इस तरह के तमाम काम कम समय कम साधन-संसाधन के हासिल किए जा सकें तो अच्छा है। कभी-कभी आप बहुत-सा समय दृढ़ संकल्प से बचा सकते हैं। आरम्भ से ही आरक्षण से जाने की आदत थी। हमारे बचपन में दो रु. में बैठक (बैठने का) आरक्षण होता था। अनारक्षण के बिना कहीं भी जाने की कल्पना ही न थी। वही आदत पड़ी हुई थी। दिल्ली में छोटी जगह जाने के लिए भी आरक्षण हेतु जाना फिर लाइन में लगना, किसी कारणवश जाना स्थगित हो जाने की स्थिति में फिर आरक्षण निरस्त कराना, मुझे बेकार के काम लगे। मैंने मन मजबूत किया। लोग बस में जाते हैं, रेल में बस जितनी जगह तो मिल ही जाएगी। शौचालय की सुविधा अतिरिक्त होगी। यदि उतनी भी जगह न मिली तो बस से ही चली जाऊंगी। मुझे कई बार लगा इससे मेरी स्वतन्त्रता बनी रही और कई नए लोगों से मिलने का सुख मिला।

यदि आप समय प्रबंधन को अच्छी तरह समझ चुके हैं तो आप अपने जीवन से ही ये बिंदु सबसे अच्छी तरह चुन सकते हैं कि आपने कब कहां कैसे अनावश्यक व्यस्तता के कारण समय खोया। एक समय था मैं महीने में दो नई ड्रेसेज़ और उनकी मैचिंग की चीज़ें खरीदती थी। मुझे जरूरत हो तो भी न जरूरत हो तो भी। कुछ ही समय बाद इतना सामान इकट्ठा हो गया कि प्रिय काम अप्रिय लगने लगा। नए कपड़े भी पूरी सार संभाल न होने से पुराने से लगने लगे। इसी तरह किताबों का जखीरा भी। सोचकर मैंने उनकी सार-संभाल में निरर्थक लगने वाला समय बचाया। पत्र-पत्रिका पढ़ते ही किसी जरूरतमन्द को दे देती हूं। इस क्रम में वे रिक्शे और ऑटो वाले भी हैं जिनमें मैं सफर करती हूं। इनके पास समय भी होता है और पढ़ने का शौक भी। नतीजा यह है कि अब मेरे पास संदर्भ व अवसर उपयोग में आने वाली ही पुस्तकें हैं। जिनकी सार-संभाल-देखभाल में समय कठिन नहीं है।

लोगों के घर में सालों-साल का अटाला पड़ा रहता है। वे साल में एकाध बार भी उपयोग में न आने वाली वस्तुओं को संभालने में बहुत समय लगाते हैं।

घर में भी अटाला रहता है। यह निरर्थक व्यस्तता है। चाहे जितना सार्थक दिखे। श्रीमान 'च' होली के गंदे कपड़े तक संभालकर रखते हैं फिर अगले साल होली पर तब वे उन्हें अपने अटाले में मिलते ही नहीं हैं।

सार्थक व्यस्तता भी निरर्थक व्यस्तता हो सकती है

मेरी माताजी को कभी कोई खाली नहीं देखता था। इतनी पढ़-लिखकर भी वे घर के सारे काम स्वयं करके भी बहुत सुन्दर गोटे के वस्त्र और बिस्तर बनाती थीं। उनके समय में शादी-ब्याह में आने वालों को वे घर ठहरातीं। तब उस सामग्री का उपयोग होता रहता। अब वो सामग्री निरर्थक है क्योंकि नई पीढ़ी के लोगों को यह सामग्री ही पसंद नहीं। मैं अभी तक उनके हाथ के गद्दे इस्तेमाल करती हूं। पतले लगते हैं तो और गद्दे ऊपर बिछाकर भरपाई कर लेती हूं, लेकिन मुझे लोगों के ताने भी सुनने पड़ते हैं कि मैं कंजूस हूं, पर मैं जानती हूं किस तरह मेरी मां ने अपना अमूल्य समय रात-रात भर जागकर इनमें लगाया है। अपना आनंद और हमारी सलाह छोड़ी है। पीछे वर्षा में कई गद्दे भीगे हुए मेरे पिता के घर पड़े थे। मैंने देखा तो बहुत दुःख हुआ- हमने उन्हें धूप दिखाई और स्थिति ठीक होने पर एक जरूरतमन्द केन्द्र भिजवा दिया। उन्हें उपयोगी और सार्थक बनाने में हमें बहुत मशक्कत करनी पड़ी। कहीं उन चीज़ों की आवश्यकता नहीं थी, कहीं लोग दान में फोम के ही गद्दे चाहते थे। इतना समय नई चीज़ों में न लगता। इसलिए मैंने सबक लिया है चाहे ज्यादा दाम पर सामग्री दुबारा लेनी पड़े पर ऐसा बोझा मैं नहीं ढोऊंगी।

उदयपुर के ही प्रख्यात साहित्यकार की मृत्यु के बाद उसकी किताबें रद्दी के भाव बिकीं। ये उन्हें प्राणों से प्रिय थीं। इनके लिए बमुश्किल उन्होंने पैसा जुटाया व घूम-घूम कर खरीद हेतु चुना। किसी तरह मुझे खबर मिली रद्दी वाले से ज्यों की त्यों मैंने कई पुस्तकें खरीदीं- अच्छा होता वे अपने जीवन काल में या खरीदते वक्त भी यह सब विचार करते। ऐसे उदाहरणों से हम सबक ले सकते हैं।

हमारे एक समय के शौक दूसरे समय नहीं रहते। अच्छा होगा यदि कुछ अमूल्य यादों और धरोहरों को छोड़कर हम उन चीज़ों को अब शौक रखने वालों को दे दें। एक सज्जन कहते हैं, "जी मैं कोई गांधी-नेहरू नहीं हूं जो मेरा कोई संग्रहालय सरकार बनाएगी, इसलिए मैंने अपने सारे संग्रह जरूरतमंदों को दे दिये।"

श्रीमती लज्जा गोयल प्रबुद्ध गृहिणी हैं। उनके पति की हत्या हो गयी थी। उन्होंने उनकी पुस्तकें एक अलमारी में सहेजकर रखी हैं। कई पुस्तकें उन्होंने मुझे

भेंट में भी दीं। मैं खरीदना चाहती थी पर वे मुझे बेटी मानती हैं इसलिए पैसे नहीं लेती। कुछ उनकी पुस्तकों की देखभाल में भी मदद करते हैं। उनके घर आने वालों का एक आकर्षण यह पुस्तकें भी हैं। पता नहीं उनके जीवन के बाद इस विशाल आलमारी में सजी पुस्तकों का क्या हाल होगा। पर यह तय है कि वे इसकी देखरेख में बहुत समय लगाती हैं।

यह नकारात्मक व्यस्तता है

निरुद्देश्य चिंतन, भ्रमण या व्यर्थ बढ़ाये हुए कामों से मुख्य कार्य भी नहीं होता और सारा समय भी खर्च हो जाता है। मैंने पहले भी बताया राजस्थानी शाम में इस तरह की स्थितियों को अभिव्यक्त करने के लिए बहुत ही सम्प्रेषणशील शब्द बना हुआ है, **आंऊ दांऊ आंऊ दांऊ करना।** यानी ऐसे ही चीज़ें इधर-उधर करना। इस आऊं-दाऊं-आऊं-दाऊं करते रहने में समय भी खर्च होता है, ऊर्जा भी लगती है और कुछ काम भी नहीं होता। इस तरह पूरा का पूरा दिन निकल सकता है। हाथ से जाता भी बहुत कुछ है और कुछ हाथ भी नहीं लगता।

बिना तैयारी के लक्ष्य हेतु सभद्द हो जाने की स्थिति में भी काम करते रहते हैं पर वह सही दिशा में नहीं होता, इसलिए उसका कोई सुपरिणाम सम्मुख नहीं आता।

कई लोग टारगेट और लक्ष्य को एक ही समझ लेते हैं। दोनों पूरक और सम्बद्ध हैं पर एक नहीं। अपने काम या मन्जिलों से लगाव न होने की स्थिति में भी अनमने मन से काम की ओर प्रवृत्त होते हैं। तब न गतिमान हो पाते हैं न ही अर्जस्वी। यही कारण है कि काम से प्यार और लगाव रखने की बात कही जाती है।

समय व काम की योजना पूर्व में बना लेने पर भी समय-समय पर उसका अवलोकन और उसमें कमी-बेशी या जोड़-घटाव अपेक्षित हो तो उसे करते रहना चाहिए। योजनाओं के परीक्षा कोर्स के रिवीजन का प्रयोजन भी यही है। इससे अनावश्यक काम श्रम तथा लगने वाले समय की स्क्रूटनिंग (छंटनी) आसानी से हो जाती है।

आज की शिक्षा कठिनतम दौर से गुजर रही है, वह स्टूडेंट फ्रेंडली नहीं रही। इसके मायने ये हुए कि अब क्या विषय पढ़े जाने हैं यह विद्यार्थी की मर्जी या रुचि पर तय नहीं रहा, यह तय करते हैं उसके नंबर। यदि उसने खूब मेहनत भी की हो तो भी दशमलव एक प्रतिशत के अन्तर से भी लक्ष्य हाथ नहीं आता।

सोनिया के पास हरदम समय की कमी रहती है। उसकी सास को यह अच्छा नहीं लगता। उसका हर समय भागना-दौड़ना व परेशान रहना। कई बार उन्होंने सोनिया से बात

भी की पर कोई फर्क नहीं पड़ा। उसकी आदत में कोई सुधार नहीं हुआ। हार पछताकर गृह-कलह के डर से सास ने ही चुप्पी साध ली। उनकी दूसरी बहू बच्चों के होने पर भी पढ़ाई करती रही, फिर भी काफी व्यवस्थित थी। समय की गुणवत्ता और महत्ता को पहचानती थी। पल-पल का उपयोग करती थी। छोटी बहू का समय प्रबंधन ही न था। पहले शॉपिंग हेतु मॉल दर मॉल घूमना, निरर्थक सामान से घर भरना, फिर उसे सहेजना, बिगड़ने से बचाना.... नई-नई चीज़ों के इस्तेमाल की आदत के कारण पुराने को सधाने की जरूरत, न सधाने पर बोझा बनता सामान कुल मिलाकर यह छोटी बहू बिना काम या निरर्थक काम की व्यस्तता का शिकार थी।

गप्प या बहसबाजी

यह समय प्रबंधन के लिए दीमकवत है। मनोरंजन, आपसी सम्प्रेषण और ज्ञानवर्द्धन के स्तर तक तो ये सकारात्मक है पर अति होने पर बहुत ही नकारात्मक। श्यामला देवी का ज्यादातर समय इधर-उधर पूछाताछी में ही जाता है- "क्या उसने ऐसा कहा.... मैं तो ऐसा कभी नहीं कहती उन्हें बुलाकर पूछवा लो... चलो वहां जाकर पूछ आते हैं."... ऐसी स्थितियां उनके लिए रुटीन हैं, इसका परिणाम है उन्हें कोई गम्भीरता से नहीं लेता। उनके पास मुख्य कार्य का समय ही नहीं बचता। हर समय समय की कमी उन्हें झगड़ालू तथा चिड़चिड़ा बना देती है।

निरर्थक गप्प या बहस हमारे समय-तंत्र का ढांचा चरमरा देते हैं। उनसे तनाव व खीज उत्पन्न होती है। अहं, आघात और ऐसी ही कई स्थितियों का सामना करना पड़ता है। सब चलता है.... दुनिया ऐसे ही चलती है.... जो चल रहा है सब ठीक है अच्छा है.... हमें क्या करना है.... बहुत लोग हैं आगे बढ़ने वाले नाम कमाने वाले... इस तरह की बातें करने वाले हमारे इर्द-गिर्द बहुत से लोग मिलते हैं। वे इस तरह समय गंवाने को टाइमपास जैसा खूबसूरत शब्द देते हैं। उनके घंटों इसमें बीतते हैं। उनकी लाइफ स्टाइल इस हद तक ऐसी हो चुकी है कि न वे कुछ समझना चाहते हैं न कोई उन्हें समझा सकता है। घर में लड़ाई-झगड़ा-टंटा हो जाए तब भी नहीं। उन्हें यह दिमाग और आत्मा की खुराक लगती है जिनका मिलना वे आवश्यक मानते हैं।

लक्ष्य के साथ तालमेल का अभाव

समय, उम्र तथा अनुभव के साथ हमारी इच्छा, रुचि बदलती है। उसके साथ ही लक्ष्य भी अलग रूप ले सकते हैं ऐसी स्थिति में उसके साथ तालमेल आवश्यक है। कभी-कभी व्यक्ति किसी एक लक्ष्य का चयन कर लेता है फिर दूसरे का तो वह दूसरे में ज्यादा सफल होता है। क्यों? पहले से ज्यादा

सोच-विचार दूसरे के चयन में किया गया है। अनुभव ने स्थितियों से निबटने का तंत्र विकसित किया है। इच्छित और अनिच्छित कार्य के मायने समझाए हैं। समय बिगड़ने या गंवाने के पक्षों की ओर भी ध्यान दिलाया है।

मिसाइल मैन अब्दुल कलाम, चंद्रमा मिशन के माधवन और हाल ही में नोबल पुरस्कार प्राप्त श्री वेंकटरमन रामकृष्णन ने भी अपने करियर में क्षेत्र परिवर्तन का सकारात्मक उपयोग सुदृढ़ उपलब्धियों के लिए किया। उन्होंने पिछले क्षेत्रों का कोई अफसोस नहीं किया, बल्कि उसे ट्रेनिंग प्रशिक्षण और अभ्यास का समय मान लिया। अपनी क्षमताओं के आकलन का अवसर माना। हर स्थिति को जीवन के लिए आवश्यक तथा उपयोगी माना। किसी भी प्रशिक्षण को व्यर्थ नहीं माना।

लक्ष्य का निर्धारण हम करें वह थोपा न जाए

आज समाज में आत्महत्या और निराशा का दौर दिखता है। मां-बाप अपनी अधूरी इच्छा या महत्त्वकांक्षा बच्चे पर थोपते हैं। इसलिए व्यक्ति का मन हो न हो उस काम में प्रवृत्ति के कारण न वह समय प्रबंधन कर पाता है न ही कुछ और। लक्ष्य व समय प्रबंधन की युगल जोड़ी के लिए जिस शक्ति या फोर्स की आवश्यकता होती है वह उसमें नहीं होती, इसलिए सारे समायोजन धरे रह जाते हैं। व्यक्ति जीवन को कामचलाऊ ढंग से न ले; नकारात्मक गतिविधियों में व्यस्त न रहे इसके लिए आवश्यक है कि उसे उसकी रुचियों के हिसाब से लक्ष्य और मंजिल निश्चित करने का अवसर दिया जाए ताकि वह उसके सफर को आसानी से तय समय में कर सके।

न सुनने व सलाह न मानने की आदत

अपने ही हिसाब से काम करने की आदत अच्छी है पर अनुभवी लोगों की राय हमारा बहुत-सा समय और श्रम बचा देती है। प्रेरक पुस्तकें या साहित्य भी इसका रामबाण कहा और माना जा सकता है। मैं अपने अनुभव से कह सकती हूं कि एक अच्छी पुस्तक लिखने व तैयार करने के पहले कोई भी अच्छा लेखक उसके लिए कितना समय व श्रम लगाता है तब वह तैयार होती है। लेखक होकर यह समझ में आया है। कुछ बच्चे किसी की नहीं सुनते अपना ही करने का तरीका उन्हें रास आता है ऐसे में न वे टीम का हिस्सा ठीक से बन पाते हैं, न किसी को अपने टीम का हिस्सा बना पाते हैं। हर काम अपने द्वारा ही करते रहने से उनका समय भी बहुत लगता है तथा वे नकारात्मक भावों का शिकार भी होते हैं।

हम अपने इर्द-गिर्द असफल लोगों के जीवन पर दृष्टिपात करेंगे तो पाएंगे कि उनका प्राइम टाइम और ऊर्जा ऐसी निचुड़ जाती है कि सार्थक काम के लिए कुछ

बचता ही नहीं। श्री हरीश की मां का कहना था हरीश नौकरी ढूंढ़-ढूंढ़ कर थक गया। उसे कुछ मिलता ही नहीं। मैंने कहा-'क्या उसने नेट पर अपना बायोडाटा डाला है?'

'अरे क्या है! सब अपने-अपने लोगों को काम देते हैं।'

'क्या तुमने कम्प्यूटर सीखा है?

'नहीं।'

'शॉर्टहैन्ड जानते हो?'

'नहीं।'

'फिर क्या कर पाओगे?

'जो साहब कह दें।'

किसी ने कह दिया- फिर तो चपरासी ही बन सकते हो। उनका अहं आहत हो गया। अब वह रोज चार घंटे कथा खोजने में लगाये चाहे दस घण्टे योग्यता बढ़ाने में, ज्यादा अपेक्षा उसे नकारात्मक व्यस्तता ही देगी।

बूते से ज्यादा काम पसारना

क्षमता समय और संसाधनों से ज्यादा काम को फैलाना निरर्थक भटकन जैसा ही है। वह काम के साथ बिजी रखता है फिर भी मुख्य काम से तालमेल नहीं होने देता है, अतः निरर्थक निस्सार कामों से जुड़ने जैसी ही प्रतीति कराता है। कभी-कभी तो हम इतने परेशान हो जाते हैं कि हमें यह भी मालूम नहीं चलता कि हमें करना क्या हैं या क्यों करना है।

तेते पांव पसारिये जेति लांबी सौर

यानी उतने ही पैर पसारिये जितनी लंबी चादर है। बूते से ज्यादा काम तन-मन से बीमार बना सकता है। समय अर्थ तब सबको चरमरा देता है। काम को लाइन पर लगने में ही सारा समय लग जाता है उत्पादक काम कब किया जाए। कोई काम कब करेगा, काम से सम्बद्ध सोच-विचार का समय भी उसको नहीं मिलेगा। आज आए दिन नई तकनीक तथा साधन-संसाधन आ रहे हैं। उनकी भी जानकारी अपेक्षित है।

अनियोजित, अनियंत्रित जीवनशैली

कुछ लोग इसी जीवनशैली को सुख या स्वतन्त्रता मानते हैं।

रामकुमार पत्नी को सब्जी लाने की बात कहकर गये थे शाम 9 बजे। वही उनका मित्र मिल गया। उसके साथ ही चले गये। पत्नी इंतजार करती रही। कुढ़कर-रूठकर

बैठ गयी। उधर वे रात ग्यारह बजे घर पहुंचे.... यह एक दिन की स्थिति नहीं है। छह बजे दफ़्तर से आने की बात कहत-कहत देर रात आते हैं वहीं से सिनेमा या दोस्त के साथ चले गये.... फिर कहीं घूमने निकल गए.... उनसे कुछ पूछा जाए तो एक ही जवाब है, "तो क्या हुआ? मेरी मर्जी.... मैं जैसा हूं वैसा ही रहूंगा" आज वह नाकारा पिता, नाकारा पड़ोसी और नाकारा कर्मी हैं। इस अनियंत्रित जीवनशैली के कारण वे खुद है। इससे वे स्वयं ही बाहर निकल जाएं तो ठीक है वरना कोई उन्हें नहीं निकाल सकता। ऐसे व्यक्ति अक्सर सबके बीच अकेले पड़ जाते हैं। त्याग, परित्याग, तलाक, खिच-खिच, झिक-झिक, जीवन बिगाडु स्थितियां इस समय प्रबंधन के न होने से हो जाती हैं। स्वार्थ, आलस्य, प्रमाद, स्वैच्छिकता, निरंकुशता, अहम और समायोजन की कमी आदि ऐसे पक्ष हैं। जिनके चलते अच्छी-खासी जीवनशैली भी अनायास ही अनियोजित और अनियंत्रित हो सकती है। उनके साथ वालों की भी जाने-अनजाने, चाहे-अनचाहे उसका शिकार हो जाना पड़ता है।

ख्याली पुलाव/कल्पनाशीलता

किसी लेखक शायर तक तो ये हाल ठीक है पर जीवन में इनका अतिरेक ठीक नहीं। केवल सोचना काम करने का विकल्प कभी नहीं हो सकता। सार्थक सोच भी केवल सोच ही सोच के दायरे में आकर अपना मूल केन्द्र छोड़ देती है। एक व्यक्ति सोच रहा था- पढ़ूंगा, नौकरी करूंगा, घर बनाऊंगा, शादी करूंगा.... जीवन के पच्चीस साल यही सोचने में लग गये। पढ़ाई भी शुरू नहीं हो पाई। पलायनवादी या भावार्थ से मुंह चुराने की प्रवृत्ति भी खाली समय में ख्याली पुलाव और कल्पनाशीलता की मानसिकता पैदा करती है। लक्ष्य प्राप्ति की सुखद कल्पना और आनंद हमारी कार्य करने की ऊर्जा बढ़ा सकते हैं वहां तक तो ठीक है पर एक सीमा के बाद वह हमारे समय को खाने लगती है। कल्पना जितनी सुन्दर होती है यथार्थ उतना ही पथरीला, पर हां इन पथरीली राहों से मखमली मन्जिल पायी जा सकती है।

हम किसी काम को करने के पहले या बाद में भी उसके मूल्यांकन की आदत डालें तो यह हमारे लिए बहुत समय बचाऊ और बेकार की व्यस्तता से मुक्त करने वाली हो सकती है। उदाहरण के तौर पर कार्यकलाप को ही लें। मेरे बाल लंबे हैं। छुट्टी के दिन उन्हें धोने-सुखाने में काफी समय लग जाता। तब मैंने तय किया खाली धूप में बैठकर इन्हें सुखाने के साथ और भी काम करूंगी तो मेरा काफी समय बचने लगा। गर्मियों में कार्य के दौरान ही उन्हें धोकर ढीला-ढीला बांध दिया जाता। शाम तक अपने आप सूख जाते।

एक श्रीमान कहते हैं– "मैं गाड़ी में ही अखबार पढ़ता हूं व नाश्ता करता हूं इसलिए मुझे जाम से भी कोफ्त नहीं होती। ड्राइवर भी नहीं झुंझलाता। यदि लंबा जाम हो जाए तो लेपटॉप पर काम शुरू कर देता हूं। कई बार तो मुझे लगता है रास्ता इतना जल्दी कट गया कि मेरे ये छोटे-छोटे काम भी नहीं हुए। पहले घर में नाश्ता खाता कम और निगलता ज्यादा था। अब लगता है नाश्ता कर रहा हूं और फालतू समय को उपयोगी बना रहा हूं।"

श्रीमान कहते हैं– "पहले दिन-भर दोस्तों से शेयर चर्चा करता था, अब अखबार देखता हूं और शेयर मार्किट पर नेट के जरिये निगाह रखता हूं जो काम पूरा दिन खा जाता था, वह अब दो-चार घंटों का होकर रह गया है।"

वैज्ञानिक साधन ज्यादातर हमारे समय और ऊर्जा को बचाने के लिए हैं हम उनका उपयुक्त इस्तेमाल कर सकते हैं। यदि हमारे घर भर के कपड़े एक घंटे में धुल जाएं तो मशीन आपके लिए उपयोगी हुई। उससे बचा समय इधर-उधर बर्बाद किया तो यह घंटा भी निरर्थक हो सकता है क्योंकि आपकी शारीरिक ऊर्जा खर्च करने हेतु फिर व्यायाम में समय लगेगा। बिजली का करंट भी जलेगा इससे आपका खर्च भी बढ़ेगा। कुल मिलाकर समय व संसाधन दोनों का ही दोहन होगा जबकि दोनों ही आसानी से बचाए जा सकते हैं।

दरअसल समय जादूगर के सदृश है। यह हर दिन अपनी वही कलाबाजी दिखाता है। हम जानते भी हैं कि यह जादू ऐसे हो रहा है वैसे हो रहा है इसमें जादूगर ने अमुक ट्रिक लगायी है फिर भी हम कितने ही पास खड़े होकर उसे ऐसे हैरत से देखते हैं। हमारी समय की फसल को अनावश्यक व्यस्तता और निरर्थक काम रूपी चूहे लगातार थोड़ा-थोड़ा खाकर पूरा चौपट कर सकते हैं हमें यह नहीं भूलना है।

आजकल माता-पिता अपनी ख्वाहिशें या अधूरी इच्छाएं बच्चों पर थोप रहे हैं, उन्हें बच्चों की इच्छा और रुचि से कोई सरोकार नहीं है। लिहाज़ा बच्चे आत्महत्याएं कर रहे हैं, उदासीनता, निराशा और जड़ता का शिकार हो रहे हैं। अब हमारी शिक्षा प्रणाली भी स्टूडेंट फ्रेंडली नहीं रही। वह अंक आधारित है, इसलिए व्यक्ति जो चाहता है नहीं बन पाता, वही बनने को मजबूर होता है जितने उसके अंक आते हैं।

मेरा भतीजा बचपन से ही पशुओं-जीवों के प्रति रुचिवान था। छोटा-सा था तभी मां के नाना के घर गया। वहां से गापू-गापू (गाय का बच्चा) करता लौटा। फिर घोड़ा बनकर मुझे कहता मुझे दौड़ाओ.... जीवों के प्रति प्यार से पेश आना, उनके बारे में सोचना, चैनल देखना उसकी आदत थी। मुझे लगा यदि वह

वेटरनरी डॉक्टर बन जाए तो एक सार्थक मुकाम पा सकता है। वह मेरे पास दिल्ली आया तो मेरे पालतू जीवों से बहुत जल्दी घुल-मिल गया। उसने अपने मां-बाप के हरिद्वार से आने तक का समय बिना उनकी याद के आराम से इनके साथ बिताया। तब मेरा यह निर्णय और पुख्ता हो गया। इसी बीच मुझे उसका ब्रेनवाश करने का भी मौका मिला- "मुझे मैरिट होल्डर होने के कारण सबने प्रोफेसर बनाना चाहा पर मैं टेलीविजन प्रोड्यूसर बनकर बेहद खुश हूं। तुम वही करो जो करना चाहते हो। वह पशु चिकित्सक के प्रस्ताव पर प्रसन्न भी था पर कुछ दिन बाद मुझे पता चला वह कोटा में डॉक्टरी की कोचिंग हेतु भेज दिया गया। मैं कोटा भी गयी। यह उसके मां-बाप का निर्णय था क्योंकि वे उसे ओरिजनल डॉक्टर (उनके शब्दों में) बनाना चाहते थे। खैर उसमें उसका प्रवेश नहीं हुआ। उसने प्राइवेट कॉलेज से BVSC की और आज पशुचिकित्सक है। घडियाल, सांप, शेर, गोइरे जैसे जीवों के साथ उसे हमदर्दी है, वह उनके इलाज में पूरी रुचि लेता है। चमड़े की कोई चीज़ इस्तेमाल नहीं करता। वह मेरे जीव पैशन को जानता है, इसलिए कई बार ऐसी जानकारी भी देता है जो इनके लिए उपयोगी हो। इतना समर्पण वह किसी भी क्षेत्र में नहीं दिखा सकता था। आज उसके माता-पिता उसकी शोहरत के किस्से बढ़-चढ़कर सुनाते हैं। शुक्र है।

चार्ल्स डार्विन की आत्मकथा पढ़ने पर आप पाएंगे कि किस तरह डार्विन के प्रकृति प्रेम को उनके पिता की उपेक्षा का शिकार होना पड़ा। किस तरह उनके पिता उन्हें डॉक्टर बनाने पर अड़े थे। यदि डार्विन के मामा ने डार्विन को समझा और सुना न होता तो डार्विन थ्योरी से हम वंचित हो जाते।

हिटलर कलाकार बनना चाहता था पर उस पर लक्ष्य थोपा गया। यदि यह न हुआ तो इतिहास कुछ और होता। एक संवेदनशील सर्जक हिटलर के हाथों घृणा और विद्वेष के होने वाले विध्वंस होते ही नहीं। व्यक्ति के सार्थक सपनों और कल्पनाओं को हकीकत में आकार दिया जाना आवश्यक है।

काम और समय का सिंक्रोनाइज़ेशन जरूरी

यदि आप कोई फिल्म देख रहे हैं और आप यह जान रहे हैं कि माना यह नायक-नायिका नहीं गा रहे हैं। पार्श्व गायक-गायिका गा रहे हैं फिर भी उस गाने में पर्दे वाली हिरोइन का गाने के साथ लिप सिंक्रोनाइज़ेशन नहीं हो रहा है तो आपको अच्छा नहीं लगता। सिनेमा हॉल में भी आप गाना खत्म होने तक का समय आंखें बंद करके या किसी तरह समय गुजारते हैं। काम और

काम में लगने वाले समय का यह सम्बन्ध है। यदि आप सड़क पर कार ड्राइव कर रहे हैं और आपके वाहन की गति कभी तेज व कभी धीमी है तो आपको बहुत कोफ्त होती है।

यही कारण है कि मामूली काम में ज्यादा समय लग जाता है तो हमारा दिमागी प्रबंधन गड़बड़ा जाता है। आप आधे घण्टे के समय का अनुमान करके अस्पताल गये, वहां पर घंटे लग गये आप और परेशान हो गए। समय तो प्रवाहशील है यह तो इस कारण दो घंटे के लिए रुका नहीं। ऐसे में जिसने फोन डायरी दुरुस्त कर ली या स्वास्थ्य डायरी लिख ली या हॉस्पिटल में अपने व अपने परिवार के लिए अपेक्षित जानकारी जुटा ली वो तो ठीक रहा बाकी टसुए ही बहाता रहा। इस परस्पर सिंक्रोनाइज़ेशन के लिए ब्रेन और अपने अन्य प्रयासों को चुस्त-दुरुस्त करने की जरूरत है। क्या यह काम ऐसे ही करना चाहिए या इसके अलावा भी किसी और तरीके से हो सकता है। दूसरों को काम करते देखकर भी हम यह तालमेल ज्यादा अच्छी तरह सीख सकते हैं।

नब्बे के दशक में मैं स्वास्थ्य पर कार्यक्रमों का निर्माण करती थी। प्री प्रोडक्शन से पोस्ट प्रोडक्शन तक कई दिन लग जाते थे। मैंने कुछ समय गौर किया कि यदि मैं कुछ और ध्यान रखकर प्रोडक्शन करूं तो मेरा काफी समय बच सकता है। इसके लिए मैंने कामों की सीक्वेंस बनाई। एक टेप में उन्हें संजोना शुरू किया। ब्रेन भी एलर्ट बनाया। कुछ साथियों के कामों को देखा भी। न्यूज़ प्रोड्यूसर तो न्यूज रोज लाइव करते ही हैं। ऐसा स्पोर्ट्ज प्रोड्यूसर और मेगाइवेण्ट प्रोड्यूसर 26 जनवरी 15 अगस्त के प्रसारण भी करते ही हैं। एक ओर सूची बना ली और काम शुरू किया। बिना एडिटिंग के सजीव यह काम करते हुए इतना समय बचा और मिला कि अन्य प्रोडक्शन को टाइम दिया जा सका। मजे की बात यह रही कि इस सफलता ने कई बड़ी-बड़ी चुनौतियों के लिए प्रेरित किया।

एक बार गंगा अभिसिंचन समारोह की कमेन्ट्री का अवसर मिला। ऐसा संयोग (बल्कि दुर्योग कहना अधिक श्रेयस्कर होगा) हुआ कि अन्य कोई कमेन्टटर नहीं पहुंचा। तीन घंटे का यह दायित्व अकेले मुझ पर आना पड़ा। थोड़ा अपने आपको आर्गेनाइज़ करना पड़ा पर जरा भी घबराहट नहीं हुई। मीडिया आदि पर थोड़ी देर बोलना भी भारी रहता है। मैंने कार्यक्रम का क्रम बदला। जैसे बीच-बीच में दूसरा कमेन्टटर बोलता है वैसे ही विद्वानों को बुलवाया गया। बीच में सोनल मानसिंह आदि के कार्यक्रम भी रखे गये। वह समय कैसे बिना तनाव के मैनेज हुआ, आज भी स्मरणीय है।

मीडिया में होने से मुझे लगता था मेरा संस्कृत पढ़ना बेकार हुआ पर वह ज्ञान इस समय अद्‌भुत सहयोगी हुआ। तमाम गंगा स्तुति, शिवमहीम्न स्तोत्र एवं शिवताण्डव स्त्रोत्र के पाठ ने मुझे देश-विदेश से बहुत प्रशंसा दिलाई। उमा भारती जी ने बहुत पीठ थपथपाई। उ. प्र. के राज्यपाल विष्णुकांत शास्त्रीजी ने न केवल प्रशंसा ही की बल्कि मुझे सम्मानित भी किया। लोग कह रहे थे एक ही कमेन्टटर से पहली बार कमेन्ट्री सुनी।

इस तरह सतत अभ्यास पठन-पाठन और सार्थक कामों में व्यस्त रहने का सुफल मिला। समय पर ब्रेन ट्यून और सिंक्रोनाइज़ेशन हुआ।

काम और समय का सिंक्रोनाइज़ेशन न होने का मतलब है पेपर का समय समाप्त हो जाना और प्रश्नपत्र का न होना। गाड़ी का आकर निकल जाने पर हमारा पहुंचना... एक घंटे का काम तीन घंटे में करना। तेजी से सोचना मंदी से करना। काम उसकी गति व रफ़्तार को न समझ पाने का खमियाज़ा लक्ष्य प्राप्ति ही नहीं पल-पल पर भुगतना पड़ता है।

सार रूप में समय और काम की गति को राल्फ इमर्सन के शब्दों द्वारा और अच्छी तरह समझा जा सकता है- **प्रकृति की गति अपनाएं, वह धैर्यपूर्वक और धीमे चलती है, लेकिन बिना रुके अनवरत।** इसमें स्लो एण्ड स्टडी वाला भाव है। यह तो हमारा अनुभव भी कहता है कि जिन कामों को हम निरन्तर करते हैं, व्यर्थ विराम नहीं देते वे जल्दी और पुख्ता होते हैं। प्रतिदिन पांच-पांच मिनट का समय देकर भी हम बहुत बड़ी अस्त-व्यस्तता समेट सकते हैं। पेंडिंग काम पूरे कर सकते हैं, रोज-रोज का दबाव तथा तनाव हर सकते हैं, खुद को हल्का-फुल्का कर सकते हैं।

■

समझदार व्यक्ति समय से डरता है।

–प्रेमचंद

16

क्या सचमुच समय ठहर जाता है

समय सबसे तेज भागने वाला धावक है।

–लोक

समय प्रवाहमान है, निरन्तर गतिमान है, इसलिए यह बात हम सबको अनुभव होती है, पर हम इसे खुलकर स्वीकार करने या समझाने में हिचकते जरूर हैं।

समय के ठहरने का आशय है हमारे मन-मस्तिष्क में उसका पुख्ता मुकाम। जीवन में कड़वी-मीठी स्मृतियों का स्थान है। यह समय के सुप्रबन्धन एवं कुप्रबंधन दोनों ही स्थितियों में होता है।

फिर भी समय के सुप्रबंधन से सम्बन्धित समय का ठहराव हमें प्रिय होता है। बुरी यादों को, कटु स्मृतियों को हम भूलना चाहते हैं, भुलाना चाहते हैं। किसी तरह उन्हें स्थानापन्न करना चाहते हैं।

समय के सुप्रबंधन का फल प्राप्त होता है तो कुछ समय बाद हमको पूरी प्रविधि याद रहे न रहे, पर उसकी मुख्य छवि जेहन में बस जाती है। उसकी यदा-कदा स्मृति ही हमें पुलकित करती है, उत्साहित करती है, प्रेरित करती है। जीवन में जब भी हम फिर कभी किसी लक्ष्य के लिए कटिबद्ध होते हैं तो यह रुका या ठहरा हुआ समय हमारी बहुत मदद करता है। हमें पुराने अनुभव से सिखाता है। समय प्रबंधन की दक्षता देता है। यही कारण है कि अनुभव हमारा समय बचाता है। कामों को स्वत: ठीक करने की सम्पादन-दक्षता प्रदान करता है। साधन संसाधन के स्तर पर भी नई समझ विकसित करता है। नई तकनीकों के प्रयोगों के प्रति भी उत्सुक तथा संवेदनशील बनाता है।

कोई भी बच्चा जब भी अपनी कोई उपलब्धि बखानता है तो उसकी आंखों में चमक आ जाती है। गालों पर रंग खिल जाते हैं। कम बोलने वाला भी काफी वाचाल हो जाता है। यह सब ठहरे हुए समय की उपमा का प्रभाव है। ऐसा समय हमारे लिए स्थायी पूंजी जैसा है।

यदि समय इस रूप में न ठहरता तो हमारे पास पूर्वजों की स्मृतियां उनके संस्मरण और तमाम प्रेरणास्पद क्रियाकलाप सुरक्षित नहीं होते। कभी फ़िल्म के माध्यम से या किसी भी तकनीक के जरिये इस ठहरे हुए समय से मिलते हैं तो उसी के रंग में पूरे रंग जाते हैं।

बचपन को जीवन की नींव और रीढ़ माना जाता है क्योंकि तब सीखा गया अनुशासन आजीवन काम आता है। अपनाये गये गुण जीवन भर साथ देते हैं। इसलिए कहते हैं न पके हांडे पर मिट्टी नहीं चढ़ती। सीखने की प्रक्रिया कम समय कम मेहनत के बचपन में आसानी से सम्पादित की जा सकती है। इसलिए ऐसा समय हमारे जीवन में काफी ठहरा हुआ तथा अमूल्य धरोहर बन जाता है। बड़े लोगों या महान लोगों के बाद की यही घटनाएं उनका व्यक्तित्व और समाज की देन होती है। इनसे हम अपने जीवन के समय को भी ठहरने लायक बना सकते हैं। फ्रांस के राजा हेनरी चतुर्थ को एक आम व्यक्ति ने सलाम किया। उन्होंने भी हैट उतारकर उसके अभिवादन को स्वीकार किया। उनके सचिव साथ थे, उन्होंने राजा से कहा- "यह तो ठीक नहीं! इस तरह तो ये लोग हम पर हावी हो जाएंगे।" उन्होंने तुरन्त उनकी बात और तथाकथित प्रोटोकॉल का जवाब देते हुए कहा, "मैं सबसे पहले मनुष्य हूं। यदि मैं मनुष्यता का सम्मान नहीं करता तो मेरे राज्य में भी उसका सम्मान नहीं हो पाएगा।" सचिव ने न केवल क्षमा मांगी बल्कि स्वयं भी इस पर अमल करना शुरू किया और औरों को भी ऐसा ही करने के लिए कहा।

लालबहादुर शास्त्री को विदेश जाना था प्रधानमंत्री सम्मेलन में। उनके सचिव ने इस अवसर पर उन्हें नया कोट सिलवाने के लिए कहा। उन्होंने मना किया, फिर भी वे नहीं माने तथा आनाकानी ही करते रहे। सचिव ने एक दिन कपड़ा लेकर नाप लेने को दर्जी को बुला ही लिया। शास्त्री जी को दर्जी का लिहाज था। नाप लेने जब दर्जी कमरे में आया तो पहना हुआ कोट उतारकर उन्होंने दिया तथा उसे उलट देने को कहा। और यह बात किसी को भी बताने के लिए मना किया। कुछ दिन बाद वह दर्जी वही कोट लेकर आया तो सबने प्रशंसा की उस सचिव महोदय ने भी। तब शास्त्री जी ने कहा "जब इस उलट कोट को आप लोग नहीं पहचान सके, मैं नहीं पहचान सका तो भला उस सम्मेलन में कोई कैसे पहचानेगा।"

इस तरह के न जाने कितने ही उदाहरण हैं। ऐसा ठहरा हुआ समय युगों-युगों तक समय प्रबंधन करता है। युग और व्यक्ति की छवि उसके द्वारा याद रहती है। वे हर युग में प्रकाश स्तम्भ का कार्य करते हैं। इस तरह कितना समय बचता है और बच सकता है।

यदि शीर्ष नेतृत्व दमदार हो तो सरकार का पैसा, श्रम, ऊर्जा सब बचते हैं और कम समय में ईजाद भी हो सकते हैं। ऐसा न होने की स्थिति में भ्रष्टाचार, मनमर्ज़ी, निरंकुशता आदि ऐसे अवगुण पनपते-फलते-फूलते हैं जो प्रशासन, मशीनरी तथा जनता दोनों का समय बिगाड़ते हैं, खूब कुंठित करते हैं। यदि किसी संस्थान का प्रभारी समय पर आए, चाहे दोस्ती के रूप में ही नहीं अपने कक्ष में लोगों को बुलाने की बजाय कार्यालय के अन्य क्षेत्रों में भी अपना प्रवेश रखे, अपने शौचालय के अलावा भी अन्य का उपयोग करे तो उसी दिन से इन क्षेत्रों के लोगों का व्यवहार जिम्मेदारी पूर्ण हो जाएगा। शिकायतें तत्सम्बन्धी मीटिंग आदि सबका समय बचेगा। अमूमन उच्चस्थों की जी हुजूरी और कहीं जिम्मेदारी न बढ़ जाए या मेरे प्रति सम्मान भाव कम न हो पाए इस कारण ऐसा हो नहीं पाता।

नेपोलियन अवकाश के दिनों में अपने मित्र के यहां सुदूर गांव में गये। मित्र ने उन्हें कई जगह घुमाया फिर भी उन्हें सन्तुष्टि न हुई। उन्होंने कहा- 'मित्र, मैं खेतों में काम करते मजदूर किसान और ऐसे ही लोगों को देखना चाहता हूं। तब मित्र उन्हें और दूर एक गांव में ले गया।' वे एक संकरी गली से गुजर रहे थे कि सामने एक किसान सिर पर बड़ा गठ्ठर लेकर आ रहा था। मित्र चिल्लाया- 'पीछे जा, देखता नहीं सामने कौन आ रहा है।' नेपोलियन ने मित्र को रोका और लड़खड़ाते किसान का बोझा उठवाकर मदद की। उसके लिए खुद भी रास्ता छोड़ दिया तथा मित्र से भी छुड़वाया। मित्र अचरज में था- एक अदने से आदमी के लिए.... नेपोलियन ने तुरन्त उसे रोका वाक्य भी पूरा नहीं करने दिया और कहा- "इन्हीं जैसों के श्रम से देश की तरक्की और समृद्धि होती है।" मित्र का सिर शर्म से झुक गया। और यह समय इस घटना के माध्यम से हमेशा के लिए ठहर गया।

जब हमारे पास खूब समय हो या हम उसे योजनाबद्ध रूप से आर्थिक कामों में लगाएं तो भी हमें समय ठहरा हुआ प्रतीत होता है। दिल्ली या महानगरों में आवाजाही में ही समय का बहुत भाग चला जाता है या समाप्त हो जाता है। छोटे शहर में कितने ही काम करने के बाद भी मेरे पास समय बच ही जाता था। आज भी मुझे ऐसा लगता है जैसे राजस्थान में दिन के घण्टे दिल्ली के दिन के घण्टों से अधिक होते हों।

कई बार हमें लगता है हम जब अपने आप में होते हैं तो भी समय हमें ठहरा हुआ लगता है क्योंकि उस समय हमारे सम्मुख हम और हमारे लक्ष्य भर होते हैं। बहुत देर मौज-मस्ती, घूमा-घामी, तफरीह तो की जा सकती है पर चिन्तनशील रहना कठिन है। इसलिए समय की इफ़रात लगती है।

समय का ठहरना मानव संस्कृति की उपलब्धि है। हम भी बोलचाल की भाषा में कहते हैं कि **भले लोगों के कारण ही दुनिया बची हुई है।**

इतिहासः अतीत से भविष्य का उपचार

इतिहास को हम ठहरे हुए समय के सर्वाधिक सशक्त पक्ष के रूप में देख सकते हैं। यदि यह विभिन्न किताबों, हस्तलेखों, पाण्डुलिपियों, शिलालेखों, विभिन्न सभ्यता-संस्कृति के द्वारा हमें जानने-समझने को नहीं मिलता तो हम जो हैं उसी तरक्की पर बौरा रहे होते। जो पहले था उसी ने तो हमें उससे आगे की तरक्की पर बढ़ने की चेतना पैदा की। इतिहास हमें यह भी बताता है कि हमने पूर्व में कौन-कौन सी गलतियां की जिन्हें हम फिर से न करें तो वैसी करारी हार या हताशा तथा असफलता से बच सकते हैं। इतिहास आज भी दुनिया के लिए महत्त्वपूर्ण है। वह मानव सभ्यता और संस्कृति का खाका है। हमारे लिए मापक और पैमाना भी है। यदि नेपोलियन, मुसोलिनी, हिटलर और ऐसे ही तमाम नायकों-खलनायकों की असफलता को न जानते तो उनकी सफलता का पथ और महत्त्व भी नहीं जान पाते।

कालिदास जिस डाल पर बैठे थे उसे ही काट रहे थे, यह बात किसी भी जड़मति में कालिदास बनने की प्रेरणा संचारती है। वरना व्यक्ति अपने को मूर्ख मानकर हाथ पर हाथ धरे ही बैठा रह जाएगा। यह ठहरा हुआ समय हमें चलायमान करता है। हमें अपने पूर्वजों की उपलब्धियों और असफलताओं से रूबरू कराता है। हमें कांटों को हटाने-बुहारने के तरीके बताता है। इन्हें न हटाये जाने के परिणाम भी बताता है। इस तरह प्रयोग या खुद ही हर काम को कर-करके समय ज़ाया करने की आदत सुधारकर हमारा बहुत समय बचाता है।

ठहरा हुआ समय व्यक्ति की दैहिक मौजूदगी पर हावी होती है। व्यक्ति को अमरत्व दे देता है। बेगम अख्तर आज जिन्दा नहीं है पर उनकी आवाज जिन्दा है, उनके स्वर जिन्दा हैं। इसलिए उनका न होना भी होने ही जितना प्रभावी है।

कुछ लोग अच्छे शारीरिक प्रबंधन से उम्र को ठहरा लेते हैं, रोक लेते हैं। लगता है वह बढ़ ही नहीं रही है।

समय को ठहराने के लिए लोग यात्रा संस्मरण, रिपोर्ताज और ऐसी ही अन्य विधाओं का आश्रय लेते हैं। ऐसे समय को याद करने के लिए बार-बार सोच-विचार नहीं करना पड़ता। न ही उसके बारे में ज्यादा दिमाग पर जोर ही देना पड़ता है।

कुछ लोग नियमित डायरी लेखन करते हैं। उसमें वे समय के साथ-साथ जैसे जीवन को ही संजोकर रख लेते हैं। गांधी आज भी प्रासंगिक है यह उनके और लोगों के इस ठहरे हुए समय के स्रोत से ही पता चलता है।

यदि हम भी समय को ठहराना चाहते हैं तो हमें समय के समुचित प्रबंधन से उपलब्धि काल बनाना होगा। यह रुका हुआ समय बहुत सशक्त होता है, हमें बहुत कुछ चिंतन के लिए तैयार करता है। हमें प्रेरित करता है। टाटा कैसे भारत रत्न बने, बिल गेट्स कैसे दुनिया के अमीर व्यक्ति बने, यह सब ठहरा हुआ समय बताता है। तो हर कोई समय को वैसे ही ठहराने और बाहों में बांधने को आकुल-व्याकुल हो जाता है।

न्यूटन कई बार गिरते हुए सेब को देखते होंगे पर जिस दिन गुरुत्वाकर्षण के सिद्धांत वाला सेब गिरा वह क्षण ठहर गया। बुद्ध को मिला बोधित्सव वह क्षण आज भी मानो ठहरा हुआ है।

ठहरा हुआ समय यानी सर्वाधिक, सशक्त, मूल्यवान, महत्वपूर्ण समय इकाई। प्रकाश स्तम्भ जैसी। युगों-युगों के लिए महत्त्वपूर्ण पूंजीभूत। समय को ठहरा ले पर खुद न ठहरें, यही इसे ठहराने का टिकाऊ मूलमंत्र है।

■

> समय से मूल्यवान वस्तु इस संसार में कोई नहीं है।
>
> **–अज्ञात**

17

अवसर और अवसरवादिता एक नहीं (छत्तीस का आंकड़ा)

वास्तव में समय स्थिर है, जगत की वस्तुएं परिवर्तनशील हैं।

–यूनानी कहावत

अक्सर लोग अवसर को नकारात्मक या निगेटिव मानते हैं, इसके पीछे ऑपरच्यूनिटी या अवसरवादिता के प्रति नकारात्मक भावों का होना है। पता नहीं कैसे यह शब्द अवसर जैसे पवित्र शब्द से जुड़ गया या उसके जैसा समझने जाने की बजाय उसने एक अच्छे-खासे शब्द को अपने रंग में रंग दिया। अवसरवादिता है स्वार्थ और निजी लाभ हेतु येन-केन-प्रकारेण उद्देश्य की पूर्ति। अवसरवादिता इस अर्थ में निजी पाशविक आनंद का हेतु तो हो सकती है पर शाश्वत और स्थायी आनंद का कारक कभी नहीं बन सकती। दुर्भाग्य से आज इसी को सही अवसर समझकर लोग इसके पीछे दौड़ रहे हैं, भाग रहे हैं।

छत्तीस का आंकड़ा

अवसर और अवसरवादिता का अंतर इस उदाहरण से बखूबी समझा जा सकता है। एक रेस हो रही थी। उसमें एक बच्चे ने दूसरे को जानबूझकर लंघी मार दी क्योंकि वह उससे आगे निकल रहा था। सबसे आगे दौड़ रहा लड़का पीछे मुड़ा और गिराये गये उस लड़के को उठाने लगा। लंघीमार सबसे आगे पहुंचा पर उसकी घनघोर निंदा हुई। पीछे मुड़कर उठाने वाले लड़के को प्रथम व गिरने वाले को द्वितीय स्थान मिला। तीसरे स्थान के लिए दुबारा रेस हुई वह लंघीमार कहीं नहीं था, क्योंकि इस बार उसे किसी को लंघी मारने का अवसर नहीं मिला। साथ ही लड़के उसकी जीत का नकारात्मक हेतु जानकर सोद्देश्य पवित्र भाव से लग गये। वे दो लड़के जीत गये।

अवसरवादी न अपनी योग्यता तराशता है, न संघर्ष करता है। वह तो घाती भेड़िये की तरह होता है जो आधी रात में अपने सोये शिकार तलाशता है, कमजोरों पर दांव खेलता है।

अवसरवादी स्वयं के लाभ के अलावा समाज को कुछ दे नहीं पाता। वह सब कुछ लेने के लिये ही करता है। आजकल का सोकॉल्ड प्रोफेशनलिज्म से उसका सरोकार कोई नहीं होता। वह पांच साल में वोट के वक्त शक्ल दिखाने वाले नेता की तरह होता है नहीं चाहता।

नीकी पे फीकी लगे बिन अवसर की बात

बात कितनी ही सुन्दर क्यों न हो पर बिन अवसर के कही जाए तो फीकी लगती है अर्थात् व्यर्थ लगती है। इसमें अवसर का तात्पर्य समय है, उपयुक्त समय। यह उपयुक्त समय-समय प्रबंधन का मेरूदण्ड है। साक्षात्कार के दौरान जो प्रश्न पूछे जाते हैं उनमें छोटे-छोटे प्रश्न और छोटे-छोटे जवाब हमारे भीतर के व्यक्तित्व का स्कैन कर लेते हैं। उसे साक्षात्कार- विशेषज्ञों के सम्मुख रख देते हैं। यह वह समय होता है जिसमें आपको कम समय में अपनी क्षमता प्रभावित करनी होती है। कोर्ट में वकील एक तर्क से चूका नहीं कि बहस उसके हाथ से निकल जाती है। प्रतिपक्षी के पक्ष में फैसला चला जाता है।

शोध छात्र रंजन का दिन ही 12 बजे से शुरू होता है। पुस्तकालय पहुंचते-पहुंचते तीन बज जाते हैं। पुस्तक खोजने और काम शुरू करने में एकाध घण्टे का समय निकल जाता है। अन्य शोधार्थियों की तुलना में वे काफी पीछे हैं। उनके गाइड उन्हें दो बार चेतावनी दे चुके हैं। इस तरह अवसरानुकूल योजना न होने से अच्छा-भला उनका लक्ष्य उनके हाथ से जा सकता है। फिसल सकता है।

हम अक्सर यह कहते-सुनते हैं। शैतान का नाम लो शैतान हाजिर-कभी हम ऐसा नहीं करते कि काम का नाम लो और काम के लिए हाजिर। यदि नाम लेते ही शैतान हाजिर हो जाता हो तो वह कितना ही बड़ा शैतान हो, असल में शैतान नहीं है। मुझे लगता है उसकी त्वरितता और समय की पाबंदी से हम ईर्ष्या का शिकार होकर उसे यह नाम दे बैठे हैं। हम समय पर हाजिर नहीं होते, काम नहीं कर पाते क्योंकि हम शैतान नहीं है। वाह क्या बढ़िया एक्सक्यूज़ और मुगालता है।

गणित का पेपर हो और हिन्दी की तैयारी करके जाना बेअवसर की बात को समझाने वाला है। **अवसर बार-बार नहीं आते** यह कहने का तात्पर्य ही है कि

अच्छे अवसर सबको मिलते हैं। पर हम उन्हें पहचान नहीं पाते। कभी-कभी तो हमें ये अवसर ही नहीं लगते। और अच्छा-अच्छा के दौर में अच्छा-खासा अवसर हाथ से निकल जाता है। समयपालन, समर्पण तथा ऐसे ही तमाम गुणों की सहायता से हम सामान्य अवसर को भी विशिष्ट और खास अवसर बना सकते हैं।

क्षण-क्षण का महत्त्व

समय की यह इकाई बहुत अद्‌भुत, शक्तिमान और अमूल्य होती है। यह विस्तारक की अपेक्षा घनत्वधारी होती है, इसलिए इस पर कई घंटे, दिन, मास और जीवन तक वारा जा सकता है। कण-कण से मन होने जैसा है क्षण-क्षण। समय की यह छोटी या लघुतम इकाई है पर यह बड़े-बड़े लक्ष्यों की सर्जक है। हर क्षण की नवीनी है, ऊर्जा है, सर्जना है, सौन्दर्य है। इतना ताकतवर है यह छोटा-सा क्षण। इसके महाकवि कालिदास ने नत होते हुए कहा था-

क्षण-क्षण यन्नवतामुपैति तदेव रूपं रमणीयतायाः

शकुन्तला के रूप की रमणीयता प्रतिक्षण नवीनता को प्राप्त करती है। काम के सौन्दर्य का भी क्षण-क्षण में निखार होता है।

यदि हार्ट अटैक के रोगी को एक क्षण भी अस्पताल पहुंचाने में देरी हो जाए, ... दुर्घटना में कुछ क्षण ही रक्त ज्यादा बह जाए.... डॉक्टर ही देरी कर दे.... ये स्थितियां क्षण का महत्त्व समझाने को पर्याप्त है। हर एक के जीवन में सुखद क्षण, निर्णायक क्षण, यादगार क्षण जैसे महत्त्वपूर्ण क्षण एक से होते हैं। इस पूंजी को खोने व बर्बाद करने से बचना चाहिए वरना हम भी बर्बाद हो सकते हैं।

पल भर में क्या से क्या

एक पल जीवन को बदल देता है। व्यक्ति क्या से क्या कर सकता है। दुनिया की बड़ी-बड़ी कामयाबी का सूत्र और केन्द्र जीवन के किसी पल को ही जाता है। युद्ध के समय एक सेनापति चीख-चीख कर आदेश दे रहा था। सैनिक भारी यंत्र को उठा नहीं पा रहे थे। वह और जोर से चीख रहा था। तभी एक व्यक्ति आया और उसने यंत्र उठवा दिया। सेनापति बोला- "क्यों रे कौन है तू, अपना पता देता जा फिर जरूरत पड़े तो तुझे बुला लूं।" वह व्यक्ति बोला- "मुझे जॉर्ज वाशिगंटन कहते हैं, पता है राष्ट्रपति भवन। "सेनापति सन्न रह गया। यह पल उसे न केवल समय बल्कि सफलता का पूरा प्रबंधन सिखा गया। **केवल आदेश से कुछ नहीं होता काम लेने के लिए जरूरी है स्वयं भी काम में प्रवृत्त होना।**

राणा चूण्डा को नवोढ़ी रानी का मोह बांध रहा था। वे ढंग से युद्ध नहीं कर पा रहे थे। हाड़ी रानी को पति के लक्ष्य का अहसास हुआ तो उसने पति की ओर से निशानी मांगने आए व्यक्ति को अपना सिर ही काटकर दे दिया।

ऋषि-मुनि सालों-साल तपस्या करते थे। कैवल्य या ज्ञान एक क्षण में उद्‌बुद्ध होता है। आर्कमिडीज का यूरेका है वह क्षण। न्यूटन का गुरुत्वाकर्षण है वह क्षण। आइंस्टीन का सापेक्षतावाद है वह क्षण।

हां, यदि उस क्षण को गंवा दिया होता तो तमाम जीवन का समय लगाना भी उनके लिए बेकार था।

बेबी हालदार प्रोफेसर प्रबोधचंद्र के घर गृह प्रबंधन का काम करती थी। एक दिन उन्होंने बेबी को कोई बांग्ला पुस्तक पढ़ते देखा। वे अचानक जल्दी घर आ गये थे। बस यही निर्णायक अवसर बेबी के जीवन का महत्त्वपूर्ण क्षण हुआ। उन्होंने बेबी को बहुत-सी बांग्ला पुस्तकें पढ़ाई। उसे जैसे-तैसे ही सही अपनी जीवन की कहानी लिखने को प्रेरित किया। दर्द जब अक्षरों में उतरा तो उन्होंने उसके सम्पादन-प्रकाशक का जिम्मा लिया। आज वह कई भाषाओं में अनुवादित तथा सर्वाधिक बिक्री वाली पुस्तक है। बेबी अभी भी प्रोफेसर साहब के यहां रहती है और उनका काम करती है। बेबी को अवसर मिला उसने उसका सदुपयोग किया। 'क्या करना है.... एक नौकरानी तो हूं.... कहीं यह प्रोफेसर मुझे पढ़ाना तो नहीं चाहता' इस तरह सोचकर अवसर गंवा देती तो स्थितियां ऐसी नहीं होती। हां, प्रयास के बिना ख्वाब पालना और देखना, इसका हश्र आप अपने आसपास देखते ही हैं।

अवसर सबके जीवन में आते हैं

अवसर समय का ही स्वरूप है। इसे विस्तृत समय में से जानना-बूझना तथा पहचानना पड़ता है। विस्तृत समय का ही यह सशक्त और प्राणवान स्वरूप है। यह आता और कभी-कभी मिलता है पर आने पर मिल जाए तो समझ लो अब तक की क्षतिपूर्ति हो गयी। यह फलदाता, सुखदाता और कई सुखद रूपों में आता है, जो इसको पहचान लेता है उसे अवसर भी पहचान लेता है। जो इसका स्वागत करता है उसका अवसर भी खूब स्वागत करते हैं। यह हमारे अनुरूप व्यवहार करते हैं। यदि हम इसे पहचान नहीं पाते तो यह भी हमसे पहचान किये बिना ही विदा हो जाता है। यदि जरा भी पहचान का रुख दिखाते हैं तो फिर पहचान के अगले सूत्र और संकेत तो हमें खुद ही समझ आ जाते हैं। अवसर को जानने-समझने का सरलतम फॉर्मूला है- हॉकी और फुटबॉल के मैचों में जो गोल करने का, बैडमिंटन और टेबल टेनिस में जो सर्विस करने की बारी आती है वही अवसर है।

बचपन में सातवीं या आठवीं कक्षा में डूंगरपुर (राजस्थान) के मैदान में कबड्डी का मैच चल रहा था। मेरी पार्टी की सारी लंबी-चौड़ी दबंग खिलाड़ी आउट हो गयी थीं। मैं छोटी पतली-दुबली। सबने कहा- "खतम करो मैच।" हमारी पी.टी.आई. ने भी। कुछ लोग मैच समाप्त समझ कर मैदान के बीच में भी आ गये। मैंने कहा, "सर यही समय और अवसर है अपने को साबित करने का, जो संभव है मुझे जीवन में फिर कभी न मिल पाए। जब आप हार मान ही रहे हैं तो सचमुच हारकर ही मानिये ना।" मेरा ऐसा अनुरोध मुझे हंसी का पात्र बना रहा था। खैर किसी खानापूर्ति की तरह यह काम किया जा रहा था। दूसरे दल ने समझ लिया था कि उन्हें जीत का अवसर मिल गया है यह महज खानापूर्ति है। मेरा मखौल करती-करती वे लड़कियां कबड्डी-कबड्डी कर-करके एक के बाद एक धराशायी हो गयी। मजे की बात यह है कि इन लम्बी-तगड़ी लड़कियों को मैंने अपने छोटेपन के कारण पैरों में पकड़कर खूब लपेटा। एक के बाद एक हमारी पारी के सदस्य (जिन्हें हम बीडू कहते थे) जिन्दा होते गये। उल्लेखनीय बात यह है कि उनके होते हुए भी सामने वालों के शेष खिलाड़ी मैंने ही आउट किए। आज दुर्लभ अवसर मिला। मैंने उसे पहचान लिया। लोगों ने मुझे उठा लिया, मेरे नाम से प्रशस्ति के नारे लगे। वे बड़ी लड़कियां किसी ट्रॉफी और शील्ड की तरह मुझे उठाये घूम रही थीं। इस अवसर ने मुझे इतना शक्तिमान बनाया कि मैं आज भी मानती हूं कि अवसर कहीं भी, कभी भी आ सकते हैं, मिल सकते हैं। जाते-जाते भी। यह निराशा की आशा, बुढ़ापे की लाठी आदि भांति-भांति के रूपों में आ सकते हैं, हो सकते हैं।

अवसर अपने कलेवर में समय के न जाने कितने ही मजबूत विस्फोटक चमत्कारी क्षणों का साथ समेटे हुए होता है। जब हम अवसर को साथ ले लेंगे है तो वे सभी भी हमारे साथ आ जाते हैं। ऐसे अवसर पहचानने वालों के पास दूसरों की अपेक्षा ज्यादा समय, ज्यादा ऊर्जा और ज्यादा साधन-संसाधन हो जाते हैं। मान लीजिये एक छात्र ने एक साल पहले अवसर पहचान लिया। वह अपने से एक साल बाद अवसर पहचानने वाले की अपेक्षा एक साल अनुभव प्राप्त करने, कमाने, शादी-ब्याह आदि सबमें आगे निकल सकता है।

अवसर दुबारा नहीं आते

हम अक्सर सोचते रहते हैं पता नहीं सही समय कब आएगा। यह जिस सही समय की हम बाट जोह रहे हैं वही अवसर है। सही बात तो यह है कि अवसर हमारे सामने आकर, ठहरकर चला भी जाता है और हम पहचान नहीं पाते। वह इतने सहज और सीधे-सादे स्वरूप में आते हैं कि हम उन्हें पहचान तक नहीं

पाते। उन्हें पहचानना तो अवसर के प्रति आदर-मान और उन्हें अपने काम का बनाने का हुनर है। शैफर्ड ने कहा- **अवसर कभी दुबारा नहीं खटखटाते।** कार्डिनल ने भी कहा- **दुनिया में ऐसा कोई मनुष्य नहीं है जिसके पास एक बार भाग्योदय का अवसर न आया हो।**

मेरी हार्दिक इच्छा थी कि नीलम कटारा जी से मैं व्यक्तिगत रूप से मिलूं। उन्हें उनकी हिम्मत और साहस के लिए दाद दूं। कई अवसरों पर हम मिले। जेसिका लाल मर्डर केस के प्रथम निर्णय के बाद इण्डिया गेट पर आयोजित कैंडल मार्च में भी हम साथ थे। आगे-पीछे ही हमारे भाषण भी हुए फिर भी वो बात नहीं बनी। एक दिन मैं रीगल के बाहर जा रही थी कि श्रीमती नीलम कटारा जी आती हुई दिखीं। मुझे लगा आज उपयुक्त अवसर हैं। मैंने उन्हें पहचानकर अभिवादन किया। बातचीत की। उन्हें भी अच्छा लगा। हमने आपस में मोबाइल नंबर का आदान-प्रदान भी किया। कई बार बात भी हुई। इस अवसर ने मुझे ये अवसर दिये।

इसी तरह एक कार्यक्रम में मुझे राजसिंह डूंगरपुर मिले-प्रतीक्षारत (किसी और की)। मैंने स्वीकृति ली उनसे बात की। अपने दादाजी और उनके पिताजी के परिचय का हवाला दिया तो मेरी तो छोड़िये, उनकी भी प्रसन्नता की सीमा नहीं रही। मैंने उनसे राजस्थानी में बातचीत शुरू की तो वे भी वागड़ी बोलने लगे। उनके मुख की प्रसन्नता देखते ही बनती थी। कहने लगे-"अब तो अपने वहां के लोग भी मुझ से वागड़ी नहीं बोलते। मैं आज का यह मौका कभी नहीं भूलूंगा। मैं आज बहुत खुश हूं। मुझसे आमजन अब इस तरह कहां मिलते-बोलते हैं। आपकी यह मेहरबानी है।" मैं नहीं सोचती कि कोई भी अवसर उनसे मिलने का इतना बड़ा और सम्मानजनक हो सकता है। पल भर के लिए मैं ये भी भूल गयी कि सेलिब्रेटी वे हैं या मैं। उसके बाद कई बार वे मिले। जब भी मिले राजस्थानी में आत्मीयतापूर्ण बात करने का सुख-सौभाग्य मिला। एक बार लालबत्ती पर हमने अभिवादनी हाथ हिलाये तो उन्होंने आगे अपनी गाड़ी रोककर भी उसी आत्मीयता और स्नेह का इज़हार किया। मुझसे अपने काम के बारे में पूछा। इस तरह की घटनाओं ने बहुत आत्मविश्वास दिया।

उल्टे पांव लौटते हैं अवसर

यदि हमें यह जानना है कि अवसर कैसे आते हैं और कैसे जाते हैं तो हमें इसका सबसे बेहतर तरीका लगता है-अपने अतीत में झांकना। आगे झांकने से ज्यादा आसान है पीछे झांकना। पीछे मुड़कर देखना। जा चुके का मूल्यांकन करना। इससे हम यह जान पाते हैं कि समय कैसे आते हैं और कैसे जाते हैं।

कब-कहां हम चूक गये। अवसर हमारे अकेले के लिए नहीं आते, इस बात को नहीं भूलना चाहिए। **एक ही अवसर अनेक के लिए आता है जो उसे पहचान लेता है वह उसी का होकर रह जाता है।** हमारे यहां अवसर का स्वागत नहीं हुआ तो वह उल्टे पांव लौटा पर जिस किसी ने सीधे मुंह उसका इस्तकबाल कर दिया वह उसी का होकर रह गया। श्रीमान 'क' ने बेटी के लिए लड़का देखा। उन्हें पसन्द आया। उसका पिछला रिकॉर्ड भी अच्छा था। इस बीच दो महीने वे किसी तरह बात टालते रहे। उन्हें लगा इस बीच उसका सिविल सर्विस का परिणाम भी आ जाएगा, तभी पता चला उस लड़के ने कहीं और रिश्ते के लिए हां कर दी। उस लड़के का चयन भी सिविल सर्विस के लिए हो गया। श्रीमान 'क' की तरह ही सुअवसरबाज लोग लड़के वालों को मनाने लगे। लड़के ने साफ कह दिया-"मैं जैसा था, जिस रूप में था, जिसने मुझे अपनाया, मैं वहीं अपने जीवन के सूत्र जोड़ना पसन्द करूंगा।"

कई ऐसे लोगों को आप भी जानते होंगे, जिनके माता-पिता काफी नामी-गिरामी रहे पर वे बिल्कुल नामालूम गुमनाम लोग हैं। उनके जीवन में सुनहरे अवसर आए। उन्होंने उन्हें बहुत सामान्य ढंग से लिया। उन्हें लगा ये तो उनके जीवन का रूटीन है। उनके पिता फलाने-ढिकाने हैं, वे तो जब जो चाहेंगे कर लेंगे। इसी फेर में एक के बाद एक अवसर उनके द्वार से आए हुए भी उल्टे पांव लौटकर चले जाते हैं। इस तरह **हमारे पास अवसर ही अवसर है** यह धारणा भी अवसर को लौटाने में कोर-कसर नहीं रखती। हम जब चाहेंगे अवसर आ जाएंगे ऐसा तो हर्गिज नहीं होता। **अवसर को पैसे-कौड़ी या रौब-दाब किसी से अपना वशवर्ती नहीं बनाया जा सकता। वह तो इतना नेक और शरीफ है कि जो भी उसका स्वागत या इस्तकबाल कर ले वह उसी का वफादार होकर रह जाता है।**

हमें नहीं भूलना चाहिए कि अवसर किसी का गुलाम नहीं कि कोई उसे जब चाहे बुला ले, हाजिर कर ले। वह तो उसे पहचान लेने वाले के लिए अलादीन का चिराग है। जब, जहां, जैसे चाहे सेवा के लिए हाजिर है।

मैं जलगुरु राजेंद्र सिंह, सूचना के अधिकार की पुरोधा अरूणा राय और ऐसे ही तमाम लोगों के जीवन के बारे में सोचती हूं तो लगता है इन्होंने अपने लक्ष्य और अवसर को पहचानने में कोई कोर-कसर नहीं रखी। व्यक्तिगत उपलब्धियों की बजाय विशाल सोच और लक्ष्य तय किया। इन्होंने समाज के लिए अवसरों की झड़ी लगा दी। आज इनकी बदौलत जल-संग्रहण ने रेगिस्तान को खुशियों से लहलहाने का सुअवसर दिया। जनता को सूचना का अधिकार

देकर बंद पट को खोला। आज देश के हित चिंतन के अवसरों की इनके पास कोई कमी नहीं है।

अवसर अकेले नहीं आते, न ही अकेले जाते हैं

एक बार हम इनसे जान-पहचान कर लेते हैं तो इनके तमाम अपनों से हमारी जान-पहचान हो जाती है। अवसर अपने साथ क्षमता, ऊर्जा, सफलता, शोहरत और उनसे जुड़े तमाम पक्षों को लेकर आते हैं। इसी तरह उल्टे पांव लौटने वाले अवसर हमारी सकारात्मक ऊर्जा, क्षमता, उम्मीदें आदि सब साथ लेकर चले जाते हैं। हमारे पास पछतावा रहता है। हम कुछ भी कर गुजरने में अपने आपको लाचार व अक्षम अनुभव करते हैं। लगता है आपको किसी ने बेजान बना दिया हो। मुझे पूर्व राष्ट्रपति अब्दुल कलाम की मनःस्थिति याद आती है जब वे घोर दुःखी होकर ऋषिकेश आए। जहां वे चाहते थे वहां उनका चयन नहीं हुआ। उन्हें लगता था जैसे वे केवल शरीर रह गये हों, इसी बीच आश्रम के स्वामीजी ने उन्हें जागृत किया, चेतना प्रदान की कि वह उनके लिए ठीक अवसर न था। वे अवसर पहचानना सीखें। निराशा काफूर हो गयी। उन्हें लगा सही अवसर अब आने ही वाला है और उन्हें उसका पूरा लाभ मिलेगा। क्यों? क्योंकि स्वामीजी ने उन्हें अवसर पहचानने का हुनर समझा और सिखा दिया था।

अवसर को कैसे पहचाना जाए

अवसर कोई ऐसे खास रूप-स्वरूप या हुलिये वाला नहीं होता कि कोई आसानी से उसे पहचान सकता है। इसे पहचानने के लिए हमें अपने आप में हुनर और गुण पैदा करने पड़ते हैं। तब इसे पहचाना जा सकता है। इन गुणों को पैदा करना आसान नहीं तो मुश्किल भी नहीं। चार्ल्स डार्विन ने आरंभ से ही प्रकृति विज्ञानी बनना चाहा। उनके पिता उन्हें चिकित्सक बनाना चाहते थे। दोनों के बीच इसी बात को लेकर तनातनी भी रहती थी। चार्ल्स डार्विन ने अपने मामा को अपने मन की बात बतायी साथ ही पिता के दृष्टिकोण के बारे में भी। उस समय बीगल जहाज से एक प्रकृति विज्ञानी खोज पर जा रहे थे। चार्ल्स ने उस अवसर को पहचान लिया। वे उसके सहायक के रूप में काम करना चाहते थे। एक परिचित ने उनसे उनका परिचय कराकर वह अवसर भी दिला दिया। दो साल तक चार्ल्स ने मामा के मार्फत न चाहते हुए भी उनके पिता को मना लिया। दो साल तक चार्ल्स ने जगह-जगह के समुद्रों और प्राकृतिक स्थानों की यात्रा करके अपना ज्ञान खूब समृद्ध किया और सही अर्थों में चार्ल्स डार्विन बन सके।

टर्निंग प्वाइंट हैं ये अवसर

27 सितंबर 2009 को कश्मीर के राजौरी जिले की मामूली लड़की रुखसाना शौर्य नायिका हो गई। उसने लश्कर-ए-तैय्यबा के आतंकवादी को मार गिराया! डू और डाई की तर्ज पर। यदि वह अवसर पहचानकर कुल्हाड़ी से उस पर हमला करके उसी की बंदूक छीनकर उसे नहीं मारती तो उसी का पूरा परिवार मारा जाता। अवसरों को पहचानने में दिन ब दिन प्रशिक्षित हुई तराशी गई आपकी प्रत्युत्पन्नमति बहुत काम आती है। वह एक दिन में उत्पन्न और उपजती नहीं। वह सालों-साल हमारे ही द्वारा लिया गया आत्म प्रशिक्षण है। जैसे एक हाथ की बात दूसरे हाथ को पता नहीं चलती। उसी तर्ज पर परिस्थितियां कब-कैसे हमारा प्रशिक्षण करती है, ये गौर किये बिना हमें पता ही नहीं चलता।

कुछ व्यक्ति और कुछ अवसर ऐसे होते हैं जो अपने में चुम्बकीय क्षमता रखते हैं। हम उनकी ओर आकर्षित होते हैं। वे भी अवसर पहचानने में हमारी बहुत मदद करते हैं। हम तमाम महापुरुषों की जीवनियां, आत्मकथाएं इसलिए पढ़ते हैं। उनके सामान्य जीवन से अपनी तुलना करते हैं। ज्योंही हमें लगता है कि ये भी हम जैसे ही हैं और हम भी इन जैसे बन सकते हैं। हम उनकी तरह बनने की राह पर चलने लगते हैं।

अवसर बहुरूपिया है

दरअसल मुझे लगता है अवसर भी नहीं चाहते कि वे गलत व्यक्ति के हाथ पड़ जाएं, इसलिए वे भी उस व्यक्ति की सही पहचान के लिए बहुरूपिया रूप धारण कर लेते हैं। सच्चा अवसरवादी ही उनके सच्चे स्वरूप को पहचान सकता है। **जाके मुंह माथा नाहीं रूप अनूप पुहुप बास ते पातरा ऐसा तत्त्व अनूष।।** कबीर के ईश्वर की तरह ही अवसर भी पुष्प की गंध की भांति सब ओर मुखरित है।

सकारात्मक नकारात्मक हर रूप में

अवसर वैसे सकारात्मक रूप में ही आते हैं वे नकारात्मक झलक दिखाकर भी अपना रूप स्वरूप पहचानवाते हैं। **गोस्वामी तुलसीदास** सामान्य गृहस्थ थे। पत्नी रत्नावली के प्रति अगाध प्रेमवश किस तरह भारी वर्षा में ससुराल पहुंचे। पत्नी ने झिड़का-

अस्थि चर्ममय देह मम तामे ऐसी प्रीति।
ऐसी जो श्री राम महं होती न तो भयभीति।।

इस नकारात्मक से दिखने वाले झिड़की मय अवसर को रामबोला ने पहचान लिया और वे रामचरितमानस के रचयिता गोस्वामी तुलसीदास बन सके। वही व्यक्ति, वही प्रतिभा, वही शहर..... फिर तो विनयपत्रिका, कवितावली, रामलला नहछू और न जाने क्या-क्या लिख डाला।

महाकवि वाल्मीकी भी तो रत्नाकर नामक कुख्यात डाकू थे। जब पता चला कि डाका डालने व लोगों को मारने के पाप के भागी उनके परिजन नहीं होंगे तो इस सच के उद्‌घाटित होते ही वे सुधरने के अवसर को पहचान गये।

कालिदास जिस डाली पर बैठे थे उसे ही काट रहे थे। उनकी बुद्धिमती पत्नी विद्योतमा ने उन्हें जीवन के उपयुक्त अवसर की पहचान न करायी होती तो वे कभी भी महाकवि कालिदास नहीं बन सकते थे। वे ही सदमति कालिदास जब बुद्धिमान होकर लौटते हैं तो वही पत्नी उनके स्वर को सुनकर पहचान नहीं पाती और कहती है- **अस्ति कश्चित् वाग्विशेषः**-कोई बुद्धिमान आए हैं। ये अंतर हैं अवसरविद् और अनवसरविद् में। अवसर व्यक्ति को इतना निखार देता है कि कायाकल्प कर देता है। कालिदास भी तो अवसर वेता हो चुके थे। उन्होंने पत्नी के इन्हीं तीन शब्दों से अपने तीनों महाकाव्य (1) ऋतुसंहार (2) मेघदूत (3) रघुवंशम की शुरुआत करके इस अवसर को चिरस्मरणीय ही नहीं बल्कि अमर बना दिया।

एडीसन को मंदबुद्धि कहा गया। जब स्कूल से निकाला जाने लगा तो उनकी मां स्कूल पहुंची और उन्होंने उनकी शिक्षिका को समझाने की चेष्टा की कि मेरा बच्चा विशेष है, वह खास बुद्धि रखता है। यदि वह नंबर नहीं ला पा रहा है तो इसका मतलब यह नहीं है कि वह कुछ जानता नहीं। वह शिक्षिका इतने पर भी एडीसन के जीवन के अवसर को नहीं पहचान सकी। एडीसन स्कूल से निकाल दिये गये, मां ने उन्हें घर पर ही पढ़ाना शुरू किया। एडीसन मां की इस प्रतिभा बनाम अवसर पहचानने की क्षमता के कारण ही एडिसन बन सके अन्यथा कहीं निराश, असफल, गुमनाम हो गये होते। आज वही शिक्षक एडिसन के साथ जुड़ी है पर जैसे किसी कलंक के तौर पर। यदि वह अवसर पहचानने की क्षमता रखती तो एडिसन के साथ कितने ही गौरवमय क्षणों से जुड़ सकती थी।

गांधीजी का साहित्य और आत्मकथा को पढ़ते हुए मैंने अनुभव किया है कि उनमें न केवल अवसरों को पहचानने की बल्कि किसी भी क्षण को अवसर बना

देने की गजब की चेतना और क्षमता थी। उन्हें पढ़कर हम अवसर को पहचानने वाले ही नहीं बल्कि अवसर निर्माता भी बन सकते है। गांधीजी के सत्याग्रह को देखें तो लगता है उन्होंने अपने अभावों और साधनहीनता को ही सशक्त और मजबूत साधन बना लिया।

समस्याएं और संघर्ष अवसरों को पहचानने की अद्भुत क्षमता प्रदान करते हैं।

गिरते हैं शहसवार ही मैदाने जंग में।

वे कुफ्र क्या गिरेंगे जो घुटनों के बल चले॥

यानी सफलता के साथ संघर्ष और उठापटक का घनिष्ठ सम्बन्ध है। **जब तक जीना तब तक सीना** जैसी कहावतें सिद्ध करती हैं कि यह जीवन के सहज क्रम का हिस्सा है। यदि रुकावट आती है तभी तो हम उससे पार पाने के रास्ते खोजते हैं। अन्यथा लगता है सब कुछ ऐसे ही हो गया। वास्कोडिगामा और ऐसे ही तमाम खोजी किसी एक सड़क या राह से ही सीधे मंजिल पर नहीं पहुंचे। उनकी संघर्ष गाथा भी कम रोमांचक नहीं। समस्याएं और संघर्ष व्यक्ति की क्षमता को तराशते हैं, मांजते हैं। बहुत सुख-सुविधा भी लक्ष्य प्राप्ति में बाधक होती है। रेगिस्तान में भी नखलिस्तान होता है। जो पेड़-पौधे अपने को अवसरानुकूल ढाल लेते हैं, वे बचे रह जाते हैं, शेष नष्ट हो जाते हैं। कई बार आपने अपने आसपास देखा होगा कि पालतू जीव मामूली असुविधा में भी सर्वाइव नहीं कर पाते, वहीं वे ही जीव बाहर या जंगल में ठीक से रह लेते हैं। उनका पारिस्थितिकी तंत्र जो हमें अवसरानुकूल ढलने-ढालने की क्षमता प्रदान करता है वही विकसित नहीं हो पाता।

बाधाएं, हताशा, संकट, समर या संघर्ष आदि तमाम नकारात्मक-सी दिखने एवं प्रतीत होने वाली स्थितियां अपने गर्भ में शानदार सुनहरे अवसर छिपाये और संजोये रहती हैं। अक्सर हम इनका इस्तकबाल नहीं कर पाते। जो कुछ सम्मुख या प्रत्यक्ष दिखाई देता है उसे ही वास्तविक मान बैठते हैं।

हमारे बड़े-बुजुर्ग कहते आए हैं कि एक द्वार बंद होता है तो दूसरे द्वार खुलते हैं। हम उन दस द्वारों के खुलने की बजाय उस एक द्वार के ही बंद होने का राग अलापते रहते हैं। इस फेर में खुले हुए सुनहरे द्वार भी बंद होने लगते हैं। हम अंधकार-प्रकाश, छांव-धूप, असत्य-सत्य, अन्याय-न्याय आदि तमाम जोड़ीदारों को देखकर पाएंगे कि किस तरह ये विपरीत स्वभावी होकर भी साथ-साथ हैं। एक-दूसरे के बिना अधूरे हैं। जब बच्चे का मुख देखने की घड़ी आती है तो दर्द सर्वाधिक बढ़ जाता है। पैदा होते ही बच्चा रोता नहीं तो डॉक्टर उसे रुलाने की भरसक चेष्टा करते हैं क्योंकि उस रुदन में जीवन के स्वर हैं। कराहती मां के तमाम दुःखों को दूर करने की ताकत है।

अवसर पहचानने में हम ही नहीं, जीव-जंतु भी दक्ष होते हैं। एक बार वर्षा के मौसम में मैंने एक गड्ढे के पास ढुल-चुल की आवाज़ सुनी। पास ही एक कुतिया खड़ी थी। जानवरों का कोई कदम निरूद्देश्य नहीं होता। इसी तर्ज पर मैं वहां पहुंची। उस गड्ढे में एक पिल्ला दिखा- तुरन्त उसे निकाला। यह पास खड़ी उसी कुतिया का पिल्ला था। हमने उसके भीतर से गंदा पानी निकाला, तपिश दी, खिलाया। बच्चों समेत किसी के घर से निकाली गयी उस कुतिया ने अपने नए जीवन के लिए सही अवसर पहचान लिया। वह हमारे घर के इर्द-गिर्द ही रहने लगी। हमें अपना स्नेह देने लगी। हमारे घर के बाहर चीकू नामक बड़ा कुत्ता था। हमें उससे खतरा लगता था। पर उसने उसे भी साथ ले लिया।

उस कुतिया में अपने आपको अवसर के अनुरूप ढालने की गजब की क्षमता थी। उसने कुत्ते का भी दिल जीत लिया। उसके आगे दुम हिलाती। उसके बैठने की जगह से आगे बैठती आने वालों को भौंकती। तीन दिन बाद ही नजारा ये था कि चीकू उसके बच्चे का ध्यान रखने लगा। धौली नामक यह कुतिया मरने तक हमारे साथ रही। इसकी अवसर पहचानने की क्षमता पर हमने गौर न किया होता या खुद भी अवसर न पहचाना होता तो हम इतने प्यारे जीवन और मित्र के साथ से मरहूम हो जाते। इसकी दक्षता की मैं कायल रही- अगर हाथ में पत्र लेकर निकलती तो यह मुझसे पहले डाक डालने की जगह पहुंच जाती। 6.05 से 6.30 तक आकाशवाणी पर आ रहे भजन सुनने के लिए घर खटखटाना या मेरी खिड़की से झांकना इसकी जीवन भर आदत रही। इस तरह के अवसर को पहचानने के रोल मॉडल के निरीक्षण और अभिव्यक्ति लायक व्यक्ति हैं तो हमसे जानकर भी यह क्षमता हम अपने में पैदा कर सकते हैं।

अपने या अपने से सम्बद्ध लोगों के जीवन के निर्णयक, क्षणों को जानकर हम आसानी से अवसरों से वाबस्ता हो सकते हैं। और अपने आसपास या इर्द-गिर्द कोई न मिले तो किताबें तो प्रकाश स्तम्भ की भांति हाजिर हैं ही। फिल्म संगीतकार नौशाद के ये शब्द भुलाये नहीं भूलते **"इस फुटपाथ से उस पार जाने में दसियों साल लग गये।"** यानी संघर्ष से मुकाम तक पहुंचने में काफी समय लगा। फिर भी सफलता मिली क्योंकि उन्होंने निर्णायक क्षणों को जानकर टालने की पूरी जद्दोजहद की। संघर्ष से डरकर हाथ आए अवसर को गंवाया नहीं।

दिल-दिमाग को खुला रखकर भी अवसर पहचानने में बहुत सहायता मिलती है। इसके पीछे कारण यह है कि इसमें सकारात्मक ऊर्जा के

आगमन तथा नकारात्मक ऊर्जा के विकास की पूरी गुंजाइश रहती है। उदाहरण के लिए फिल्म एवं टेलीविजन इंस्टीट्यूट ऑफ इण्डिया में प्रशिक्षण अभ्यास कार्यक्रम में प्रशिक्षु मीरा मजूमदार सबसे अच्छी थी जबकि वह उतनी दक्ष न थी। एक प्रोड्यूसर को स्वयं काम करने के साथ-साथ दूसरे लोगों की क्षमता को भी काम में लाना होता है। हमारे साथ कई लोग ऐसे भी थे जो नौकरी के दस-बीस साल बाद प्रशिक्षण पर आए थे। हमारी तरह प्रथम वर्ष में ही नहीं। अतः हम कहते-"इसे ऐसे करना है, वैसे करना है"-तो उनका अहं आहत हो जाता, बस फिर जो गलत भी हम कहते, किया जाता।

हम अपने आपको कमतर न आंके। यदि हम लक्ष्य के साथ सच्चे अर्थों में जुड़े हुए हैं तो हममें यह क्षमता स्वतः विकसित होती जाती है क्योंकि अपने मूल्यांकन के लिए आत्मविश्वास, योजनाबद्धता, पूर्व-परिणाम आदि पक्षों से हम सीधे जुड़े हुए रहते हैं। इसलिए अव्यवस्थित चुपचुप काम करने वाले एक निश्चित बिंदु के बाद डगमग हो जाते हैं। आप देखते होंगे कि ढंग के डॉक्टर तुरन्त अवसर ताड़ लेते हैं, इसके लिए वे बीमारी की क्रिया-प्रतिक्रिया का मुंह नहीं देखते। जितना परीक्षणों से पता चलता है उनका सहारा लेकर वे तुरन्त काम शुरू कर देते हैं। वे खतरनाक अवसर की भी पहचान कर चुके हैं। अब से 35-37 वर्ष पहले कैंसर की इतनी जानकारी न थी। उदयपुर जैसे छोटे शहर में तो और भी खासतौर पर नहीं। तब हमारी बड़ी बहन की सास का एक स्तन उनके डॉक्टर बेटे ने कटवा दिया। क्यों? क्योंकि वह शीघ्र ही उनकी जान के लिए खतरा हो सकता था। उसके बाद 25 वर्ष तक वे आराम से जी सकीं। काफी ठीक-ठाक उम्र (70-72) में उन्होंने दुनिया छोड़ी। उस समय आज जैसे दक्ष विशेषज्ञ भी न थे। मात्र एक एम.बी.बी.एस. और राजस्थान के छोटे गांव में अपनी सेवा देने वाले पर उन्हें अपने क्षेत्र के अवसर की अच्छी पहचान थी।

यह निर्णायक क्षमता अवसर को पहचानने की दक्षता देती है। मेरी सखी सविता चड्डा ने एक दिन अपने घर में कोई वस्तु उतारने के लिए हाथ ऊपर किया। उन्होंने काफी खिंचाव अनुभव किया। उन्होंने दूसरे हाथ से उस वस्तु को उतारने की कोशिश की पर इस ओर उन्हें कोई खिंचाव अनुभव नहीं हुआ। वे तुरंत चिकित्सक के पास गई। एक क्षण भी नहीं गंवाया। इस अवसर को पहचानने की क्षमता ने उन्हें खूबसूरत जीवन की नेमत बख्श दी। दो-चार दिन में परीक्षण हुए, परिणाम में सम्मुख आया कि यदि दस-बारह दिन की भी देरी हो जाती तो इस खिंचाव में मेलिगनेट गांठ हो जाती। आज वे स्वस्थ सुन्दर लेखनमय जीवन जी रही हैं।

कोई अवसर छोटा नहीं होता

अवसर अवसर होता है, चाहे जैसा हो उसे हम छोटा-बड़ा बनाते हैं या मानते हैं। शाहरुख खान फिल्म अभिनेता की जीवन गाथा देखें तो लगता है कि किस तरह उन्हें पग-पग पर संघर्ष करना पड़ा। छोटे पर्दे पर उनकी मेहनत रंग लाई और वे बड़े पर्दे के बादशाह बन गये। इसी तरह उनके ससुराल वालों ने उन्हें अपनी बेटी के लायक न समझा। यहां तक कि एक पार्टी के बीच से उन्हें भगा भी दिया गया। यहीं वे भगाने के अपमान का रोना लेकर बैठ जाते तो यह छोटा-सा नाग ही उन्हें डंस लेता। उन्होंने अपने को इस योग्य बनाया कि आज वे ही लोग उन पर फ़ख्र करते हैं।

अवसर को छोटा समझने वाले खुद छोटे रह जाते हैं। सर्कस का जोकर अपनी ऊंचाई का ही रोना रोता रहे तो गया काम से। वह उसी से हमारी आंखों का तारा हो जाता है। हम हर पांच-दस मिनट में उसे देखना चाहते हैं।

"मैं और ये काम".... टेलीविजन प्रोडक्शन में रौब-दाब के बूते पर हसरत पाले हजारों लोग मिलेंगे जो बाद में काल के गाल में समा जाते हैं। खोई हुई दुनिया का हिस्सा बन जाते हैं और जो छोटी-सी भूमिका से अपना मुकाम बना लेते हैं, वे बड़ी-बड़ी भूमिका पा जाते हैं। उन्हें वे मुकाम मिलते हैं जिनके बारे में उन्होंने सोचा भी नहीं होता है।

हमारे यहां गुण-चोर शब्द बहुत बोला जाता है यानी चोरी ही करनी है तो गुणों की करो। अच्छे अवसर गुण ग्राहकता पर निर्भर करते हैं। एक ही बीज अलग-अलग जमीं पर अलग-अलग असर दिखाता है। धरती की ग्राहकता उसका कारण होती है।

विष्णु प्रभाकर जी ने बड़े अवसर के लिए कई छोटे अवसरों को भी महत्त्व दिया। दफ़्तरी की नौकरी की। आकाशवाणी में स्क्रिप्ट राइटर भी रहे। इन्होंने इन्हें छोटा या कमतर अवसर नहीं माना क्योंकि उस समय यही इनके बड़े अवसर के लिए सहायक था। वे अपना अभ्यास जारी रखे हुए थे ज्योंही उन्हें लगा कि अब अवसर ठीक आ गया, वे ये अवसर छोड़कर दूसरे अवसर को समर्पित हो गये।

बिल गेट्स दुनिया के धनी लोगों में हैं पर उनकी उपलब्धियां देखें तो हमें नहीं लगता कि धनी बनना ही उनका लक्ष्य है। उन्होंने दुनिया को शानदार उन्नति के अवसर दिये। कम्प्यूटर के क्षेत्र में कीर्तिमान बनाए और धन का समाजीकरण कर दिया।

एक मामूली प्रतियोगिता में कोई दक्षता दिखाकर अवसर पा सकता है। कोई बड़े-बड़े अवसर पाकर भी उन्हें कुछ नहीं समझता। माल रोड दिल्ली

पर एक चाय वाली से मेरा सखी भाव है। वह कई दिन न दिखी तो चिंता हुई। उसके बारे में पता चला वह बीमार है। उससे मैंने तबियत पूछी। किसी आर्थिक सहयोग की बात भी कही तो वो बोली- "छोटा बेटा लायक हो गया है। वही मेरा इलाज करा रहा है।" शुरू में तीन हजार की नौकरी भी इतना बड़ा सम्बल हो सकती है यह वही जानती है। ऐसे तीसियों लोग हैं जो खाकपति से करोड़पति बने।

मेरे एक परिचित अक्सर कहते हैं– "मैं यही अफसोस लेकर मर जाऊंगा कि इतनी अच्छी नौकरी के बावजूद एक कमरे का घर तक दिल्ली में न खरीद सका। तब नहीं खरीदी जब साढ़े बारह रुपये गज जमीन थी।" अवसर न पहचानने पर ऐसे पछतावे सामान्य बात है।

मदर टेरेसा शिक्षिका थी। उन्होंने नौकरी छोड़ दी। क्योंकि जो वे करना चाहती थीं वह सब नौकरी में संभव न था। हम जैसे तमाम लोगों को उन जैसों की नौकरी छोड़ने की तकलीफ होगी क्योंकि हम उसे ही प्राप्य और कम्य समझ बैठे। किस तरह मांगने के लिए हाथ फैलाने पर एक व्यक्ति ने उनके हाथ पर थूक दिया तो उन्होंने उसको भी कुछ देना ही माना। आज जो एअरलाइन्स उन्हें मुफ्त में ले जाने में गर्व करती है, कभी उन्हें लिख-लिख कर उनके अनुरोध पत्र दर पत्र भेजे जाते रहे। यदि मदर एक अवसर से हार जातीं तो इतने अवसर उनकी बाट कैसे जोहते।

अवसर अवसर है, आप उन्हें किस तरह लेते हैं, इस पर निर्भर करता हैं। एक दिन में कोई नामी-गिरामी नहीं हो जाता। आप जिन सेलिब्रेटियों के दीवाने हैं उन्होंने कितनी रातें भूखे पेट सड़कों पर गुजारी है। आज जिस मेकअप पर वे लाखों गंवा रहे हैं, कभी पाई-पाई को मोहताज रहे हैं।

अवसरों को पहचानने के लिए ईमानदार विश्लेषण और अपनी कमीबेशी को स्वीकारने, सुधारने की भी आवश्यकता है। मुझसे कहां चूक हुई का विचार करने वाले लोग अपनी गलतियों को सुधारने में उतनी ही निरपेक्ष दृष्टि रखते हैं। इस कारण वे कईयों की अपेक्षा जल्दी सफल होते हैं। 'इस काम को ऐसे नहीं ऐसे करता तो अच्छा रहता,' धीरे-धीरे यह पछतावा ही प्रेरणा बन जाता है। "चलो करके देखते हैं.... नुकसान ही तो होगा," इसी तरह सुधार और चुनौतियों की अनन्त संभावनाएं छुपकर सफलताओं को तपाक से हमारी झोली में डाल देती हैं। इसी तरह उतावलापन, अपने आपको ही सही मानने, दूसरों को कमतर आंकने से किसी तोते की तरह हमारे हाथ से उड़-बिछुड़ जाते हैं।

अवसर ये किस चिड़िया का नाम है?

अवसर ईजाद करने वालों के मुंह पर ये जुमला आम है। उन्हें तो अवसरों की कोई कमी नहीं लगती। उनके लिए हर अवसर अवसर है। हर स्थिति को वे सुनहरा अवसर बनाने की क्षमता रखते हैं सिकन्दर महान तो कहता था **अवसर ये क्या है? मैं तो स्वयं अवसर बनाता हूं।**

अवसर ईजाद या आविष्कार अथवा उनके जन्मदाता रातों रात नहीं बन जाते। उसके पीछे मेहनत श्रम, जिज्ञासा, संघर्ष, दूसरों को समझने जैसे तमाम गुण मौजूद रहते हैं या वे उन्हें येन-केन-प्रकारेण अपने में लाते हैं। शोभ तुली सफल समाज सेवी और व्यवसायी हैं उन्होंने अपनी प्रीति तुली नामक पुत्री थैलेसीमिया के कारण खो दी। उनके पुत्र ने बहिन के लिए बॉन मैरो भी दिया पर वह ऑपरेशन सफल नहीं हुआ। जीवन में इतना बड़ा दुःख श्रीमती शोभा तुली को दुःखी तो कर गया पर हरा नहीं सका। उन्होंने गंगाराम हास्पीटल में पुत्री के नाम पर थैलेसीमिया यूनिट बनवायी और एक संस्था थैलेसिमिक्स इण्डिया की स्थापना की ताकी सरकार, प्रशासन, जनता सभी मिलकर इस जैनेटिक रोग की रोकथाम में अपनी भूमिका निभा सके। इस तरह अपने जीवन के अवसर को अपने हाथ से निकलते देखकर भी वे कई अवसरों के द्वार खोलने में समर्थ हो सकीं। पर हमारी सह प्रशिक्षु मीरा मंजूमदार का एक ही वाक्य था हम सीख रहे हैं आप सिखाइये या अपने आप ठीक लगे वो कीजिये हम देखकर सीख लेंगे- ऐसे में उनकी यह विनम्रता और उनके अहं के सम्मुख नत होने का गुण उन्हें ही नहीं औरों को भी काम के अच्छे अवसर मुहैया कराते थे।

इसी क्रम में एक बार प्रोडक्शन के दौरान मैंने पैनल से गलत कमान्ड दे दिया। दस-बीस वर्षीय अनुभवधारी कैमरामेन स्थिति को अपने आप ठीक करने की बजाय दो मन्जिल चढ़कर सबके सामने मुझे डांटने के लिए पहुंच गए। ऐसा और भी किसी के साथ किया। नीचे पूना के गणमान्य अतिथि बैठे थे। मुझे लगा यह तर्क-वितर्क का अवसर नहीं है मैंने गलती मानकर उन्हें नीचे भेजा और काम शुरू कराया पर तमाम ज्ञान व अनुभव के बावजूद वे कैमरामेन सम्मान के अवसर नहीं पा सके। लोग उनसे कटने लगे। दम्भी व अकड़ू मानने लगे। उनके इस अवसरवादी व्यवहार के कारण हमें अपनी प्रशिक्षण- रपट में यह लिखना पड़ा कि समान सेवा काल के लोगों को आरंभिक दौर में ही प्रशिक्षण पर भेजा जाए अन्यथा उसका नए प्रशिक्षुओं पर गलत असर पड़ता है।

अवसर की रेंज और सीमा व्यापक है और वह हमसे भी इसी व्यापकता की अपेक्षा रखते हैं। मैंने छोटे शहरों में ऐसे तीसियों लोग देखे हैं जो शहरों के

मोह से ग्रस्त रहे। इस मोह में उन्होंने एक से एक अच्छे अवसर गंवा दिये। अब शहर क्या देश छोड़कर जाने को तैयार हैं पर उनके पास अवसर नहीं।

श्री सतीश शर्मा अच्छे संगीतज्ञ हैं। उन्होंने बहुत कम उम्र में घर छोड़ दिया। उन्हें मालूम था उदयपुर जैसे शहर में उनके हिसाब से सुविधाएं नहीं है। वे उपयुक्त अवसर की तलाश में दिल्ली आ गये। उनके कमिश्नर पिता चाहते थे, वे भी खूब पढ़ें और उनकी तरह प्रशासिनक सेवा में जाएं। आज श्री सतीश शर्मा के पास अपना स्टूडियो तथा अपने क्षेत्र से सम्बद्ध अच्छी-खासी सुविधाएं हैं। यही नहीं उन्होंने अपना घर भी अपने-आप बसाया और परिवार को अपने आप पर फ़ख्र करने लायक बनाया। यह सब समय पर अपने आपको पहचानने के कारण, अवसर को पहचानने से सम्भव हो पाया।

■

> समय पर हम विजय प्राप्त करते हैं अपनी सुकीर्ति से, यश से, व्रत से।
>
> **–प्रेमचन्द**

18

समय-साधना

जीवन कितना ही छोटा हो, समय की बर्बादी से वह और भी छोटा बना दिया जाता है।

–जॉनसन

समय को साध लेना आसान नहीं। यह आप साधने की कोशिश करके ही ज्यादा अच्छी तरह जान सकते हैं। इस अध्याय के शीर्षक को इसलिये मैंने श्लेषमय बनाया है-साधना। समय को साध लेना किसी योग-ध्यान-तप साधना से कम नहीं है। उसकी क्षमता प्राप्त करने के लिए खुद भी सधना पड़ता है तब समय-साधने की दक्षता हासिल होती है। फिर समय को साधने वाला किसी साधक से कम नहीं है। वह भी अपनी बहुत-सी इच्छाओं का हवन करता है, आनन्द के कई रूपों-स्वरूपों से वंचित रहता है, इसलिए समय साधक कर्मयोगी है। यही कारण है कि उसकी यह साधना उसे कई शाश्वत सुख और आनंद प्रदान करती है।

क्यों साधें समय को

क्योंकि यही समय प्रबंधन की आत्मा है। यही वह तत्त्व है जिसके बिना सर्वेन्द्रियों से पूरित शरीर शव कहलाता है। इसकी अनुकम्पा से सब कुछ चलायमान हो जाता है। समय साधने से कामों की कांट-छांट करके मुख्य और महत्त्वपूर्ण कामों पर ही ध्यान लगाते हुए समय के व्यर्थ गंवाने जैसी आदतें अपने आप ही रुखसत हो जाती है। श्रीमान 'क' कहते हैं, "मैंने पहले कई ख्वाहिशें तो पाल रखी थी पर न अपने को साधा न समय को। इसलिए मेरी योजनाएं जितनी आकर्षक होती या लगती थीं, उसका आउटपुट उतना नहीं होता था। कई बार मेरे काम के प्राप्त हुए आदेश भी निरस्त हो गये। जो पार्टी मेरी योजना पर फूली नहीं समा रही थी वही मुझे गालियां सुनाने लगी। इस तरह मैंने भी उनके

साथ वही सुलूक किया। मेरी छवि मार्केट में खूब बिगड़ी। कहीं काम मिलना बंद हुआ। मैं भाग्य का दोष समझने लगा। पंडित-ओझाओं के चक्कर में पड़ा और पैसा व समय गंवाने लगा। मेरा पारिवारिक जीवन भी गड्ड-मड्ड होने लगा। इस बीच मैंने प्रेरणादायक पुस्तक पढ़ी। उसमें खुद को साधने के गुर थे। उसी से मैं उबरा। मैंने दूसरी जगह काम शुरू किया। वक्त के पहले काम देने से दो साल में पिछला समय मात्र अतीत का काला अध्याय होकर रह गया।"
तो इसका मतलब यही है कि समय को साध कर हम हर क्षेत्र में अपने आपको साधना सीख लेते हैं। कहीं रहें, कोई काम करें, हमें किसी भी प्रकार के समायोजन में कोई दिक्कत नहीं होती।

क्या है समय-साधना

दरअसल समय साधना दौड़ते घोड़े को काबू करना है क्योंकि समय रूपी घोड़ा तो निरन्तर प्रवाहमान है। हमें इसी घोड़े पर सवारी करनी है। हमें इसी की तरह अपने को ऊर्जस्वी और गतिमान बनाना है। कहते हैं एक घोड़ा किसी के काबू नहीं हो रहा था। जितना उसे काबू में करने की कोशिश की जाती उतना ही वह बेकाबू होता। सिकन्दर ने पल भर में वह घोड़ा काबू कर लिया और सबको भरोसा दिला दिया कि वही भावी महान शासक होगा। सिकन्दर ने उस घोड़े की रफ़्तार के हिसाब से अपने को तैयार किया। उसके ध्यान में उस समय सिर्फ घोड़ा था। आत्मविश्वास और स्नेह के बूते से उन्होंने सवारी करके सबको चकित कर दिया। यही हाल समय का है जब आप उसकी सवारी करना सीख जाते हैं तो आपको लगता है घोड़े ने अपनी गति कम कर ली वह आपकी सवारी के लिए ठहर गया। समय की गति को समझकर काम की गति का तालमेल बिठा लेना। इस गति के लिए दिल और दिमाग की गति का को-आर्डिनेशन आवश्यक है।

सोचें उतना ही जितना जरूरी हो

किसी भी काम को करने के लिए सोचना जरूरी होता है पर यह भी सच है कि सोचा भी उतना ही जाए जितना जरूरी हो। इस सोच के नियन्त्रण का तात्पर्य यह कतई नहीं है कि बिल्कुल ही न सोचा जाए या बिना सोचे-विचारे काम शुरू किया जाए। सोच का संतुलन और समायोजन अनावश्यक तथा अपेक्षित है।

एक स्त्री के दो बच्चे डूबने लगे। वह चिल्लाई, कई लोग आए। चिन्तित हुए पर एक युवक भीड़ में से फटाफट आया। अपना कोट उतारा और उसने

छलांग लगा दी। लोग दंग हो सोच रहे थे यह भी अभी डूबने लगेगा। कुछ ही देर में वह दोनों युवकों को बचा लाया। इसी भीड़ ने उस शौर्य का अभिनंदन किया। वह युवक था- अमरीका का भावी राष्ट्रपति जॉर्ज वाशिंगटन।

इस उदाहरण पर लोग सोच सकते हैं कि उसने अपनी जान पर खतरा मोल लिया। वह अपनी जान भी गंवा सकता था। इस युवक ने छलांग लगाने के पहले इतना ही सोचा जितना जरूरी है- किसी की जान बचाना जरूरी है- अच्छी तैराकी कोट से संभव नहीं, और एक पल भी चूकने से इनकी जान जा सकती है, जबकि मैं तैरना जानता हूं।

जीवन की सार्थकता परोपकार में है।

अन्य लोग सोचते रहे।

हम भी डूब सकते हैं.... ये तालाब में उतरे ही क्यों अब भुगते।

हम क्यों खतरा मोल ले.... कहीं बचाने के चक्कर में ये हमें ही खींच-खाचकर डुबा दे।

लोग क्या सोच रहे हैं? कोई क्या कहेगा? क्या मैं इसको शुरू करके पूरा कर पाऊंगा? नहीं कर पाया तो क्या होगा....? कहीं का न रहूं ऐसा भी हो सकता है.... फलां कहां पहुंच गया.... उसके पिता ओहदेदार हैं, वह भी चमचई में दक्ष है। ऐसे हजारों निरर्थक विचार लोग सोचते रहते हैं। ये वैचारिक जीवन है व्यावहारिक नहीं।

दृष्टि की स्पष्टता जरूरी

कहते हैं न दो आंखों वाली दृष्टि के अलावा भी तीसरी आंख वाली दृष्टि है, जो हमारे दिमाग में रहती है। हर कोई इस दृष्टि का इस्तेमाल नहीं करता जबकि चाहे तो कर सकता है। हमें क्या करना है, कैसे करना है, इसके लिए एक स्पष्ट दृष्टि आवश्यक है। यह विज़न हमें लक्ष्य की राह से भटकाता नहीं है। ये मेरा काम है मुझे इसको ऐसे करना है। फिर समय का नियन्त्रण उसे नए-नए पक्षों से अवगत कराता चलता है।

हाल ही में अक्टूबर 2009 में नोबल पुरस्कारों की घोषणा हुई। भारतीय मूल के वेंकटरमन रामकृष्ण को भी मिलने की घोषणा हुई। बस सब उससे जुड़ने को बेताब हो गए। जैसे ये सब उनकी बदौलत हुआ। उस सज्जन ने जब इस पर एतराज किया तो सबको वह घमण्डी तथा स्वार्थी लगने लगा। उन्होंने टाइम्स ऑफ इण्डिया को पत्र लिखकर अपना विज़न स्पष्ट किया, कि "मैं कोई सेलिब्रेटी नहीं हूं। मेरे पास कोई पी. ए. नहीं है। मैं कैम्ब्रिज की लेबोरेटरी में शांति

से अपने लक्ष्य के प्रति केन्द्रित हूं। मेरा उद्देश्य किसी को हर्ट करना नहीं है। वैज्ञानिक शांति से काम करना चाहते हैं। व्यक्ति से जुड़ने की बजाय आप उसके काम से जुड़िये। उसके काम के बारे में जानिये। विज्ञान में रुचि लीजिये.... प्रतिदिन मुझे भारत से जितनी ईमेल आ रही है उसे डिलीट करने में ही मुझे दो घंटे लग जाते हैं। मेरे काम से सम्बन्धित महत्त्वपूर्ण मेल को ही ढूंढने में दो घण्टे लग जाते हैं। इन सबसे मुझे केन्द्रित रहने में दिक्कत हो रही हैं। यही नहीं, उन्होंने अपने भविष्य की भी दृष्टि से अवगत करा दिया ताकि व्यर्थ के सम्प्रेषण न उन्हें करने पड़े, न उनसे कोई करे। राष्ट्रीयता एक संयोग होती है। भारत आकर कोई संस्थान ज्वाइन करने का मेरा कोई इरादा नहीं है। मैं जहां हूं वहां बहुत खुश हूं क्योंकि यहां मैं अपने काम को बेहतर अंजाम दे रहा हूं।" इसी तरह हेनरी फोर्ड बहुत गरीब थे पर उनकी दृष्टि स्पष्ट थी। उन्होंने दुनिया की सबसे पहली मोटर कार बनाई और विश्व के सबसे अमीर व्यक्ति बन गये। लुई पॉश्चर का भविष्य आशामय नहीं दीखता था अतः उनका विवाह प्रस्ताव बहुत हिचकिचाहट से स्वीकार हुआ। यह विवाह उनके शोध गाइड की बेटी से हुआ उन्होंने उनके भविष्य के विजन को देख लिया था।

कई बार हमें पता नहीं होता हमें क्या चाहिए और क्या करना है? आजकल कैरियर कन्सल्टेन्सी और तमाम तरह के सलाह केन्द्र इसलिए फल-फूल रहे हैं क्योंकि वे फोकस होकर उसी क्षेत्र में काम करते हैं। उस क्षेत्र के केस शोध परिणाम, नियम-कानून आदि तमाम पक्षों पर उनकी दृष्टि केन्द्रित रहती है। एक व्यक्ति जितना और जिन-जिन क्षेत्रों में नहीं सोच पाता, उतनी उसे इनकी मदद से लाभ मिल जाता है। इसलिए दृष्टि और होराइजन का विस्तार हमें समय के प्रति केन्द्रस्थ करता है। हम कम समय में लक्ष्य साध सकते हैं।

मन इच्छाओं का केन्द्र है। उसमें आए दिन नई-नई इच्छाएं आती-जाती रहती हैं। अभी हमने उन्हें भी जाना नहीं होता कि फिर इच्छाओं का पुलिन्दा तैयार हो जाता है। हम इन पर बहुत ज्यादा ध्यान देने की बजाय जो हमारे लक्ष्य को सहायता करने वाली है, सुदृढ़तादायी है, उन पर गौर फरमा सकते हैं। मुख्य लक्ष्य के केन्द्र पर साधने वाली हर इच्छा हमारे अच्छे विजन और स्पष्ट दृष्टि का सुपरिणाम है।

जब हम यह जानना सीख जाते हैं कि हम चाहते क्या हैं? उस चाहने को कैसे साकार बनाया जा सकता है? तभी हमें समझ लेना चाहिए, हमारी दृष्टि स्पष्ट है। यह लक्ष्य से पहले लक्ष्य पाने के सुखद अहसास से भरना है। अपने जीवन पर दृष्टि डालेंगे तो आप पाएंगे कि कभी-कभी कुछ सोचते हुए आपकी

आंखों में चमक और शरीर में स्फूर्ति आ जाती है। आप और कामों की अपेक्षा उसमें जल्दी प्रवृत्त हो जाते हैं... यह स्पष्ट दृष्टि से मिलने वाली एकीकृत शक्ति और ऊर्जा है। यही समय साधना का मूल भी है। केवल बातों द्वारा हम बाहरी रूप से ही अपने आपको साध पाते हैं।

क्या आपने कभी सोचा है कि आपको ज्यादा काम करने के बावजूद समय की कमी क्यों नहीं लग रही या समय की बहुतायत क्यों लग रही है? पहले तो आप एक घंटे में इतना ही काम करते थे.... अब इतना कैसे होने लगा- यह अचानक किसकी कृपा हो गयी? दरअसल यह आपकी ही अपने आप पर कृपा है क्योंकि जब दृष्टि स्पष्ट हुई तो लक्ष्य निर्धारित हुआ। इस निर्धारण ने आपको केन्द्रित किया। इस केन्द्रीकरण ने दिन पर दिन अधिकाधिक संकल्पशील बनाया। इसका नतीजा यह हुआ कि छोटे-मोटे काम और फालतू सोच से हम हटे। यह बचा हुआ समय जिसे आप फिर लक्ष्य पर लगा सकते हैं। मूल से ब्याज के ज्यादा प्यारा होने की भांति प्यारा है। कभी-कभी हम अंतर्द्वन्द्व और भांति-भांति के विचार विमर्श में लग जाते हैं। वे समय की साध और धुरी से हमें डिगाते-भटकाते हैं। चूको मत चौहान और ज्यादा उतरना यानी गहन सोचने से कुछ नहीं हो पाता। ये मुहावरे भी इसी तथ्य को पुष्ट करते हैं।

भावोद्वेग से भटके नहीं

समय साधने की अजीब मन:स्थिति होती है। काम के बारे में सोचना तो सुखकर लगता है पर ज्योंही करने लगे त्योंही जैसे सबने अपने हाथ खड़े कर दिये। मन काम करने को नहीं करता। लगता है ये क्या पचड़ा पाल लिया। तब भी शामिल होते हैं। बार-बार पेशाब आने लगता है.... सेलफोन आ जाता है तो लगता है किसी ने आपकी सुन ली, आपका दु:ख पहचान लिया... दो मिनट की बजाय सात-आठ मिनट की बात की... फिर किसी ने आवाज़ दी तो तुरंत उठकर चल दिये। आपको लगता कोई है जो आपको दु:ख से उबार रहा है। ये इतने सारे संकेत संदेह पैदा करते हैं कि कहीं आपने बेकार काम में हाथ तो नहीं डाल दिया। इस संकट काल में आपने बिगड़ैल लाड़ले का पक्ष लेने की भांति पक्ष ले लिया तो आप तुरन्त काम छोड़कर त्वरित हल्के भले ही हो जाएं पर एक पचड़ा जरूर पाल लेंगे। इसके विपरीत इन स्थितियों को काबू में करते हैं तो समय और काम दोनों ही आपके साथ सहयोग करते हैं। यह काम की सुखद प्रसव पीड़ा है। ऐसे भावोद्वेगकारी मन को थोड़े से समय लक्ष्य प्राप्ति के सुखद अहसास का स्मरण कराकर प्रवृत्त किया जा सकता है। कार्य के ये उद्वेग चाहे

जितने पीड़ादायक लगें पर यकीनन फल-प्राप्ति के आनन्द के बाद उस आनंद का सबसे प्राणवान और मजबूत हिस्सा होंगे। लोगों को आप अतीत को बहुत प्यार से याद करते देखते होंगे। जब वही अतीत उनका वर्तमान था तो वे बहुत पीड़ा और संघर्ष अनुभव कर रहे थे। उन्हें उससे बहुत शिकायत थी। बड़े आदमी बन जाने के बाद लोग अपनी गरीबी के किस्से बताते हैं पर जब वे सचमुच गरीबी के दौर से गुजर रहे थे तो उस गरीबी को छिपा रहे थे। उसे अभिशाप समझ रहे थे, क्यों? उन्हें यह मालूम नहीं था कि यह गरीबी कभी उनका पीछा भी छोड़ेगी। आज उसी गरीबी का वे अभिनन्दन करते हैं क्यों? क्योंकि अभाव उनके जीवन में कुछ कर गुजरने का हेतु बन गया, यह वैभव काल उसी गरीबी की देन है।

भावोद्वेग नकारात्मक ताकतों जैसे होते हैं। इनकी ज्यादा सुनी जाए, ध्यान दिया जाए तो ये किसी नशे की तरह अपने शिकंजे में कैद कर लेते हैं। अच्छा है इन्हें काम की प्रवृत्ति का आंरभिक दौर समझें। इसे लक्ष्य प्राप्ति की प्रक्रिया का हिस्सा मानें।

मैं तो अपने भावोद्वेगकारी मन को किसी बच्चे की तरह मानती हूं। ज्योंहि लक्ष्य साधने को तैयार होती हूं कुछ उद्वेग खड़े हो जाते हैं। तब समझ जाती हूं लक्ष्य सॉलिड है और ये असली तत्त्व उसमें बाधा डालना चाहते हैं। कुछ गौरवमय क्षण याद करती हूं और सोचती हूं यह काम उससे भी ज्यादा गौरव देगा। बस फिर क्या है- पहले थोड़ा, फिर थोड़ा और तमाम उद्वेग तो छोड़िये, अस्त-व्यस्तता और बिखराव काबू होने लगता है। इस स्थिति पर पहुंचना सुखद लगता है क्योंकि लक्ष्य की तस्वीर दिखने लगती है। यदि इसी को हमने लक्ष्य पाना समझ लिया या काम्य चरम आनंद तो समझिये खरगोश और कछुए की रेस वाला हाल होगा। हम खरगोश हो जाएंगे और उद्वेग रूपी कछुआ फिर स्लो और स्टेडी के रूप में अपनी ताकत से हमें पराजय का मुंह दिखा देगा? आपने देखा होगा, आखिरी क्षणों में जीतते-जीतते लोग हार जाते हैं और हारते-हारते लोग जीत जाते हैं।

उद्वेग समय प्रबंधन और कार्य की शुरुआत का प्रारंभिक सहज दौर मानने तक ठीक है, हावी होने लगे तो हम अपने आपको ही अपना दुश्मन बना सकते हैं।

जितने बड़े-बड़े साधक हुए हैं सबने समय को साधा है। हमें ऊपरी तौर पर लगता है जैसे वे प्रकृति से ही सधे हुए हैं।

लेनिन, नेपोलियन, विवेकानंद, मुंशी प्रेमचन्द आदि किसी भी क्षेत्र के लोगों को हम देखें तो पता चलता है कि ये 50-55 वर्ष की आयु में ही

चल बसे। इन्हें जिन्दगी ने बहुत समय भी नहीं दिया फिर भी समय साधने से इन्होंने सार्थक जीवन गुजारा और समाज को कुछ दिया।

डॉ दिनेश मिश्र ज्ञानपीठ में रहे हैं अब वात्सल्य, इन्सान तथा कई संस्थाओं से सम्बद्ध हैं। आप भी समय-साधक हैं। प्रतिमाह आप साहित्यिक आयोजन करते हैं, सायं 5 से 7 तक, 5 से 5.30 चाय, फिर कार्यक्रम। कई बार दस-बीस व्यक्ति ही चाय के समय तक पहुंचते हैं। फिर भी ये चाय के लिए निर्धारित ऑर्डर का पूरा पेमेन्ट करते ही कार्यक्रम शुरू कर देते हैं। कोई समय ज्यादा ले तो बीच में बोलकर बिठा देते हैं। संभव है वाक्य भी पूरा करने का मौका न मिले। सब इनके समय साधने से प्रसन्न हैं क्योंकि सबको मालूम है निश्चित समय पर वे अपना समय प्रबंधन भी रख सकते हैं।

समय साधने की हिन्दुस्तान में लोगों को आदत नहीं। ये सोचते हैं अपना ही समय है। लेखिका संघ की सेमिनार में एक सत्र का संचालन कर रही थी। मीडिया सत्र था। एक प्रोड्यूसर टी. वी. से आए एक निदेशक रेडियो और एक प्रोफेसर दिल्ली वि. वि. से आए। सत्र के शुरू में ही समय सीमा बता दी पन्द्रह मिनट- किसी ने वक्तव्य समय सीमा में पूरा नहीं किया। मैंने समय पूरा हो जाने की खट-खट भी की- उन्हें मैं खटक रही थी। उनका आत्ममोह कम ही नहीं हो रहा था। उन्हें लग रहा था जैसे मैं उनसे जलती हूं या कोई दुश्मनी निकाल रही हूं। ये वे लोग थे जो समय के पालन हेतु प्रशिक्षित हैं। जिन्होंने लता मंगेशकर का गाना तक आधा फेड आउट किया है। मजे की बात और रेडियो निदेशक से एक महिला ने कविता की फरमाइश कर दी जिसका इस अवसर से कोई तालमेल न था। वे महोदय काव्यपाठ हेतु आ भी गए, उन्होंने यह भी नहीं कहा कि यह एजेंडे का हिस्सा नहीं है और हमारा समय वैसे ही ज्यादा हो गया है। ऐसे में समय-साधक सिर पकड़कर बैठ जाता है उस बेचारे के पास चारा भी क्या है।

कार्यक्रमों में जल्दी या समय पर पहुंचने वाले लोग अपना समय खोते हैं। देर से आने वालों को कोई फर्क नहीं पड़ता। उन्हें लगता है, अच्छा ही हुआ जो समय पर आकर अपना समय नहीं बिगाड़ा। मुझे एक कलाकार का किस्सा याद है। आयोजक ने कार्यक्रम एक घण्टा देर से शुरू किया। उसने अगला एक घण्टा ही परफार्म किया। दर्शकों को अच्छा न लगा। उन्होंने फरमाइश की। आयोजक एक घंटे के अतिरिक्त पेमेन्ट की मिन्नतें करने लगा। उन्होंने कहा, "आप मुझे खरीद सकते हैं। मेरे समय को नहीं।" वे तुरन्त चल दिये। दो घंटे आपके लिए थे, आपने उपयोग नहीं किये तो मेरी क्या गलती। उन्हें लोग बुलाने से कतराने

लगे। अच्छा तो होता कि लोग खुद सुधरते इसलिए समय, साधन व पंक्चुएलिटी अभी हमारे लिए राष्ट्रीय चरित्र नहीं बनी है।

प्रोफेशनल युग में दस बजे तक बुक ऑडिटोरियम में लाइटें बंद कर दी जाती है। अगले समय का भुगतान न हो तब तक ऑन नहीं की जाती। कार्यक्रम देर से शुरू-समाप्त होना तो मामूली बात है। दो शब्द का अनुरोध पौन घण्टे तक खिंचता है। बरात का देरी से आना तो फैशन बन गया है। हमारे पूर्वज समय साधक थे इसलिए उन्होंने मुहूर्त का प्रावधान किया ताकि समय साधना हर कीमत पर की जा सके। उसे टाला न जा सके। ईश्वर व धर्म ब्याज से ही सही उसका सामाजिक उपयोग हो।

> एक आदमी जो अपना एक घंटा व्यर्थ गंवाने की हिम्मत करता है वह जिंदगी भर उसका मूल्य नहीं समझ सकता।
>
> **—चार्ल्स अर्विन**

19

खाली समय

समय और ज्वार की लहर मनुष्य का इंतजार नहीं करती।

–अज्ञात

समय प्रबंधन की चर्चा में खाली सशक्त समय की चर्चा किए बिना यह सम्पूर्ण अनुष्ठान एकांगी व अधूरा है। यदि हम सफलता- सिद्धि व लक्ष्य हेतु उत्पादक मानकर ही समय प्रबंधन करते रहेंगे तो क्या हमारा जीवन मात्र मशीन होकर नहीं रह जाएगा? हमारे जीवन में आनंद का लोप नहीं हो जाएगा। ऐसे कितने ही प्रश्न हमारे मुंह बाए खड़े हैं पर ऐसा नहीं है। समय प्रबंधन तो है ही जीवन को सम्पूर्णता व आनन्द के साथ जीने की कला। समय प्रबंधित होकर हम अपनी क्षमता, साधन-संसाधन के सदुपयोग से कम समय में अधिक कार्य करने और परिणाम पाने के अभ्यस्त हो जाते हैं तो खाली समय निकालने या निकलने की समस्या ही नहीं रहती। वाकई में समय जीवन के लिए महत्त्वपूर्ण हैं और सब कुछ होने के बावजूद जीवन का विकल्प तो नहीं हो सकता। ऐसे में जीवन को आनंद व कौशल के साथ समय के खांचे में सेट करें तो जीवन का आनंद द्विगुणित-चतुर्गुणित हो सकता है। फिर इस अंदाज से जीवन जीने का मजा भी कुछ और है।

कुछ लोग बहुत हल्के-फुल्के और प्रसन्नचित्त दिखते हैं, इसका मतलब यह नहीं है कि वे कुछ करते नहीं बल्कि वे समय के साथ समायोजित हैं। कुछ लोगों पर अपनी उपलब्धियों को पाने का जुनून इस कदर सवार रहता है और वे उसके लिए इतना विचार करते हैं कि पूरा काम कई बार अविचारित हो जाता है। वर्क स्टाइल, वर्क प्ले तथा हवाइल प्ले वाली शैली उनके जीवन से नदारद हो जाती है। आप अपने आसपास देखते होंगे कि कुछ लोगों के पास रोजमर्रा के दैनंदिनी काम निबटाने की भी फुर्सत नहीं रहती। वे हर समय रोते-झींकते रहते हैं। इसका तात्पर्य यह नहीं है कि वे सचमुच व्यस्त ही हैं। उनके काम की दक्षता खाली

समय न होने से पल-पल और दिनोंदिन घट रही है। इसी घटाव ने नौ दिन चले अढाई कोस वाला हाल कर दिया है।

आजकल कार्पोरेट हाउस में अच्छे-अच्छे पैकेजों के चलते जीवनशैली बहुत बाधक हो जाती है। उससे जीवन में इतनी अतिवादिता बढ़ गयी है कि लोगों के पास घर-परिवार के लिए समय ही नहीं रहता। इससे बहुत-सी सामाजिक समस्याएं बढ़ रही हैं। भौतिकता, तलाक, बच्चों के कुसमायोजन जैसी अनेक समस्याएं जन्म ले रही हैं जो समाज व राष्ट्र के लिए घातक है। **खाली समय जबर्दस्त प्रभावी और सृजनधर्मी होता है इसलिए उसका होना किसी के भी पास बहुत जरूरी है।** केवल भौतिकता या लक्ष्य ही हमारा काम्य नहीं, ये सफल जीवन के आनुषंगिक तत्त्व हैं। वह सफलता यदि आनंद के स्रोत से बहकर नहीं आए तो एक दिन सब कुछ बेकार लगता है।

खाली व्यक्ति और खाली समय का महत्त्व इस उदाहरण से अच्छी तरह समझ में आ सकता है। एक व्यक्ति रोज पार्क में पूरे दिन आराम करता रहता था। उसकी यह जीवनशैली सुबह-शाम पार्क में आने वालों के लिए उत्सुकता का कारण थी। एक व्यक्ति ने उससे दोस्ती की। तब चर्चा हुई "यार तुम कुछ करते क्यों नहीं?"

"कुछ करके क्या करूं....?"

"कुछ करके क्या कुछ नहीं किया जा सकता?"

"जैसे।"

"घर बनाओ.... सुख के साधन खरीदो.... फिर आराम करो जिन्दगी का मजा लो।

"तो यह सब आराम, आनंद और मजे के लिए ही है न।"

'और क्या।'

"तो वो तो मैं अभी ही ले रहा हूं....."

इसे पढ़कर यकीकन दूसरे व्यक्ति के पास जितना भी सुख-आनंद हो उसे कोई लेना नहीं चाहेगा। कुछ करके जो थोड़ा-बहुत सुख-आनंद हिस्से में आए वही बहुत कुछ लगता है।

खाली समय और खाली व्यक्ति इन दोनों के अंतर को समझना आवश्यक है। व्यस्तता के बीच या बाद में जो खाली समय निकालते हैं वह सही खाली समय है। हमारा मन इसका प्रबंधन और उपयोग करने में बहुत दक्ष होता है।

- वह प्रोडक्टिव होता है।
- हमें रिक्रिएट करने वाला होता है।
- हमें पसंद के कामों के जरिये बहुत स्फूर्त बनाता है।
- इसके इंतजार में व्यस्तता की पेचीदगियां भी प्रेरक बनी रहती है।
- मन- मनोरंजन और तन-ताज़गी पाते हैं।
- शक्ति की गुणवत्ता में अभिवृद्धि होती है।
- सामाजिकता का निर्वाह हमें कुछ होने और सफलता को बांटने तथा और सफल लोगों को जानने-मानने का अवसर देता है।
- स्वयं को पुनर्जीवन देने जैसा है।

खाली समय न होना यानी

- अस्तित्व और लक्ष्यहीनता की प्रतीति (अहसास)
- नीरस जीवन
- भौतिकता के सहारे एकांगी जीवन
- उपलब्धियों तथा सफलता के बाद सब कुछ निरर्थक होने का अहसास
- केवल अपने लिए जीने का अहसास
- हर समय की थकान

खाली समय अपने आप निकलने वाली चीज़ नहीं है। वह आपके सन्तुलित सम्यक् प्रबंधन का तुरन्त मिला परिणाम है। जैसे दही-छाछ मथते समय मक्खन ऊपर जाता है यह वह मक्खन है। इसे आप खाने-बांटने-बेचने जैसे- सब काम कर सकते हैं, यानी स्वयं आनंद पाने, सेवा द्वारा आनंद का विस्तार करने और अपने जीवन की भौतिक समृद्धि करने में भी उपयोग कर सकते हैं।

हर स्वस्थ व्यक्ति का कोई न कोई शौक या हॉबी होती है, यह होती ही इसलिए है कि हमें तमाम मैटेरियल सुखों से आगे अद्‌भुत खुशी, आनन्द व संतुष्टि दे सके। इनके बिना जीवन में निरर्थकता का अहसास होता है। सब कुछ कर गुजरने के बाद भी कुछ न कर पाने या बेकार जीवन गंवाने का अनुभव होता है। यह अनुभव जीते जी चलती-फिरती मृत्यु के समान है। जब आनंदात्मक समय प्रबंधन नहीं कर पाते तो हमें अपने आपसे ही गिले-शिकवे तथा शिकायतें होने लगती हैं। हम जीवन में कुछ नहीं कर पाए। हमने व्यर्थ जीवन गंवाया। कोल्हू के बैल बने रहे। कुछ ऐसे ही विचार और भाव आते हैं।

स्वस्थ मन खाली समय के सदुपयोग का ताना-बाना स्वयं ही बुन लेता है। रेडियो तथा टी. वी. में यदा-कदा आना-जाना मेरा शौक था। मुझे जीवन काफी सार्थक लगता। कुछ समय बाद मेरी हॉबी मेरा प्रोफेशन बन गई तो मुझे लगा अब मेरा कुछ भी शौक नहीं रहा। मैं क्या करूंगी पर नहीं ऐसा सही नहीं समाज सेवी संस्थाओं से जुड़ने से सचमुच की सेवा अपने से जितना संभव हो उतना करने का भाव अपने आप कई हॉबी दे गया। जीवन और संसार कितना ही हमारे मन पर निर्भर हो पर वो उतना छोटा उतना सीमित नहीं होता जितना हम समझते हैं। मन की गति तो असीम और सबसे तीव्र है वह तो पता नहीं कब-कब, कहां-कहां से क्या-क्या खोज-बीनकर लाता रहता है।

खाली समय बेकार का नहीं

हमें यह गलतफहमी मन से निकाल देनी चाहिए कि खाली समय बेकार का समय है या अनुत्पादक समय है। यह जबर्दस्त फोर्स ताकतवर व ऊर्जादायी होता है। जब भी हम मेहनत के दौर से गुजरते हैं तो कहीं घूमने जाते हैं। वहां लगाया समय व पैसा हमें बेकार नहीं लगता बल्कि सदुपयोग का अहसास देता है। क्यों? क्योंकि हम वहां से उमंगित आह्लादित और स्फूर्तित होकर लौटते हैं। हम अपने लक्ष्य को ज्यादा वेग-आवेग और उत्साह से प्रवृत्त होकर पा सकते हैं।

श्रीमान 'ड़' पर पी.एच. डी. का इतना जुनून था कि वे और कुछ नहीं करते या सोचते थे। अच्छी-खासी शक्ल, शान और शरीर भी बेकार हो गया। पैंतीस वर्ष की आयु में ही उन्हें दिल का दौरा पड़ा। अब वे अब तक न दिया गया समय इन सब क्षेत्रों को दे रहे हैं, जिन्हें उन्होंने उपेक्षित किया हुआ था। जिस काम के लिए अब तक सब कुछ लगाया, वही जीवन पर भारी होने लगा। यह सच है कि अच्छे जीवन का कोई विकल्प नहीं है। अब तक इन सज्जन को घूमने जाने, बातचीत करने, मिलने-जुलने में समय बिगाड़ने का अहसास होता था। वही यह सब उन्हें अब उतना ही अच्छा लगने लगा। आज लाखों-करोड़ों लोग इस तरह हृदयघात, रक्तचाप, डायबिटीज, मनोरोग और तमाम बीमारियों के शिकार हो रहे हैं।

केवल एकांगी सोच से काम नहीं चलता। मात्र यथार्थवादी रवैये से सोचने वाले केवल काम में ही लगे रहते हैं इसलिए उन्हें अपने पिसते रहने का अहसास होता है। कई अच्छा कमाने वाले भी दुःखी और कम कमाने वाले भी सुखी नजर आते हैं, उन सबके पीछे भी यही कारण है। अति व्यस्तता या एक ही एक काम

करने या केवल अपने और अपने लक्ष्य के बारे में ही सोचते रहने से दिल-दिमाग अपनी ताजगी भरी क्षमता और आनंद से वंचित हो जाता है। साप्ताहिक अवकाश आदि के पीछे यही धारणा है। जिन्हें हम खाली समय के काम कहते हैं वे जबर्दस्त मानसिक ऊर्जा तथा आनंद के सदाचारी होते हैं। जैसे आप अपने पालतुओं के साथ खेलें या बागवानी को समय दें। आप देखिये, आपने ज्यादा समय कैलोरी नष्ट करने में लगाया पर उससे ज्यादा आपको मिला।

खाली समय में चेतन मन विश्रांत लगता है पर अवचेतन अपने कार्य-व्यापार में लगा ही रहता है। काम को केवल लाभ जैसे एकांगी पक्ष से जोड़कर देखना भूल है। कुछ लोग अक्सर कहते हैं "घर-परिवार के लिए जुटा और जुटा हुआ हूं, वही घर-परिवार मुझ पर हजारों तोहमतें लगाते हैं।" इसके पीछे कारण? घर परिवार को समय न देना। याद रखिये, जिस किसी भी काम को हम आज समय नहीं दे पाए वही कल हमें ब्याज समेत देना भी पड़ेगा और स्थितियां भी वैसी रहें, यह आवश्यक नहीं।

कई बच्चों को मैं मां की बजाय पिता के ज्यादा निकट पाती हूं क्योंकि वे उन बच्चों को ज्यादा समय देते हैं। खाली समय में उन बच्चों के बारे में सोचते हैं। सलाह देते हैं। समस्याएं साझा करते हैं। अब अपने लक्ष्य की बजाय बच्चों के लक्ष्य को ज्यादा समय देते हैं।

श्रीमान 'घ' बहुत जिम्मेदार व्यक्ति थे। मां-बाप न होने से पूरी पारिवारिक व्यवस्था उनके जिम्मे थी। उन्होंने आठों भाई-बहनों को लायक बनाया। उनके ब्याह कराये। यह सब उन्होंने सही समय पर किया। सही समय पर वे अपना भी जीवन शादी-ब्याह द्वारा सेटल कर सकते थे पर उस समय उन्होंने खास नहीं सोचा। अब उन्हें लगता है उनका समय निकल गया। पैसा, पूंजी, क्षमता सब कुछ औरों के लिए लगा दी। अच्छा होता कुछ अंश इन सबका वे अपने लिए भी लगाते ताकि उन्हें इस निरर्थकता का अहसास नहीं होता।

कुमारी 'क' भी इसी दौर से गुजरी पर उन्होंने समय रहते अपने आपको समय दिया। जो भी खाली समय मिलता वे अपने विवाह की कोशिश करतीं। कहीं फोन द्वारा, कहीं गुरुद्वारों में लिखवाकर, इंटरनेट पर जीवन साथी डॉटकॉम में बायोडाटा छोड़कर। उन्हें बहुत अच्छे ऑफर मिले। उन्होंने साफ कहा- "उन्हें पिताजी की क्षतिपूर्ति अनुकम्पा पर नौकरी मिली है। आधा पैसा वे मां को देंगी।" आज कुमारी 'क' सफल श्रीमती 'क' हैं। उन्हें अपना जीवन बहुत उपयोगी लगता है क्योंकि उसमें कुछ कर गुजरने का अहसास है। भाई-बहनों ने आगे भी उनकी मदद चाहीं। उन्होंने स्थितियां

साफ कर दीं। चिड़ियां तीन महीने ही अपने बच्चों को खुद दाना चुगाती है। लोग अपना दुखड़ा रोने, अकर्मण्यता गाने में हमारा खाली समय दीमक की तरह चट कर जाते हैं। अपना समय तो ज़ाया करते ही हैं।

श्रीमती 'ख' अच्छी बॉस हैं। वह केवल दुखड़ा रोने वालों की भी नहीं सुनती। उनका एक ही मूलमंत्र है- 'कम विद सॉल्यूशन।' इस कारण ग्रीवेन्स ऑफिसर होकर भी वे काफी फारिग भी रहती हैं और समस्याएं हल भी करती हैं। समस्याओं के बखान में ज्यादा समय लेने वालों को वे समस्या लिखकर देने को ज्यादा कहती हैं। इस प्रकार उनके अनुसार वे समस्या के हल पर ज्यादा समय दे सकती हैं। उन्हें व्यर्थ तथा शुरुआती सोच में समय नहीं देना पड़ता। अ से शुरू करने की बजाय वे उनके थमाये आगे के समाधान पर सोचती हैं। एक समस्या के हल से किसी दूसरी समस्या के होने की सम्भावना तो नहीं है। लोगों द्वारा हल करने में आगे आने से हमारे निर्णय उन्हें मन से मान्य होते हैं और उन्हें लगता है उनके मन के मुताबिक समाधान हुआ। इस कारण वे स्वयं भी हमारे काम के लिए समय और क्षमता लगाते हैं।

खाली समय और खालीपन: क्या कोई रिश्ता?

खाली समय से लोग इसलिए छत्तीस का आंकड़ा रखते हैं कि कहीं इससे जीवन में खालीपन का अहसास न आ जाए। इस आशंका से बिल्कुल खाली समय न निकालना अपने आप पर अन्याय करना है। यदि कभी ऐसा अनुभव होता हो तो खालीपन का मतलब समझना चाहिए। अपने आपको समय देना, अपनी रुचियों और पसंदीदा कामों के लिए मन ने तमाम व्यस्तताओं के बावजूद आपको यह समय उपलब्ध व मुहैया कराया है।

इस अध्याय में खाली समय से आशय है आंशिक खाली समय जो एक काम से दूसरे काम के बीच निकालते हैं। पर कई बार जीवन में ऐसी स्थितियां आ जाती हैं कि भयंकर खालीपन का अहसास होता है और हमारे पास तमाम कामों और व्यस्तताओं के बावजूद खाली समय होता है। किसी प्रिय व्यक्ति का बिछुड़ना और बच्चों की उच्च शिक्षा या नौकरी के लिए बाहर जाना और ऐसा खालीपन शून्यता का अहसास कराता है। इस खालीपन का प्रबंधन आवश्यक है।

मैक्स हेल्थकेयर दिल्ली के मनोचिकित्सक डॉ. अजयपाल सिंह ऐसे खालीपन को 'एम्पटी नेस्ट सिंड्रोम' का जनक मानते हैं। बच्चे सैट हो गये जिम्मेदारियां पूरी हो गयीं। यही समय नौकरी या काम से रिटायर होने का भी है लेकिन इससे सकारात्मक तरीके से निबटा जा सकता है।

गंगाराम अस्पताल दिल्ली की कंसल्टेंट साइकोलॉजिस्ट आरती आनंद भी ऐसे समय को जीवन में शून्यता लाने वाला मानती है। वे ऐसे समय में सामाजिक दृष्टि से ज्यादा सक्रिय होने की सलाह देती है। पुराने दोस्तों से सम्पर्क, नए मित्र बनाने की कोशिश और वह सब करने की सलाह देती है जो पहले जिम्मेदारियों के प्रति केन्द्रित होने के कारण नहीं किया जा सका। अच्छा ही है ऐसा अहसास हमारे तमाम अफसोसों का इलाज है।

मन बहलाव समय गंवाना नहीं

हम जिस किसी भी कार्य द्वारा आनंद पाते हैं वह हमें क्षमतावान और ऊर्जस्वी बनाते हैं। मनोरंजन के ये उपक्रम समय गंवाने का अहसास नहीं देते, देने चाहिए। ये तन-मन के पोर-पोर को क्षमता और ऊर्जा से सींचते हैं। इसी कारण हम जीवन में शौक और हॉबी पालते हैं। हमारी अभिरुचियां श्रम साध्य, समय साध्य होकर भी हमें बहुत फूल-फूला (हल्का) बनाए रखती हैं। ये हमारी चेतना है, और जिसे हम आत्मा कहते हैं उन तक अपनी पहुंच और पकड़ बनाए रखते हैं।

सफल लोग संगीत या ऐसे ही शौक से अपने मूल काम के प्रति ज्यादा केन्द्रित हो सकते हैं। ये आत्मा को राहत पहुंचाने के श्रेष्ठ उपक्रम हैं। संगीत सुनकर, गाने या खेल देखकर आनंदित हुआ जा सकता है पर यही आप स्वयं करके (यदि वह सचमुच आपका शौक है तो) और जल्दी उत्साहित तथा आनंदित हो सकते हैं। सफल वैज्ञानिकों ने जीवन में कला का हाथ खूब थामा है- अल्बर्ट आइंस्टीन को वायलिन बजाने का, भाभा को आर्केस्ट्रा का शौक रहा। मजे की बात ये है कि अपनी आविष्कारक वृत्ति में भी उन्हें इससे काफी मदद मिली। यह जानकर हर किसी को आज भी अचरज होना स्वाभाविक है कि संगीत और गणित के कई बेसिक सिद्धांत परस्पर मेल खाते हैं।

कोई शौक छोटा-बड़ा नहीं

अपने आपको रिलैक्स करने वाला कोई शौक छोटा-बड़ा या घटिया-बढ़िया अथवा अच्छा-बुरा नहीं होता। दरअसल वो हमारे भीतर से उपजते हैं, इसलिए हमारी आत्मा का अभिन्न हिस्सा होते हैं। वे हमारे खूब निकट होते हैं इसलिए दूसरों की देखादेखी हमें उन्हें अपने आपसे या अपने आपको उनसे जबरन दूर नहीं करना चाहिए। दूसरों की देखा-देखी जबरन अपना शौक बनाने या बदलने के वो सुखद तथा सकारात्मक परिणाम नहीं आते।

शौक कोई चाहिए दिन बिताने के लिए।
सिर्फ सेहत के सहारे ज़िन्दगी चलती नहीं।।

इस शेर का आशय भी यही है कि हर एक के जीवन में कोई न कोई शौक होना चाहिए। कोई भी कार्य कितना ही अच्छा क्यों न हो केवल उसी के सहारे अच्छा जीवन नहीं गुजारा जा सकता।

हमारे बचपन में खूब सुखी और मस्त-मलंग दिखने वाले लोगों को लोग कहते थे– ये शौकीन जीवड़े हैं। यानी काम के साथ-साथ शौक भी रखते हैं। इसलिए वे इतने खिले-खिले दिखाई देते थे। ऐसे कई शौकीन जीवड़ों से मैंने बात की। वे घर-व्यवसाय आदि तमाम क्षेत्रों में काफी समृद्ध तथा सफल थे। ऊपर से मनमौजी और लापरवाह से दिखने के बावजूद।

छुट्टियां या यात्राएं बेकार की नहीं

जीवन के ये उपक्रम घर, परिवार, समाज तथा अपने आपको समय देने वाले हैं। इनसे फारिग होकर आप फिर फोर्स से अपने काम में जुट जाते हैं। सी.एल, ई.एल. आदि तमाम छुट्टियों का प्रावधान इसी सोच-विचार के तहत रखा गया है। व्यस्त लोगों के परिवार छुट्टियों की इन्तज़ार करते हैं, उन्हें मालूम है उनके माता-पिता अब तक की क्षतिपूर्ति उसमें कर देंगे। जब आप बच्चों के साथ बच्चे बन जाते हैं, अंत्याक्षरी खेलते हैं, ताश खेलते हैं, तो किसी भी उम्र में आपका भीतर का बच्चा जाग जाता है। ओहदे और दिखावे के तमाम बोझिल नकाब उतर जाते हैं। ऐसा समय आपको बहुत मुश्किल से मिलता है। पर प्रचण्ड आनंददायी होता है। यात्राओं में हम खूब बातें करते हैं, गप्पें लड़ाते हैं, एक-दूसरे के बारे में जानते हैं, उन्हें समझते हैं, अपने आपको समझने-समझाने का मौका मुहैया कराते हैं। ये सब ऐसे उपक्रम हैं जो मनोवैज्ञानिक और व्यावहारिक स्तर पर बहुत महत्त्व रखते हैं। इन्हीं से जीवन जीवन बनता है। जीवन में समय की सार्थकता का पता चलता है। रिक्रिप्ट होने का अमूल्य मंत्र है।

बिना कमाई वाले काम बेकार के नहीं

सभी जानते हैं कि प्रकाशन जगत में व्याप्त भ्रष्टाचार के चलते लेखकों को कुछ खास नहीं मिल पाता। फिर भी दिनोंदिन किताबें लिखने तथा छपने का काम बढ़ ही रहा है, घट नहीं रहा है। लोग कहते हैं पढ़ने की आदत कम हो रही है इन सबके बावजूद। क्यों! लेखक को सीधा लाभ न मिले तो भी अवान्तर बहुत लाभ

मिलते हैं। उनका जीवन सुखमय व संतुलित बना रहता है। लेखन से नैतिक और आंतरिक चरित्र इतना विकसित हो जाता है कि बहुत अभाव अभाव नहीं लगते। केवल भौतिकता जीवन का चरम काम्य (सब कुछ) नहीं लगती।

चेखव तथा अन्य कई लेखक

लेखक कम उम्र में ही चल बसे पर आज भी उनका नाम अमर है। मेरी कुछ सखियां मेरी किताब छपने पर सबसे पहले पूछती, "त्वानु कि लब्या" (तुम्हें क्या मिला)। मेरा जवाब होता, "कुछ नहीं या कुछ खास नहीं" तो उनके मुख पर अजीब-सी निराशा छप जाती। फिर वे कहतीं, "फिर लिखती ही क्यों हो?" तब उस समय मैं खामोश रह जाती हूं। जब भी कोई आयोजन हो और मेरी भी शिरकत हो तो कई लोग कहते हैं हम सिर्फ आपको सुनने आए हैं... 'हम सिर्फ आपके लिए आए हैं.'.. तब मैं कहती हूं, "मैं नू ए लब्या इतने लोगों का स्नेह- सौख्य, परिचय, गर्व और आत्मगौरव का भाव। संतोष की अनुभूति। परम संतोष का अहसास।"

80 के दशक में राजस्थान के उदयपुर शहर में टी. वी. नहीं था। रेडियो कॉम्पीयर शहर के स्टार थे। मैं भी युववाणी और किसानों के कार्यक्रमों की कॉम्पीयर थी। मात्र दो-चार महीने में ही मेरे पिताजी कहने लगे- "यार, लोग अब मुझे कहते हैं आप उसके पिता हैं न... कल को तुम मेरी बेटी कहलाती थी पर तुम्हारे लिखने-पढ़ने के इस शौक से मुझे ये सुनने का सौभाग्य मिला।" फिर वे दोहराते थे... शिष्यात् पुत्रात् पराजयमिच्छेत्- गुरु, शिष्य से और माता-पिता, सन्तान से अपने से आगे बढ़ने की इच्छा रखते थे।"

आज भी समाज में यह पुख्ता धारणा है कि लिखने-पढ़ने वाला बिगड़ नहीं सकता। जेलों में कैदियों को इसलिए लिखने-पढ़ने, परिष्कृत रुचियों तथा ऐसे ही तमाम आंतरिक विकासकारी कार्यों में भागीदारी के पर्याप्त अवसर दिये जाते हैं।

एक बार मैंने आकाशवाणी उदयपुर पर यह बात सुनी कि उद्घोषकों को डायरेक्टर जनरल भी बना दिया जाए तो वे बनना पसंद नहीं करेंगे। मुझे यह बात बड़ी अजीब लगी। विश्वास ही नहीं हुआ। मैंने स्वयं इसकी परख की तो न केवल अपने शहर वरना देश-विदेश तक में यही हालत मिली। विष्णु महेशचन्द्र श्रोत्रिय और इन्दु सोमानी खूब अच्छे पढ़े-लिखे थे। उन्हें उस समय एक से एक अच्छे और ऊंचे ओहदे मिल सकते थे, पर उन्होंने कभी पाने की चेष्टा और कोशिश करना तो दूर आवेदन तक नहीं किया। क्यों? क्योंकि इस पसंदीदा काम के जरिये वे मौज, शौक तथा जीवन की ऊर्जा से सीधे जुड़े हुए थे। लोग उनकी आवाज और कार्यक्रमों के दीवाने थे।

मुरली मनोहर मंजुल ऊंचे ओहदे पर थे पर सब उन्हें क्रिकेट कॉमेंटेटर और लेखक के तौर पर ही जानते हैं। जसदेव सिंह भी अच्छे ओहदेदार थे पर उन्हें कॉमेंटेटर के तौर पर ही जाना जाता है।

लोग अपने शौक के कारण ऊंचे-ऊंचे ओहदे और काम छोड़कर छोटे ओहदे और काम को स्वीकार करके भी ज्यादा खुश और सुखी हैं। बिना कमाई वाले काम हमें ये अमूल्य सम्पदा तथा पूंजी देते हैं जिन्हें हम किसी भी पूंजी से खरीद लेने में भी सक्षम नहीं हो सकते। ये गतिविधियां सीधे-सीधे कमाईदार न हों पर प्रकारांतर से बहुमूल्य-अमूल्य की सर्जक-उत्पादक होती है।

कई बार मुझे कई परिचित और रिश्तेदार कहते रहते हैं, "ये क्या आप दो-दो पैसे के काम खुद कर रहे हो? एक माली रख लेती।" कोई कहता है- "लो, इतना कमाकर आप वाशिंग मशीन नहीं ले सकती, गजब की कंजूस हो..." मैं उन्हें कैसे समझाऊं कि एक पौधे को हाथ से बोने से लेकर बड़ा होते देखने का जो सुख है वह हजारों सुखों पर भारी है। अपने हाथ से कपड़े धोने, निचोड़ने, निथारने, सुखाने और संभालने में आत्मा को असली परोपकार जैसा सुख मिलता है। कोई महसूस करे चाहे न करे पर यह अनुभव अवचेतन में ही सही कहीं न कहीं सबको होता है। जब आप अपने हाथ से काम करते हैं तो ठीक ढंग से न होने पर भी आपको कोई शिकवा-शिकायत इसलिए नहीं होती कि आपने उसमें सुख और सन्तोष अनुभव किया है। इस मामूली काम ने आपको कुछ कर गुजरने के अहसास से आपूरित किया है। जीवन की रिक्तता को सार्थकता से भरा है।

मैं इनरछील इण्टरनेशनल की रिज शाखा की आई.एस.ओ. हूं (इण्टरनेशनल सर्विस ऑर्गेनाइजर)। इस क्लब में सम्पन्न और संभ्रात महिलाएं जुड़ी हैं। वे अपना काफी समय और पैसा इसमें लगाती हैं? क्यों? क्या मिलता है उससे? आप स्वयं उनसे पूछिये और जानिये। उनके जवाबों से आप खुद जान जाएंगे कि इनसे उन्हें वो मिला है जो अब तक इतनी सम्पन्नता के बावजूद नहीं मिल पाया। इस क्लब के द्वारा हमने 80 वर्षीय महिला द्वारा चलाया जा रहा फुटपाथ- स्कूल, अंधे बच्चों का जबर्दस्त सृजन, जेल आदि विभिन्न क्षेत्रों की गतिविधियों में शिरकत की। यकीनन लाख व्यस्तता हो इनकी स्मृति ही ऊर्जस्वी बनाने को पर्याप्त है। यहां जीवन का सही और सच्चा अर्थ पता चलता है। सम्पन्नता के बीच विपन्नता और विपन्नता के बीच की संपन्नता से साबिका पड़ता है। साधन और भौतिकता को लक्ष्य मानकर उनकी मृगमरीचिका के पीछे भागना, लक्ष्य पाना नहीं वरन कैसी भटकन है यह इनके जैसों के अनुभव से जान सकते हैं।

केवल पैसे की हाय-हाय करने वाले या उनके पीछे दौड़ने वाले लोग इसलिए पछतावे में रहते हैं। गांधीवादी चिंतक अनुपम मिश्र ने इण्डिया हैबिटेट सेन्टर में आयोजित सी.एम.एस. वातावरण-2009 के परिचय सत्र में कहा- "पगार और लेखन यानी पैसा और सृजन साथ-साथ नहीं चल पाते। पगार छोड़कर के किया तो आज आपके बीच में हूं।"

एकान्त : नायाब तोहफ़ा

हम कितने ही भीड़-भाड़ में मिलकर काम करने के कायल हों पर एकांत जीवन का नायाब तोहफा है। इसी ने हमें बुद्ध, महावीर, गांधी, ईसा, सुकरात जैसी हस्तियां दी हैं। दुनिया को तमाम दर्शन, चिंतन, खोज और साधन का सुख दिया है। यहां तक कि भौतिक उपलब्धियां और आविष्कार भी एकान्त के बिना संभव नहीं हो पातीं। इतना सशक्त होता है एकान्त।

एकांत आपके पास क्या है और क्या होना चाहिए, इन दोनों को विस्तार से समझाता है। प्रख्यात बाल लेखिका मधुपंत का कहना है– "अब मैं किसी के भी साथ रहूं कुछ समय मुझे अकेले गुजारना ही अच्छा लगता है।"

एकांत और अकेलापन एक नहीं

आप भीड़ में भी अकेले और अकेले भी भीड़ में हो सकते हैं। एकांत में यदि अकेलापन से आपका आशय हो, तो भी यह सौ फीसदी सही नहीं होता। आप कमरे में हैं तो नीरवता आपके संग है। जंगल में हैं तो तमाम पशु-पक्षी, जीव आपके संग में है। यह एकांत है जब आप पूरी तरह अपने साथ है। सोच-विचार और चिंतन-मनन के लिए फुर्सत और अवसर दोनों आपके साथ हैं।

यह एकांत लक्ष्य के लिए हमें कटिबद्ध करता है। उसे हासिल करने के नए-नए पथ सुझाता है। युक्तियां प्रदान करता है। हम कई बार सफल होने के बावजूद अनुभव करते हैं कि हम कुछ नया नहीं सोच पा रहे हैं, हमारी क्रिएटिविटी कुछ कम हो गयी क्यों? इसलिए कि कई दिन से अकेले तो हैं पर एकांत हमें नहीं मिला।

एकांत में हम दूर की सोचते हैं तभी ऐसे निर्णय ज्यादा उपयोगी और व्यावहारिक होते हैं। लोग अक्सर कहते हैं, बाद में जवाब दूंगा, ठीक से सोचकर बताऊंगा.... इसका आशय यही होता है कि वे इसके सभी पक्षों पर ठीक से चिंतन-मनन करेंगे, जो अभी इस माहौल में मुमकिन नहीं है वह एकांत में संभव है।

एकांत बहुत स्ट्रांग होता है। हमसे वो करवा लेता है जो सीधे-सीधे हम शायद नहीं करना चाहते या कर नहीं पाते। आत्म-साक्षात्कार, अपने फैसलों के निर्णय निरर्थक समय गंवाने और ऐसी ही गतिविधियों को आईना दिखाना, कुछ सार्थक काम हेतु प्रेरित करना। इसलिए लोग एकांत से डरते भी हैं। वह उनका अहम और दम्भ तोड़ता है, मुखौटे उतारता है, जो है वह रूप दिखा देता है। हमारे ऋषि-मुनि इसलिए एकांत में योग-तप-ध्यान-साधना करते थे। बुद्ध को इसी एकांत ने बोधित्सव का बोध कराया। महावीर को कैवल्य समझाया। तमाम दर्शन, चिंतन, क्रांतियां आदि एकांत की देन हैं। एकांत विचारों की प्रयोगशाला है। वैसी ही जैसी कि किसी वैज्ञानिक के लिए लेबोरेटरी होती है। इसलिए एकांत के विश्लेषण का जितना लाभ उठाएं उतना ही अच्छा। इस ऊर्जस्वी काल की उपेक्षा या इसे गंवाना ठीक नहीं।

■

> मिनट और घंटों का ध्यान रखो वे स्वयं आपका ध्यान रखेंगे।
>
> **–लार्ड चेस्टरफील्ड**

20

समय सारणी (टाइम टेबल)

जो समय का बेहतरीन ढंग से उपयोग करना जानते हैं
वे कभी भी छोटे से छोटा क्षण व्यर्थ नहीं करते।

–थॉमस फुलर

समय प्रबन्धन को निक डॉट अपटूडेट रखने में टाइम टेबल या समय सारणी का बहुत महत्त्व है। समय सारणी से हम बंधते नहीं है बल्कि हम उस पर चलना या उसका पालन करना सीख जाएं तो हमारे पास समय की कोई कमी नहीं रहती। आपको याद होगा हर शहर में घंटा घर होता था। बहुत बड़ी घंटी उस पर लगी रहती थी ताकि जिनके पास घड़ी न हो वे भी समय देख सकें। पढ़ सकें। मेरे बचपन के समय प्रातः 7:30 पर सायरन बोलता था। स्कूल में भी बड़ा घंटा समय सारणी का पालन कराने को लगा रहता है।

समय सारणी में ही समय क्यों बिगाड़ें

कई लोग सोचते हैं टाइम टेबल बनाने में भी समय क्यों बिगाड़ें। इतना हम याद रख लेंगे। क्या हमारा काम भी हमें याद नहीं रहेगा जो हम उसे लिखकर टांगे। यह सोच सही नहीं। समय प्रबंधन शुरू-शुरू में तलवार की धार पर चलने के समान कठिन और कठोर है। जब टाइम-टेबल बनाकर हम उसका पालन करना शुरू करते हैं तो लगता है हमने समय को काबू कर लिया। किसी रफ़्तार ने बांध लिया। समय-सारणी के अनुसार पालन न कर पाने पर बहुत परेशान या उद्विग्न हो जाते हैं।

(1) टाइम टेबल हमें घड़ी व समय की फ्रेम के साथ रखता है।

(2) कार्यों की प्राथमिकता का आधार ही लक्ष्य प्राप्ति का प्रमुख घटक है।

(3) समय सारणी में समय का विभाजन मुख्य कार्य के साथ-साथ सामाजिक और अन्य क्रियाकलापों का भी समय प्रबंधन है जो हमें रिक्रिएट करने के लिए आवश्यक है।

(4) समय प्रबंधन का मानक है। हम प्रबंधन के प्रति कितने सजग या लापरवाह हैं या कितने सुधार की गुंजाइश है यह एक हफ्ते के समय पालन से जाना-बूझा जा सकता है।

(5) समय सारणी एकांगी न हो, केवल काम या मुख्य काम का ही समय विभाजन न होने से वह केवल कागजी होकर रह जाती है। उसका पालन नहीं हो पाता तब तो यह लगना आवश्यक है कि समय सारणी बनाने में ही हमने बहुत समय बिगाड़ा।

(6) रूखा या एकांगी समय सारणी हमारे लिए रिक्रिएट होने का अवसर नहीं रखता। यही कारण है कि ऐसी समय सारणी में हमारी ग्राहय क्षमता कम हो जाती है। मनोरंजन, मनपसंद कार्य हमारी ऊर्जा ग्रहण की क्षमता को कई गुणा बढ़ा देते हैं।

(7) समय सारणी लचीली हो अगर हिन्दी के समय में अंग्रेज़ी पढ़ने का मन है तो दोनों को उस दिन इन्टरचेंज (आपस में बदल) किया जा सकता है।

बच्चों को मालूम है कि काम पूरा होते ही टी. वी. खुलेगा। उनकी समय सारणी का पालन हो जाता है न उन्हें पता है उनके पसंदीदा प्रोग्राम का समय निकल जाएगा इसलिए वे काम पूरा कर देते हैं देर की तो कार्यक्रम चला जाएगा। काम नहीं किया तो मम्मी टी. वी. ऑन नहीं करेंगी।

कार्यालय में कर्मचारी ने 3 बजे जाने की छुट्टी मांगी। साहब ने कहा, "मुझे नहीं मालूम जब भी ये दस पृष्ठ आप कम्प्यूटर पर तैयार कर लें, आप जा सकते हैं।" उस दिन चमत्कार ही हो गया उसने ढाई बजे तक ही वो काम पूरा कर दिया। बॉस ने कहा- आज आपने गलतियां भी कम की। रोज वह बॉस के लिए काम करता था आज अपने लिए काम कर रहा था। इस तरह की रुचि व ललक लक्ष्य को ध्यान में रखकर समय सारणी बनायी जा सकती है।

यदि वैसे ही समय-सारणी का पालन करें तो काम लक्ष्य केन्द्रित हो जाता है काम क्योंकि समय-सारणी उसी पर आधारित है। ऐसे छात्रों को ट्यूशन-कोचिंग की आवश्यकता नहीं पड़ती। एक सज्जन ने अपनी बेटी को मेडिकल कोचिंग हेतु कोटा भेजना चाहा। वे इंस्टीट्यूट हॉस्टल आदि सब देखकर आ गये फिर भी बेटी नहीं मानी। उन्होंने समझाया, "लड़कियों के पास वैसे भी समय कम होता है। तुम्हारा एकाध साल प्रवेश नहीं हुआ या मेडिकल में जा ही नहीं पायी

तो फिर कुछ कर नहीं पाओगी।" बेटी ने कहा- "वहां मैं आप सबसे दूर होऊंगी.... खाने-पीने, आने-जाने की फिक्र- मैंने वहां का पढ़ाने का तरीका और पाठ्यक्रम देख लिया है। वैसी ही है और वैसे ही मैं घर पर तैयारी करूंगी। तीन घंटे खर्च किए जाने पर उसमें एक घंटा पढ़ाई का होता है मैं सीधे ढाई घंटे पढ़ सकती हूं।" मम्मा-पिता को लगा कि यह हठी है पर उसने समय-सारणी के हिसाब से पढ़ाई की। रोज समस्याएं डायरी में लिखतीं। महीने के बाद योग्य व्यक्ति से 200 रु. घण्टे के हिसाब से जाकर हल कर आती। मात्र दो हजार रु. में वह पारंगत हुई। प्रथम अवसर में ही मेडिकल में चयन हो गया। सब दंग थे। उसे भाग्यशाली मान रहे थे। कुछ लोग कहते थे उसने कुछ भी त्याग-तपस्या नहीं की और उसे लक्ष्य मिल गया। वह हंसकर कहती है, "क्या पसीना बहाना दिखाकर तपस्या होती है। क्या मां-बाप का पैसा फूंककर ही बड़ा लक्ष्य पाया जाता है। किताबों में सब समस्याओं का हल है। 100 लोगों की कक्षा के बजाय अकेले पढ़ना आसान है। इंटरनेट और तमाम सुविधाएं भी तो हाजिर है। आप देखिएगा आगे भी मुझे इस सबकी आवश्यकता नहीं पड़ेगी।"

कैसे बनाएं समय सारणी

24 घंटों का समय विभाजन समय-सारणी हैं। यह प्रातः जागने से लेकर सोने तक है। हम प्रोडक्टिव आवर्स यानी मुख्य कार्यकाल की समय-सारणी बना सकते हैं। समय-सारणी के मुख्य घटक हैं

(1) प्रातः उठने का समय
(2) दैनंदिन क्रियाकलापों का समय
(3) स्कूल-कॉलेज या कार्यालय जाने का समय
(4) बीच का अंतराल
(5) कार्यालय आदि के बाद का समय
(6) घरेलू सदस्यों का साथ
(7) मनोरंजन काल
(8) शयन काल

अवकाश के दिनों में रुटीन से हटकर काम किये जा सकते हैं। साप्ताहिक कामों के लिए, मिलने-जुलने के लिए, अध्यापन के लिए समय निकाला जा सकता है। यदि कभी किसी कारण से टाइम टेबल पर चलना संभव न हो तो उसकी क्षतिपूर्ति आगे-पीछे के दिन की जा सकती है।

दफ़्तर जाने वाले का टाइम टेबल

समय	कार्य	कार्य में लगने वाला समय
5:30 am–7:00 am	प्रात: उठकर दैनिक क्रियाकलाप, शौच, मंजन, दूध लाते हुए प्रात: भ्रमण व योग	$1^{1/2}$ घंटा
7:00 am–8:00 am	कार्यालय की तैयारी: शैव जलपान तैयार	1 घंटा
8:00am-8.30 am	अखबार अध्ययन या अन्य कार्य कार्यालय रवानगी	आधा घंटा
8:30am–9:00 am	कार्यालय कार्य	एक घंटा
9:30am–6:00 pm	सायं चाय, गपशप	
6:30pm–7:00pm	गृहकार्य व मनोरंजन	
7:15pm–9:00am या 7:15pm–8:30pm	बच्चों का होमवर्क	
8:30pm-10:30pm	मनोरंजन	
10:30 –5.30	शयन	सात घंटे

हमने ये सामान्य समय-सारणी बनायी है। व्यक्ति अपनी सुविधा तथा आवश्यकता के हिसाब से समय-सारणी बना सकता है। उसमें वह प्रत्येक गतिविधियों को स्थान दे सकता है। अपनी आवश्यकता को अपने आप से ज्यादा बेहतर कोई नहीं समझ सकता। अत: जरूरत इस बात की है कि हम बनी बनाई सारणी का उपयोग करने की बजाय अपनी समय-सारणी स्वयं बनाएं। हम अपनी प्राथमिकता अपने हिसाब से तय कर सकते हैं। इससे हमें तनाव भी नहीं होगा।

जितनी व्यवस्थित जिसकी समय-सारणी होगी वह व्यक्ति भी उतना ही अधिक व्यवस्थित होगा।

समय-सारणी के कारण हाथ के काम हाथ से निबटाने की आदत पड़ती है। यह हमारे काम को संचित होने से बचाती है। छोटा-छोटा काम भी इकट्ठा होकर समय खाऊ व बोझ लगता है। एक पत्रिका या अखबार से अपना लेख काटने में मुश्किल से पांच मिनट का समय लगता है पर मैंने केवल पत्र-पत्रिका ही सहेजकर रखी। 8-10 साल में इतना बोझा और जगह घेरने की स्थिति हो गयी कि एक महीने में एक सहायक की सहायता से काम लाइन पर आया। समय भी लगा और पैसा भी खर्च हुआ। कोफ़्त और रुटीन बिगड़ने का कष्ट अलग हुआ। जो मेरा प्रिय व उपलब्धिमय कार्य था वही अरुचिकर, उबाऊ और बोझिल लगने लगा। जब से यह काम किया है, इसे समय-सारणी का हिस्सा बनाया तब से वर्ष के हिसाब से तैयार फाइल में रख देती हूं। मुझे लगता है जैसे अपने आप काम हो रहा हो। पसारा कम होने से इन व्यवस्थित फाइलों से थीम या लेखों की छंटनी करके मैंने किये हुए काम से ही तीन नए संकलन भी तैयार किए। आप भी निरपेक्षतापूर्वक जीवनशैली में झांकेंगे तो पाएंगे कि यदि अखबार भी पढ़कर हाथ के हाथ व्यवस्थित न किया जाए तो दस मिनट ले लेता है। मेरे एक परिचित अखबार को इस तरह व्यवस्थित रखते हैं, जैसे वो अभी-अभी आया हो। उन्हें कभी रद्दी तुलाते नहीं देखा। रद्दी वाला एक किलो के हिसाब से सारा अखबार ले लेता है।

गृहिणी का टाइम टेबल

5:30 am-7:00 am	दैनिक क्रिया निवृत्ति व बच्चों के स्कूल की तैयारी
7:30am	बच्चों की रवानगी के बाद थोड़ा आराम
8:00 am-9:00 am	पति के कार्यालय की तैयारी व जलपान, अखबार
9:30am-11:30am	स्नान पूजा एवं खाने की तैयारी थोड़ा आराम
12:00	मनोरंजन
1:00	खाना बनाना
2:00	आराम
3:30 pm	मनोरंजन, बच्चों को होमवर्क व शाम की तैयारी
6:00 pm	सायं चाय की तैयारी
6:30 pm	गपशप
7:30 pm	खाने की तैयारी
8:30 pm	खाना व मनोरंजन
9:30 pm	बच्चों की पढ़ाई
10:30 am	शयन

विद्यार्थी टाइम टेबल

6:00am - 7:00am	दैनिक क्रिया व स्कूल की तैयारी
7:00am	प्रस्थान
7:30 am- 12:30 pm	स्कूल
1:30pm to 2:30pm	स्कूल से आकर किये जाने वाले कार्य एवं दोपहर भोजन
2:30pm - 4:00pm	आराम
4:00pm - 6:00pm	पढ़ाई (विषय के हिसाब से टाइम टेबल बनाया जा सकता है)
6:00pm - 7:00pm	खेल
7:30pm - 8:30pm	अध्ययन
9:00pm - 10:00pm	मनोरंजन
10:00pm	शयन

■

> समय सबसे बड़ा धन है।
>
> **–बेन्जामिन फ्रेंकलिन**

21

समयप्रबंधन के महत्त्वपूर्ण घटक (साधन)

बुरी खबर ये है कि वक्त उड़ता है, अच्छी खबर ये है कि उसे उड़ाने वाले चालक आप हैं।

–माइकल अल्टशुलर

समय प्रबंधन हेतु आंतरिक साधनों का मुख्य स्थान है, फिर भी बाह्य साधन भी महत्त्वपूर्ण है। कई बार हम देखते हैं कि अमीर घरों के बच्चे तमाम साधन-संसाधनों के बावजूद पढ़ाई-लिखाई में पिछड़ जाते हैं और गरीब घर के बच्चे तमाम साधन-संसाधनों की कमी के बावजूद आगे बढ़ जाते हैं। आपने इसका कारण सोचा है क्योंकि उन गरीब बच्चों के पास आगे बढ़ने के आंतरिक साधन जिन्हें हम गुणों के नाम से जानते हैं वे भरपूर होते हैं। इस अध्याय में हम छोटी-बड़ी सफलताओं के लिए अपेक्षित गुणों की चर्चा कर रहे हैं।

मेरी बड़ी बहन व जीजाजी मेरे भांजे की एअरफोर्स मेडिकल कॉलेज, पुणे में एम.बी.बी.एस. की पढ़ाई पूरी होने पर कॉलेज के समारोह में गए। आने पर दोनों ने अपनी गतिविधियों के बारे में बताने से पहले भांजे ने कहा– "अरे मासी, मम्मी से पूछो अब्बास की बातें... अरे उसने पढ़ाई-लिखाई और सारी गतिविधियों में अव्वल स्थान पाया। हर कोई उसकी उपलब्धियों पर दंग और चमत्कृत था।" बहन भी कह रही थी– "उसके बहुत भाई-बहन थे और घर वाले भी कम पढ़े-लिखे थे। देखा हर बात में सबसे पहले उसका नाम आता। वहां गये सारे माता-पिता दंग थे। मैंने उससे कहा– "तुम्हारे पिताजी भी डॉक्टर हैं, मां भी इतनी पढ़ी-लिखी। तुम्हारे पास इतने सुख-सुविधा और साधन फिर तुमने वैसी उपलब्धियां क्यों नहीं पायी।" यह बोला– "उसके पास साधन और वातावरण की कमी थी ज्यों ही उसे वे मिले वह आगे बढ़ गया, क्योंकि उसमें आगे बढ़ने

की इच्छा, मेहनत और लगन जैसे गुण तो थे ही।" इस तरह आंतरिक और बाह्य दोनों साधन मिलकर सफलता का नया इतिहास रचते हैं।

हाल ही में मैंने 'स्लमडॉग मिलेनियर' और 'स्माइल पिंकी' फिल्में देखी। दोनों ही फिल्मों में बच्चों के अभिनय की जितनी तारीफ की जाए उतनी ही कम है। ऐसा सहज और मन को छूने वाला अभिनय जो अच्छे-अच्छे प्रशिक्षण के बावजूद नहीं आता। क्यों! इन बच्चों में आगे बढ़ने की ललक तो थी ही जब इतने अच्छे निर्माता-निर्देशक का साथ मिला तो उन्हें जो कहा गया, सिखाया गया उन्होंने बहुत मनोयोग से किया। अपनी ललक और इच्छा को अंजाम देने में जरा भी पीछे नहीं रहे। आंतरिक गुण तो उनमें थे ही बाहरी साधन भी मिल गए।

मानसिक तैयारी

अनुशासन– समय प्रबंधन की आत्मा है। जैसे आत्मा से प्रत्येक अंग संचालित है और सजीव है वैसे ही अनुशासन से भी। रणजीतमल मेहता अपने एक लेख Our Precious Heritage में लिखते हैं Discipline over the mind and body....... there can be no true progress towards a healthy and happy life. अनुशासन व्यक्ति के समस्त शरीर में भ्रमणकारी रक्त की तरह सर्वव्यापी होता है। हर मद और हर अंग को उसकी आवश्यकता होती है। किसी भी छोटी से छोटी जगह में उसकी कमी सम्पूर्ण देह के लिए घातक होती है।

इच्छाशक्ति- साहस, मनोबल, संघर्षशीलता समय प्रबंधन की आंतरिक संरचना का प्राणवान पक्ष है क्योंकि इसके बिना हम किसी भी काम को निर्धारित समय और जो भी बाहरी साधन हैं उनके सहारे अंजाम नहीं दे सकते। इच्छाशक्ति की गति बहुत ही तीव्र और व्यापक होती है। सुधा चंद्रन नृत्यांगना थी और टांग ही खो बैठी पर हिम्मत तो नहीं खोई। वह लकड़ी की टांग के सहारे ही पूर्ववत् नृत्य करने लगी। सोवियत सेना के गोल्ड स्टार मरेसेय की इच्छा शक्ति गजब की थी। उसमें साहस और अन्य गुणों का समावेश हो जाए तो वह चमत्कार कर सकती है। मरेसेय ने यही किया। मरेसेय द्वितीय विश्वयुद्ध के समय रूस की सेना के लड़ाकू विमान के चालक थे। जून 1941 में उन्हें दुश्मनों की सीमा पर बम गिराने थे। उन्होंने सफलतापूर्वक दो बम गिरा दिये। इस बीच उनका विमान भी आग की चपेट में आ गया। वे किसी बर्फीली चट्टान पर गिर गये। उनके दोनों पैर क्षतिग्रस्त हो गये। पास ही जंगली भालू

आक्रमण के लिए होश में आने के इंतजार में था। पहले वे उससे निबटे। फिर बेहोश हो गये। फिर होश आए तो भालू जा चुका था। उनका कैम्प 35 किलोमीटर दूर था। वे घिसटते-घिसटते कैम्प पहुंचे। रास्ते में उनकी दोनों टांगें काट दी गयी। लकड़ी की टांगें लगने पर भी वे व्यायाम और मनोबल के द्वारा पहले की तरह हर काम कर लेते थे। फिर उन्होंने विमान उड़ाने की इच्छा जताई, यद्यपि अपंग व्यक्ति के लिए यह इजाजत नहीं थी फिर भी उन्हें यह इजाजत दी गयी।

सूरदास व मिल्टन प्रज्ञाचक्षु थे अस्तु उनकी यह बाह्यता कभी भी उनके लिए बाधा नहीं हुई। **लुडविग बिथोविन** अनाथ थे। फिर बहरे हो गये इसके बावजूद उन्होंने दुनिया को शानदार संगीत दिया। **हेलेन केलर** का तो कोई मुकाबला ही नहीं। वे अंधी तथा गूंगी-बहरी भी थीं। 1829 की लार बिगमेन के व्यक्तित्व के बारे में चार्ल्स डिकिन्स ने लिखा भी है। **विनोद बिहारी मुखोपाध्याय** की एक आंख बचपन में आपरेशन के दौरान हटा दी गयी। दूसरी आंख से बहुत कम दिखता था पर चित्रकला के प्रति उनका गजब का रूझान व समर्पण था। रवीन्द्रनाथ टैगोर ने उन्हें शांति निकेतन में आर्ट का शिक्षक नियुक्त किया। बाद में उनकी एक आंख की जो मामूली दृष्टि थी वह भी जाती रही उन्होंने हार नहीं मानी। उनकी दस अंगुलियां उनके लिए दृष्टि थी। फिर भी उन्होंने कई कलाकृतियां बनाई और कई पुस्तकें लिखी। इसी तरह कवि भीमा भोई हो या वेद मेहता शारीरिक विकलांगता से हार मानते ही नहीं है। **एमिनेंट डिस्एबल्ड पीपुल ऑफ दि वर्ल्ड** में विनोद कुमार मिश्र जी विकलांगों की सफलता के सीक्रेट उद्घाटित करते हैं। उनसे स्पष्ट होता है कि संघर्ष से पार पाने का माद्दा, तथा समय प्रबंधन से वे लोग अपनी कमियों को मात दे देते हैं। बाधा बाधा नहीं रहती। सहनशीलता, जिजीविषा, समय प्रबंधन और सफलता के रास्ते में रोड़े भी खूब अटकते हैं। कभी-कभी औरों द्वारा भी अटकाये जाते हैं। कारण जो भी हो व्यक्ति उससे पार जाकर अपना उद्देश्य और लक्ष्य अर्जित कर ही लेता है। आज की परिस्थितियों और जीवनशैली को देखते हुए जिजीविषा भी अत्यंत आवश्यक प्रतीत होती है। कई बार बच्चे अच्छे अंकों से पास होते हैं पर वे पेपर बिगड़ने या असफलता की आशंका से ही दुनिया से प्रयाण कर जाते हैं। इसलिए सहनशीलता के साथ-साथ उसके पूरक गुण भी अपेक्षित हैं।

सुप्रीतम दत्ता की दास्तान उनकी दुर्धर्ष जिजीविषा की दास्तान है। सड़क दुर्घटना में लोहे का सरिया उनके पेट के आर-पार हो गया, ऐसे ही एक व्यक्ति

की गर्दन से छड़ आर-पार हो गई। एक युवक के हृदय में निडिल घुस गयी ये सभी इन स्थितियों में भी बच गये। डॉक्टर तक ने कहा कि ये उनकी जिजीविषा, दृढ़ शक्ति और ईश्वर की कृपा का फल है। डॉक्टर तो कितने मनोयोग से मरीजों का ऑपरेशन और इलाज तथा दवा करते हैं पर हर केस में ऐसे परिणाम कहां प्राप्त होते हैं।

भय मुक्ति– यह गुण तो जीवन के लिए परमावश्यक है। हम बहुत समय से सुनते रहे हैं **जो डर गया सो मर गया।** डरना मरने से पहले ही मरना है। यह गुण न केवल समय प्रबंधन बल्कि हर क्षेत्र में कारगर है। समय प्रबंधन में यह गुण कारगर हो जाता है क्योंकि व्यक्ति डरेगा तो किसी काम में प्रवृत्त ही नहीं हो पाएगा। ऊहापोह, संकोच, करूं कि न करूं, पता नहीं क्या होगा, इन्हीं सब में उसकी सारी ऊर्जा लग जाएंगी। यही नहीं कुछ लोग अच्छा-भला काम शुरू करके भी उसे बीच में डरकर छोड़ देते हैं। डर बाहरी ही नहीं भीतरी भी होता है। असफलता का डर, अपने आपको साबित न कर पाने का डर, औरों से पीछे रह जाने का डर, अपने आपकी क्षमता न समझना और ऐसी ही डर के तमाम पहलू हैं जो बहुत-सा समय सोचने विचारने में ही समाप्त कर देते हैं। भय मुक्ति के बिना भय कभी भी सिर उठा सकते हैं तथा रास्ता रोककर खड़े हो जाते हैं। भय के कारण किसी भी काम के लिए व्यक्ति कितना ही समय लगा ले पर तैयार नहीं हो पाता। मानसिक रूप से तैयार होने में ही बहुत समय जाया हो जाता है। लोग पहले ख्वाहिश पालते हैं पर भय मुक्त नहीं होते, इसलिए लक्ष्य व सफलता के बीच अंतराल हो जाता है। कोई अंतरिक्ष यात्री या पायलट बनने का ख्वाब तो संजोये पर उड़ान से ही डरे तो वह कितना समय इस डर को दूर करने में लगाएगा। संभव है लक्ष्य ही छोड़ दे।

भय कितना खतरनाक होता है इसे इस उदाहरण से जाना जा सकता है: एक व्यक्ति बाजार में खड़ा था। तभी उसका मित्र आया और बोला- "अरे तुम अभी तक जिन्दा हो! मैं तो सोच रहा था दो महीने पहले तुम्हें उस दिन सांप ने काटा था और तुम मर गये थे।" उस व्यक्ति को जिसे यह भी याद नहीं था कि उसे कब सांप ने काटा है वह उसी दिन मर गया।

बड़ी-बड़ी दुर्घटनाओं में बहुत छोटे-छोटे बच्चे बच जाते हैं, क्यों? क्योंकि उन्हें मृत्यु का भय नहीं होता। 2008 और 2009 में रेल के शौचालय पथ से पटरी पर गिरे दो नवजात इसी तर्ज पर बच गए। एक की तो नवप्रसूता मां भी चलती रेल से कूद गयी। तमाम दुर्योगकारक स्थितियों के बावजूद उसका

सही-सलामत होने के पीछे भय मुक्ति का हाथ था या यह भी कहा जा सकता है कि वे भय के बारे में कुछ जानते ही नहीं थे।

लिफ़्ट में बुरी तरह फंसने के बाद मुझे अभी भी लिफ़्ट में चढ़ने से भय लगता है। मुझे यह लगा कि मेरा भय बहुत सोद्देश्य और लॉजिकल है, इसलिए कई बार उसको दूर करने के बारे में सोचने तथा दृढ़ संकल्प के बावजूद मैं उसे दूर नहीं कर पायी। एक बार लिफ़्ट प्रथम तल पर खुल गयी जहां निकलने का द्वार ही नहीं बना था, दीवार थी। मेरे और लिफ़्ट के बीच दीवार थी। बहुत देर बाद किसी तरह मैं द्वार तक आयी। अवकाश के कारण और कोई था भी नहीं। लिफ़्ट भय ने जीवन में मेरा बहुत समय बिगाड़ा है और अब भी बिगड़ता है इसमें कोई शक नहीं। एक बार तो पूरा घंटा बिगड़ा। मुझे कनिष्ठ होटल (तब यही नाम था) में रूफटॉप पर एक शादी समारोह में जाना था। सीमित आयोजन था। पंचसितारा होटल की लिफ़्ट में ऑपरेटर नहीं होते। इसलिए मैं अकेली जा नहीं रही थी। मैं चढ़ने वालों से पूछ भी रही थी वे कहां तक जा रहे हैं पर मेरा काम नहीं बना। बीच के किसी फ़्लोर से कोई उस फ्लोर तक के लिए चढ़ेगा, इसका यह मुझे भरोसा नहीं था। सम्भावना भी नहीं लग रही थी। सीढ़ियां खुली न थी। मेरी इस गतिविधि को काफी देर से होटल कर्मी देख रहा था। वह पास आया और हंसते हुए बोला, "आप जा क्यों नहीं रही?" उसकी मजाकिया अदा ने मुझे निराशा व शर्मिन्दा किया। मैंने झूठ बोलते हुए कहा, "मुझे हार्ट की दिक्कत है, डॉक्टर ने लिफ़्ट में चढ़ने से मना किया है। आप प्लीज़ मेरा यह उपहार रूफ टॉप तक पहुंचा दीजिये....।" वह और ज़ोर से हंसा और बोला- "आपको कोई हार्ट-वार्ट की तकलीफ नहीं है, आप मेरी तरह लिफ़्ट में चढ़ने से डरती है बहुत बुरा है ये डर...." उसने एक सुरक्षाकर्मी को साथ लिया और मुझे वहां तक छोड़ा। सच मैं बहुत शर्मिन्दा थी पर उन्होंने हंसकर माहौल हल्का बनाया। आज भी साथ जाने के लिए या लिफ़्ट ऑपरेटर को साथ लेने के लिए मेरा कुछ समय बिगड़ता है, पहले से काफी भयजित हुई हूं पर पूर्णतः नहीं। इसलिए मुझे दुःख है कि मेरा इस तरह समय बिगड़ता ही रहेगा।

लक्ष्य की पहचान– लक्ष्य की पहचान हो जाने के बाद उस पर ध्यान देना आवश्यक है। अन्यथा उस पर ध्यान दिये बिना कुछ भी काम किया जाए तो वो हमें अनावश्यक लगता है। जब हमें यह मालूम है कि हमारा लक्ष्य क्या है और हमें वहां कैसे पहुंचना है तो हम उसके साधन जोड़-जुटाकर उसे पा लेते हैं। यदि यही पता न हो कि क्या करना है, कैसे करना है, क्यों करना है, तो

बार-बार लक्ष्य जैसा कुछ बनता है, मिटता है, फिर हाथ से छिटक जाता है। लक्ष्य साध्य है उस पर समय रहते ध्यान न दिया जाए तो वह किसी बेकार साधन जैसा हो जाता है। लक्ष्य तय होते ही गति, तेजी, उत्साह, जोश जैसी तमाम शक्तियां मिल जाती हैं और सब साथ-साथ लक्ष्य प्राप्ति के लिए जुट जाती हैं। ढुलमुल और द्वन्द्व या ऊहापोह जैसी स्थितियां ध्वस्त होकर लक्ष्य निश्चय को उसकी प्राप्ति का महत्त्वपूर्ण हेतु बना देती है। लक्ष्य तय या निश्चित होने तक सोच-विचार, द्वन्द्व, चिंता, चिंतन, सब जायज है पर उसके बाद आवश्यकता से ज्यादा चिंतन, चिंता, लक्ष्य-बाधक है।

कार्य की गुणवत्ता– आधे-अधूरे काम करने की अपेक्षा शुरू से ही कार्य की गुणवत्ता की ओर ध्यान देने से कम समय में अधिक आउटपुट निकलता है। कुछ लोग सामग्री इकट्ठी करते चलते हैं पर उन्हें बाद में उनकी कोई उपयोगिता नहीं लगती। इसलिए केन्द्रित या फोकस रहने पर शुरू से ही इस बारे में विचार किया जा सकता है। अपनी क्षमताओं का आकलन करते रहने से दिन ब दिन कार्यों का स्तर और गुणवत्ता बढ़ती है। दिन ब दिन उसमें निखार होता है।

नौकरी लग जाने के बाद मुझे लगा कि अब मेरी पी.एच.डी. नहीं हो पाएगी। मन में बहुत दुःखी थी कि अब तक की मेहनत जाया हो जाएगी। मेरी मां को यह बात बहुत बुरी लगी। उन्होंने कहा अगर यह सोच लिया तो कभी नहीं हो पाएगी। पांचवीं कक्षा में मेरा बालविवाह हो गया। सुबह चार बजे उठकर घट्टी पीसनी पड़ती थी और तमाम काम। बीच में बच्चे भी होते गये और मैं पढ़ती गयी.... इतनी ऊंची पढ़ाई की.... बस यही मेरी क्षमता बढ़ोतरी कार्य की गुणवत्ता का हेतु बनी। प्रतिदिन एक घंटे से पढ़ाई शुरू की- केवल एक बिंदु लिखना वो भी ढंग से उसे पूरा करके ही आगे बढ़ना। कार्य की गुणवत्ता ने रूझान बढ़ाया फिर गति बढ़ी तो क्षमता भी बढ़ने को आकुल-व्याकुल हो उठी। फिर क्या था काम ने अच्छी-खासी रफ़्तार पकड़ ली। बड़ा लक्ष्य दिन ब दिन के छोटे-छोटे लक्ष्यों में बंटा और बूंद-बूंद से घड़ा भरने की प्रक्रिया शुरू हुई।

यदि हम किसी भी आविष्कार का इतिहास देखें तो हमें ज्ञात होता है कि वह कार्य की गुणवत्ता का भी इतिहास है। जो रेलगाड़ी आज है वह जेम्सवाट के आविष्कार और कार्य की गुणवत्ता का निखार है।

कार्यों की गुणवत्ता का वैज्ञानिक स्वरूप भी देखा जाए तो अच्छा है, हमें दैनिक, साप्ताहिक, मासिक, द्विमासिक, त्रिमासिक आदि टाइम बाउंड लक्ष्य बनाने चाहिए ताकि कार्य का स्तर बन जाए और बना रहे।

शारीरिक मानसिक स्वस्थता– शारीरिक और मानसिक स्वस्थता आधा कार्य करा देती है। लक्ष्य से सम्बन्धित दौड़-भाग, श्रम की आदत और मानसिकता हमें उसके प्रति सजग और स्फूर्त रखती है। यदि ऐन वक्त बीमार हो गए तो क्या लाभ। सब किया कराया रह जाएगा। कुछ लोग जब किसी काम में जुटते हैं तो बाकी सब कुछ छोड़-छाड़ देते हैं, इसलिए कभी-कभी लक्ष्य पाने के बाद स्वास्थ्य आदि भी उसे छोड़-छाड़कर चल देते हैं। वह उपलब्धियों के बीच भी रुग्ण और अस्वस्थ, अकेला अनुभव करता है। कार्य कितना ही सघनता से एकाग्रता से किया जाए पर ऐसा नहीं होता कि हम तन-मन का ध्यान न रख सकें। यदि दैनंदिन क्रियाएं ज्यादा लम्बी हैं तो उन्हें कम समय का किया जा सकता है। मसलन योग व व्यायाम सप्ताह के सातों दिन की बजाय तीन दिन या एक ही दिन में प्रातः व सायं भ्रमण व्यायाम की बजाय एक दिन भ्रमण एक दिन व्यायाम।

लक्ष्य प्राप्ति के भौतिक साधन– इनका भी दुरुस्त रहना आवश्यक है। यदि कोई बच्चा गांव से छह कि. मी. दूर दूसरे गांव में पढ़ने जाता है। उसकी साइकिल रास्ते में खराब हो जाती है और अन्य कोई साधन भी नहीं मिलता है तो संभव है उसकी परीक्षा छूट जाए। कभी-कभी कलम ही हमारे बीच बाधा बन जाती है। परीक्षा में इसलिए दो-दो, तीन-तीन कलम लेकर जाते हैं।

कम्प्यूटर कोर्स तत्सम्बन्धी सामग्री जितनी चुस्त-दुरुस्त रखी जाए काम भी वैसा ही होता है। कुमार 'क' ने बहुत ज्यादा कम्प्यूटर निर्भरता रखी। कक्षा के नोट्स भी लैपटॉप पर ही बनाए। ऐन वक्त सारा डाटा उड़ गया। वायरस ने सब चौपट कर दिया। साधन साध्य तक पहुंचाने के हेतु हैं, इसलिए उन पर भी पर्याप्त ध्यान देना है। वे समय प्रबंधन के अपेक्षित टूल हैं। परीक्षा में एक ही पेन लेकर आने वाला, रुकने पर उसे फिर चलाने या किसी से मांगने में दस मिनट तक खा सकता है। साधन की विफलता और मनःस्थिति का कार्य की गुणवत्ता पर जो प्रभाव पड़ता है उसे तो हमने गिना ही नहीं है।

इस तरह समय सीमा में आंतरिक-बाह्य साधनों को ठीक रखकर हम समय प्रबंधन की आत्मा से जुड़ सकते हैं। आए दिन हम ऐसी-ऐसी दुर्घटनाओं के बारे में सुनते हैं जिसमें व्यक्ति अपनी पूरी निष्ठा तथा प्रयास के बावजूद साधन की विफलता से लक्ष्य वंचित हो गया। कल्पना चावला व समस्त अंतरिक्ष यात्रियों का दल कई दिन अंतरिक्ष में सफल परीक्षण करके लौट रहे थे। धरती पर उतरने ही वाले थे कि मात्र सोलह मिनट पूर्व ही यान दुर्घटना से सब कुछ नष्ट हो गया। उड़ने का प्रयास करने वाला व्यक्ति 3 मील तक सफलतापूर्वक उड़ा। वह

सफलता को और पूरी तरह पुख्ता बनाने का प्रयास कर रहा था कि पैराशूट न खुलने से सिर के बल जमीन पर गिराने से उसकी मृत्यु हो गयी। एडीसन अपने प्रयोग के आखिरी निष्कर्ष तक पहुंचने ही वाले थे कि उनकी पूरी प्रयोगशाला आग में जलकर राख हो गयी। फिर से तिनका-तिनका उन्होंने जोड़ा। इसलिए साधनों की महत्ता हमें माननी पड़ेगी। हमने संजय गांधी, माधवराव सिंधिया, राजेश पायलट जैसे को हवाई दुर्घटना में खोया। वे अपने आप में समर्थ-सक्षम होते हुए भी साधन की विफलता से सब कुछ खो बैठे। दुर्भाग्य से हमारे यहां इन सबका खुलासा व्यक्ति के हाथ से निकल चुकने के बाद होता है।

यदि एक संगीतज्ञ के सितार का तार मंच पर टूट जाए तो वह कितना ही दक्ष हो उस समय प्रस्तुति नहीं दे सकता। इसी तरह गवैया गलत सुर के ठीक न होने की स्थिति में कुछ नहीं कर सकता। हर जगह वैकल्पिक व्यवस्था संभव नहीं होती। मैंने एक ऐसी ही साधनजन्य विफलता का शिकार होती हुई बच्ची देखी। उसे नृत्य प्रस्तुत करना था और टेप रिकॉर्डर था कि चल ही नहीं रहा था। दूसरा इन्तजाम भी संभव नहीं था। जब गाना पूछा तो संयोग से वह गाना मुझे आता था। मैंने उसके लिए गाने का प्रस्ताव किया वह फिर भी हिचकिचा रही थी। कब कौन-सा एक्शन करना है यह उसे कैसे पता चलेगा। पता नहीं कहां इंटरल्यूड आ जाएंगे, कहां नहीं.... किसी तरह उसने अच्छी प्रस्तुति दी पर उस संकटमय दौर ने साधन का महत्त्व बता ही दिया। धावक कितना ही तेज दौड़ता हो, मौके पर टांगें ही न चले तो वह क्या कर पाएगा। इसलिए लोग अपने साधनों को चुस्त-दुरुस्त रखते हैं। ज्यादा महान लोग आंतरिक गुणों और बाहरी उपकरणों का समान महत्त्व समझ लेते हैं। इसलिए एक को पाकर ही पुलकित नहीं हो जाते, बल्कि दूसरे के लिए भी उतना ही प्रयास करते हैं। वे जानते हैं सफलता की त्रिवेणी इनके संगम से निकलती है।

आवश्यकता आविष्कार की जननी है। यह सूत्र वाक्य भी अपने आप में बहुत कुछ कहता है और बताता है। मानव इतिहास की कहानी इस बात की द्योतक है कि साधन मनुष्य की आवश्यकता रहे हैं। दिनों-दिन यह आवश्यकता बढ़ी है और बढ़ती जा रही है। आज जो साधन हमें भौतिक लगते हैं वे साधन प्रकाश में आने या आविष्कृत होने की प्रक्रिया में महान वैज्ञानिकों का साध्य रहे हैं। उन पर एक नहीं अनेक वैज्ञानिकों ने तन-मन, धन, श्रम, ऊर्जा, जीवन ही नहीं प्रत्युत अपना सर्वस्व न्यौछावर किया है। यही नहीं जो साधन आज उपयोगी, पुख्ता तथा मुकम्मल दिखते हैं उन्हें एक ही बार में नहीं बना लिया गया बल्कि कई-कई चरणों में उन्हें बनाकर

सफलता पायी गयी है। कई आविष्कार में आज भी प्रयोग चलते हैं। मानव-मस्तिष्क दिनों-दिन इन साधनों को चुस्त-दुरुस्त और अधिकाधिक उपयोगी बनाने में लगा ही रहता है। साधनों को कमतर समझना या आंकना हमारी बहुत बड़ी भूल है। वैकल्पिक व्यवस्था जितना श्रम, समय, ऊर्जा खाती है उतने समय में हम लक्ष्य के अगले पड़ाव तक पहुंच सकते हैं। साधनों का महत्त्व न समझने और मानने वालों के लिए विकल्प अपवाद नहीं नियम स्वरूप आते-आते उन्हें कहीं का नहीं छोड़ते। इसलिए लक्ष्य की पहचान परमावश्यक है। उतनी ही आवश्यक है उसके पथ की पहचान भी। इसलिए राजमार्ग पर जगह-जगह रास्तों और कि.मी. के बारे में सूचना लगायी जाती है ताकि हम राह भटके नहीं, सही समय पर सही जगह पहुंच जाएं। एक कविता है-

पूर्व चलने के बटोही बार की पहचान कर ले

लक्ष्य बेध की बात पर अर्जुन और चिड़िया की आंख का उदाहरण बहुत सटीक है पर बिना धनुर्ज्ञान के खाली चिड़िया की आंख देखने से क्या हो जाता।

लक्ष्य निर्धारण के समय सतत चिंतन आवश्यक है। कहीं ये न हो कि आज ये कल वो के चक्कर में हम कहीं कुछ न कर पाएं। कुछ लोग लक्ष्य चिंतन ठीक नहीं करते, न ही उनके अपने लोग इस बारे में पर्याप्त ध्यान देते हैं। परिणाम स्वरूप अच्छे-खासे होशियार लोग भी अटक-भटक जाते हैं। औसत छात्र लक्ष्य विषयक चिंतन से काफी आगे बढ़ जाते हैं। धीरूभाई अम्बानी पेट्रोल पम्प पर मामूली काम करते थे। एक दिन देश के इतने बड़े उद्योगपति बन गये, क्योंकि उन्हें पता चल गया था कि लक्ष्य हाथ में कैसे आता है। लक्ष्य केवल सोचने से मिलने वाली चीज नहीं। ऐसा होता तो हर कोई लक्ष्य को चाकर बनाए घूम रहा होता। स्पष्ट लक्ष्य लेजर किरण की तरह होता है जो रास्ते की रुकावटों को काट देता है।

कार्य की गुणवत्ता के लिए अपेक्षित है कि कार्य को पूरे धैर्य और लगन से किया जाए। लाओत्से की मान्यता थी... जो भी करें उसे लगन और धैर्य से करें..... अगर रास्ते में चल रहे हो तो चलने का आनंद लो.... यानी छोटे-छोटे कामों में भी ये गुण अपेक्षित हैं। मैं जब भी बीमार होऊं, मुझे एक डॉक्टर के बारे में भरोसा है कि वह देख ले तो पूरी तरह ठीक हो जाऊंगी क्यों? इतने डॉक्टर देखे पर उसी पर भरोसा क्यों? क्योंकि वह ज्यादा काम का रोना नहीं

रोती, न ही अधीर होती है। वह धैर्यपूर्वक बीमारी के लक्षण सुनती है, दवा देती है, समझाती है, फिर आने को कहती है। मुझे लगता है वह औरों को भी इसलिए अच्छी लगती है क्योंकि अपना कार्य गुणवत्ता और धैर्य से करती है। समस्या सुनाते वक्त हम ज्यादा समय लेने की शर्मिन्दगी व्यक्त करें तो प्यार से कहती है आप मेरा ही काम आसान कर रहे हैं। अनगिनत उदाहरण भरे पड़े हैं ऐसे, जैसे बिल गेट्स ने दो समोसे खाकर दिन बिताया तो इन्फोसिस के नारायण मूर्ति ने साक्षात्कार में असफल हो जाने के बाद दो कमरों वाले स्थान को किराये पर लेकर काम शुरू किया। काम की गुणवत्ता ने आज उन्हें इस मुकाम पर पहुंचाया। ■

वक्त एक बहती नदी की तरह है जो लगातार बहती है और कभी वापिस लौटती नहीं है।

–चीनी कहावत

22

समय ही समय है

जो वक्त को बेदर्दी से व्यर्थ करते हैं, वे ही वक्त की कमी का ज्यादा रोना रोते हैं।

–अज्ञात

हमारे एक परिचित हैं उनसे जब भी बात करो, वे कहते हैं "समय ही समय है।" कई बार उनसे यह सुन-सुन कर मुझे लगा कि शायद बोलते-बोलते यह उनका तकिया कलाम हो चुका है। पर जब उनसे इस बारे में बात की तो कहने लगे एक यही चीज तो है जो सृष्टि के शुरू से ही ग्लोबलाइज़ है। यह ईश्वर की ओर से दिया गया एक जैसा उपहार हैं जो सबको मिला है। सविस्तार बात करने पर वे नाक पकड़ लेते हैं, अपनी नहीं, हम लोगों की यकीनन हम थोड़ी ही देर में उसे छुड़ाने की कोशिश या उनसे छोड़ देने को कहेंगे, फिर वे कहते हैं, "ये है समय की ताकत- एक मिनट से भी कम समय में क्या हो सकता है ये जाना आपने? मैं समय को इस भाव से बचाता और खर्चता हूं। आगे कहने लगे मेरा टाइम मैनेजमेन्ट इतना जबर्दस्त था कि मेरी शादी में मुश्किल पड़ी। मैं रात की ड्यूटी करता था। दिन में पढ़ाई और शयन, कई लड़की वालों को लगा मैं दिन-भर घर में ही रहता हूं, नौकरी वाली बात झूठी है। मैं वही करता हूं जो करना चाहता हूं। अनावश्यक कोई काम गले नहीं डालता। कामों की सूची बनाता हूं, पूरा होने पर एक-एक करके टिक लगाता हूं। मेरी इस आदत ने मुझे बहुत सुख दिया। यदि मैं बिजली, नल, राशन या ऐसे ही किसी दफ़्तर पहुंच गया तो काम कराकर ही लौटता हूं। पहला ही सवाल होता है आपका काम कब तक होगा इसका समय दीजिये। वे टालमटोल की कोशिश तो करते हैं पर असल में कर नहीं पाते। मैं उन्हें ताकीद कर देता हूं कि मैं पागल कुत्ते की तरह आपके पीछे पड़ जाऊंगा। मैं आपकी तरह व्यस्त आदमी नहीं हूं मेरे पास समय ही समय हैं। बस समय ही समय है का जुमला उन्हें भारी लगता है।

ऐसा नहीं है कि हमारा देश समय की कीमत नहीं समझता पर इन भ्रष्ट हुक्मरान को कौन समझाए। एक बार मैं बिजली के दफ़्तर गया। 10:30 पर एक्ज़ीक्यूटिव इंजीनियर के पी.ए. ने कहा– "अभी वे कोई बात नहीं कर सकते। 11 बजे से 12 बजे तक जनता का समय है।" इस बीच मैंने खड़े-खड़े आधा घंटा पढ़ते हुए बिताया। ऐन 11 बजे वे साहब उठकर जाने लगे तो पी.ए. बोला, 'मैं क्या करूं साहब की मर्जी।' साहब को मैंने कहा तो बोले, 'क्या करूं कोर्ट से बुलावा है।' मैंने निवेदन किया 'कोर्ट का आदेश देख सकता हूं।' वे अबे-तबे पर उतर आए 'तू कौन होता है.'... मैं उन्हें सुपरिटेन्डेंट इंजीनियर के कक्ष में ले गया और उनसे कहा– 'यदि ये कोर्ट हेतु जा रहे हैं तो आई हुई जनता के काम के लिए किसी और को काम दीजिये या आप कीजिये। मैं आज अपना काम कराए बगैर नहीं जाऊंगा।' बाद में पता चला कोर्ट जाने की बात झूठी थी। उन्होंने ही हमारा काम किया है। समय की बात पर तो मैंने ऐसे लोगों की पुलिस रिपोर्ट तक करायी है।

समय के प्रति सजग होने से मेरे पास इसकी कमी नहीं रही। जागरूक नागरिक भी बना। मैं अखबारों में आई सूचनाएं डायरी में संगृहीत करता हूं। टॉल फ्री नंबर, विजिलेंस, विभागों के उच्चाधिकारियों के नंबर भी समय-समय पर समाचार पत्रों में दिये जाते हैं। लाखों रुपए के विज्ञापनों के तहत। हम इसे देख भर लेते हैं, मैं अनदेखा नहीं करता। यह मानता हूं यह सूचना सिर्फ मेरे और मेरे जैसों के लिए ही है, मेरे घंटों के काम मिनटों में हो जाते हैं।"

घर का सामान मंगाने के लिए दुकानदार घर पर फ्री सेवा उपलब्ध कराते हैं, हम उन सेवाओं का लाभ उठा सकते हैं। धोबी आदि भी एक ही हो तो वह घर आकर कपड़े ले- देकर जाता है, राजी-राजी। हम थोड़े सहनशील होकर भी समय की तंगी खत्म कर सकते हैं। बच्चे काम करना चाहते हैं। टोका-टोकी, मीन-मेखबाजी से वे बिफर जाते हैं। प्रशंसा और प्रोत्साहन से वे बहुत कामों में मदद करते हैं। यदि वे थोड़ा कम या बेहतर काम भी करे तो हर्ज नहीं। इससे हमारे साथ-साथ उनको भी समय प्रबंधन की आदत सीखने को मिल जाती है।

अपने आपको फैलाने से भी बचाया जाए तो भी समय ही समय है। समेटने का मतलब यह नहीं कि हमें जो करना है वह भी न करें। ज्यादातर लोग अधिकार अपने ही पास रखना चाहते हैं, इसलिए उन पर काम का बोझा भी बढ़ता है। और काम नहीं तो चौकसी और ऐसी ही हरकतें उनका जिम्मा बढ़ाती है। अनावश्यक जिम्मा।

इधर सफलता और समय के प्रति सजग होने के बाद मुझे भी अनुभव होता है कि मेरे पास समय ही समय है। मैंने अपनी याद्दाश्त क्षमता भी बढ़ाई। कामों को नोट करना शुरू किया। दिन के टारगेट तथा हफ़्ते के टारगेट बनाए। पूरे न होने पर अपने आपको दण्डित भी करती हूं। सबसे ज्यादा सुधार इसी से हुआ।

हमें समय रहते यह तय कर लेना चाहिए कि हमें करना क्या है? पाना क्या है? तब हमारे प्रयत्न सही-सीधी दिशा में होते हैं। हम इधर-उधर बिखरते नहीं है। अच्छा भी है। केन्द्रित होने से वही जानकारी या काम हमारा रोजमर्रा का पहलू तथा हिस्सा हो जाती है।

श्रीमान 'ख' सामाजिक कामों में एक धंश ठहरते हैं। वे कहते हैं, "एक-एक घंटा आने-जाने में भी लगता है। वे चर्चा में बताते हैं जनता के लिए काम कम और संस्थाओं के अपने ही काम के लिए ज्यादा होते हैं। अब कहीं से लाखों रुपयों का अनुदान मिला है तो उसके खर्च को दिखाने के लिए कई दिनों की सेमिनार भी करनी है। मैं जहां भी हूं वहां अपने हिसाब से तयशुदा समय ही देता हूं।"

श्रीमान 'ग' कहते हैं, "मैं अपने काम बाबुआना तरीके से करता हूं। कई फाइलें बनाकर उनमें जानकारी रख-रखकर। कोई भी निरर्थक कागज इनमें नहीं आने देता। हर महीने उन्हें टटोलता हूं। जो मुझे रखते समय ठीक लगते हैं वे रख लेता हूं जो अनुपयोगी प्रतीत होते हैं उन्हें निकाल देता हूं। जरूरी सूचना हो तो कहीं उतार लेता हूं।"

समय ही समय है का वृहद अहसास बहुत उपयोगी है। यह नए लक्ष्यों और समय का सर्जक है। हमारी क्षमताओं को बढ़ा देने वाला भी। हम समय की कमी को मन से स्वीकार कर ही नहीं कर पाते। फिर कई बार लगता है समय ही न रहा तो।

कोई फैशन डिजाइनर है वह फैशन से सम्बद्ध जगत् में ही रचता-बसता है तो भी उसके पास समय ही समय है। एक ही काम का जिम्मा रहने पर भी एकरसता नहीं होती, क्योंकि हमारे शरीर, घर और दैनंदिनी कामों में तो विविधता होती ही है।

जब हम छोटे होते हैं तब इतना समय होता है कि काटे नहीं कटता। मां-दादी उस समय को भरने-पूरने के लिए बहुत मेहनत करती थी। आज न पढ़ने का दबाव है, न कोई और तनाव, पर समय नहीं।

समय ही समय है की फीलिंग द्वारा हम अपने आपको हील कर सकते हैं। यह अनुभूति मन और दिमाग के लिए स्पेस की सर्जक है। धीरे-धीरे वे और भी

स्टोरेज के लिए तैयार हो जाते हैं। काफी डम्प सामग्री को रिलीज़ भी करते हैं।

रणजीतमल मेहता जज रहे हैं। वे अपनी पुस्तक 'द सीक्रेट ऑफ पर्मानेन्ट हैपीनेस में कहते हैं- Happiness and misery are the necessary fruits of our own actions and can not be attributed to chance............... इस तरह कहने का तात्पर्य है प्रसन्नता और सुख हमारे ही कार्यों का परिणाम है।

समय ही समय की अनुभूति निरन्तर आवश्यक

यह अनुभूति स्व सम्प्रेषक है। कहते हैं जैसा सोचो वैसा होने लगता है। दरअसल वो सब अपने आप नहीं होता, बल्कि इस तकनीक द्वारा हम स्वयं करते हैं। यह अनुभूतिकारक वाक्य धीरे-धीरे समय की इफरात करने लगता है। यह कैसे काम करता है इसकी मानसिक प्रक्रिया पर गौर करना भी अत्यावश्यक है। जब शुरूआती दिनों में हम ऐसा सोचते हैं तो हमें लगता है हमारे पास क्या इतना समय है जो हम ऐसा सोच बैठे हैं? फिर लगता है सोचा है तो इसे ही सही भी साबित करना है। फिर अगले क्रम में हम आत्मनिरीक्षण की स्थिति में आते हैं और देखते हैं कि क्या-क्या निरर्थक बोझ हम बिना काम के ढो रहे हैं फिर स्वयं उनको संपादित करने लगते हैं। छुटकारा भी पाते हैं और कुछ दिनों बाद हमारे पास सचमुच समय ही समय हो जाता है। यह समय हम अपने काम और क्षेत्र से सम्बन्धित विभिन्न प्रकार के कौशल में लगा सकते हैं। यह ब्याज पर फिर कमाई की तरह ही कलदार है क्योंकि थोड़े समय से सीखे गये ये कौशल और ज्यादा समय बचाते हैं? ये कौशल स्पष्ट, स्वयं को मोड़ने और सीखने की शक्ति के रूप में आन्तरिक भी हो सकते हैं। साथ ही हुनरमंद और नई-नई तकनीक को जानने तथा सीखने जैसे बाहरी भी।

शान्तनु छात्र है। एक बार रात को बाइक का कोई तार निकला, वह पूरी रात दिल्ली की सड़कों पर घूमता रहा। प्रातः चार बजे करीब एक व्यक्ति ने तीन-चार मिनट में काम करके राहत दी। तब उसने सोचा वह जब तक कामचलाऊ तकनीक जानेगा सीखेगा नहीं तब तक इस क्षेत्र में प्रवृत्त नहीं होगा। कामचलाऊ तकनीक में वह कम समय में ही इतना दक्ष हो गया है कि घरवाले उसे मजाक में कहते हैं यदि और कुछ नहीं हुआ तो इस क्षेत्र में तुम अच्छा-खासा कमा सकते हो।

डॉ. वीरेन्द्र सक्सेना लेखक हैं, उन्होंने सेवानिवृत्त होने के बाद कार और कम्प्यूटर सीखे। कहीं आने-जाने और अपने लेख आदि तैयार करने में वे आत्मनिर्भर हो गये हैं। समय काटने की समस्या भी नहीं है और न ही परनिर्भरता। वसंत कुंज जैसे दूर के इलाके में रहने का भी उन पर कोई खास असर नहीं है।

पिछले कुछ वर्षों में आलोक पुराणिक कई जगह छपते हैं। ऐसा नहीं है कि वे बहुत अच्छा ही लिखते हैं या उन जैसा कोई और नहीं है। कारण है कि वे स्वयं कम्पोज़ करके वन क्लिक से रचना जगह-जगह प्रेषित कर देते हैं। उनका अपना ब्लॉग भी है। कहने का तात्पर्य यह है कि उन्होंने अपने आपको तकनीक फ्रेन्डली बना रखा है, इसलिए सफल हैं। कम समय में बेहतरीन आउटपुट है, शोहरत, पैसा, संतोष, सब स्तर पर। अब तो आप समझ गये होंगे कि लोगों के पास समय की कमी नहीं है।

इस तरह समय ही समय है की अनुभूति के द्वारा यथार्थतः समय की इफरात से हम अपने क्रियाकलापों, भावनाओं तथा व्यवहार को नियंत्रित करने की कला सीखते हैं। जब हम इस तरह समय का नेतृत्व करते हैं तो समय भी हमारा नेतृत्व करता है।

इस चर्चा के दौरान एक सज्जन के अनुभव बहुत रोचक रहे। उन्होंने मुझे कहा "जब मैंने अपने आपको समय ही समय होने का मैसेज दिया तो मानो मुझे मैसेज मिला कि मुझे अपनी जिह्वा का बेहतर मैनेजमेण्ट करना चाहिए। इस बात को ज्यों ही मैंने समझा त्यों ही पहले तो मुझे खूब हंसी आई। मैंने अर्से के बाद इतना खुलकर हंसने का मौका पाया, समय पाया। फिर लगा आपसे मैं हंसी की बात शेयर करूं, इसके पहले और सोचूं तो मैंने जिह्वा का मजाक-मजाक में प्रबंधन सोचा तो पाया कम बोलूं, सन्तुलित बोलूं, जितना जरूरत हो, अच्छे शब्दों में कहूं। दो दिन मैंने कोई बात शिकायती लहजे में न कहने का निश्चय किया। एक दिन मैं सफल रहा, दूसरे दिन किसी ने उत्तेजित किया तो असफल रहा। खैर एक से दो, दो से चार.... इस तरह बढ़ते-बढ़ते मैं इस स्तर पर आ गया। कुछ दिन तो लगा जैसे जीवन में रस ही ख़त्म हो गया हो। पत्नी से नोक-झोंक गायब हुई तो लगा अब हर कोई मुझ पर हावी हो जाएगा। घरवालों ने इतना अच्छा होने का सिला ये दिया कि आप हताशा के शिकार हो रहे हैं, डॉक्टर से मिलो। बुरे भी थे तो क्या सही तो थे। खैर साहब, अब काम की बात करता हूं, हंसी-मजाक भी चलता है, निरर्थक समय भी नहीं खर्चता और कोई झंझट भी नहीं होता, मेरे पास समय की कहीं कोई कमी नहीं है।"

पीछे मुड़ने का प्रश्न ही नहीं है

एक बार में एक काम छेड़ दिया जाए तो दृढ़ संकल्प द्वारा उसे पूरा करना ही है, इससे भी नए-नए कामों को नए सिरे से शुरू करने का समय बचता है।

यह उसी तरह है जैसे कई मंजिला मकान की नींव और पहला तल बनाना फिर उसमें उतना श्रम, समय, पैसा नहीं लगता।

हम कई बार आसपास पाते हैं कि कुछ लोग एक ही क्षेत्र में अपनी पूरी ऊर्जा, क्षमता व ताकत लगाते हैं। उनके पास पर्याप्त पैसा और शोहरत और जो कुछ एक सफल जीवन के लिए चाहिए वो सब कुछ होता है। इसके साथ ही उन्हें अपने क्षेत्र की जानकारी इतनी ज्यादा होती है कि बहुत ज्यादा दौड़-भाग, सिर -खपाई जैसी तमाम बातों में उनका समय नहीं लगता। इस कारण उनके पास सुखी तथा आनंदप्रद जीवन के लिए समय की कमी भी नहीं रहती है।

बार-बार पीछे जो भी मुड़ता है उसको बहुत कुछ से उसकी भरपाई करनी पड़ती है। एक सज्जन श्री ने पहले कोचिंग सेंटर खोला, फिर एक साल बाद प्ले स्कूल, अब उनका मानना है कि आजकल लोग कोई भी काम चलने ही नहीं देते। खुद ही स्थिर व दृढ़ संकल्पी तथा मेहनती नहीं है तो कोई आपके लिए वैसा कैसे हो जाएगा। आज भी ये सज्जन घर-परिवार की अच्छी-खासी पूंजी फूंककर नाकारा बने घूम रहे हैं। निठल्ले कहला रहे हैं। समय काटने को नए-नए शगल करते हैं। बेहतरी यही है कि लोग एक बार काम शुरू करके पीछे न मुड़े, कामयाबी खुद पीछे चली आती है।

खुद ही कदम चूम लेती हैं मंज़िल, पर मुसाफिर हिम्मत न हारे।

यदि असफलता हाथ लग भी रही है तो उसको भी समय दिया जाए, उसके कारणों और निवारणों पर पर्याप्त विचार-विमर्श किया जाए। यथार्थवादी सोच अपनाई जाए। पुराने संदर्भों से मुक्ति भी पानी पड़े तो पाई जाए और नए पहलू तलाशे जाएं। इन सब कामों के लिए मन में यह सोच और समय ही समय होने का भाव रहना चाहिए ताकि इस तरह की पकड़न-जकड़न अनुभव न हो और समय के अनुकूल मानसिक सक्रियता हो सके।

■

> वक्त और शब्दों का उपयोग लापरवाही से ना करें क्योंकि वे कभी वापिस पलटते नहीं।
>
> **–अज्ञात**

23

समय से आगे

घड़ी में दौड़ती सुईयों से हमें इस बात की प्रेरणा मिलती है कि वह अपने हाथों को व्यस्त रखकर वक्त काट रही हैं।

आप भी मेरी तरह अपने आसपास कई ऐसे लोगों को देखते होंगे या पाते होंगे जो समय से बहुत आगे चलते हैं, सोचते हैं। ऐसा किस कारण से होता है, यह भी जानने का बहुत मन करता है। अक्सर लोग इस प्रतिभा को पूत के पैर पालने में कहकर कोई ईश-कृपा मान लेते हैं। कुछ इसे गॉड गिफ़्ट कहकर उनके सारे प्रयासों पर पानी फेर देते हैं। कल को सम्भव है विज्ञान भी इसका श्रेय किसी जीन को देगा।

समय से आगे चलने वाले लोग टू द प्वाइंट; अच्छे निरीक्षक, प्रखर द्रष्टा, स्पष्ट लक्ष्य वाले होते हैं। उनकी हर बात गणित के फॉर्मूले की तरह साबित होती है। इनकी समाज, व्यक्ति और ऐसी ही तमाम ईकाइयों की परख तथा पकड़ गजब की होती है। कई बार उन पर विश्वास ही नहीं होता। औसत सोच वाले समाज को उनकी बातें समझ में भी नहीं आती।

सुकरात, मोहम्मद साहिब, ईसा मसीह और ऐसे तमाम युग द्रष्टा समय से कितना आगे सोचने वाले हुए। तभी तो उन्हें युग द्रष्टा माना जाता है। इस तरह के तमाम लोगों को सामाजिक प्रताड़ना, उपेक्षा, दु:ख-कष्ट आदि का शिकार होना पड़ता है। सौभाग्य से अब समय बदला है। आदिम युग की सजाएं आज नहीं मिलतीं, पर ऐसे कई लोगों को आज भी सामाजिक उपेक्षा तथा प्रताड़ना का शिकार होना पड़ता है। कईयों को पागल सनकी करार दिया जाता है। फिर वही समय आता है जब उनकी सोच को व्यक्ति ही नहीं, सदी और युग भी सलाम करते हैं।

समय से आगे जो भी चलेगा, उसकी सोच की गति मन की गति जैसी होती है। प्रखर चिंतन व लक्ष्य की स्पष्टता और स्पष्ट दृष्टि का यह अनोखा, अमूल्य उपहार है, प्रतिफलन है। ऐसे व्यक्ति अंधविश्वास, पाखण्ड और ऐसे ही तमाम पूर्वग्रहों से मुक्त होते हैं।

राजर्षि चाणक्य के जीवन के इस आख्यान से हम समझ और जान सकते हैं कि हमसे वे किस तरह आगे की सोचते हैं या हम भी वैसा होना चाहें तो कैसे हो सकते हैं.... चाणक्य के सामने के दांत को देखकर उनकी मां रोने लगी। उन्होंने कारण पूछा तो बोली– "इस दांत पर जो चिह्न बना हुआ है उससे पता चलता है कि तुम एक दिन बहुत बड़े आदमी बनोगे।"

चाणक्य ने कहा– "यह तो अच्छी बात है।" मां ने कहा- "बेटा जो बड़ा आदमी बन जाता है वह अपने को भूल जाता है।"

उन्होंने कहा– "इस निशान को फिर अभी मिटा देता हूं।" मां के ना-ना करते हुए भी उन्होंने उस दांत को तोड़ दिया। माता उनके इस त्याग से विह्वल हो उठी।

ऐसे लोगों के लक्ष्य निजी और मामूली न होकर वृहद् विशाल होते हैं। जितेन्द्रिय होकर भी वे अपने आप पर विजय पाकर अपना तन-मन, धन, समय सब कुछ औरों के लिए समर्पित कर देते हैं। चाणक्य की माता वृद्धावस्था में रुग्ण हुई। उन्होंने उनकी बहुत सेवा की। वस्त्र धोने से लेकर मलमूत्र साफ करने तक। वे न बचीं। चाणक्य दुःखी हुए फिर भी तक्षशिला नगर के बाहर पर्णकुटी में बैठकर देश के बारे में सोचने लगे। शोक के समय गंवाते उनका उन्होंने उदात्तीकरण किया।

ओबामा के अमरीकी राष्ट्रपति बनाए जाने पर ऐसालग रहा था जैसे दुनिया में पहली बार ऐसा हुआ हो पर आर्य-चाणक्य सामाजिक विषमताओं के विस्फोट से परिचित थे। उन्होंने इसको सकारात्मक ऊर्जा में तब्दील किया। चाणक्य ने दासी पुत्र चन्द्रगुप्त मौर्य को राजा बनाया। विदेशी आक्रान्ता सेल्यूकस की पुत्री हेलेना से उसका विवाह कराया। सभी राजाओं को देशहित हेतु एक किया। नन्द वंश को हराकर चाणक्य ने चंद्रगुप्त को राजा बनाया। उनके अमात्य राक्षस के गुणों की हर कीमत पर पूजा की। उनकी योग्यता पर भरोसा किया और उन्हें चंद्रगुप्त का सचिव बनाया। समय व राष्ट्र प्रबंधन का इससे अधिक सशक्त उदाहरण अन्यत्र बमुश्किल ही मिलेगा। स्वयं उनका रहन-सहन एकदम मामूली कक्ष में चूल्हा, राख, कुछ पुस्तकें व दो दीपक- एक से अपना व दूसरे से

सरकारी कार्य। इस तरह सेल्फ मेन्टेनेन्स और मैनेजमेंट के नाम पर ऐसा कोई तामझाम आर्य चाणक्य के पास था ही नहीं। जिसमें समय तथा ऊर्जा खर्च हो, इसलिए सम्पूर्ण समय वे अपने मूल लक्ष्य को समर्पित कर सकते थे।

दूसरों की सलाह को मानना, उस पर अमल करना उनकी आदत में शामिल होता है। इस तरह स्वचिंतन न भी हो तो वे करने लगते हैं। महर्षि वाल्मीकि रत्नाकर नामक डाकू थे। एक पथिक को लूटने लगे तो पथिक ने कहा– "क्यों अपना जीवन गलत कामों में लगा रहे हो जिनके लिए ये सब कर रहे हो वे कभी तुम्हारे पाप के भागी होना स्वीकार नहीं करेंगे।" वाल्मीकि ने उनकी बात सुनी, शीघ्र पुख्ता निर्णय लेकर वे निर्णय के लिए लगातार सोचने वाले लोगों से काफी आगे निकल जाते हैं। ये ही क्रौंच पक्षी के जोड़े में से एक पक्षी को व्याध द्वारा मारने पर वाल्मीकि कितने द्रवीभूत हो जाते हैं। तब से डाकू रत्नाकर वाल्मीकि होकर आदि कवि हो जाते हैं।

अपने सुधार-परोपकार हेतु व्यक्तित्व कर्म और सभी पक्षों में इस कदर परिवर्तित भी करना पड़े तो वे तैयार होते हैं, वे दूसरों से बदलने की अपेक्षा नहीं रखते। खुद बदलते हैं। परिवर्तनों से डरते नहीं है। घर की आकांक्षा भी नहीं रखते। इन सब चीज़ों को सकारात्मक दृष्टि से देखते हैं। जीवन उनके लिए तनावदायी नहीं बल्कि खूब आरामदायक होता है तमाम परिवर्तन के बावजूद।

यही नहीं मन में जो भी शंका या जिज्ञासा उठती है उसका समुचित समाधान आवश्यक है। दूसरे कन्वींस करने की कोशिश भी करें तो उसके लिए हां में हां मिलाने की बजाय वे तर्क के मानकों पर उन्हें कसकर भी देखते हैं। उपनिषदों में भी कहा गया- **'अथातो जिज्ञासा'** जिज्ञासा ज्ञान का मूल है। हां में हां मिलाने वाले लोग आज भी लुंज-पुंज समझे जाते हैं। उनका अपना व्यक्तित्व उभर भी नहीं पाता। जो अपने द्वेषियों से द्वेष नहीं रखते, उनका भी भला सोचते हैं, इसलिए समय से आगे चलने वाले महामानव कहलाते हैं। शताब्दी पहले महर्षि दयानंद की सोच देखें तो हमें लगता है इतना आगे तो आज भी हम नहीं सोच पाते- महर्षि दयानंद शिवलिंग पर चूहे को मिठाई खाते देखकर शंकित हुए जो अपने ऊपर से इस चूहे को नहीं हटा सकते वे हमारा कल्याण कैसे करेंगे। उन्होंने पिता द्वारा समझाने के बावजूद मूर्तिपूजा बंद कर दी। सन् 1881 में समाज आज जैसा न था। इसी घटना के दो वर्ष बाद उनकी छोटी बहिन की हैजे से मृत्यु हो गयी। सब शोकाकुल थे। ये शोक की बजाय मृत्यु को जीतने के शाश्वत चिंतन में लगे थे, अतः आम व्यक्ति की तरह से रो न सकने के कारण पत्थर दिल करार दिये गये।

धर्म सुधार के दौरान लोगों ने इन्हें गालियां दी, ईटें बरसाईं और घनघोर अपमान किया पर ये विचलित नहीं हुए। ऐसी ही एक दुर्घटना के दौरान काशी में पंडित ईश्वर सिंह दयानंद की मनोदशा जानने गये। वे अचरज में पड़ गये। उस समय दयानंदजी चांदनी में आनंदपूर्वक बैठे थे। दोनों ने सहजतापूर्वक कई विषयों पर चर्चा की। उनके मुंह पर उदासी की एक भी रेखा न देखकर उन्हें बहुत अचरज हुआ। अपने को विष देने वालों को भी इन्होंने बचाया और मन से क्षमा किया। समय से आगे चलने वाले लोग जानते हैं कि समाज में एक दिन के अभियान, उपदेश या ऐसी ही छोटी-छोटी बातों से परिवर्तन नहीं आ जाते। व्यापक बदलाव और उत्थान के लिए किसी न किसी को यह सब झेलना व सहना ही पड़ेगा। जब तक बीज मिट्टी में गलता नहीं तब तक विशाल वट वृक्ष का निर्माण नहीं हो सकता। समय के साथ सब कुछ ठीक हो जाता है।

गुरु नानकजी की सीखें और उपदेश देखें तो उन्हें आज से पांच सौ साल पहले का मानने में अचरज होता है। उनमें समय व सिद्धांत सबको मोड़ देने की शक्ति होती है। उनके ये ही गुण उन्हें समय से बहुत आगे कर देते हैं-एक व्यक्ति ने उनसे कहा, "तुम हमारे काबा शरीफ़ की ओर पैर करके क्यों सो रहे हो?" उन्होंने विनम्रतापूर्वक कहा, "जिधर काबा शरीफ़ न हो उधर पैर कर दो..." इस तरह उनके तीर्थ को सम्मान देकर धार्मिक पाखण्ड या कर्मकाण्ड को सर्वेसर्वा मानने वालों की मानसिकता भी खूब उजागर की।

बाबर को राष्ट्रप्रेम का उपदेश भी कितनी अजब रीति से दिया। आप जब काबुल में थे तो बाबर ने आपसे पूछा क्या भारत में हमारा राज हो सकेगा? उन्होंने कहा- "तभी तक जब तक तुम उस देश को अपना देश समझोगे।" वे दिलों की बादशाहत के पक्षधर थे। इस हद तक तो अभी भी हमारे राजनेता नहीं पहुंचे हैं। कबीर, तुलसी और तमाम ऐसे संत महापुरुष समय से आगे चलते हैं उनके विचार, वाणी, सोच में काफी समानता होती है। मीराबाई में जो स्त्री स्वातन्त्रय चेतना थी, उसके निकट अभी भी आज तक की औरत नहीं पहुंच पाई है।

लोग सोचते हैं ऋषि-मुनि केवल परलोक चिंतन करते हैं। उन्हें भौतिक जीवन से लेना देना नहीं। वेद, कुरान, बाइबिल आदि का हम ध्यान से पठन-पाठन करें तो पाते हैं कि ये धर्म से भी पूर्ण आचार शास्त्र है। मानवीय जीवन को सर्वश्रेष्ठ बनाने के समस्त सूत्र इनमें है। हमारे ऋषि-मुनि वैज्ञानिक चेतना समन्वित थे, वे उस समय के वैज्ञानिक ही थे। उन्होंने जिन समस्याओं का चिंतन और चिंता की आज वे हमारे लिए खतरा हैं। उनके

समाधान भी तब बता दिये। यदि उन पर हमने समय रहते अमल कर लिया होता तो आज वे इतनी विकराल न होतीं। स्वामी रामतीर्थ और ऐसे ही कई लौकिक विद्या में भी निष्णात थे। वे लाहौर में गणित के प्राध्यापक थे। न्यूयार्क जाने से पहले उन्होंने एक संवाददाता के सवालों का जवाब इस प्रकार दिया–

प्र.–आप वहां इसी वेष में जाएंगे?
उ.–जी हां।
प्र.–रुपया तो आपके पास खूब हैं न?
उ.–बिल्कुल नहीं।
प्र.–क्या कुछ भी नहीं?
उ.–राम पैसे को तो छूता तक नहीं।
प्र.–तो आप वहां कहां ठहरेंगे?
उ.–जहां टाँगे फैलाने का स्थान मिल जाएगा।
प्र.–आप वहां किसी को जानते हैं क्या?
उ.–सारा संसार राम का है और राम सारे संसार का है।

वह संवाददाता कहने लगा– "आप जैसा विचित्र पुरुष मैंने आज तक नहीं देखा। इतने बड़े देश में जा रहे हैं और कोई प्रबंध नहीं। इस तरह तो आपको वहां भूखों मरना पड़ेगा।" स्वामी रामतीर्थ यह सुनकर ठहाका मारकर हंसे। जैसे ही जहाज न्यूयार्क बंदरगाह पर पहुंचा लोग उनकी अगवानी के लिए उमड़ पड़े। उन्होंने हंसते हुए संवाददाता से कहा, "क्या अब भी मैं भूखा मरूंगा?" संवाददाता का मस्तिष्क श्रद्धा से झुक गया।

लोग मैनेजमेंट को इक्कीसवीं सदी की उपलब्धि व शक्ति मानते हैं। उन्होंने 200 वर्ष पहले टोक्यो विश्वविद्यालय में **सफलता के रहस्य** पर जो आख्यान दिया, उसमें आज के मैनेजमेंट के सूत्र हैं, इतने आगे चलते हैं महापुरुष। "प्यारे! पानी के बहते हुए झरने और निरन्तर बहती हुई वायु हमें उपदेश करती है कि गतिशील बनो! देखो बहता पानी सदा स्वच्छ और निर्मल रहता है। खड़ा पानी बदबू देने लग जाता है और सड़ जाता है। यदि जीवन-संग्राम को विजय करना चाहते हो तो आगे बढ़ो।''

मैंने मैनेजमेंट की बहुत-सी पुस्तकें पढ़ीं। सबमें ये बात जरूर मिली। इसे ही हम चलताऊ भाषा में कहते हैं- चलती का नाम गाड़ी है। दुनिया यूं ही चलती

है। किसी के रुकने से किसी को कोई फर्क नहीं पड़ता। वैसे संसार शब्द की व्युत्पत्ति भी देखें तो उसमें भी यही भाव सन्निहित है-

सरति इति संसार यानी जो हर हाल में चलता रहे।

समय से आगे चलने वाले लोग पुराने समय में ही नहीं होते थे। वे हर युग में होते हैं। गौर करने पर हमारे आसपास भी बहुत मिल जाएंगे। और तो और सम्भव है आप स्वयं भी वैसे हों और आपको इस बात का पता ही न हो, अहसास भी न हो। कई बार मुझे ऐसे कॉम्प्लीमेंट मिले हैं। तब भी कुछ समय के लिए मुझे ऐसा लगा। 25-30 वर्ष पूर्व मेरे भाई की शादी की बात चली। लड़की उनके मुकाबले लंबी और सांवली थी। मां को सबने इस रिश्ते के लिए ना कहा, "अपनी लड़कियों जैसी सुन्दर बहू लाओ।" मां ने मुझे भी पूछा तो मैंने कहा- "संभव है बच्चों के रंग हमारे जैसे हो और वे हमसे अच्छे लम्बे होंगे।" आज ऐसा है।

हाल ही में घंटी बजाती गाड़ी घर के सामने आयी। मैंने गाड़ी वाले से बात की तो पता चला घर-घर से कूड़ा उठाने आती है। न मैंने अन्य लोगों से पूछने की जरूरत समझी। बस सोच लिया और गाड़ी की सेवा लेने लगी। दस दिन तक ये सेवा मैं अकेली लेती रही बाद में तीन-चार लोग और जुड़ गये और आप ही कहने लगे- "मैडम आपको सब चीज़ें टेम से पहले पता लग जाती हैं।"

गुड़गांव सेक्टर में उस समय जंगल था। हमने मकान बुक कराये। एक समय सिर्फ हम दो लोग सदस्य रह गये। सबने नाम निकलवा लिये। जगह देखने गये एकदम धूल-धक्कड़ होकर लौटे। पर हमें यह मालूम ना था कि एक दिन यह जगह चमन हो जाने वाली है और वही हुआ भी। इसके विपरीत भी लालताप्रसाद आज भी कहते हैं- "मेरे जीवन में एक ही अफसोस रह गया है इतनी अच्छी नौकरी के बावजूद मैं एक मकान न ले सका। उस समय लक्ष्मी नगर, शकरपुर में 13 रु. गज की जमीन भी तो थी नहीं। आज दर-दर की ठोकरें खा रहा हूं, घर के सब लोग कोसते हैं।"

उदयपुर राजस्थान में सुशीला शर्मा रहती हैं। वे पचासी साल की है पर समय से बेहद आगे चलने वाली। उनकी सोच के आगे उनकी उनसे ज्यादा पढ़ी-लिखी और ओहदेदार बहुएं भी फीकी लगती हैं। आज से 65-70 साल पहले वे बाल विवाही होकर भी घर के सब काम करके पढ़ने जाती... गरीबी के कारण घर में सिलाई केन्द्र भी चलातीं। अपने पति तक को उन्होंने अपने जेवर बेचकर लॉ कराया। स्वयं भी श्रमजीवी कॉलेज में घूंघट काढ़कर शाम

को जाती। फिर शिक्षिका हुई। उनके सबसे बड़े बेटे डॉक्टर, दो वकील व एक प्रोफेसर हैं। उनके दो बेटों ने ईसाई लड़कियों से शादी की। उन्होंने सहर्ष स्वीकारा। उस समय उदयपुर में ऐसे विवाह कॉमन न थे। उन्हें जाति बहिष्कार तथा सामाजिक प्रताड़ना का शिकार होना पड़ा पर उन्होंने बिल्कुल परवाह नहीं की। उन्हें पता था आने वाला युग उनका है। अब सब काम हो चुके फिर भी वे एक क्षण खाली नहीं बैठतीं। हर समय कुछ न कुछ करती रहती हैं। उनके हाथ में आकर तो मिट्टी भी सोना हो जाती है। पॉलिथिन के आसन, पुरानी साड़ियों से नई डिज़ाइनर साड़ी, साड़ी के पल्लुओं के थैले आदि हजारों आइटम बनाना उनके बाएं हाथ का खेल है। एक बार एक हफ़्ते दिल्ली में वे मेरे आवास पर रहीं। वो समय मैं कभी नहीं भूल सकतीं। मेरे पड़ोस में एक महिला पैंतीस हजार में मेग्नेट वाला गद्दा बेचती थी। मैंने जिक्र ही किया तो वे बोली– "मेग्नेट खरीदकर हम घर पर भी बना सकते हैं बल्कि वह फोम के गद्दे से ज्यादा अच्छा होगा।" उन्होंने उसे देखने की भी इच्छा व्यक्त न की। घर आई और बोली– "यदि तुम्हारे पास कुछ कपड़े हो तो हम स्वयं बना सकते हैं।" मैं संकोच के साथ कपड़े निकाल रही थी। उनकी आंखों में चमक आ रही थी। कुछ रूई, कुछ फोम के टुकड़े और शेष कपड़ों से उन्होंने वह गद्दा बना दिया। सात हजार रु. मेग्नेट के लगे। उनके हाथ में आकर कोई चीज व्यर्थ नहीं। वे हर चीज को उपयोगी बनाना जानती हैं। उनकी डिक्शनरी में कूड़ा शब्द है ही नहीं। उन्होंने कभी कोई कूड़ा फेंका नहीं। लोगों के घर से थैले-थैले कूड़ा देखकर उन्हें अचरज और आश्चर्य लगता है। वे च्यवनप्राश और ऐसी तमाम घरेलू औषधियों के निर्माण में भी दक्ष हैं। मैं नहीं सोचती हूं कि वे क्या नहीं है।

समय से आगे चलने वाले जितने भी लोग मैंने देखे और समझे हैं उनमें एक बात बहुत कॉमन लगी है– उनकी सोच शाश्वत होती है। हर युग हर मनुष्य के लिए उपयोगी है। वे हर परिस्थिति और समय के साथ समझौता करना जानते हैं। मजबूरी में नहीं।

महाकवि कालिदास और ऐसे ही तमाम लेखकों, रचनाकारों की रचनाएं इसलिए तो काल सापेक्ष नहीं होती। उन्हें कालजयी कृतियां कहा जाता है। तमाम ऐसी कृतियां अपने समय से बहुत आगे चलती हैं।

हमारे प्रेरक अब्दुल कलाम ने सदैव कहा है–**"ऊंचा और बड़ा लक्ष्य बनाओ।** सही ही है इससे हमारे प्रयत्न भी वैसे ही और उतने ही बड़े होंगे। आज सृष्टि में जो अगर-मगर दिखायी दे रही है वह समय से आगे चलने वाले और

बड़े सपने देखने का ही परिणाम है। फिर ये स्वप्न एक दिन में ही थोड़ी पूरे हो गये। इसके लिए सालों साल का इतिहास है।

समय से आगे चलने वालों का भी टारगेट और लक्ष्य होता है जहां हमारे टारगेट और लक्ष्य हम तक ही सीमित या केन्द्रित रहते हैं, वहीं उनके बहुत व्यापक और विस्तृत होते हैं। उनकी परिधि असीम होती है। देश ही नहीं विश्व के अंतिम छोर तक भी उसकी सीमा समाप्त नहीं होती।

जितनी समस्या, संघर्ष, कष्ट, दिक्कतें होती हैं कालजयी चिन्तकों में उतना ही निखार आता जाता है। ऐसा प्रतीत होता है जैसे ये उनकी प्रशिक्षणशाला हो।

विरोधियों के प्रति मन में कोई वैर भाव नहीं होता। इसी तरह की प्रवृत्तियां सामान्य रूप से होती हैं जो आम व्यक्ति में बमुश्किल होती है।

■

एक इंच सोने का टुकड़ा एक इंच वक्त नहीं खरीद सकता।

–अमेरिकन कहावत

24

सारे संसार की सम्पत्ति है समय

वक्त हम सबको मिला कीमती उपहार है।

–अज्ञात

कुछ लोग समय प्रबंधन को विदेशी या पाश्चात्य समाज से आयातित मान-समझकर यह सोच लेते हैं कि यह भारतीय जीवनशैली से मेल नहीं खाता। हम इसे अपने लिए माने ही क्यों? कुछ इसे मैनेजमेंट के छात्रों के काम की चीज समझते हैं। सच्चाई यह है कि समय प्रबंधन पर हर सभ्यता व देश का हक है।

समय को हमने अलग-अलग इकाईयों और शैलियों में बांधा तथा विकसित किया है। हमारे ऋषि-मुनियों ने भांति-भांति के शक संवत् की कल्पना की। समय को सहस्राब्द, शताब्दी युग, कल्प आदि अनेक इकाईयों से नापा-पाश्चात्य सभ्यता ने ईस्वी, ईसा पूर्व आदि नाम दिये। चीनियों का अपना कैलेण्डर है। अरब में हिजरी सन् चलता है।

इस तरह के तमाम तथ्य और स्थितियां इस बात की द्योतक है कि समय सारे संसार की सम्पत्ति है। सबने इसका महत्त्व जाना, माना, समझा और अपनाया है। इसकी दीर्घ से दीर्घ और लघु से लघुतम इकाई को मापा है, नाम दिया है, ताकि हम अधिकाधिक व्यावहारिक रीति-नीति से उसे अपना सकें, मान सकें।

समय का जो अन्तर्राष्ट्रीय स्वरूप है उसने दुनिया को काफी नजदीक ला दिया है। हर देश का समय दूसरे देश से अलग चलता है। उसके अनुसार घड़ियों में तब्दीली की है ताकि दुनिया भर की तिथि और समय एक जैसे हो सकें।

जीवन प्रबंधन बनाम समय प्रबंधन

भारतीय मेधा ने जीवन प्रबंधन इस रीति से साधा कि शेष प्रबंधन उसी में समाहित हो जाए। 1 से 15 वर्ष तक ब्रह्मचर्य, 26 से 50 वर्ष तक गृहस्थ, 51 से 75 वर्ष वानप्रस्थ और 76 से 100 वर्ष तक संन्यास आश्रम का जीवन

विभाजन था। श्रुति, स्मृति, पुराण, उपनिषद आदि तमाम ग्रन्थ श्रेष्ठ जीवन की आचार संहिता से भरे पड़े हैं।

मनुष्य जीवन को सर्वश्रेष्ठ माना गया। **न हि मानुषात् श्रेष्ठतर हि किञ्चित**- इस श्रेष्ठ योनि को प्राप्त करने या इसमें बने रहने के लिए परोपकार परकल्याण, सेवा आदि अनिवार्य पक्ष हैं। कर्म इस जीवन प्रबंधन का पाथेय है। कर्त्तव्य उसकी धुरी। इस कर्त्तव्य में समाहित है भारतीय समय प्रबंधन। कर्त्तव्य की उपेक्षा, अवहेलना या तिरस्कार करके कुछ भी पाना, पाना नहीं माना जाता। अमिताभ बच्चन ने अपनी पुस्तक के शुरू में ही इसका महत्त्व प्रतिपादित करते हुए लिखा है- **ज़िन्दगी, समय और मौका बार-बार नहीं मिलता।** इस तरह समय इन्सान का भगवान है, भाग्यविधाता है-

जिन्हें हो शक वो करें और खुदाओं को तलाशें।
हम तो इनसान को ही दुनिया का खुदा कहते हैं।।

भारत आध्यात्मिक तथा आन्तरिक मूल्यों वाला देश है। हम परोपकार, सेवा, क्षमा आदि उदात्त गुणों को महत्त्व देते हैं, इसलिए समय के परिप्रेक्ष्य में स्व या मात्र अपने लक्ष्यों का चिन्तन करना हमारे लिए इतनी वरीयता वाला नहीं रहा। केवल अपने ही लक्ष्यों की सोचना स्वार्थपरकता मानी जाती है। यही कारण है कि हमारी चिंतनप्रधानता ने हमें यथार्थ से ज्यादा आदर्श परक बनाया। इसलिए हमने समय प्रबन्धन की अपेक्षा जीवन प्रबन्धन पर गौर फरमाया। इस नश्वर संसार में अधिकाधिक स्थायी मूल्यों पर ध्यान केन्द्रित रखा।

समय प्रबंधन जैसे भौतिक प्रबंधन के प्रति उतने प्रयोगी नहीं रहे फिर भी इस पर काफी प्रयोग चल रहे हैं।

समय के स्वरूप– अतीत, वर्तमान और भविष्य इन्हें समय के पड़ाव भी कहा जा सकता है। जो समय हम खर्च चुके हैं, जी चुके हैं, वही अतीत है। जो हम जी रहे हैं, वर्तमान है। जिस समय में हम अब के बाद मृत्युपर्यन्त गुजरेंगे वही भविष्य है। किसी भी व्यक्ति की जीवन यात्रा समय के इन तीन पड़ावों से गुजरती है। ये तीनों अलग-अलग दिखते हैं पर परस्पर सम्बद्ध हैं। एक का प्रभाव दूसरे पर पड़ता है।

अतीत– यह समय का वह पड़ाव है जिसे पुनः लौटाना असम्भव है। उस पूंजी की जिसे हम खर्च कर चुके हैं। भले ही इसे लौटाना मुमकिन न हो पर इसके अनुभव से हम जीवन में समय प्रबंधन को ज्यादा बेहतर तरीके से जान तथा समझ सकते हैं। कुछ लोग अतीत को स्मृतियों का कोष या पिटारा भी कहते हैं, उनकी भी सोच अपनी जगह ठीक है। परन्तु पूरा अतीत न स्मृति में होता है,

न कोई ज्यों का त्यों रख ही सकता है। एक इम्प्रैशन होता है वही स्मृति कोष में संचित रहता है। इसके सहारे हम वर्तमान और भविष्य का भली-भांति निर्माण कर सकते हैं।

समय प्रबंधन के परिप्रेक्ष्य में अतीत बहुत कारगर है। यह हमारे प्रबंधन का पैमाना है। इसके आधार पर हम किस ट्रैक पर जा रहे हैं। हमारी स्ट्रेटजी या लक्ष्य आदि सब ठीक-ठाक हैं या नहीं, इसकी नाप, तौल व परख अच्छी तरह कर सकते हैं। किस तरह हम समय बिगाड़ते हैं या उपयोग में लाते हैं, किस मद या श्रेणी में समय अधिक देना चाहिए, यह भी विचारणीय हो सकता है।

व्यक्ति अतीत को आधार बनाकर भविष्य के निर्माण में जुट सकता है। वर्तमान इसका निर्माण काल हो सकता है। मैं अपने अतीत के बारे में सोचती हूं तो पाती हूं हमने कोई स्पष्ट या ऊंचा टारगेट नहीं रखा। हमारे समय में ऐसा करने का आज की तरह मजबूत चलन भी नहीं था। पढ़ाई के साथ-साथ घर के काम व श्रम का भी बहुत महत्त्व था। हमें क्या पढ़ना है, कहां पढ़ना है, कैसे पढ़ना है, यह सब कोई और तय करता था। मैंने कई बार चाहा कि मैं देर रात तक पढ़ूं पर मेरे माता-पिता ने कभी इसकी स्वीकृति न दी। वे भारतीय समय प्रबंधन को पसन्द करते थे- प्रातः जल्दी उठना, रात्रि को जल्दी शयन। भारतीय जीवन पद्धति से हमारे भीतर वही स्वाभाविक समय प्रबन्धन की आदत विकसित होती चली गई।

इस परिप्रेक्ष्य में विजडम गुरु पवन चौधरी की पंक्तियां इस प्रकार हैं-

"अनुशासित परिकल्पना का मतलब है कि अतीत के आंकड़ों और जानकारियों को एक साथ रखकर अपने वर्तमान और भविष्य की घटनाओं को उन पर तौलना। अनुशासित परिकल्पना की मदद से कोई भी व्यक्ति सही वक्त पर सही काम करने की काबलियत विकसित कर सकता है।"

इसी तरह कामकेश अपनी पुस्तक **"अनलर्न बिफोर यू लर्न'** में थिंक बिग एण्ड एवर फास्ट" में पहला ही सूत्र बताते हैं **डिटैच फ्रॉम**-सुखद व सुन्दर भविष्य के निर्माण हेतु।

प्रतिदिन 16 कि. मी. की आवाजाही ने मेरी क्षमता को खूब बढ़ाया। इससे पूर्व प्रातः मैदान पर खेलने जाना, वार्म अप होने के लिए दौड़ना, नृत्य-संगीत आदि विभिन्न गतिविधियों ने बहुमुखी प्रतिभा उपजाई। जीवन में अवसरों को पहचानना भी सिखाया।

अतीत जब वर्तमान था तो उससे बहुत शिकायत भी थी। मसलन माता-पिता हमारी बात नहीं मानते या हमें कम समझते हैं। हमें औरों के मुकाबले उतनी

सुविधाएं नहीं हैं। हम अपेक्षाकृत कम स्तरीय जीवन जी रहे थे। पर आज लगता है हमारे पास कितनी सुविधाएं थी- छत का एकांत, अपना अलग कक्ष, पूर्ण मनोयोग से पढ़ाने वाले श्रेष्ठ अध्यापक-अध्यापिका, इतना अच्छा खान-पान तथा छोटे शहर के बावजूद महानगर जैसा सुख-सुविधापूरित शानदार जीवन।

हमारे ही दृष्टिकोण में समय-समय पर यह सोच का अंतर वाकई में बेहतर समय प्रबंधन का प्रेरक है। वर्तमान में मैं समय का बेहतर तरीके से उपयोग और निवेश करती हूं। अब लक्ष्यों का निर्धारण कम समय और साधन-संसाधनों में टारगेट अचीव करना भी उसी की बदौलत समझना व प्राप्त करना सीखा है। अतीत में धोखा खाया व्यक्ति वर्तमान में संभल कर रहता है। जो लोग अतीत को भूलने की आदत ठीक समझते हैं या उसके शिकार होते हैं उन्हें घूम फिरकर उस दुःखद समय को अरुचिकर कार्यों व क्रिया-कलापों को अनजाने में दोहराना पड़ सकता है। फिर आघात, सदमे और असफलता का शिकार होकर समय के साथ समायोजित होने में दीर्घावधि का इन्तजार करना पड़ सकता है।

मजे की बात ये है कि अतीत का कूड़ा समझी जाने वाली चीज़ें वर्तमान और भविष्य के लिए खाद और बीज बनाने वाले कूड़े की तरह उपयोग हो जाती है। हम अतीत की गलतियों और अक्षमताओं को याद करके, उनमें सुधार करके सुनहरे भविष्य का निर्माण कर सकते हैं। अतीत की विफलताएं हमारे वर्तमान समय प्रबंधन पर हावी होकर हमें तटस्थ संचार तथा असफल भी बना सकती है। डर या फोबिया भी उपजा सकती है। मनोचिकित्सक के वर्तमान या भविष्य की व्याधि की जड़ें अतीत में खोजते हैं और पाते हैं।

अच्छा तो यही है कि हम वर्तमान की मेहनत, कष्ट और समय प्रबंधन को परेशानी न मानकर आनंदपूर्वक कर्म-निरत रहें। यह काल भी हर पल अतीत में तब्दील हो रहा है। एफ.डी. की तरह स्मृति कोष को पुष्ट कर रहा है। थोड़े समय बाद यह भी हमें उतना ही प्यारा लगने लगेगा। प्रसव पीड़ा से चीखती-चिल्लाती स्त्री बाद में उस कष्ट को कितना खुशी-खुशी स्वीकारती है। मेरी भतीजी के बच्चा होने वाला था। भाई ने बताया कि "उसे देर हो जाने के कारण अस्पताल में भर्ती कराया है।" रात 9 बजे तक कोई फोन नहीं आया। मैंने फोन किया, वह उठाया नहीं गया। मेरी चिंता गजब की थी, मैं ही जानती हूं। वह रात जीवन की बोझिल रातों में से थी। मैं ईश्वर से प्रार्थना के अलावा कुछ नहीं कर पा रही थी। बाद में दूसरे दिन प्रातः सकुशल बिटिया होने की खबर मिली। जब उससे मिली तो उसने बताया- "डॉक्टर मेरे दर्द आरंभ होने के इंजेक्शन लगाने

ही वाला था कि लेबर रूम में चीखती-चिल्लाती औरतों को देखकर मेरे भी इंजेक्शन लगाने की नौबत नहीं आई। मैं दर्द महसूस करती, उससे पहले ही कैसे ये बच्ची हो गई मुझे पता ही नहीं चला।" मैं जानती हूं, काफी कष्ट हुआ होगा पर सकुशल संतान प्राप्ति और प्रसवावस्था के कष्ट की भीषणता के मुकाबले कम कष्ट पर वह उसे भूल गयी। वर्तमान की उपलब्धि ने अतीत का कष्ट बिसरा दिया।

भविष्य सर्वाधिक आशा से भरा काल होता है, इसलिए भी हम वर्तमान में कष्ट श्रम को करने में खूब रुचि लेते हैं, लगे रहते हैं। हमें पता है आज की व्यस्तता हमें कल हल्का बनाने वाली है। मां-बाप इसलिए हमें लिखने-पढ़ने के लिए समझाते हैं कि चार-पांच साल भी मेहनत कर ली तो अच्छी पढ़ाई- अच्छी नौकरी हमारे पूरे जीवन को आरामदेह तथा सुकूनदायक बना देगी। हमें अवसरों और सामान्य आवश्यकताओं के लिए समय, अवसर या व्यक्ति की बाट जोहने की जरूरत नहीं रहेगी। हमारे पूर्वज भी कह गए हैं-

आज करे सो काल करे काल करे सो परसों।
परसों तरसों करते-करते लग जाएंगे बरसों॥

आज का कल, कल का परसों, परसों का तरसों करने वाले व्यक्ति का काम बरसों ले लेगा और नहीं होगा। इसका सीधा भाव है वर्तमान का सदुपयोग किए बिना भविष्य के प्रति टालमटोल करने वाला व्यक्ति वर्तमान और भविष्य दोनों ही खो देता है।

हमारी दादीमां और बुजुर्ग लोग कह गए हैं, जैसा आज है वैसा कल नहीं रहेगा। ज्यादातर दुःख के समय ऐसा कहते हैं सुख के समय कोई ऐसे नहीं कहता। सब उसे ठहरा लेना चाहते हैं। ग़म के घर में दर्द का ठहरना किसी अनचाहे मेहमान जैसा लगता है-

ग़म के घर में दर्द है मेहमां।
जाने क्यों अब तक ठहरा है॥ (रेखा व्यास)

न्यूटन, एडिसन, आइंस्टीन, डार्विन तथा ऐसे ही कई क्षेत्र के सफल लोगों का जीवन देखे तो पाते हैं कि उन्होंने किसी भी काल की अपेक्षा नहीं की। जीवन में सब समय और काल खण्डों को बराबर महत्त्व दिया तभी वे भविष्य के गर्भ में छिपी उपलब्धियां उभार सके।

विवेकानंद, दयानंद आदि तमाम महापुरुष कम उम्र में ही चल बसे। पर उनके जीवन की अल्पावधि में ही जीवन के तीनों काल पर्याप्त उपलब्धिमूलक रहे। एक के पीछे दूसरे की उपेक्षा नहीं की।

आलस्य, प्रमाद, टालमटोल, औरों की प्रगति, स्पर्द्धा, ईर्ष्या आदि कुछ ऐसे दुर्गुण हैं जो हमें अपने खोल में नहीं रहने देते। हमारी क्षमताओं को उतना उपयोगी नहीं होने देते। यदि हम अतीत में इनसे मुक्ति न पा सके, वर्तमान में इनसे मुक्ति पा सकते हैं या इनको लाइलाज समझ बैठें तो वर्तमान में तो इलाज कर ही सकते हैं। सुनहरा भविष्य हमारी बाट जोहता है।

■

ऐसा मत सोचिए कि आपके पास वक्त नहीं है, आखिरकार आपके पास पूरे साल में 5,25,600 मिनट होते हैं।

25

काम आखिरी समय में ही

प्यार और वक्त यही दो चीजें हैं जिन्हें पूरे विश्व में, और पूरी जिंदगी भर खरीदा नहीं जा सकता लेकिन खर्च किया जा सकता है।

कई लोगों का कहना और मानना है कि जब तक काम का वक्त न आए वे काम कर ही नहीं सकते। कुछ का मानना है काम हो ही नहीं सकता। जो व्यक्ति काम को अग्रिम रूप से निबटाते हैं उन्हें यह स्थिति बड़ी विचित्र लगती है। तनावकारी और चिंता भरी भी। वैसे समय के परिप्रेक्ष्य में देखें तो आखिरी क्षणों में ऐसा प्रतीत होता है कि समय कम लगता है। दिमाग पूरी तरह एकाग्र और एलर्ट रहता है परन्तु ऐसा होता नहीं है। उसका खामियाजा दिमाग पर बोझ, दिल पर तनाव तथा जैसा है वैसा अपनाने के सिवाय और कोई उपाय न होने वाली स्थिति जैसा होता है।

श्रीमान 'क' कहते हैं ऐन वक्त के सिवाय मैं चाहूं तो भी मुझसे कुछ नहीं होता। मैं उनसे पूछना चाहती हूं यदि वे अभिनेता होते तो क्या पहले कहानी को नहीं देखते। संवाद याद नहीं करते? यह ठीक है कि अन्ततः जो होता है वही फाइनल होता है पर उसके लिए कोई तैयारी न करना या उसके लिए समय न देना ज्यादती ही कही जाएगी।

कुछ लोग मुख्य काम से ज्यादा समय तैयारी को देते हैं। ऐसे लोगों को भी पूर्व तैयारी से विरक्ति हो जाती है। श्रीमान 'क' ने यात्रा से पहले ले जाने वाली सूची बनाने में ही इतना समय दे दिया कि फिर उपयोगी काम भी बहुत अनुपयोगी लगने लगा। अक्सर चीजें भूली जाने लगीं। उनकी पौत्री ने इस काम को बहुत कम समय में उपयोगी बनाया। एक जगह कॉमन सूची बना दी। इस तरह सबका समय बचाया- इस छोटी-सी बालिका ने। नमूना इस प्रकार है-

टिकिट व पैसे	टूथब्रश
पेंटर	कंघा
काजल	बिंदी
शेविंग क्रीम	टॉवेल
साबुन	सर्फ
ड्रेसेज़	

इसके साथ ही दो कार्टून बना रखे थे जिसमें आदमी चाहकर भी यात्रा नहीं कर पाता क्योंकि वह टिकट घर छोड़ आया। दूसरा व्यक्ति पैसे ही घर छोड़ आया- ऐसे में जिस उद्देश्य से वो यात्रा करने जा रहा है वही उद्देश्य पूरा नहीं हो पाता। इस तरह की उपयोगिता बहुत समय बचतकारी है। धीरे-धीरे हम न भी लिखें तो भी भूलते नहीं। फिर भी लिखी होने से उतना समय और दिमाग लगाये बिना ही कार्य सम्पादित हो जाता है।

कुछ लोगों ने मन में हर सम्भव यह बात बिठाई हुई होती है कि आखिरी समय के पहले वे कुछ करने लायक ही नहीं होते। उन्हें कुछ याद ही तभी आता है। हम इसे भ्रम नहीं कहते। संभवत: यही सच भी हो पर इस आदत में तब्दीली जरूरी है। मगर याद आने से काम हो नहीं जाते। बहुत से काम बाजार के होते हैं उन्हें निष्पादित करना भी मुमकिन नहीं होता। मान लीजिए- बच्चे की परीक्षा का सामान आपको याद आया। रात को एकाध दुकान खुली थी। आप वहां दौड़े भी पर सामान नहीं मिला। आपके पास साधन व समय भी है पर दुकानों के खुलने का समय सुबह नौ बजे का है। अब आपके पास पछताने के अलावा कोई चारा नहीं बचेगा। यह और ऐसे पछतावे जीवन भर सालने वाले हैं। कई बार मामूली बातें भी लाइलाज तथा हौसला तोड़ लगती हैं।

आखिरी या ऐन टाइम पर हमारी चेतना ऊर्ध्वगामी होती हैं। उसे हर समय ढाला या महसूस किया जा सकता है। काम की एक डेडलाइन बनाई जा सकती है। उस पर स्ट्रिक्ट रहा जा सकता है। जब हम अपने आप पर सख्ती या अनुशासन नहीं कर सकते तो औरों की तो बात ही क्या है? उन पर तो पूरी तरह असम्भव ही है।

क्या हम आखिरी समय के भरोसे स्वास्थ्य को छोड़ते हैं? किसी बात या दिक्कत का पता ही न चल पाए तो बात अलग है। ऐसा करने में जो बाधा तथा हर्डल्स है वही सब कामों में है।

■

ज्यादातर वक्त घंटों में नहीं मिनटों में बेकार किया जाता है।

26

सब तो क्षणभंगुर है

आपकी जिंदगी में समय वह सिक्का है जिसे कैसे खर्च किया जाए इसे निर्धारित आप करते हैं।

जब हमें पढ़ने के बाद कुछ याद नहीं रहता तो हम पढ़ने में समय बर्बाद क्यों करे? ऐसे जुमले सुनकर मुझे लगता है यह सही नहीं है दिमाग अपने काम की बात याद रख ही लेता है तथा समय पर याद दिला ही देता है। लिखने-पढ़ने से जिस व्यक्तित्व का आसानी से निर्माण हो जाता है उसके लिए सालों-साल लगते हैं।

आजकल टिपटॉप अपटूडेट लोगों की ही पूछ है तो इसी जरिये पैसा, शोहरत, नाम-धाम कमाया जाए। तो फिर लंबी दौड़ लगाने से क्या लाभ। उसके लिए और समय बिगाड़ने से क्या फायदा।

समय बचाने के लिए तमाम शॉर्टकट खतरनाक और बाद में बहुत समयलेवा साबित होते हैं। ये जाली डिग्री की तरह है। झोला छाप डॉक्टरों की डाक्टरी है।

यों तो पूरा जीवन ही क्षणभंगुर है तो क्या हम कुछ नहीं करें? समय को खाली चले जाने दें। आराम के बारे में यह कथा सटीक लगती है। दो व्यक्ति हैं। एक व्यक्ति दूसरे से कहता है यार, तुम कुछ काम क्यों नहीं करते?

क्यों करूं क्या करना है करे.....

नहीं वैसे ही पड़े हो तो टाइम गुजरेगा, सुख मिलेगा, सन्तोष मिलेगा। इस तरह आराम करके और जीवन को उपलब्धिमय बनाकर आराम करने में जमीन-आसमान का अंतर है। इन दोनों में वही अंतर है। जो भोजन करके तृप्त होने या भोजन के अल्टरनेटिव किसी गोली से तुष्ट होने में है।

मुझ पर कम ध्यान दिया गया या मुझे जीवन में कम समय मिला यह शिकायत हो। किसी से भी पर अंततः आपसे ही है। कठिनाई, कड़ाई व अनुशासन हमें भीतर से मजबूत ही करते हैं। जंगल के पेड़ वर्षा पर निर्भर रहकर

भी अच्छे-खासे मजबूत होते हैं। जब व्यक्ति कुछ बन जाता है तो उसका संघर्ष उसकी नींव की ईंट होता है। लोग सफलता से भी ज्यादा उसके संघर्ष के बारे में जानने को उत्सुक और उतावले रहते हैं। संघर्ष को जीतने और शिकस्त देने की कला हर कोई जानना, सीखना तथा अपनाना चाहता है।

का वर्षा जब कृषि सुखाने। समय चूक जाने पर कई लोगों को ये अफसोस आजीवन सालता है कि यदि ये बात पहले याद आ जाती तो ऐसा हो जाता वैसा हो जाता, यहां तक कि मौका निकलने के बाद याद दिलाने वालों की बात कितनी ही सहज क्यों नहीं हो उन्हें बहुत असहज लगती है। उन्हें लगता है यदि वे लोग उनके सच्चे हितैषी होते तो पहले या समय रहते ही याद दिला देते।

बेटी की शादी में श्रीमती सक्सेना ने ड्रेस आदि का बहुत अच्छा इंतजाम किया। घर के सदस्यों की अलग-अलग अटैची जमा दी। क्रम से भीतर कपड़े रखे थे। महिला संगीत पर पहनी जाने वाली ड्रेस, फेरों के समय की- विदाई के समय की..... उनके साथ ही पर्स भी जिनमें ड्रेस से मैचिंग की ज्वैलरी आदि थी।

ऐसा ही तैयारी उन्होंने ब्याह के कामों की नहीं की। मसलन कार्ड की सूची, रीति-रिवाजों की सूची.... लिहाज़ा वरपक्ष के कुछ रिश्तेदारों को कार्ड नहीं भेजे गए, वे बारात में शामिल नहीं हुए। इसी तरह कुछ रस्में भी गलती से छूट गयी। इसका परिणाम ये हुआ कि वरपक्ष थोड़ा तना-तना रहा। इतना अच्छा इन्तजाम करने का श्रेय न मिला बल्कि शिकायत मिली। उन्होंने अपना वो पक्ष रखा जिसे उन्होंने कभी रखना भी न चाहा। मसलन आपके रिश्तेदार तो आप ही बुलाते.... हमारे यहां यही रस्में होती है। इस तरह मामूली समय के काम को न करने ने उनकी काफी छवि बिगाड़ी। फिर कभी क्षमा मांगने, रिश्तेदारों को मनाने, समधियों को समझाने और ऐसी ही तमाम छोटी-छोटी बातों में उन्हें पहले से दस गुना समय खर्च करना पड़ा। दिल बोझिल हुआ सो अलग।

जो विद्यार्थी आखिरी समय में परीक्षा की तैयारी करते हैं यदि वे बीमार हो जाएं। किताबें न मिलें तो लेने के देने पड़ते हैं। कई बच्चे साल के शुरू से ही लिया हुआ कोर्स भी आखिरी या ऐन वक्त पर पढ़ते है। इतना खर्चा और दूसरी तैयारी जिस काम के लिए होती है उसका भी पूरा लाभ नहीं मिल पाता।

पैसे भी व्यर्थ लगते हैं

बड़े हौसले से श्रीमान 'घ' ने सोचा था वे अपनी सेवानिवृत्ति पर परिजनों को अटैची का उपहार देंगे। अटैची पहले लाए नहीं। ऐन वक्त पर छुट्टी घोषित हो जाने से आर्मी कैंटीन से सामग्री न ला सके। लिहाज़ा पैसे दिए तो रिश्तेदारों ने लिए ही नहीं। पैसे हमारे पास भी हैं आप अपने पास ही रखिये। चीज़ यादगार रहती। अब उन्हें उस समय पैसों से भरी जेब व्यर्थ लगी। काश! उन्होंने पहले तैयारी की होती।

आजकल इतना जाम होता है कि रेल यात्रा के लिए एक घण्टा पहले घर से निकलना भी आखिरी समय निकलना माना जाता है। लोग इस मार्जिन को लेकर चलते हैं। यदि दो-चार बार आप रेल पर एक-डेढ़ घंटा जल्दी पहुंच गये तो हमेशा ही ऐसा होगा, ऐसा नहीं है।

कल्पना कीजिये राष्ट्र रक्षा की तैयारी ऐन वक्त पर करें। ऐन वक्त पर तैयारी राष्ट्र तथा अपने अवाम पर कितना बड़ा खतरा है।

आप हम अक्सर कहते हैं– इस काम को हमने बहुत एन्जॉय किया। यह एन्जॉयमेन्ट इस तरह के एकाएक होने या किये जाने वाले कामों में नहीं मिलती। पूर्व तैयारी समय बचाना है। प्राकृतिक दर्द निवारक है। तनाव भारी है।

मेरा अपना अनुभव है कि जो काम आखिरी समय में किये, उनकी सफलता सतही और ऊपरी रही। जिन्हें पूरी तैयारी से किया उनकी छवि आज भी मस्तिष्क में ताजा तथा आह्लादक है। 1990 के दशक में मीडिया- प्रशिक्षण हेतु क्वालालाम्पुर गई। उस समय से पहले तक वहां के बारे में मुझे कम पता था। 'एजुकेटिंग गर्ल चाइल्ड' थीम थी। उसकी काफी तैयारी की। सम्बद्ध संस्थाओं से डाटा लिए, कुछ और जानकारी ली। इसी तरह मलेशिया की भाषा, संस्कृति व रहन-सहन तथा दर्शनीय स्थलों की जानकारी जुटायी, उस यात्रा को भूलना असम्भव है। वहां प्रोडक्शन आलेख तैयार करने पर कोर्स डाइरेक्टर मानिल कुरे की प्रशंसा अभी भी बहुत मूल्यवान लगती है। इसी तरह पुणे प्रशिक्षण के पूर्व ऐसी तैयारी नहीं की गई तो छोटी-छोटी बातों के लिए मानसिक तैयारी तथा अपने आपको समायोजित करने में बहुत समय लगा।

हमारी खान-पान सम्बन्धी कोई जानकारी न थी, इसलिए मराठी खाना फीका लगता। आए दिन इधर-उधर नई जगह तलाशने में बहुत समय जाया होता। हमारे अन्य साथी उनका खूब आनंद लेते। प्रशिक्षण के बाद लौटने के एकाध माह पूर्व हमें भी बहुत आनंद आने लगा।

कामचलाऊ काम ही ऐसे आखिरी समय में होते हैं। जीवन की हर चीज़ कामचलाऊ नहीं हो सकती। आवश्यकता आविष्कार की जननी है, इनके लिए काफी समय लगता है।

कुमार 'क' कितनी ही आह्लादक यात्रा हो बहुत तनाव-दबाव अनुभव करते हैं। वे कहते हैं– मुझे ट्रैवल फोबिया है। ऐसे फोबिये आसानी से तैयारी से दूर किए जा सकते हैं। आखिरी वक्त कन्धों पर समय का यह दबाव डालने से कई दिक्कतें आती हैं जो वक्त की परिधि में हो तो कहीं से दिक्कत होती ही नहीं है।

समय को लेकर लोगों का रवैया बड़ा ही शुष्क तथा तटस्थ भी है। कुछ लोग सीधा सपाट कहते हैं जो हो जाए वही बहुत कुछ है। खाली हाथ आए हैं खाली हाथ ही जाना है। फिर इतनी हाय-हाय क्यों? किसके लिए? इस संदर्भ में अमिताभ बच्चन की धारण बड़ी सटीक है- **"वे कहते हैं सदियों पुरानी यह धारणा सिर्फ एक भ्रम है क्योंकि मनुष्य जब एक बच्चे के रूप में इस संसार में आता है तो उसकी बंद मुट्ठी में होती है ढेर सारी उम्मीदें और ढेर सारी संभावनाएं। वह अपने साथ लाता है अपनों के लिए खुशियां। जब वह इस संसार से विदा होता है तो भी वह खाली हाथ नहीं होता। उसके साथ होता है कई-कई उपलब्धियों का श्रेय, लोगों का स्नेह, सम्मान और आशीर्वाद।"**

(पुस्तक 'अमिताभ का खजाना' से)

■

> आपने अपना आज किस तरह व्यतीत किया है, इसमें ही सफलता का मंत्र छिपा है, न कि इसमें कि आपने अपना गुजरा कल या आने वाला कल किस तरह व्यतीत किया है।

www.ingramcontent.com/pod-product-compliance
Lightning Source LLC
LaVergne TN
LVHW100323181026
850499LV00039B/956
* 9 7 8 8 1 2 8 8 2 6 1 6 0 *